Für alle Ewigkeit

Melissa Marr

Für alle Ewigkeit

Aus dem Englischen von Birgit Schmitz

CARLSEN

*Für Loch, dafür, dass er
mein Für-immer-und-ewig ist ...*

Prologue

Prolog

Seth merkte es sofort, als Ashlyn ins Haus schlüpfte; der leichte Anstieg der Temperatur hätte es ihm auch dann verraten, wenn er nicht mitten in der Nacht das Sonnenlicht hätte aufschimmern sehen. *Besser als eine Laterne.* Der Gedanke, wie seine Freundin reagieren würde, wenn man sie als Laterne bezeichnete, ließ ihn lächeln, doch als sie einen Herzschlag später durch die Tür trat, erstarb dieses Lächeln.

Sie trug bereits keine Schuhe mehr. Ihre Haare hatten sich aus der Frisur gelöst, in die sie früher am Abend für das Sommerfest hineingezwungen worden waren. *Das Fest mit Keenan.* Wenn Seth sich Ashlyn in Keenans Armen vorstellte, verkrampfte er sich. Obwohl diese die ganze Nacht andauernden Tänze mit dem Sommerkönig nur eine monatliche Routine waren, konnte Seth seine Eifersucht nicht ablegen.

Aber jetzt ist sie nicht mehr bei ihm. Sie ist hier.

Sie löste das Mieder ihres Ballkleides und sah ihn dabei unverwandt an. »Hallo.«

Vielleicht hatte er etwas gesagt; er war sich nicht ganz sicher. Aber es war auch nicht wichtig. Kaum etwas war wichtig in Momenten wie diesen, nur Ashlyn, nur sie beide, nur was sie einander bedeuteten.

Der Rest des Kleides fiel zu Boden und sie lag in seinen Armen. Jetzt wusste er genau, dass er nichts sagte – nicht, wenn er Sonnenlicht so warm wie Honig auf seiner Haut spürte. Das Fest am Sommerhof war zu Ende, und sie war hier.

Nicht bei ihm. Bei mir.

Die monatlichen Feste waren für Sterbliche zu gefährlich. Aber danach kam sie immer zu ihm, mit zu viel Sonnenlicht und Feststimmung in sich, um einfach zu schlafen, und zu viel Angst vor sich selbst, um die ganze Nacht mit den anderen am Sommerhof zu bleiben. Deshalb kam sie in seine Arme, sonnentrunken, und vergaß so behutsam mit ihm umzugehen, wie sie es in anderen Nächten tat.

Er versuchte die tropische Hitze zu ignorieren, während sie ihn küsste. Orchideen, ein kleiner Ylang-Ylang-Baum und goldene Bambushalme füllten den Raum. Ihre aromatischen Düfte hingen schwer in der feuchten Luft, aber das war immer noch besser als der Wasserfall von vor einigen Monaten.

Wenn sie hier war, in seinen Armen, spielten die Folgen keine Rolle. Das einzig Wichtige waren sie beide.

Sterbliche waren nicht dafür gemacht, Elfen zu lieben; das begriff er jeden Monat von neuem, wenn sie vergaß, wie zerbrechlich er war. Wäre er stärker, dann könnte er bei diesen Festen dabei sein. Stattdessen musste er einsehen, dass Sterbliche inmitten der ausschweifend feiernden Elfen in Gefahr waren. Stattdessen hoffte er, dass sie ihn nach den Festen nicht allzu schlimm verletzte. Stattdessen wartete er in der Dunkelheit und hoffte, dass dies nicht der Monat war, in dem sie bei Keenan blieb.

***

Später, als er seine Sprache wiederfand, zupfte er Orchideenblütenblätter aus ihren Haaren. »Ich liebe dich.«

»Ich dich auch.« Sie errötete und zog den Kopf ein. »Geht es dir gut?«

»Wenn du hier bist, ja.« Er ließ die Blütenblätter auf den Boden regnen. »Wenn es nach mir ginge, wärst du jede Nacht bei mir.«

»Das wäre schön.« Sie schmiegte sich an ihn und schloss die Augen. Jetzt war kein Licht mehr in ihrer Haut – nicht wenn sie ruhig und entspannt war – und Seth war dankbar dafür. In einigen Stunden würde es hell werden; sie würde die Brandwunden auf seinem Rücken sehen, wo ihre Hände ihn zu lange berührt hatten, als sie sich vergessen hatte. Dann würde sie ihren Blick abwenden und Dinge vorschlagen, die er auf keinen Fall hören wollte.

Die Winterkönigin, Donia, hatte ihm ein Rezept für eine Salbe gegen Verbrennungen gegeben. Sie wirkte bei Sterblichen zwar nicht so gut wie bei Elfen, aber wenn er sie früh genug auftrug, verheilten die Male innerhalb desselben Tages. Er sah auf die Uhr. »Fast schon Zeit zu frühstücken.«

»Nein«, murmelte Ashlyn, »Schlafenszeit.«

»In Ordnung.« Er küsste sie und hielt sie so lange im Arm, wie er konnte, ohne sich selbst zu gefährden. Er ließ die Uhr nicht aus den Augen und lauschte auf ihre gleichmäßigen Atemzüge, während sie tiefer in den Schlaf sank. Als er es nicht mehr aushielt, versuchte er, aus dem Bett zu schlüpfen.

Sie schlug die Augen auf. »Bleib.«

»Muss nur ins Bad. Bin sofort wieder da.« Er grinste sie verlegen an und hoffte, dass sie keine Fragen stellen würde. Da sie nicht lügen konnte, gab er sich alle Mühe, sie auch nicht zu belügen, aber das gelang ihm nicht immer.

Sie betrachtete seine Arme, und er wusste, dass keiner von ihnen beiden das Gespräch wollte, das nun folgen würde – das, in dem sie ihm erklärte, dass sie in diesem Zustand nicht mehr zu ihm kommen durfte, worauf er panische Angst bekommen würde, weil er fürchtete, dass sie stattdessen beim Sommerkönig in seinem Loft blieb.

Sie verzog das Gesicht. »Das tut mir leid. Du hast doch gesagt, ich hätte dir nicht wehgetan ...«

Er konnte mit ihr streiten oder sie ablenken.

Die Wahl fiel nicht schwer.

Als Ashlyn aufwachte, stützte sie sich auf und beobachtete den schlafenden Seth. Sie war nicht sicher, was sie tun würde, wenn sie ihn jemals verlor. Manchmal hatte sie das Gefühl, dass er es war, der sie zusammenhielt; er war ihre Version der Weinranken, die sich um die Sommermädchen wanden – der Faden, der sie davon abhielt, sich aufzulösen.

Aber ich habe ihn verletzt. Schon wieder.

Sie konnte die Schatten der Blutergüsse und die leuchtend roten Verbrennungen von ihren Händen auf seiner Haut sehen. Er beklagte sich nie darüber, aber sie machte sich Sorgen deswegen. Er war so zerbrechlich, sogar im Vergleich zu den schwächsten Elfen. Sie fuhr mit ihren Fingerspitzen über seine Schulter, und er rückte näher an sie heran. Während all der Verrücktheiten in den zurückliegenden Monaten, seit sie zur Sommerkönigin geworden war, war er für sie da gewesen. Er bat sie nicht, ganz sterblich oder ganz Elfe zu sein; er ließ sie einfach sie selbst sein. Das war ein Geschenk, das sie ihm nie vergelten konnte. *Er* war ein Geschenk. Schon als Sterbliche hatte sie nicht mehr ohne ihn sein können, und seit sie versuchte, sich in ihrem neuen Leben als Elfenkönigin zurechtzufinden, war er nur noch wichtiger geworden.

Er schlug die Augen auf und sah zu ihr hoch. »Du siehst aus, als wärst du ganz weit weg.«

»Ich denke nur nach.«

»Worüber?« Er zog seine gepiercte Augenbraue hoch.

Und sie bekam Herzflattern, genau wie damals, als sie versucht hatte, nur mit ihm befreundet zu sein. »Das Übliche …«

»Alles wird gut.« Er zog sie unter sich. »Wir finden einen Weg.«

Sie legte ihre Arme so um ihn, dass sie mit den Fingern durch seine Haare fahren konnte. Sie versuchte, vorsichtig zu sein, ihre Kraft zu zügeln, ihn nicht daran zu erinnern, dass sie so viel stärker war als ein Sterblicher. *Dass ich nicht bin, was er ist.*

»Ich *will*, dass alles gut ist«, flüsterte sie und versuchte den Gedanken an seine Sterblichkeit zu verscheuchen, daran, dass er vergänglich war, während sie nun ewig leben würde, daran, wie überaus endlich er war im Gegensatz zu ihr. »Sagst du's mir noch mal?«

Er brachte seine Lippen an ihr Ohr und sagte ihr Dinge, die keine Worte brauchten. Und als er sich wieder von ihr löste, flüsterte er: »Etwas so Gutes kann ewig währen.«

Sie ließ ihre Hand an seiner Wirbelsäule hinabgleiten und fragte sich dabei, ob er es wohl seltsam fände, wenn sie Sonnenlicht in ihre Fingerspitzen leitete, fragte sich, ob ihn das nur wieder daran erinnern würde, wie nichtsterblich sie nun war. »Ich wünschte, es könnte immer so sein. Nur wir zwei.«

Sie las etwas in seiner Miene, das sie nicht deuten konnte, doch dann zog er sie an sich, und sie ließ alle Gedanken und Worte los.

Eins

Die Königin des Lichts ging mit einem Gefühl der Beklommenheit zur Lobby. Normalerweise bestand Sorcha darauf, dass Besucher zu ihr gebracht wurden, doch in diesem Fall würde sie eine Ausnahme machen. Bananach durch das Hotel streunen zu lassen, war viel zu gefährlich.

In den zurückliegenden Monaten war Sorcha mit dem Hof des Lichts an die Grenze zur Welt der Sterblichen gezogen, hatte in der Stadt einen ganzen Straßenzug in ihren Besitz gebracht und ihn in ihrem Sinne verändert. Diese Gegend zu betreten hieß, die Welt der Sterblichen zu verlassen und die Grenze zum Elfenreich zu überschreiten. Sorchas Reich stand für sich, war von allem anderen getrennt. Die Regeln der Welt der Sterblichen – ihr Zeitgefühl und Ortssinn, ihre Naturgesetze – waren innerhalb des Elfenreichs völlig irrelevant, selbst in dieser Zwischenwelt, in der sie ihren Hof nun angesiedelt hatte.

So nah an der Welt der Sterblichen hatte Sorcha seit Jahrhunderten nicht residiert, doch jetzt, da die anderen Höfe sich verlagerten, konnte Sorcha diese große Abgeschiedenheit nicht länger aufrechterhalten. Sich mitten im Reich der Sterblichen aufzuhalten, war für sie nicht vertretbar, doch wenn sie an der Grenze zu den Sterblichen lebte, würde das deren Welt nicht verändern. Es war die vernünftigste Lösung. Der junge König hatte mit seiner Königin, die er jahrhundertelang gesucht hatte, den Thron des

Sommerhofs bestiegen. Seine Geliebte hatte den Thron der Winterkönigin inne. Und Niall, Sorchas Beinahe-Versuchung, regierte jetzt den Hof der Finsternis. Mit der Geschwindigkeit eines Wimpernschlags hatte sich alles verändert, wenngleich nichts davon unerwartet gekommen war.

Sie ließ ihre Hand über das Treppengeländer gleiten, schwelgte, während sie das glatte Holz spürte, in Erinnerungen an einfachere Zeiten – und tat sie sogleich als falsche Nostalgie ab. Sie regierte ihren Hof schon länger, als irgendjemand zurückdenken konnte. Sie war die Königin des Lichts. Ihr Hof stand für das Unveränderliche, war das Herzstück des Elfenreichs, die Stimme der entlegenen Welt, und sie war die Unveränderliche Königin.

Ihr Gegenpart und Zwilling, Bananach, stand im Raum. Mit einem leicht irren Ausdruck in den Augen schwankte sie auf Sorcha zu. Jeder einzelne Gedanke an Chaos oder Zwietracht, der in Sorcha aufkeimen könnte, fand stattdessen Eingang in Bananachs Geist. Solange Bananach existierte, um diese Empfindungen zu beherbergen, blieb Sorcha solch unangenehme Last erspart. Das schuf eine eigenartige Bindung.

»Es ist eine Weile her«, sagte Bananach. Ihre Bewegungen waren tastend, ihre Hände glitten über die Oberflächen, als müssten sie sich erst mit der Welt vertraut machen, als würde das Tasten sie in der Realität verankern. »Dass wir uns gesprochen haben. Es ist eine Weile her.«

Sorcha war nicht sicher, ob dies eine Frage oder eine Feststellung war: Bananachs Sinn für die Realität war selbst an ihren besten Tagen schwach ausgeprägt.

»Für mich kann es nie lange genug her sein.« Sorcha bedeutete ihrer Schwester Platz zu nehmen.

Bananach ließ sich auf einem geblümten Diwan nieder. Mit

einem Kopfschütteln brachte sie die langen Federn in Wallung, die über ihren Rücken flossen wie die Haare von Sterblichen. »Für mich auch nicht. Ich kann dich nicht ausstehen.«

Ihre Unverblümtheit war abstoßend, doch Krieg hielt sich nun mal nicht mit Feingefühl auf – und Bananach war die Essenz von Krieg und Gewalt, Aas und Chaos, Blut und Verstümmelung. Das Gegengewicht zu Sorchas Hof bildete zwar der Hof der Finsternis, doch ihre wahre Widersacherin war Bananach. Die rabenköpfige Elfe war weder an diesen Hof gebunden noch unabhängig von ihm. Sie war zu primitiv, um dem Hof der Finsternis anzugehören, und zu intrigant, um ohne ihn auszukommen.

Bananachs unablässige Aufmerksamkeit hatte etwas Beunruhigendes. Ihre abgrundtief schwarzen Augen funkelten unangenehm. »Ich fühle mich unwohl, wenn du in meiner Nähe bist.«

»Warum bist du dann hier?«

Bananach tippte mit ihren Krallen einen Rhythmus auf den Tisch, der ohne Musik war, ohne Struktur. »Wegen dir. Ich komme wegen dir. Ich werde jedes Mal kommen, egal, wo du bist.«

»Warum?« Sorcha fühlte sich gefangen in einem jahrhundertealten Gespräch.

»Heute?« Bananach legte den Kopf schief wie ein Vogel, beäugte ihre Umgebung und nahm die kleinste Bewegung wahr. »Ich habe dir etwas zu erzählen. Etwas, das du bestimmt wissen willst.«

Sorcha verhielt sich ganz still; es war für gewöhnlich sicherer, gar nicht auf Bananach zu reagieren. »Und warum sollte ich dir diesmal zuhören?«

»Warum nicht?«

»Weil du nicht gekommen bist, um mir zu helfen.« Ihr unendlicher Streit langweilte Sorcha. Manchmal fragte sie sich, was wohl passieren würde, wenn sie sich Bananachs einfach entledigte. *Würde ich mich damit selbst zerstören? Meinen Hof?* Wenn sie die Antwort kennen würde, wenn sie wüsste, dass sie ihre Schwester töten konnte, ohne sie alle ins Verderben zu stürzen, hätte sie es schon vor Jahrhunderten getan.

»Elfen lügen nicht, meine Schwester. Welchen vernünftigen Grund sollte es geben, mich nicht anzuhören?«, gurrte Bananach. »Du verkörperst doch die Vernunft, oder etwa nicht? Ich biete dir Wahrheit an ... Welche Logik sollte es da haben, mich zu ignorieren?«

Sorcha seufzte. »Wenn ich mein Handeln daran orientiere, was du mir erzählst, stifte ich damit irgendein Chaos, nehme ich an?«

Bananach merkte auf, als vernähme sie plötzlich eine Melodie, die niemand außer ihr hören konnte – oder wollte. »Hoffen darf man ja.«

»Oder aber es entsteht Chaos, wenn ich *nichts* unternehme ... und vielleicht stachelst du mich gerade dazu an«, sinnierte Sorcha. »Wirst du dieser Dinge eigentlich nie überdrüssig?«

Bananach legte den Kopf in mehreren, ruckartigen kleinen Bewegungen schief und ließ ihre Kiefer zuschnappen, als besäße sie tatsächlich einen Schnabel. Es war eine Art Lachen, eine eigentümliche Geste, die Sorcha missfiel. Die Rabenelfe starrte sie mit bohrendem Blick an. »Warum sollte ich?«

»Ja, warum?« Sorcha saß auf einem der unzähligen, vom Wasser ausgewaschenen Sessel, die ihre Dienerschaft in der Lobby verteilt hatte. Er war mit ungeschliffenen Juwelen verziert, die zwar den Sitzkomfort empfindlich beeinträchtigten, aber zugleich seine herbe Schönheit unterstrichen.

»Soll ich es dir nun erzählen, meine Schwester?« Bananach beugte sich näher heran. Ihre dunklen Augen funkelten wie Sterne und zeigten gelegentlich Konstellationen, die denen am Himmel der Sterblichen entsprachen. Heute stand der Skorpion, das Untier, welches Orion getötet hatte, im Zentrum von Bananachs Blick.

»Sprich«, sagte Sorcha. »Sprich, und verschwinde wieder.«

Bananach nahm die Haltung und den Ton einer Geschichtenerzählerin an. Sie wurde ruhig, lehnte sich zurück und legte die Fingerspitzen aneinander. Früher, viele Jahrhunderte zuvor, hätten sie diese unangenehmen Gespräche in der Nähe eines Feuers in der Dunkelheit geführt. Dahin war sie mit ihrem Gemurmel und ihren Intrigen besonders gerne gekommen. Doch selbst hier, in dem beinahe opulenten, von Sterblichen erbauten Palast, sprach Bananach im Singsang einer Geschichtenerzählerin, als säßen sie noch immer am Feuer, in der Dunkelheit. »Es gibt drei Höfe, die nicht die deinen sind – den, der mir gehören sollte, den Sonnenhof und den des Frostes.«

»Ich weiß …«

Bananach fing Sorchas Blick ab und unterbrach sie: »Und unter diesen Höfen herrscht eine neue Einigkeit; ein *Sterblicher* hat ungehinderten Zutritt zu ihnen allen. Er flüstert dem, der meinen Thron innehat, Dinge ins Ohr; er hört zu, wenn der neue König der Finsternis und die neue Winterkönigin sich über die Grausamkeiten des jungen Königs beklagen.«

»Und?«, schob Sorcha ein. Sie war nie sicher, wie lang diese Geschichten sein würden.

Diesmal schien sie kurz zu sein. Bananach sprang auf, als hätte sie einen Geist im Raum gesehen, der sie näher zu sich heranwinkte.

»Der junge König hat ein großes Potenzial für Grausamkeit. Könnte sein, dass ich den Sommer noch zu schätzen lerne.« Sie streckte die Hand aus, um etwas zu berühren, das niemand außer ihr sehen konnte. Dann hielt sie inne und machte ein finsteres Gesicht. »Doch er will mich nicht empfangen.«

»Keenan tut nur, was er zum Schutz seines Hofs tun muss«, murmelte Sorcha abwesend, während sie bereits darüber nachsann, was ihre Zwillingsschwester wohl mit dieser Geschichte bezweckte: Nicht, dass der Sommerkönig einen Hang zur Grausamkeit hatte, war hier von Bedeutung; die Rolle des Sterblichen war es. Denn Sterbliche sollten in den Angelegenheiten der Elfenhöfe kein Mitspracherecht besitzen. Wenn alles mit rechten Dingen zuging, konnten sie die Elfen nicht mal *sehen*, doch Sorchas Einwände dagegen, Sterblichen die Sehergabe zu schenken, wurden von Zeit zu Zeit missachtet.

Dabei bereiten uns die mit der Sehergabe geborenen Sterblichen schon mehr als genug Ärger.

Doch Bananach liebte Ärger. Und kleine Ärgernisse führten zu größeren Konflikten. Zumindest darüber waren sie sich einig. Der Unterschied bestand nur darin, dass eine von ihnen versuchte, Konflikte zu vermeiden, und die andere danach trachtete, sie zu schüren.

Hunderte für sich genommen bedeutungslos erscheinende Momente hatten kombiniert die von Bananach angestrebten Ergebnisse hervorgebracht. Sie war diejenige gewesen, die Beira, die letzte Winterkönigin, dazu gedrängt hatte, Miach – vor einigen Jahrhunderten Sommerkönig und Gelegenheitsliebhaber von Beira – zu zermalmen. Bananach flüsterte allen genau die Dinge ein, von denen sie im Stillen träumten, von deren Umsetzung sie aber vernünftigerweise zumeist absahen.

Sorcha würde nicht zulassen, dass sich nun das nächste kleine Problem in einen Chaos stiftenden Konflikt verwandelte. »Sterbliche haben sich in die Angelegenheiten der Elfenwelt nicht einzumischen«, sagte sie. »Sie sollten nicht in unsere Welt hineingezogen werden.«

Bananach klopfte nun mit ihren Krallen einen zufrieden klingenden Rhythmus auf die Tischplatte. »Mmmmm. Dieser Sterbliche genießt aber ihr Vertrauen. Alle drei Höfe, die nicht die deinen sind, hören auf ihn. Er hat Einfluss ... und sie beschützen ihn.«

Sorcha bedeutete ihr, dass sie mehr hören wollte. »Berichte mir.«

»Er teilt mit der Sommerkönigin das Bett, nicht einfach nur als Gespiele, sondern als Prinzgemahl. Die Winterkönigin hat ihm die Sehergabe geschenkt. Der neue König der Finsternis nennt ihn ›Bruder‹.« Bananach setzte sich wieder und machte ein finsteres Gesicht, das Sorcha – aus guten Gründen – stets beunruhigte: Wenn Bananach sich konzentrierte, war sie noch gefährlicher. »Und du, meine Schwester, hast keinerlei Einfluss auf ihn. Ihn kannst du nicht entführen. Ihn kannst du nicht stehlen wie die Halblinge und die anderen Gespielen mit Sehergabe.«

»Ich verstehe.« Sorcha reagierte nicht. Sie wusste, dass Bananach wartete; dass sie noch etwas zurückhielt, womit sie ihr letztes bisschen Gelassenheit zunichtemachen konnte.

»Irial hatte auch eine Gespielin, ein kleines sterbliches Ding, das er an sich gebunden und verwöhnt hat, als wäre sie würdig, sich am Hof der Finsternis aufzuhalten«, setzte Bananach nach.

Sorcha schnalzte verächtlich über Irials törichtes Verhalten. Sterbliche waren zu zerbrechlich, um die Exzesse am Hof der Finsternis zu überstehen. Das musste er doch eigentlich wissen. »Ist sie gestorben? Oder verrückt geworden?«

»Weder noch. Er hat wegen ihr auf seinen Thron verzichtet ...

so korrumpiert war er von ihrer Sterblichkeit ... ekelhaft, wie sehr er sie verehrt hat. Das ist der Grund, weshalb jetzt der Neue auf dem Thron sitzt, der eigentlich mir zusteht.« Bananach hielt weiterhin die Maskerade einer Geschichtenerzählerin aufrecht, doch ihre Stimmung wurde zunehmend gefährlicher. Die Betonung der Wörter, die Sprachmelodie, die sie üblicherweise beim Geschichtenerzählen pflegte, verschwand. Stattdessen betonte sie willkürlich dies und das. Ihre Gier nach der Herrschaft über den Hof der Finsternis brachte sie aus der Fassung; und dass sie dies erwähnte, verhieß nichts Gutes über ihren Gemütszustand.

»Wo befindet sie sich jetzt?«, fragte Sorcha.

»Inzwischen hat sie keinen Einfluss mehr ...« Bananach fuhr mit der Hand durch die Luft, als wollte sie Spinnweben vor ihrem Gesicht wegwischen.

»Warum erzählst du mir dann von ihr?«

Bananachs Miene war schwer zu deuten, doch in ihren Augen änderte sich die Konstellation; nun sah man das Sternbild Zwillinge darin. »Ich weiß, dass wir viel ... miteinander teilen; ich dachte mir, du solltest es wissen.«

»Ich verspüre kein Bedürfnis danach, von Irials abgelegten Gespielinnen zu hören. Es ist zwar eine bedauerliche Angewohnheit von ihm, aber« – Sorcha zuckte die Achseln, als wäre es nicht weiter von Belang – »ich kann die Verderbtheit seines Hofes nicht zügeln.«

»Ich könnte es ...« Ein sehnsuchtsvolles Seufzen folgte auf diese Worte.

»Nein, könntest du nicht. Du würdest auch noch den letzten Rest von Selbstbeherrschung zerstören, der den Dunkelelfen geblieben ist.«

»Vielleicht« – Bananach seufzte erneut – »aber die Schlachten, die wir führen könnten ... Ich könnte an deine Türschwelle kommen, blutüberströmt, und ...«

»Mit Drohungen wirst du meine Unterstützung nicht gewinnen«, ermahnte Sorcha sie, obwohl es eigentlich sinnlos war. Bananach konnte nicht anders, als vom Krieg zu träumen, so wie Sorcha ihrem Hang zur Ordnung nicht widerstehen konnte.

»Das ist doch keine Drohung, Schwester, bloß ein schöner Traum.« In einer Bewegung, die so schnell war, dass auch Sorcha sie nur verschwommen wahrnehmen konnte, kauerte sich Bananach vor ihre Schwester. Ihre Federn wehten nach vorn und strichen über Sorchas Gesicht. »Ein Traum, der mich nachts warm hält, wenn ich kein Blut habe, um darin zu baden.«

Bananachs Krallen, die eben noch so unregelmäßig auf den Tisch geklopft hatten, fanden einen gleichmäßigen Rhythmus, mit dem sie sich in Sorchas Arm bohrten und wieder daraus emportauchten, wobei sie winzig kleine Mondsicheln in ihre Haut stanzten.

Sorcha bewahrte Ruhe, obwohl die Wut in ihr emporstieg. »Du solltest besser gehen.«

»Ja, das sollte ich. Ich kann nicht klar denken in deiner Gegenwart.« Bananach küsste Sorcha auf die Stirn. »Der Sterbliche heißt Seth Morgan. Er sieht uns, so wie wir sind. Er weiß viel über unsere Höfe – selbst über deinen. Er ist seltsam ... moralisch veranlagt.«

Ein Hauch von Sorchas Wut drohte an die Oberfläche zu dringen, als sie spürte, wie die Federn ihrer Schwester ihr Gesicht umwehten; nur die stärksten Dunkelelfen konnten es mit der kühlen Logik aufnehmen, die sie verkörperte. Weder Sommer- noch Winterelfen hatten die Macht, sie zu provozieren. Und auch die ungebundenen Elfen konnten das stille Wasser, in dem ihr Geist ruhte, nicht kräuseln. Einzig der Hof der Finsternis brachte sie dazu, sich vergessen zu wollen.

Das ist logisch. Es ist das Wesen des Gegensatzes. Das ergibt Sinn.

Bananach rieb ihre Wange an Sorchas.

Die Königin des Lichts wollte die Kriegselfe schlagen. Die Logik sagte ihr jedoch, dass Bananach siegen würde; sie war die Inkarnation der Gewalt. Nur wenige Elfen überlebten den direkten Kampf mit ihr – und die Königin der Ordnung gehörte nicht zu ihnen. Dennoch – in diesem Moment war die Versuchung, es darauf anzulegen, groß.

Nur ein Schlag. Irgendetwas.

Die vielen kleinen Wunden an ihren Armen hatten bereits zu brennen begonnen, als Bananach ihren Kopf erneut in einer Abfolge von ruckartigen Bewegungen zur Seite neigte. Ihre Federn schienen etwas zu flüstern, während sie zurückwich. »Ich bin deiner Gesellschaft überdrüssig«, sagte sie.

»Und ich deiner.« Sorcha machte keinerlei Anstalten, das Blut zu stillen, das auf den Boden tropfte. Jede Bewegung hätte zu einem Kräftemessen mit Bananach geführt oder dazu, dass sie sie weiter provozierte. Und beides würde zwangsläufig in weiteren Verletzungen enden.

»Der wahre Krieg wird kommen«, sagte Bananach. Rauch und Nebel strömten in den Raum. Umwölkte Gestalten von Elfen und Sterblichen streckten ihre blutigen Hände aus. Illusorische Rabenschwingen, die wie trockene Maishülsen raschelten, verdunkelten den Himmel. Bananach lächelte. Die Kontur halb durchscheinender Flügel entfaltete sich von ihrer Wirbelsäule aus. Diese Flügel hatten sich in vergangenen Jahrhunderten über Schlachtfeldern ausgebreitet; sie so deutlich außerhalb eines Schlachtfeldes zu sehen, verhieß nichts Gutes.

Bananach spreizte ihre Schattenflügel. »Ich halte mich an die Regeln. Ich warne dich vor. Seuchen, Blut und Asche werden ihre und deine Welt überziehen.«

Sorcha verzog keine Miene, doch auch sie sah verschiedene Fäden in die Zukunft führen. Dass die Vorhersagen ihrer Schwester zutrafen, war wahrscheinlicher als das Gegenteil. »Ich werde nicht zulassen, dass du diese Art von Krieg heraufbeschwörst. Niemals.«

»Tatsächlich?« Bananachs Schatten breitete sich wie ein dunkler Fleck auf dem Boden aus. »Also dann … Du bist am Zug, meine Schwester.«

Zwei

Seth beobachtete, wie Ashlyn mit den Hofberatern diskutierte. Elfen gegenüber äußerte sie sich viel freimütiger, als sie es jemals Menschen gegenüber tat. Vor sich auf dem Tisch hatte Ashlyn die Unterlagen für ihren neuen Plan mitsamt Schaubildern ausgebreitet.

Wenn sie in Keenans Loft saß, das von riesigen Pflanzen und Scharen von Elfen überquoll, konnte man leicht vergessen, dass sie nicht immer eine von ihnen gewesen war. Die Pflanzen neigten sich ihr zu, blühten auf in ihrer Gegenwart. Die oben in den Säulen nistenden Vögel begrüßten sie, wenn sie ins Zimmer trat. Elfen wetteiferten um ihre Aufmerksamkeit, strebten danach, sich ein paar Sekunden in ihrer Gegenwart aufhalten zu können. Nach Jahrhunderten der Schwäche fand der Sommerhof nun allmählich zu neuer Kraft – dank Ashlyn. Anfangs hatte es ihr offensichtlich nicht behagt, im Mittelpunkt all dessen zu stehen, doch inzwischen war sie so an ihre Stellung gewöhnt, dass Seth sich fragte, wie lange es wohl noch dauern würde, bis sie die Welt der Sterblichen, ihn eingeschlossen, ganz verließ.

»Wenn wir das Gebiet in verschiedene Regionen einteilen, so wie hier ...« Sie zeigte wieder auf ihr Schaubild, doch Quinn entschuldigte sich und überließ es Tavish, ihr noch einmal darzulegen, warum er ihren Plan für unnötig hielt.

Quinn, der Berater, der vor kurzem an Nialls Stelle getreten war, ließ sich neben Seth aufs Sofa fallen. Weder im Erscheinungsbild noch im Temperament hatte er irgendeine Ähnlichkeit mit Niall. Während Niall seine beinahe schon primitiven Eigenschaften besonders betont hatte, schien Quinn auf ein gewisses Maß an Glanz und Gehabe zu stehen. Er hatte sonnengebleichte Strähnchen im Haar, war immer gebräunt und seine Kleidung ließ auf Reichtum schließen. Doch was noch wichtiger war: Während Niall jemand gewesen war, der Keenan aus seiner Melancholie reißen und das ungezügelte Temperament des Sommerkönigs bändigen konnte, schien Quinn Keenans jeweilige Stimmung noch zu verstärken. Deshalb betrachtete Seth den neuen Wachmann mit Misstrauen.

Quinn machte ein finsteres Gesicht. »Sie hat abwegige Vorstellungen. Der König kann nicht von uns erwarten, dass …«

Seth sah ihn einfach nur an.

»Was?«

»Glaubst du etwa, Keenan wird ihr jemals widersprechen? Bei irgendwas?« Seth musste fast laut lachen bei dieser Vorstellung.

Quinn sah ihn beleidigt an. »Selbstverständlich.«

»Irrtum.« Seth beobachtete, wie seine Freundin, die Königin des Sommerhofs, leuchtete, als steckten kleine Sonnen in ihrer Haut. »Du musst noch viel lernen. Keenan wird Ashs Plan eine Chance geben, es sei denn, sie überlegt es sich noch mal anders.«

»Aber so wurde der Hof schon immer regiert«, protestierte Tavish, der älteste Hofberater, gerade zum wiederholten Mal.

»Der Hof wurde schon immer von einem Monarchen regiert, nicht wahr? Das wird er auch immer noch. Ich *brauche* deine Zustimmung nicht, aber ich bitte dich um deine Unterstützung.« Ashlyn warf ihre Haare über die Schulter. Sie waren noch immer so schwarz wie die von Seth, hatten noch dieselbe Farbe wie früher, als sie noch ein Mensch gewesen war, doch jetzt, da sie eine von ihnen war, leuchteten goldene Strähnen darin.

Tavish erhob seine Stimme, was vor Ashlyns Zeit gar nicht seine Art gewesen war. »Meine Königin, es ist sicherlich ...«

»Nenn mich nicht ›meine Königin‹, Tavish.« Sie stach ihm einen Finger in die Schulter. Von ihrer Haut stoben winzige Funken auf.

»Ich möchte dich ja nicht beleidigen, aber die Idee, regionale Führer einzusetzen, erscheint mir töricht.« Tavish lächelte begütigend.

Ashlyns Wut sandte Regenbogen durch den Raum. »Töricht? Unseren Hof so aufzugliedern, dass unsere Elfen in Sicherheit leben und jederzeit Hilfe bekommen können, wenn sie sie benötigen, soll töricht sein? Wir haben die Pflicht, für unsere Elfen zu sorgen. Wie sollen wir das denn schaffen, wenn wir gar keinen Kontakt zu ihnen haben?«

Aber Tavish lenkte nicht ein. »Solch eine gewichtige Veränderung ...«

Seth blendete das Gespräch aus. Ashlyn würde ihm später ohnehin noch mal alles erzählen, wenn sie versuchte, sich einen Reim darauf zu machen. *Ist ja nicht nötig, dass ich es mir zweimal anhöre.* Er nahm die Fernbedienung und zappte durch die Musik. Irgendwer hatte den Song von den Living Zombies hinzugefügt, den er neulich mal erwähnt hatte. Er wählte ihn aus und fuhr die Lautstärke hoch.

Tavish sandte einen Hilfe suchenden Blick in die Runde. Seth ignorierte ihn, doch Quinn tat es nicht. Murrend, aber eifrig bestrebt, sich zu beweisen, kehrte der neue Berater an den Tisch zurück.

Dann kam Keenan in Begleitung mehrerer Sommermädchen herein. Sie sahen von Tag zu Tag schöner aus. Während der Sommer nahte – und Ashlyn und Keenan erstarkten –, schienen auch ihre Elfen aufzublühen.

»Keenan, mein König«, sagte Tavish sofort, »vielleicht könntest du Ihrer Majestät erklären, dass ...« Doch seine Worte versiegten, als er den zornigen Ausdruck im Gesicht des Sommerkönigs sah.

In Reaktion auf seine explosive Stimmung sandte Ashlyns ohnehin schon leuchtende Haut so viel Licht aus, dass es Seth in den Augen wehtat, sie anzusehen. Ohne sich dessen bewusst zu sein, hatte sie Sonnenstrahlen wie Hände nach Keenan ausgestreckt. In den letzten Monaten war ihre Verbindung zum Sommerkönig zunehmend stärker geworden.

Was echt nervt.

Keenan brauchte nur in ihre Richtung zu schauen, und schon war sie an seiner Seite und alles war vergessen, die Unterlagen, die Diskussion, alles, außer Keenan. Sie ging zu ihm, und der Rest der Welt stand still, nur weil Keenan aufgebracht aussah.

Es ist ihre Aufgabe. Die Hofangelegenheiten gehen vor.

Seth wollte sich darüber nicht ärgern. Er hatte hart daran gearbeitet, so zu werden, wie er jetzt war – ein Mensch, der sein Temperament unter Kontrolle hatte und sich durch seine sardonische Ader nicht zu bissigen Bemerkungen hinreißen ließ. Er kanalisierte diese aufrührerischen Impulse durch seine Gemälde und Skulpturen. Mit Hilfe seiner Kunst und seiner Meditation gelang es ihm inzwischen, Ruhe zu bewahren, doch Keenan stellte diesen hart erarbeiteten Fortschritt auf die Probe. Es war keineswegs so, dass Seth nicht verstanden hätte, wie wichtig es für den Sommerhof war, nach Jahrhunderten wachsender Kälte wieder zu Kräften zu kommen. Doch manchmal fiel es ihm schwer zu glauben, dass Keenan kleinere Sorgen nicht auch gelegentlich übertrieb, um sich Ashlyns Aufmerksamkeit zu sichern. Er hatte Jahrhunderte in dem Glauben verbracht, alles, was er dachte oder wollte, sei von äußerster Wichtigkeit. Jetzt, da er endlich die Macht besaß, die zu dieser Arroganz passte, würde er sich wohl kaum weniger fordernd verhalten.

Tavish winkte die Sommermädchen zu sich und führte sie in die Küche. Jetzt, wo Niall weg war und Keenan sich bemühte, die Macht seines Hofs wiederherzustellen – von den Abkommen, die er mit den anderen Höfen zu treffen versuchte, ganz zu schweigen –, hatte Tavish es sich zur Aufgabe gemacht, den Sommermädchen ein gewisses Maß an Selbstständigkeit beizubringen. Seth fand es unglaublich lustig, dass man es als Arbeit betrachten konnte, stundenlang eine Gruppe schöner Mädchen bei Laune zu halten. Doch außer ihm schien niemand die Komik darin wahrzunehmen. Es war für einen Sterblichen nicht immer nachzuvollziehen, was am Sommerhof für wichtig erachtet wurde – eine Tatsache, an die Seth regelmäßig erinnert wurde.

Während Keenan die anderen wissenließ, in welche neue Krise er nun wieder geraten war, suchte Seth seine Sachen zusammen und stand auf. Er wartete, bis Ashlyn zu ihm hinsah, und sagte: »Ash? Ich bin dann weg.«

Sie kam zu Seth, stellte sich ganz nah vor ihn, ohne ihn zu berühren. Sie hätte ihn auch anfassen können, aber sie fühlte sich manchmal ihm gegenüber noch unsicher. Sie waren erst seit wenigen Monaten ein Paar. Obwohl er der Versuchung nur schwer widerstehen konnte, alle daran zu erinnern, dass sie *ihm* gehörte, berührte auch Seth sie nicht. Er stand einfach nur da und wartete, ohne zu drängeln. Das war die einzige Art, mit ihr umzugehen, das hatte er schon vor mehr als einem Jahr herausgefunden. Er wartete; die Spannung wuchs; doch dann lehnte sie sich an ihn, schmiegte sich in seine Arme und seufzte.

»Tut mir leid. Ich muss einfach ...«, sie warf rasch einen besorgten Blick in Keenans Richtung. »Hofangelegenheiten, du weißt schon.«

»Ja, ich weiß.« Seth hatte schon mehr Stunden, als er sich klarmachen wollte, damit zugebracht, ihr zuzuhören, während sie versuchte, mit ihrer neuen Verantwortung zurechtzukommen. Dabei konnte er ihr nicht im Geringsten helfen. Sie hatte eine lange Liste von Dingen, die ihre Aufmerksamkeit erforderten, und er saß einfach nur da und wartete.

»Aber unsere Verabredung fürs Crow's Nest morgen steht, oder?«, fragte sie besorgt.

»Ich werde da sein.« Er hatte ein schlechtes Gewissen, weil er so selbstsüchtig reagierte und dadurch ihren Sorgen noch eine weitere hinzufügte. Er fuhr mit den Fingern durch ihre Haare und zog sanft daran, bis sie ihren Kopf in den Nacken legte und ihn küsste. Der Kuss verbrannte seine Lippen, seine Zunge, wenn sie nervös oder wütend war; der Schmerz war nicht unerträglich, aber immerhin so stark, dass er nicht so tun konnte, als wäre sie noch das Mädchen, das er mal gekannt hatte. Als er zurückwich, hatte das Brennen bereits nachgelassen. Sie war wieder ruhig.

»Ich weiß nicht, was ich ohne dich tun würde. Das weißt du doch, oder?«, flüsterte sie.

Er antwortete nicht, aber er ließ sie auch nicht los; sie im Arm zu halten, war die beste Antwort, die er geben konnte. Früher oder später würde sie ohne ihn sein: Er war sterblich, aber *das* war etwas, worüber zu reden sie sich weigerte. Er hatte versucht, mit ihr zu sprechen, aber sie brach jedes Gespräch entweder durch Tränen oder Küsse – oder beides – ab. Wenn sie keinen Weg fanden, ihn in ihre Welt zu holen, würde er irgendwann fort sein, und dann wäre Keenan derjenige, der sie im Arm hielt.

All das in einem Gedankengang verunsicherte ihn: keine Lust zu haben, feste Verabredungen für den nächsten Abend zu treffen, dann alles andere zurückzustellen in der Hoffnung, Ashlyns Vertrauen in ihn zu erhalten, und schließlich über die Ewigkeit nachzudenken. Er hatte nie gedacht, dass er irgendwas dafür übrighaben könnte, zu heiraten und sich niederzulassen, aber seit Ashlyn zu ihm und seinem Leben gehörte, fand er den Gedanken unerträglich, jemals ohne sie zu sein.

Der Sommerkönig war zum Tisch hinübergegangen und studierte Ashlyns Diagramme, Notizen und Schaubilder. So seltsam die Situation für sie alle auch war, ließ er doch Ashlyn und Seth häufig demonstrativ ihre Privatsphäre. Dennoch war offensichtlich, dass es Keenan nicht leichtfiel, sich von ihr zu lösen.

Ebenso wenig wie Ash.

Quinn räusperte sich, als er in den Raum trat. »Ich bringe dich zur Tür, wenn du bereit bist.«

Seth war nie bereit, sich von Ashlyn zu trennen, doch er sah auch keinen Sinn darin, herumzusitzen und sie mit Keenan tuscheln zu hören. Sie hatte Pflichten zu erfüllen; das mussten sie sich beide immer wieder vor Augen halten – selbst wenn diese Pflichten es mit sich brachten, dass sie spät nach Hause kam und Partys mit Keenan feierte. Sie hatte eine Aufgabe, die sie erfüllen musste.

Und Seth hatte ... Ashlyn. Ja, das war es, was er hatte: Ashlyn, Ashlyns Welt, Ashlyns Bedürfnisse. Er existierte am Rande ihrer Welt, ohne Rolle, ohne Macht, und ohne den Wunsch, wegzuge-

hen. Er wollte nirgendwo anders sein, aber er wusste auch nicht, wie er es schaffen sollte, auf Dauer in ihrer Welt zu bleiben.
Und sie will nicht darüber sprechen.
»Dann bis morgen.« Seth küsste Ashlyn noch einmal und folgte Quinn zur Tür.

Drei

Donia war in ihrem Haus – *Beiras Haus* –, als Keenan und Ashlyn sie aufstörten. Sie hielt sich nicht besonders gern dort auf, hatte sich aber angewöhnt, von hier aus ihren Geschäften nachzugehen, während sie alles Persönliche in ihr Cottage verlegte, einen Ort, zu dem nur Evan und einige ausgewählte Wachen Zutritt hatten.

Und Keenan. Immer wieder Keenan.

Keenans kupferfarbene Haare leuchteten wie ein Signalfeuer, als er durch die lächerlich reich verzierte Tür trat. Donia wäre am liebsten zu ihm hingegangen, nur ganz kurz, um so zu tun, als berechtigte das, was sie beide miteinander teilten, ihre jahrzehntelange gemeinsame Geschichte, sie zu solch ungezwungenem Verhalten. Doch das tat es nicht, schon gar nicht, wenn Ashlyn bei ihm war. Die Aufmerksamkeit, die Keenan jedem Gedanken und jeder Regung seiner Königin entgegenbrachte, grenzte an Besessenheit.

Würde Ash es mir verübeln, wenn ich zu ihm hinginge?

Bis zu einem gewissen Grad bezweifelte Donia das: Die Sommerkönigin selbst hatte Donias Rendezvous mit Keenan zur Wintersonnenwende arrangiert. Sie war diejenige gewesen, die darauf beharrte, dass Keenan Donia tatsächlich liebte, obwohl er es selbst nie ausgesprochen hatte. Dennoch würde Keenan in Ashlyns Gegenwart nicht mal die kleinste Gefühlsbekundung riskieren.

Sie standen verlegen im Foyer; entlang der Wände waren Kirchenbänke aufgestellt, auf denen einige Weißdornmädchen saßen und sie still beobachteten. Sasha, der auf dem Boden lag, hob den Kopf. Der Wolf warf einen kurzen Blick auf die Regenten des Sommerhofs, schloss die Augen und schlief wieder ein.

Evan dagegen war nicht so ruhig. Er trat näher an Donia heran. »Soll ich bei dir bleiben?«

Sie nickte stumm. Evan war in diesen Tagen ihr engster Freund; sie vermutete, dass er das schon seit Jahren war, nur hatte sie sich lange nicht eingestanden, dass sein ständiges Beschützerverhalten mehr war als bloße Pflichterfüllung. Sie hatte immer gedacht, er würde sie deshalb bewachen, weil so viele andere von Keenans Wachen Angst vor ihr hatten, doch als sie dann die neue Winterkönigin geworden war, hatte Evan Keenans Hof verlassen, um an ihrer Seite zu bleiben. Sie streckte den Arm aus und drückte seine Hand als eine stille Geste der Dankbarkeit.

»Die anderen?«, murmelte er.

»Sie bleiben hier drinnen. Wir gehen hinaus in den Garten.« Dann sagte sie lauter: »Wenn ihr mir folgen wollt?«

Keenan war jetzt neben Donia. Er berührte sie nicht, strich nicht einmal beiläufig über ihre Hand. Er öffnete die Tür, als sie sich ihr näherten. Er war mit diesem Haus ebenso vertraut wie sie. Es hatte seiner Mutter gehört, der letzten Winterkönigin, die hier gewohnt hatte. Nachdem er Donia und Ashlyn die Tür aufgehalten hatte, trat Keenan in den Garten hinaus. Schnee und Eis schmolzen, wenn er vorüberging. *Besser, als den Sommerkönig und seine Königin im Haus zu haben, wo meine Elfen sind.* Donia wollte ihre Elfen keinem Risiko aussetzen, denn während es Ashlyn bestimmt ganz gut gelingen würde, ihre Gefühle im Zaum zu halten, war Keenan selbst an seinen besten Tagen unberechenbar.

Donia wusste, dass sie Gewitter in seinen Augen wüten sehen

würde, wenn sie ihn nur lange genug anschaute. Als sie noch zusammen gewesen waren, hatten diese Lichtblitze sie fasziniert. Jetzt wirkten sie zu hell, zu kurz, zu ... einfach alles.

»Seid mir willkommen«, sagte Donia und zeigte auf eine der Holzbänke in ihrem Wintergarten. Es waren raffinierte Sitzmöbel, deren Teile allein durch die handwerklich geschickte Bauweise zusammenhielten, ganz ohne Schrauben oder Bolzen.

Keenan rührte sich nicht von der Stelle. Er stand in ihrem Garten, ebenso unberührbar wie auch während ihrer Beziehung, und gab ihr das Gefühl, mit irgendeinem Fehler behaftet zu sein. »Hast du Besuch?«, fragte er.

»Was geht dich das an?«, erwiderte sie.

Ich antworte ihm nicht, nicht jetzt.

Unter einem Ende der Bank kauerte ein Polarfuchs. Nur seine dunklen Augen und seine Nase zeichneten sich in der Schneewehe ab, der Rest seines Körpers verschmolz mit dem makellos weißen Hintergrund zu einer Einheit. Als Ashlyn und Keenan näher herankamen – und die Luft um sich herum erwärmten –, schoss der Fuchs davon, in den dichteren Schnee an den hohen Mauern, die den Garten umgaben. Donia hatte die letzte Winterkönigin zwar nicht gemocht, doch an ihrem Wintergarten erfreute sie sich sehr: Dass sie ihn angelegt hatte, war ausnahmsweise mal eine kluge Entscheidung von Beira gewesen. Die Mauern und das Dach ermöglichten es, das ganze Jahr hindurch ein kleines bisschen Winter zu haben, einen kraftspendenden Zufluchtsort für sie und ihre Elfen.

Donia setzte sich auf eine der Bänke. »Sucht ihr jemand Bestimmtes?«

Keenan blieb stehen und warf ihr einen gereizten Blick zu. »Bananach wurde hier in der Nähe gesehen.«

Ashlyn legte ihm eine Hand auf den Arm, um seinen aufbrausenden Wortschwall zu unterbrechen.

»Ich habe zwar keinen Zweifel daran, dass hier gut für dich gesorgt wird« – sie warf Evan, der sich hinter Donia gestellt hatte, ein blendendes Lächeln zu –, »aber Keenan musste einfach nach dir sehen. Stimmt's, Keenan?«

Keenan sah Ashlyn an; er suchte etwas mit seinem Blick – Sicherheit, Klarheit, es war schwer zu sagen bei den beiden. »Ich möchte nicht, dass du mit Bananach sprichst.«

Zu Donias Füßen sammelte sich Schnee, während Wut in ihr aufkeimte. »Warum genau bist du hier?«

In seinen Augen tobten winzige Gewitter. »Ich habe mir Sorgen gemacht.«

»Um was?«

»Um dich.« Er kam näher, betrat ihre Sphäre, bedrängte sie. Selbst jetzt, wo sie ihm ebenbürtig war, respektierte er ihre Grenzen nicht. Keenan fuhr sich mit der Hand durch seine kupferfarbenen Haare. Und sie starrte sie an, starrte ihn an wie eine verzauberte Sterbliche.

»Machst du dir Sorgen um mich oder versuchst du, mir Vorschriften zu machen?« Sie blieb so ruhig wie der Winter, bevor der Sturm losbricht, doch sie spürte, wie Eis in ihrem Innern aufstob.

»Es *ist* ein Grund zur Sorge, wenn die Kriegselfe vor deiner Tür steht. Niall ist wütend auf mich und ... ich möchte einfach nicht, dass sich irgendjemand vom Hof der Finsternis in deiner Nähe aufhält«, sagte Keenan.

»Es steht dir nicht an, das zu entscheiden. Das hier ist *mein* Hof, Keenan. Wenn ich mich dazu entschließe, Bananach anzuhören ...«

»*Tust* du es denn?«

»Wenn Bananach oder Niall herkommen, werde ich mit ihnen genauso fertig wie mit Sorcha oder einer von den starken ungebundenen Elfen ... oder dir.« Donias Stimme zeigte keinerlei Regung.

Sie machte den Weißdornmädchen ein Zeichen, worauf sie an die Tür kamen.

Die stets stummen Elfen schwebten nach draußen und sahen Donia erwartungsvoll an. Sie waren die Familie, die zu finden sie am kalten Winterhof nie erwartet hätte. Sie lächelte sie an, gab sich jedoch keinerlei Mühe, ihren Ärger zu verbergen, als sie sich wieder Keenan zuwandte: »Matrice wird dich hinausführen. Es sei denn, du wolltest noch etwas Persönliches besprechen?«

Wieder zuckten Blitze durch seine Augen und erleuchteten sein Gesicht mit diesem seltsamen hellen Lichtreflex. »Nein. Ich denke nicht.«

Matrice, die perfekte Beschützerin, kniff die Augen zusammen, als sie seinen Tonfall vernahm.

»Gut, wenn das Geschäftliche dann erledigt ist ...« – Donia hielt ihre Hände ganz entspannt und weigerte sich, ihm zu zeigen, dass sie jetzt selbst versucht war, ihn zu berühren, um seine Wut zu besänftigen – »Matrice?«

Keenans Zorn legte sich für einen Moment. »Don?«

Da gab sie nach und berührte ihn am Arm, hasste sich aber dafür, dass – *mal wieder* – sie es war, die nach ihm gegriffen hatte. »Wenn du mich sehen möchtest – nicht die Winterkönigin, sondern *mich* –, bist du im Cottage willkommen. Ich bin später zu Hause.«

Er nickte, sagte jedoch nicht zu, versprach nichts. Das würde er auch nicht – es sei denn, seine echte Königin brauchte seine Aufmerksamkeit nicht.

Einen Moment lang hasste Donia sie. *Wenn sie nicht hier wäre ...* Doch wenn Ashlyn nicht zur Sommerkönigin geworden wäre, hätte Keenan auf der Suche nach der, die ihn befreien würde, die nächste Sterbliche umworben.

Jetzt habe ich wenigstens einen Teil von ihm. Das ist besser als nichts. Das hatte sie sich anfangs gesagt, aber als er sich umdrehte, Ashlyns Hand nahm und die beiden den Weißdornmädchen zurück ins Haus folgten, fragte sich Donia, ob es wirklich besser war.

An diesem Abend ging Donia in der Illusion, allein zu sein, zum Cottage. Ohne Zweifel lief still und leise Evan hinter ihr. Wenn sie sich konzentrierte, würde sie die verwischten Flügel der Weißdornelfen sehen, das leise Glockenspiel der Wolfselfen hören. Vor einem Jahr noch hätten genau diese Dinge sie in Angst und Schrecken versetzt. Damals hatte Evan noch zu Keenans Elfen gehört; und die Elfen des Winterhofs waren immer Vorboten des Kampfes gewesen, Abgesandte der letzten Winterkönigin, die Drohungen und Warnungen mit sich brachten.

So vieles hatte sich verändert. Donia hatte sich verändert. Unverändert war jedoch ihre verzehrende Sehnsucht nach Keenans Aufmerksamkeit, seiner Anerkennung, seiner Berührung.

Gefrorene Tränen fielen klirrend zu Boden, während sie an die Auswirkungen dachte, die diese Sehnsucht auf ihr Leben hatte. Sie hatte ihre Sterblichkeit in der Hoffnung aufgegeben, dass sie seine gesuchte Königin war. *Ich war es nicht.* Sie hatte ihm dabei zugesehen, wie er auf der Suche nach seiner Königin unzählige Sterbliche umworben hatte, als hätte ihr das nicht jedes Mal wehgetan. *Aber das tat es.* Sie hätte durch die Hand seiner Mutter bereitwillig den Tod empfangen, um ihm dabei zu helfen, seine Königin zu finden. *Aber ich bin nicht gestorben.*

Stattdessen war sie nun das Oberhaupt des Hofs, der den seinen über Jahrhunderte in die Knie gezwungen und unterdrückt hatte – und ihre Elfen wollten auch, dass das so blieb. Ein allzu großer Klimawechsel war für keine von ihnen gut. Ihr Hof übte Druck aus in dieser Angelegenheit, forderte ein paar Machtdemonstrationen, die ihn daran erinnern sollten, dass sie noch immer stärker waren als er. Doch im Dunkeln, wenn sie zu zweit waren, flüsterte Keenan ihr süße Worte von Frieden und Gleichgewicht ins Ohr.

Ich stehe immer dazwischen ... wegen ihm. Aber er würde mich sofort verlassen, wenn Ash seinem Werben nachgäbe.

Wütend auf sich selbst, weil sie sich bei diesem Thema aufhielt, weil sie überhaupt darüber nachdachte, zerdrückte Donia die Tränen, die ihr die Wangen hinabliefen. Er gehörte nicht ihr, würde ihr niemals wirklich gehören, und ob sie wollte oder nicht, diese unumstößliche Wahrheit versetzte sie in Angst und Schrecken.

Sie stieg die Stufen zu ihrer Veranda hinauf.

Und dort saß er, sein schönes Gesicht von Sorge zerfurcht, und wartete. Er streckte die Hände nach ihr aus. »Don?«

Aus seiner Stimme sprach all das Verlangen, das sie vorher für ihn empfunden hatte.

All ihre Klarsicht war dahin, als er seine Arme ausbreitete. Sie schmiegte sich an ihn und küsste ihn, ohne sich darum zu scheren, ihr Eis in Schach zu halten, ohne Rücksicht darauf, ob sie ihn damit verletzte.

Er wird aufhören.

Doch statt sie wegzustoßen, zog er sie näher an sich. Dieses grässliche Sonnenlicht in seiner Haut leuchtete heller auf. Die Schneeflocken, die rings um sie zu fallen begonnen hatten, verdampften zischend noch im Flug.

Sie stand mit dem Rücken zur Tür. Obwohl Donia sie noch nicht aufgeschlossen hatte, schwang sie auf. Ein Blick und sie begriff, dass Keenan das Schloss zum Schmelzen gebracht hatte.

Es ist noch nicht Sommersonnenwende. Wir sollten nicht ... Dürfen nicht ...

Da, wo er sie berührt hatte, bildeten sich Quaddeln auf ihrem Arm, Bläschen bedeckten ihre Lippen. Sie wühlte ihre Hand in seine Haare und zog ihn enger an sich. Auf seinem Hals breitete sich Raureif aus.

Er wird aufhören. Ich werde aufhören. Jetzt, jede Sekunde.

Sie waren auf dem Sofa, und über ihrem Kopf entzündeten sich winzige Feuer auf dem Polster. Sie ließ ihren Winter weiter ausgreifen, und es begann im Zimmer heftig zu schneien. Die Feuer zischten, als sie ausgelöscht wurden.

Ich bin stärker. Ich könnte aufhören.

Aber er berührte sie. Keenan war da und er berührte sie. Sie hörte nicht auf. Vielleicht konnten sie es schaffen; vielleicht würde es gut gehen. Sie schlug die Augen auf und sah ihn an, die Helligkeit blendete sie.

»Du gehörst mir«, murmelte er zwischen den Küssen.

Ihre Kleider fingen Feuer, bis der Schnee die Flammen erstickte, die kurz darauf erneut aufflackerten. Blasen bedeckten ihre Haut, wo seine Hände sie berührt hatten. Auf seiner Brust und an seinem Hals wurden Frostbeulen sichtbar.

Sie schrie auf, und er rückte von ihr ab.

»Don ...« Er machte ein kummervolles Gesicht. »Ich wollte nicht ...« Er stützte sich auf einen Ellbogen und betrachtete ihre verletzten Arme. »Ich will dir nicht wehtun.«

»Ich weiß.« Sie glitt auf den Boden und ließ ihn allein auf dem qualmenden Sofa zurück.

»Ich wollte bloß reden.« Er sah sie abwartend an.

Sie versuchte, sich auf das Eis in ihrem Innern zu konzentrieren statt auf seine Nähe. »Über uns oder übers Geschäft?«

»Beides.« Er zog eine Grimasse, während er sein zerrissenes Hemd überzuziehen versuchte.

Sie beobachtete, wie er es zuknöpfte, als würde das helfen, es am Körper zu halten. Keiner von ihnen sagte etwas, während er mit dem ruinierten Stück Stoff beschäftigt war. Dann fragte sie: »Liebst du mich? Wenigstens ein bisschen?«

Er verharrte in der Bewegung, mit erhobenen Händen. »Was?«

»Liebst du mich?«

Er starrte sie an. »Wie kannst du das fragen?«

»Ja oder nein?« Sie musste es hören, etwas, irgendwas.

Er antwortete nicht.

»Warum bist du überhaupt hier?«, fragte sie.

»Um dich zu sehen. Um dir nah zu sein.«

»Warum? Ich brauche mehr als deine Begierde.« Sie weinte nicht, als sie das sagte. Sie tat gar nichts, was ihm gezeigt hätte, wie sehr er ihr das Herz brach. »Sag mir, dass zwischen uns mehr ist als das. Etwas, das keinen von uns zerstören wird.«

Er war ein Bild von einem Mann, so schön wie immer, doch seine Worte waren es nicht. »Komm schon, Don. Du weißt, dass es mehr ist als das. Du *weißt*, was zwischen uns ist.«

»Tu ich das?«

Er streckte die Hand aus. Sie heilte bereits, aber er war verletzt.

Das tun wir einander an.

Donia stand auf und ging hinaus. Sie musste etwas anderes sehen als die Zerstörung in ihrem Haus.

Wieder einmal.

Keenan folgte ihr.

Sie lehnte sich an die Hauswand. *Wie oft habe ich hier schon gestanden und versucht, mich von ihm oder von der letzten Winterkönigin fernzuhalten?* Sie wollte keine Wiederholung des letzten Versuchs von Winter und Sommer, zusammen zu sein.

»Ich möchte nicht, dass wir uns gegenseitig zerstören, so wie sie es getan haben«, flüsterte sie.

»Wir sind nicht wie sie. Du bist nicht wie Beira.« Er berührte sie nicht. Stattdessen setzte er sich auf die Veranda. »Ich werde dich nicht aufgeben, solange wir eine Chance haben.«

»Das hier ...« – sie zeigte auf die Zerstörungen hinter ihr – »ist nicht gut.«

»Das war ein kurzer Ausrutscher.«

»Einer von vielen«, fügte sie hinzu.

»Ja, aber ... wir kriegen das hin. Ich hätte nicht die Arme nach dir ausstrecken sollen, aber du hast geweint und ...« Er drückte ihre Hand. »Es ist mir einfach passiert. Du bringst mich dazu, mich zu vergessen.«

»Es geht mir ja nicht anders.« Donia drehte sich ihm zu. »Niemand sonst ärgert und fesselt mich so wie du. Ich liebe dich schon den größten Teil meines Lebens, aber ich bin nicht glücklich damit, wie die Dinge liegen.«

Er erstarrte. »Welche Dinge?«

Sie lachte kurz auf. »Mag ja sein, dass das bei deiner anderen Königin funktioniert, aber ich kenne dich, Keenan. Ich sehe, wie nah ihr euch steht.«

»Sie ist meine Königin.«

»Und wenn du mit ihr zusammen wärst, würde das deinen Hof stärken.« Donia schüttelte den Kopf. »Ich weiß es. Ich hab es immer gewusst. Du hast noch nie mir gehört.«

»Sie hat Seth.«

Donia sah die Weißdornmädchen wie Irrlichter zwischen den Bäumen umherhuschen. Ihre Flügel glitzerten in der Dunkelheit. Sie wägte ihre Worte ab. »Er wird sterben. Das tun Sterbliche nun mal. Und was dann?«

»Ich möchte dich in meinem Leben haben.«

»Im Dunkeln, wenn sie nicht da ist. Ein paar Nächte im Jahr ...« Donia dachte an die Handvoll Nächte zurück, in denen sie richtig zusammen sein konnten, nur wenige, verstohlene Momente lang. Diese Kostproben von dem, was sie nicht haben konnte, machten es nur noch schwerer, die Monate zu überstehen, in denen schon ein Kuss gefährlich war. Sie blinzelte die eisigen Tränen weg. »Das reicht nicht. Ich dachte, es würde reichen, aber ich brauche mehr.«

»Don ...«

»Hör mir bitte zu.« Donia setzte sich neben ihn. »Ich liebe dich. Ich habe dich so sehr geliebt, dass ich für dich gestorben wäre ... aber ich sehe, dass du versuchst, sie in dich verliebt zu machen, und trotzdem noch an meine Tür kommst. Mit Charme wirst du uns beide nicht in deinen Bann schlagen. Weder sie noch ich sind eins von deinen Sommermädchen.« Donia bemühte sich, mit sanfter Stimme weiterzusprechen. »Ich habe den Tod akzeptiert, um dir deine Königin zuzuführen – obwohl das bedeutete, dass ich dich verlieren würde, nach Jahren des Kampfes.«

»Ich verdiene dich nicht.« Er sah sie an, als wäre sie seine ganze Welt. Dieser Blick – dem sie schon unzählige Male verfallen war – schien all die Worte zu enthalten, die sie so gern hören wollte. In einzelnen Momenten, die sie wie Schätze hortete, war er ihr perfekter Partner. Doch Momente genügten nicht. »Ich habe dich nie verdient«, sagte er.

»Manchmal glaube ich das auch ... aber ich würde dich nicht

lieben, wenn es zur Gänze der Wahrheit entspräche. Ich habe gesehen, wer du sein kannst, was für ein Elfenkönig du sein kannst. Du bist besser, als du glaubst« – sie berührte vorsichtig sein Gesicht –, »besser, als ich manchmal glaube.«

»Ich möchte der sein, der ich mit dir sein könnte ...«, begann er.

»Aber?«

»Ich muss den Bedürfnissen meines Hofs den Vorrang geben. Neun Jahrhunderte lang wollte ich da hinkommen, wo ich heute bin. Ich darf nicht zulassen, dass das, was *ich* möchte – *wen* ich möchte –, dem Wohl meiner Elfen im Weg steht.« Er fuhr sich erneut mit der Hand durch die Haare und sah wieder wie der Junge von damals aus, als sie noch geglaubt hatte, er sei ein Mensch.

Sie wollte ihn trösten, ihm versprechen, dass alles gut werden würde. Aber sie konnte es nicht. Je näher der Sommer rückte, desto mehr würden Ashlyn und er voneinander angezogen werden. Seit dem Frühlingsanbruch hatte er Donia nur selten besucht. Heute war er gekommen, um Forderungen an sie zu stellen. Dass sie ihn liebte, bedeutete nicht, dass sie sich – oder ihrem Hof – Vorschriften machen ließ.

»Ich verstehe. Dasselbe muss ich auch tun ... aber ich will *dich*, Keenan, nicht den König.« Sie lehnte ihren Kopf an seinen Arm. Solange sie vorsichtig waren, sich nicht vergaßen, nicht die Beherrschung verloren, konnten sie sich berühren. Doch sobald sie ihn berührte, wurde die Selbstbeherrschung zur Herausforderung. Sie seufzte und fügte hinzu: »Ich möchte die Höfe außen vor lassen, wenn wir zusammen sind. Du musst akzeptieren, dass meine Liebe zu dir nicht bedeutet, dass du meinen Hof anders behandeln darfst als andere Geschäftspartner. Glaub nicht, dass mein Hof dir wegen dem, was wir miteinander teilen, gefügig ist.«

Er sah ihr in die Augen und fragte: »Und was, wenn ich das nicht kann?«

Sie schaute ihn an. »Dann musst du aus meinem Leben verschwinden. Versuch nicht länger, meine Liebe dazu zu benutzen, mich zu manipulieren. Erwarte nicht, dass ich nicht eifersüchtig werde, wenn du sie mit zu mir bringst und sie ansiehst, als wäre sie dein Ein und Alles. Ich möchte eine richtige Beziehung mit dir ... oder gar nichts.«

»Ich weiß nicht, was ich tun soll«, gestand er. »Wenn ich in ihrer Nähe bin, fühle ich mich wie in einem Bann. Sie liebt mich nicht, aber ich *möchte*, dass sie es tut. Mein Hof würde erstarken. Das ist wie bei Knospen, die im Sonnenlicht aufgehen. Es ist keine freie Entscheidung, Don. Es ist eine Notwendigkeit. Sie ist meine andere Hälfte, und ihre Entscheidung, nur mit mir ›befreundet‹ zu sein, schwächt mich.«

»Ich weiß.«

»Sie aber nicht ... und ich weiß nicht, ob es jemals leichter werden wird.«

»Bei ihr kann ich dir nicht helfen« – sie verhakte ihre Finger in seine – »und manchmal hasse ich euch beide dafür. Rede mit ihr. Finde einen Weg, sie zu gewinnen, oder finde einen Weg, frei genug zu sein, um wahrhaft mir zu gehören.«

»Sie hört mir nicht zu, wenn ich versuche, mit ihr über diese Dinge zu sprechen, und ich möchte nicht mit ihr streiten.« Keenan blickte wie verzaubert. Selbst wenn er nur von ihr sprach, war er von ihr gefangen genommen.

Donia sah ihn an, denselben verlorenen Elfen, den sie schon fast ihr ganzes Leben liebte. Sie war zu oft die Nachgiebigere von ihnen gewesen, wenn sie uneins waren, hatte ihm zu oft geholfen, weil sie doch beide dasselbe Ziel hatten: die Balance zwischen

Winter und Sommer. Sie seufzte. »Versuch es noch mal, Keenan. Wenn sich nicht etwas ändert, wird diese Geschichte ein böses Ende nehmen.«

Er drückte einen sanften Kuss auf ihre Lippen und sagte dann: »Ich träume noch immer, du wärst es. Egal, wie viele ich umworben habe, in meinen Träumen warst immer du diejenige, die dazu bestimmt war, meine Königin zu werden.«

»Und ich wäre es, wenn ich die Wahl hätte. Aber die habe ich nicht. Du musst auf mich verzichten oder einen Weg finden, dich von ihr zu distanzieren.«

Er zog sie näher an sich. »Ganz gleich, was passiert, ich möchte nicht auf dich verzichten. Niemals.«

»Das ist das nächste Problem.« Sie beobachtete, wie auf den Stufen neben ihr das Eis wuchs. »Ich bin nicht für den Sommer gemacht, Keenan.«

»Ist es so falsch, dass ich eine Königin haben will, die mich liebt?«

»Nein«, flüsterte sie. »Aber es geht nicht, dass du zwei Königinnen haben willst, die dich lieben.«

»Wenn du meine Königin wärst …«

»Aber ich war nicht die Richtige.« Sie legte ihren Kopf auf seine Schulter.

So saßen sie, vorsichtig aneinandergelehnt, bis der Morgen kam.

Vier

Nachdem sie ihr Fasten gebrochen hatte, hatte Sorcha nach Devlin gerufen, und erwartungsgemäß war er innerhalb von Sekunden zur Stelle. Während ihres ewigen Zusammenseins war ihr Bruder nie etwas anderes gewesen als zuverlässig und berechenbar.

Er blieb wortlos in der Tür stehen, während sie den großen Saal durchmaß. Geräuschlos erklomm sie mit ihren nackten Füßen das Podium und ließ sich auf dem frei stehenden silberglänzenden Thron nieder. Von diesem Punkt aus entfaltete der riesige Saal erst seine Schönheit; seine Bauweise folgte einer Symmetrie, die dem Auge des Betrachters schmeichelte. Dieser Raum – und nur dieser – war ihr nicht zu Willen. Der Saal der Wahrheit und der Erinnerung war unempfänglich für jede Art von Magie – außer seine eigene. Früher, als der Hof der Finsternis noch im Elfenreich residiert hatte, war dies der Ort gewesen, an dem Streitigkeiten zwischen den Höfen beigelegt wurden. Früher, als sie sich das Elfenreich noch geteilt hatten, wurden an diesem Ort Opfer dargebracht. Seine schiefergrauen Steine bewahrten die Erinnerung daran und an vieles andere mehr.

Sorcha ließ ihre Füße über das kühle Erdreich und das Gestein gleiten, auf denen ihr Thron errichtet war. Wenn man ewig lebte, trübte sich die Erinnerung zuweilen. Die Erde half ihr, sich aufs Elfenreich zu konzentrieren; das Gestein verband sie mit der Wahrheit des Saals.

Devlin rührte sich immer erst von der Stelle, wenn sie Platz genommen hatte. In gewisser Weise war Sorchas Festhalten an Ordnung und Regeln unverzichtbar für ihn. Die Struktur half ihm, auf dem Weg zu bleiben, den er gewählt hatte. Für sie war Ordnung etwas, das sie instinktiv anstrebte, für ihn dagegen eine Entscheidung, die er mit jedem Atemzug jeden Tages immer wieder neu traf.

Die Worte waren Routine, aber er sagte sie trotzdem: »Empfängst du Besucher, Mylady?«

»Ja, ich empfange.« Sie zog ihren Rock zurecht, so dass er ihre nackten Fußspitzen verbarg. In ihren Händen und auf ihren Wangen schimmerten silberne Fäden; sie schimmerten auch an anderen Stellen, die sie gelegentlich enthüllte, doch ihre nackten Füße blieben stets bedeckt. Das Zeugnis für die Natur ihrer Verbindung zu diesem Saal war nichts, was sie ihrem Hof zeigen wollte.

»Darf ich näher kommen?«

»Immer, Devlin«, versicherte sie ihm wieder, so wie sie es schon länger tat, als seine oder ihre Erinnerung zurückreichte. »Du brauchst nicht zu fragen, du bist immer willkommen.«

»Dein Vertrauen ehrt mich.« Er senkte den Blick auf ihre verborgenen Füße. Er kannte die Wahrheit, die sie mit niemandem sonst teilte. Die Vernunft sagte ihnen beiden, dass ihr Vertrauen in ihn eines Tages ihren Sturz bewirken würde. Die Vernunft sagte aber ebenso, dass es keine Alternative gab: Durch ihr Vertrauen sicherte sie sich seine Loyalität.

Und bislang sind wir nicht gestürzt.

Er war ihr Auge und ihre rechte Hand im Reich der Sterblichen. Er war ihre Gewalt in Zeiten, wo sie nötig war. Doch er war auch Bananachs Bruder – eine Tatsache, die keiner von ihnen dreien jemals vergaß. Devlin traf sich regelmäßig mit ihrer Schwester; er mochte die verrückte Rabenelfe, auch wenn ihre Ziele gänzlich ohne Ordnung und Regeln waren. Wegen seiner Zuneigung zu ihr konnte kein noch so aufopferungsvoller Dienst Sorchas Zweifel an seiner Loyalität ersticken.

Wird er sich eines Tages auf ihre Seite schlagen? Tut er es jetzt schon?

»Dunkelelfen haben das Blut eines deiner Sterblichen vergossen ... auf dem Boden des Elfenreichs«, begann Devlin. »Willst du sie richten?«

»Ja, das will ich.« Auch diese Worte waren Routine: Sie richtete immer. Das tat die Vernunft nun mal.

Devlin wandte sich ab, um die Angeklagten und Zeugen zu holen, doch sie hob die Hand, um ihn aufzuhalten.

»Danach musst du für mich die sterbliche Welt aufsuchen. Dort gibt es einen Sterblichen, der sich ungehindert durch drei Höfe bewegt«, sagte sie.

Er verbeugte sich. »Wie du wünschst.«

»Bananach glaubt, er sei von zentraler Bedeutung.«

»Wünschst du, dass ich den Sterblichen eliminiere oder dass ich ihn zu dir bringe?«

»Weder noch.« Sorcha war sich noch nicht ganz sicher, was das richtige Vorgehen war, übereiltes Handeln jedenfalls nicht. »Bring mir Informationen. Sieh, was ich nicht sehen kann.«

»Wie du willst.«

Sie konzentrierte sich wieder auf die Gerichtsverhandlung. »Führe sie herein.«

Augenblicke später wurden von Wachen unter Devlins Kommando vier Ly Ergs hereingebracht. Im Reich der Sterblichen war es kein Grund zur Sorge, wenn die Soldatenelfen mit den roten Handflächen andere verwundeten; die meisten der dort verübten Schandtaten kümmerten Sorcha nicht. Diese vier Missetäter dagegen hatten sich nicht in der sterblichen Welt aufgehalten.

Einige Dutzend Elfen ihres eigenen Hofs folgten den Angeklagten in den Raum. Hira und Nienke, seit mehreren Jahrhunderten ihre Dienerinnen und Trostspenderinnen, kamen zu ihr und setzten sich auf die Stufen zu ihren Füßen. Passend zu ihren schlichten Gewändern trugen sie einfache graue Unterkleider und gingen, wie Sorcha selbst, barfuß.

Sie gab Devlin ein Zeichen.

Er drehte sich so, dass er den Ly Ergs und den Besuchern des Gerichts zugewandt war, ohne Sorcha den Rücken zuzukehren. So konnte er alle sehen.

»Weiß euer König, dass ihr hier seid?«, fragte er die Ly Ergs.

Nur einer antwortete: »Nein.«

»Weiß Bananach Bescheid?«

Einer der vier, aber nicht derselbe Ly Erg, grinste. »Die Herrin des Krieges weiß, dass wir sie durch unsere Taten der Erfüllung ihrer Wünsche näher bringen.«

Sorcha spitzte die Lippen. Bananach war vorsichtig – sie genehmigte Angriffe auf dem Gebiet des Elfenreichs nicht ausdrücklich, ermutigte jedoch unzweifelhaft dazu.

Devlin sah Sorcha an.

Als sie kurz nickte, schnitt er dem Ly Erg die Kehle durch. Die Bewegung war fließend und schnell genug, um kein Geräusch zu verursachen.

Die anderen drei Ly Ergs sahen zu, wie das Blut ins Gestein einsickerte. Der Saal absorbierte es, trank es in Erinnerung an den toten Elfen; die Ly Ergs mussten mit Gewalt davon ferngehalten werden. Es war ihre Nahrung, ihre Versuchung, der Grund für fast alles, was sie taten.

Es folgte ein Handgemenge, als die Ly Ergs das vergossene Blut zu erreichen versuchten – was Devlin gleichzeitig missfiel und erfreute. Er lächelte, machte ein finsteres Gesicht, bleckte die Zähne: eine kurze Abfolge von Ausdrücken, die der Hof nicht sah. Die Lichtelfen wussten, dass sie Devlin nicht ins Gesicht sehen durften, wenn er ungeladene Gäste verhörte.

Sorcha lauschte auf die Wahrheiten, die der Saal ihr teilhaftig werden ließ: Nur sie hörte die geflüsterten Worte, die durch den Raum vibrierten. Die Königin des Lichts wusste, dass die Ly Ergs nicht auf direkten Befehl gehandelt hatten. »Sie hat sie nicht ausdrücklich aufgefordert, ins Elfenreich zu kommen.«

Mit diesen Worten zog sie alle Blicke auf sich.

Der Boden wellte sich leicht, als der Stein sich auftat und den Ly Erg ins Gemäuer des Saals einschloss. Der Grund unter ihren Füßen wurde feucht, und sie spürte, dass sich die silbernen Fäden in ihrer Haut ausdehnten und wie Wurzeln in den Saal gruben, um sich von dieser notwendigen Opfergabe für die Wahrheit – und Magie – zu nähren.

Magie hatte sich schon immer von Blut genährt. Sorcha selbst war das Herz dieser Magie. Wie ihre Geschwister benötigte auch sie Blut und Opfergaben zu ihrer Ernährung. Doch sie empfand keinerlei Lust dabei; sie akzeptierte es aus rein praktischen Gründen. Eine schwache Königin konnte das Elfenreich – und die Magie, die alle Elfen in der sterblichen Welt ernährte – nicht am Leben erhalten.

»Der Tod eures Bruders ist eine bedauernswerte Folge unerlaubten Betretens des Elfenreichs. Ihr seid nicht zu mir gekommen, als ihr es betreten habt. Stattdessen habt ihr Mitglieder meines Hofes angegriffen. Ihr habt einen meiner Sterblichen verbluten lassen.« Sorcha ließ ihren Blick über die versammelten Mitglieder ihres Hofes schweifen, die sie mit demselben unverbrüchlichen Vertrauen ansahen wie immer. Sie liebten die Stabilität und Sicherheit, die sie ihnen gab. »Dort draußen besitzen auch andere Höfe Rechte und Macht. Im Elfenreich aber bin ich die absolute Herrscherin. Leben, Tod – alles ist allein meinem Willen unterworfen.«

Ihre Elfen warteten darauf, schweigende Zeugen der unvermeidlichen Wiederherstellung der Ordnung zu werden. Sie wussten, dass Sorcha aus praktischen Gründen so entschied. Sie wichen nicht zurück, als sie sie aufmerksam betrachtete.

»Diese drei Eindringlinge haben einen meiner Sterblichen auf meinem Territorium angegriffen. So etwas ist inakzeptabel.« Sorcha sah Devlin an und hielt Blickkontakt zu ihm, während er zu ihr hochschaute. »Einer von ihnen soll am Leben bleiben, damit er dem neuen König der Finsternis ihr Vergehen erklären kann.«

»Es soll sein, wie meine Königin wünscht«, erwiderte er mit ruhiger, klarer Stimme, die in starkem Kontrast zu dem Leuchten in seinen Augen stand.

Die Besucher des Hofes senkten den Blick, damit das Urteil vollstreckt werden konnte. Das Blutvergießen zu verstehen, hieß nicht, es zu genießen. Lichtelfen waren nicht gewalttätig.

Zumindest die meisten von ihnen nicht.

Mit einer langsamen, gleichmäßigen Handbewegung zog Devlin seine Klinge durch die Kehle des nächsten Ly Ergs. Hier im Saal, während sie die Erde und das Gestein berührte, wusste Sorcha die Wahrheit: Die Klinge war nicht so scharf, wie sie sein sollte, und ihr Bruder genoss die Endgültigkeit dieser Tode. Und vor allem spürte sie seine Genugtuung darüber, dass er ihr durch seine Tat die Nahrung zuführte, die sie brauchte, damit der Hof des Lichts gedieh, und dass dies ein weiteres Geheimnis war, das sie miteinander teilten.

»Für unseren Hof und nach dem Willen und Wort unserer Königin wird dein Leben beendet«, sagte Devlin, während er den Ly Erg in dem klaffenden Loch versenkte, das sich im Gestein aufgetan hatte.

Er wiederholte diese Tat und opferte so den dritten Elfen.

Dann hielt er ihr seine blutverschmierte Hand hin. »Meine Königin?«

Mit den Füßen in der Erde wusste sie, dass er sich einen Augenblick lang wünschte, von ihr dafür getadelt zu werden, dass er sich an den Toden der Ly Ergs erfreut hatte. Er forderte sie heraus, ihn zu bestrafen, wie er da mit blutverschmierten Händen vor ihr stand. Er hoffte darauf.

Der gesamte Hof hob den Blick zum Podium.

Sorcha lächelte erst Devlin aufmunternd an und dann alle anderen. »Bruder.«

Die Silberfäden vibrierten vor Energie, als sie sich wieder in ihre Haut zurückzogen. Sie nahm seine Hand und trat auf den schon wieder makellosen Boden. Der übrig gebliebene Ly Erg, der dort stand, starrte sehnsüchtig auf das Blut an ihren Fingern.

»Weder dein König noch Bananach haben im Elfenreich irgendetwas zu sagen. Befolge die Regeln.« Sie küsste seine Stirn. »Diesmal wirst du begnadigt, wenn du im Gegenzug diese Nachricht deinem König überbringst.«

Sie drehte sich zu ihrem Bruder und nickte. Ohne ein weiteres Wort führte er sie durch ihre Elfen hindurch und aus dem Saal in die Stille ihres Gartens. Auch das war Routine. Sie taten das, was die Ordnung verlangte; danach zog sie sich in die Stille der Natur zurück und er auf die Ebene der Sterblichen.

Doch diesmal würde Devlin den umherstreifenden Sterblichen suchen. Dieser Seth Morgan war eine Abweichung von der Normalität. Wenn seine Handlungen Bananachs Aufmerksamkeit geweckt hatten, war es notwendig, dass man ihn näherer Betrachtung unterzog.

Fünf

Als Seth an diesem Nachmittag aus dem Magazin der Bibliothek kam, wartete Quinn auf ihn. Das Mienenspiel des Wachmanns zeigte eine falsche Freundlichkeit.

»Ich brauche keinen Geleitschutz«, murmelte Seth im Vorbeigehen und trat an den Schalter, um seine neuesten volkskundlichen Bücher auszuleihen.

Sein Einspruch zeigte keine Wirkung.

Sobald Seth die Bücher in seinen Beutel steckte, machte Quinn eine Geste in Richtung Ausgang. »Wenn du dann so weit bist?«

Seth wäre lieber allein gegangen, doch der Versuch, den Wachmann zu einem Verstoß gegen seine Befehle zu überreden, war aussichtslos. Die Welt war gefährlich für einen schwachen Sterblichen. Ashlyn bestand darauf, dass die Wachen rund um die Uhr auf ihn aufpassten. Auch wenn er das verstand, kostete es ihn zunehmend Mühe, ätzende Kommentare zu unterdrücken und den Fluchtgedanken zu widerstehen. *Was dumm ist.*

Er ging schweigend an Quinn vorbei und blieb auch auf dem Weg zum Crow's Nest stumm, wo er Niall traf, der vor der Tür auf ihn wartete. Der König der Finsternis lehnte an der Wand, rauchte eine Zigarette und klopfte mit dem Fuß den Rhythmus irgendeiner Musik, die drinnen spielte. Anders als Keenan und Ashlyn hatte Niall keine Wachen, die ihn begleiteten oder in der Nähe herumlungerten. Er war allein – und er war ein sehr willkommener Anblick.

Quinn hatte nur verächtliche Blicke für Niall übrig. »Er gehört nicht mehr zu unserem Hof.«

Niall stand einfach nur da und schwieg, während Quinn ihn finster ansah. Er hatte sich verändert, seit er zum König der Finsternis geworden war; der augenfälligste Unterschied war, dass er seine früher kurz geschorenen Haare wachsen ließ. Aber das war nicht die eigentliche Veränderung – an Keenans Hof hatte Niall sich stets mit großer Umsicht bewegt, als wäre es unerlässlich, ständig auf potenzielle Gefahren vorbereitet zu sein, ganz egal, wo sie sich aufhielten. Selbst in der Sicherheit des Lofts war Niall stets wachsam gewesen. Jetzt sprach Entspanntheit aus seiner Haltung. Seine lässige Nonchalance drückte aus, dass ihm nichts etwas anhaben konnte – was auch in hohem Maße zutraf. Die Oberhäupter der Höfe konnten nur von anderen regierenden Monarchen oder einigen außergewöhnlich einflussreichen ungebundenen Elfen verwundet werden. Niall war, wie Ashlyn, nahezu immun gegen tödliche Verletzungen.

Mit gesenkter Stimme fügte Quinn hinzu: »Du kannst dem Hof der Finsternis nicht trauen. Unser Hof pflegt mit seinem keinen Umgang.«

Seth schüttelte den Kopf, obwohl er beinahe lächeln musste. Nialls absichtlich provokative Haltung, Quinns Art, sich so zu positionieren, als müsste er auf einen Angriff gefasst sein – noch vor wenigen kurzen Wochen hätte Niall ganz genauso auf den vorherigen König der Finsternis reagiert. *Es ist alles relativ.* Niall hatte sich verändert. Oder vielleicht hatte er auch schon immer gern Streit provoziert und es war Seth bloß nicht aufgefallen.

Seth sah Niall direkt an. »Hast du vor, mir was anzutun?«

»Nein.« Niall strafte Quinn mit einem tödlichen Blick. »Außerdem kann ich dich weitaus besser beschützen als Keenans Speichellecker.«

Quinn schnaubte vor Wut, sagte aber nichts.

»Anderswo ist es für mich auch nicht sicherer als hier. Ganz im Ernst«, sagte Seth ruhig und ohne ein Zeichen von Belustigung oder Verärgerung zu Quinn. »Niall ist mein Freund.«

»Was, wenn …«

»Mein Gott, jetzt geh schon«, unterbrach Niall ihn und stolzierte mit einer Drohgebärde auf sie zu, die nur allzu gut zu ihm passte. »Seth passiert nichts, wenn ich dabei bin. Ich bringe keinen Freund in Gefahr. Es ist *dein* König, der gedankenlos mit seinen Freunden umgeht.«

»Ich nehme nicht an, dass unser König dem zustimmen würde«, entgegnete Quinn. Er sprach nur zu Seth und sah auch nur ihn an.

Seth zog eine Augenbraue hoch. »*Ich* habe keinen König. Ich bin sterblich, schon vergessen?«

»Ich werde es Keenan melden müssen.« Quinn wartete ein paar Sekunden, als müsste Seth diese Drohung irgendwie beeindrucken. Als sie es offensichtlich nicht tat, drehte er sich um und ging.

Kaum war er außer Sichtweite, verschwand auch der bedrohliche Ausdruck von Nialls Gesicht. »So ein Idiot. Ich fasse es nicht, dass Keenan ihn zum Berater erhoben hat. Er ist ein Jasager ohne jeglichen moralischen Kompass und …« Er unterbrach sich selbst. »Was geht's mich an. Komm.«

Er öffnete die Tür und sie tauchten in die alles verschluckende Düsternis des Crow's Nest ein. Die Luft war auf eine angenehme Art feuchtkalt – und es gab weder Vögel im Sturzflug noch herumtollende Sommermädchen. Hier fühlte Seth sich wohl. Als seine Eltern noch in der Stadt gewesen waren, hatte er hier mit seinem Vater viele Nachmittage verbracht. Genau genommen war er im Crow's Nest praktisch aufgewachsen. Es hatte sich einiges verändert, doch Seth sah noch genau vor sich, wie seine Mom hinter dem Tresen gestanden und jedem Dummkopf die passende Antwort gegeben hatte, der den Fehler machte, sie für eine leichte Beute zu halten. *Wie ein Bulldozer.* Linda war sehr zierlich, glich ihre fehlende Größe aber durch ihr Temperament aus. Erst mit fünfzehn hatte Seth kapiert, dass die Arbeit seines Vaters in der Bar nur ein Vorwand war, um in Lindas Nähe zu sein. Er hatte immer behauptet, dass er sich zu Hause langweile und des Ruhestands überdrüssig sei und dass es ihn nervös mache, keine Aufgabe zu haben. Weshalb er kleinere Reparaturen in der Bar erledigte. Aber es war nicht die Langeweile; es ging ihm darum, näher bei Linda zu sein.

Ich vermisse sie. Seth ließ die Erinnerungen fließen. Hier konnte er das tun. Dieser Club war das, was für ihn einem Zuhause augenblicklich am nächsten kam.

Linda hatte ihrer Mutterrolle nichts abgewinnen können. Sie liebte ihn zwar, daran gab es keinen Zweifel; aber sie hatte Seths Vater nicht geheiratet, um mit ihm sesshaft zu werden und eine Familie zu gründen. Kaum dass Seth alt genug gewesen war, hatte sie neue Pläne geschmiedet, neue Orte sehen wollen. Und sein Dad hatte nur die Achseln gezuckt und war, ohne zu zögern, mitgegangen.

Und ohne zu fragen, ob ich mitkommen wollte.

Seth schob den Gedanken beiseite, während Niall ihn – vorbei an den Trinkern, die bereits einige Nachmittagsbiere intus hatten – zu einem Tisch in der dunkelsten Ecke des Raums führte. Mittags hing hier eine skurrile Mischung aus Büroangestellten,

Bikern und Leuten herum, die einen Job suchten oder deren Saisonarbeit noch nicht richtig in Schwung gekommen war.

Sie wählten einen Tisch aus, an dem sie für sich sein konnten, und Seth klappte die abgegriffene Speisekarte auf, die er vom Nebentisch genommen hatte.

»Sie hat sich nicht geändert.« Niall zeigte auf die Speisekarte. »Und du wirst dasselbe bestellen wie immer.«

»Stimmt, aber ich gucke sie mir gerne an. Es gefällt mir, dass es immer dasselbe gibt.« Seth winkte eine der Kellnerinnen heran und gab seine Bestellung auf.

Als sie wieder zu zweit waren, schaute Niall ihn an und fragte: »Findest du, dass ich auch derselbe bin wie immer?«

»Die Schatten um dich herum sind mehr geworden« – Seth zeigte in die Luft, die Niall umgab, in der flüsternde Gestalten schaukelten und durcheinanderwirbelten – »und diese merkwürdige Sache mit den Augen ist neu. Noch gruseliger als bei Ash. In ihren Augen sieht man meistens Ozeane und andere schöne Dinge. Aber in deinen? Da sind so bizarre Gestalten des Abgrunds.«

Niall schien nicht erfreut über dieses Detail. »Irial hat auch noch immer solche Augen.«

Seth hütete sich davor, dieses Thema zu vertiefen. Nialls Verhältnis zum letzten König der Finsternis sprach man besser nicht an, wenn Niall ohnehin schon melancholisch war. Stattdessen sagte Seth zu ihm: »Du wirkst glücklicher.«

Niall stieß einen unerwarteten Laut aus, der vielleicht ein Lachen war. »Ich weiß nicht, ob ich das glücklich nennen würde.«

»Jedenfalls siehst du so aus, als würdest du dich inzwischen etwas wohler fühlen in deiner Haut«, erwiderte Seth achselzuckend.

Diesmal lachte Niall richtig – ein Geräusch, bei dem außer Seth jeder im Raum erschauderte oder sehnsuchtsvoll seufzte. Seth griff automatisch zu dem Amulett, das er an einer Kordel um den Hals trug. Es war ein Zauberstein, den Niall ihm geschenkt hatte und der magische Kräfte neutralisierte. Er sollte ihn davor schützen, dass Niall in jedem unweigerlich niedere Instinkte ansprach, hatte aber den angenehmen Nebeneffekt, dass er Seth auch half, sich anderer Arten von Elfenmagie zu erwehren.

Keenan hat mir so was nie angeboten, er hat mir noch nicht mal erzählt, dass es solche Zaubermittel gibt ...

Seth schüttelte den Kopf. Es war kein Geheimnis, dass der Sommerkönig sich nicht gerade ins Zeug legte, wenn es darum ging, Seth das Leben zu erleichtern. Wenn Ashlyn etwas vorschlug, willigte Keenan zwar ohne Zögern ein, doch selbst ergriff er nie die Initiative. Niall dagegen hatte all sein Wissen bereitwillig mit Seth geteilt, als er zum König der Finsternis geworden war.

»Hast du Ash eigentlich von dem Amulett erzählt?«, fragte Niall fast beiläufig.

»Nein. Sie wäre sofort zu Keenan gelaufen und hätte ihn gefragt, warum er mir das nicht schon längst angeboten hat ... und ich möchte nicht schon wieder der Grund für einen Streit zwischen den beiden sein.«

»Du bist ein Dummkopf. Ich weiß, warum er es dir nicht angeboten hat. Und du weißt es auch. Und wenn Ash es herausfinden würde, wüsste sie es auch.«

»Ein Grund mehr, es ihr nicht zu erzählen. Sie ist ohnehin schon gestresst genug wegen der vielen Veränderungen, die sie ausbalancieren muss«, sagte Seth.

»Und er wird das alles zu seinem Vorteil nutzen. Er ist ...«, Niall unterbrach sich und machte ein finsteres Gesicht.

Seth folgte Nialls Blick. Eine dunkelhaarige Elfe, deren Gesicht und Arme mit Tattoos aus Pflanzenfarbstoff bemalt waren wie bei Kriegern in keltischen Schlachtengemälden, stand inmitten einer Schar von sechs kleineren, männlichen Elfen mit rot gefleckten Händen. Das Bild eines Raben schimmerte über dem Kopf der weiblichen Elfe. Ihr blauschwarzes Haar, das irgendwie zugleich aus Federn bestand, reichte ihr in einem verknoteten Durcheinander bis zur Taille. Anders als bei den meisten anderen Elfen schimmerten durch ihr unechtes menschliches Antlitz vogelähnliche Gesichtszüge durch, und abwechselnd war mal das eine und mal das andere dominant.

»Misch dich nicht ein.« Niall rückte seinen Stuhl vom Tisch ab, als sie sich näherte.

Sie hielt den Kopf auf eine eindeutig nicht menschliche Art schief. »Was für eine angenehme Überraschung, *Gancan*...«

»Nein.« Hervorschnellende Ranken aus Schatten zeigten Nialls Wut an, doch für die Sterblichen im Club, die nicht über die Sehergabe verfügten, waren sie nicht sichtbar. »Nicht ›Gancanagh‹. *König*. Oder hast du das vergessen?«

Die Elfe verzog keine Miene; stattdessen musterte sie Niall ausführlich. »Richtig. An manchen Tagen lässt mich meine Erinnerung im Stich.«

»Was aber keineswegs der Grund dafür ist, dass du dich entschlossen hast, mich nicht mit meinem richtigen Namen anzusprechen.« Niall war noch nicht aufgestanden, hatte sich aber inzwischen so hingesetzt, dass er das schnell tun konnte.

»Sehr wahr.« Die vogelähnliche Elfe spannte ihren Körper an. »Würdest du gegen mich kämpfen, *mein König*? Die Kriege, die ich brauche, sind noch zu weit weg.«

Seth spürte, dass sich die Atmosphäre zwischen den beiden zunehmend mit Spannung auflud. Die anderen Elfen hatten sich im Raum verteilt und überall im Crow's Nest Posten bezogen. Sie sahen schadenfroh aus.

»Ist es das, was du willst?« Niall stand auf.

Sie leckte sich über die Lippen. »Eine kleine Rauferei käme mir sehr gelegen.«

»Forderst du mich heraus?« Er fuhr mit der Hand durch die Feder-Haare der Elfe.

»Noch nicht. Keine echte Herausforderung, aber Blut ... ja, Blut würde ich schon gern fließen sehen.« Sie beugte sich vor und ließ ihren Mund mit einem deutlichen Klappgeräusch auf- und zuschnappen, so dass es Seth so vorkam, als besäße sie tatsächlich einen Schnabel.

Niall ballte seine Hand in ihren Haaren zur Faust und hielt ihren Kopf von sich weg.

Sie wiegte sich hin und her wie in einem Tanz. »Ich könnte mich ja nach Irial erkundigen. Ich könnte erwähnen, wie verletzt er ist, weil du seinen ... Rat verschmähst.«

»Miststück.«

»Ist das alles, was ich bekomme? Ein Wort? Ich komme ohne Blut. Ich komme zu dir. Und bekomme ein Wort? So behandelst du mich, nachdem ...«

Niall hieb mit der Faust nach ihr.

Sie versuchte, seinen immer noch ausgestreckten Arm mit dem Messer aus Knochen aufzuspießen, das sie plötzlich in der Hand hielt.

Ihre Bewegungen waren zu schnell, als dass Seth sie hätte verfolgen können. Er konnte nur sagen, dass die Elfe sich im Kampf sehr gut behauptete. Innerhalb weniger Sekunden hatte sie Niall eine Reihe von Schnittwunden beigebracht, von denen die meisten allerdings nicht sehr tief aussahen. Er zog ihr die Beine weg, doch sie war schon wieder aufgestanden und über ihm, bevor sie überhaupt den Boden berührt hatte.

In diesem wirren Durcheinander schien sie einen Rabenschnabel zu besitzen und zusätzlich zu dem kurzen Messer mit Krallen bewehrt zu sein. Die Laute, die ihrem Schnabel-Mund entwichen, waren entsetzlich. Sie klangen wie Kampfgeschrei, mit dem sie die anderen Elfen an ihre Seite rief. Doch die, die mit ihr gekommen waren, blieben auf den Tischen und Stühlen sitzen und sahen schweigend zu.

Niall gelang es, Bananach mit dem Rücken an seine Brust zu drücken und so in einer Art Umklammerung zu halten.

Sie verharrte einen Moment lang reglos in dieser Position. Ihr Mienenspiel war befremdlich anzusehen: Es drückte keinen Ärger aus, sondern eine Art inniger Lust. Sie seufzte. »Es lohnt sich beinahe, mit dir zu kämpfen.«

Dann ließ sie ihren Kopf mit solcher Wucht zurückschnellen, dass sie Niall im Gesicht traf und ihm Nase und Mund blutig schlug.

Niall ließ sie trotzdem nicht los. Stattdessen löste er seine rechte Hand und legte sie um ihren Kopf. Ihren eigenen Schwung ausnutzend schleuderte er sie zu Boden. Dort hielt er sie fest, indem er ihren Kopf mit einer Hand herunterdrückte und sich mit seinem Gewicht auf sie stützte. In dieser Stellung presste er die reglose Elfe mit seinem Körper auf den Boden.

Sie wandte ihm ihr blutverschmiertes Gesicht zu, und die beiden starrten sich in die Augen.

Seth war unbehaglich zu Mute. Er wandte den Blick ab und bemerkte, dass die Kellnerin neben ihm stand und etwas sagte.

»Was?«

»Niall«, wiederholte die Kellnerin. »Ich hab gar nicht gesehen, dass er gegangen ist. Kommt er noch mal wieder?«

Seth stutzte, doch dann fiel ihm wieder ein, dass sie die Elfen ja nicht sehen konnte. Nur er sah diesen Kampf. Nur er sah sie blutverschmiert und ineinander verschlungen am Boden liegen. Er nickte. »Ja. Er kommt gleich wieder.«

Die Kellnerin warf ihm einen fragenden Blick zu. »Alles in Ordnung mit dir?«

»Ja. Du … hast mich bloß erschreckt.« Er grinste. »Tut mir leid.«

Sie nickte und ging zu einem anderen Tisch.

Hinter sich hörte er Niall sagen: »Meine Liebe?«

Seth drehte sich um und sah, wie Niall aufstand und der Elfe die Hand reichte. »Ist die Sache jetzt erledigt?«

»Mmmm. Unterbrochen. Nicht erledigt. Niemals, solange du nicht tot bist.« Sie nahm seine Hand und erhob sich mit dieser flüssigen Anmut, die so vielen Elfen eigen war, vom Boden. Ihr Blick ging ins Leere, während sie vorsichtig ihre Wange betastete. »Das war gut, mein König.«

Der König der Finsternis nickte. Er ließ sie nicht aus den Augen.

»Ich komme heute Abend zu dir«, flüsterte sie, was ebenso gut eine Drohung wie ein Angebot sein konnte.

Dann drehte sie ihren Kopf in einer Abfolge von kurzen ruckartigen Bewegungen, bis sie zielsicher jede der sechs Elfen mit den roten Handflächen ausfindig gemacht hatte. Sie bewegten sich gleichzeitig auf sie zu, und ohne dass noch ein weiteres Wort fiel, verschwand die Truppe so plötzlich, wie sie gekommen war.

Niall sah Seth an. »Bin sofort wieder da.«

Er verließ ebenfalls den Raum. Seth blieb sprachlos über diesen willkürlichen Gewaltakt zurück und wusste nicht, was er davon halten sollte.

Dann bemerkte er, dass noch jemand den Kampf mit angesehen hatte: Ein für Sterbliche ohne Sehergabe unsichtbarer Elf starrte ihn von der anderen Raumseite aus an. Er hatte seine widerspenstigen weißen Haare zurückgebunden und am Hinterkopf in einem kleinen Knoten festgesteckt. Seine Gesichtszüge waren klar und so kantig, dass sie wie gemeißelt wirkten. Es wäre eine andere Art von Skulptur als die, die Seth normalerweise schuf, aber es juckte ihm sofort in den Fingern und er hätte gern einen dunklen Felsblock gehabt, um zu versuchen ein Gegenstück herauszumeißeln. Der bleiche Elf stand weiter einfach nur da und starrte herüber, so dass Seth sich fragte, ob er überhaupt lebendig war. Er verharrte so reglos auf der Stelle, dass er tatsächlich das perfekte Bild einer Statue abgab.

Als Niall wenige Minuten später zurückkehrte, war er nicht mehr so blutverschmiert. Er verbarg den Zustand seiner Kleider und die Schnittwunden in seiner Haut durch einen Zauber, so dass Seth der einzige Sterbliche im Raum war, der eine Veränderung bemerkte.

Nachdem er sich wieder an den Tisch gesetzt hatte, fragte Seth ihn: »Kennst du den?«

Niall folgte Seths Blick zur anderen Raumseite, wo der statuenhafte Elf stand. »Leider ja.« Niall nahm ein Zigarettenetui aus der Tasche und fischte eine Zigarette heraus. »Devlin ist Sorchas ›Friedenswächter‹ oder ihr Schläger, je nachdem, wie man's sieht.«

Der Elf Devlin lächelte sie ruhig an.

»Aber ich bin nicht in der Stimmung, mich mit ihm abzugeben«, fügte Niall hinzu, ohne Devlin aus den Augen zu lassen. »Heutzutage sind nur sehr wenige Elfen stark genug, um es mit mir aufzunehmen. Sorcha gehört dazu. Und er bedauerlicherweise auch.«

Seth fragte sich, wie der Tag plötzlich eine so negative Wendung nehmen konnte, und warf noch einen raschen Blick auf Devlin. Er kam an ihren Tisch.

Der Elf blieb, weiterhin unsichtbar, vor ihnen stehen und sagte zu Niall: »Es steht Ärger ins Haus, mein Freund. Sorcha ist nicht die einzige Zielscheibe.«

»Ist sie das überhaupt jemals?« Niall klappte sein Feuerzeug auf.

Devlin zog ungefragt einen Stuhl heran und setzte sich zu ihnen. »Sorcha hat dich mal sehr gemocht. Das sollte selbst dir nicht egal sein. Was sie braucht, ist ...«

»Ich will es nicht wissen, Dev. Du siehst doch, was ich jetzt bin ...«

»Dazu in der Lage, deinen eigenen Weg zu gehen.«

Niall lachte. »Nein. Das nicht. Niemals.«

Seth war nicht sicher, was er tun sollte, doch als er Anstalten machte aufzustehen, hielt Niall ihn am Unterarm fest. »Bleib hier.«

Devlin beobachtete sie scheinbar teilnahmslos. »Gehört der zu dir?«

»Er ist mein Freund«, korrigierte Niall ihn.

»Er sieht mich. Er hat *sie* gesehen.« Devlins Ton war nicht vorwurfsvoll, aber trotzdem alarmierend. »Sterbliche sollten nicht *sehen* können.«

»Er tut es aber. Wenn du versuchst, ihn mitzunehmen« – Niall bleckte seine Zähne und knurrte wie ein Tier –, »wird weder das, was ich früher für deine Königin empfunden habe, noch unsere Freundschaft meinen Zorn besänftigen.« Dann sah er Seth an. »Geh nicht mit ihm mit. Niemals.«

Seth zog stumm fragend eine Augenbraue hoch.

Devlin erhob sich. »Wenn Sorcha gewollt hätte, dass ich den Sterblichen hole, dann wäre er nicht mehr hier. Sie hat seine Abholung nicht angeordnet. Ich bin hier, um dich vor Ärger an deinem Hof zu warnen.«

»Und ihr Bericht zu erstatten.«

»Selbstverständlich.« Devlin warf Niall einen überaus verächtlichen Blick zu. »Ich melde meiner Königin alles. Ich diene dem Hof des Lichts in jedweder Angelegenheit. Beherzige das, was meine Schwester dir sagt.«

Damit stand er auf und ging.

Niall drückte seine Zigarette aus, die er gar nicht geraucht hatte, und zog die nächste hervor.

»Möchtest du mir vielleicht irgendwas davon erklären?« Seth gestikulierte durch den Raum.

»Eigentlich nicht.« Niall zündete die Zigarette an und nahm einen langen Zug. Dann hielt er sie tief in Gedanken versunken vor sich. »Und ich bin nicht mal sicher, ob ich es dir alles erklären *könnte*.«

»Bist du in Gefahr?«

Niall blies den Rauch aus und grinste. »Hoffen darf man ja.«

»Und ich?«

»Nicht wegen Devlin. Wenn er hierhergeschickt worden wäre, um dich zu holen, dann hätte er es auch versucht.« Niall sah zur Tür, durch die der Lichtelf verschwunden war. »Devlin ist in geschäftlichen Angelegenheiten des Lichthofs unterwegs, weil Sorcha sich nicht oft unter Sterblichen aufhält.«

»Und die Elfe, die dich angegriffen hat?«

Niall zuckte die Achseln. »Das ist eins ihrer Hobbys. Gewalt, Streit und Schmerz machen ihr Freude. Sie in Schach zu halten, ist eine der schwierigeren Aufgaben, die Irial mir hinterlassen hat. Er hilft mir, aber ... Es fällt mir schwer, ihm zu vertrauen.«

Darauf wusste Seth nichts zu erwidern. Sie verbrachten mehrere Zigarettenlängen in unbehaglichem Schweigen.

Die Kellnerin blieb stehen, um – nicht zum ersten Mal – über die Tische neben ihrem zu wischen, und starrte Niall interessiert an. Die meisten Elfen und Sterblichen taten das. Niall war ein Gancanagh, verführerisch und süchtig machend. Bis er der König der Finsternis geworden war, war seine Zuneigung für seine Partnerinnen tödlich gewesen.

»Wer war sie? Diese El...« Seth unterbrach sich, als die Kellnerin mit einem sauberen Aschenbecher an ihren Tisch trat. »Wir sagen Bescheid, wenn wir irgendwas brauchen«, sagte er zu ihr.

»Es macht mir nichts aus, vorbeizukommen, Seth.« Sie sah ihn wütend an und wandte ihre Aufmerksamkeit dann dem König der Finsternis zu. »Niall ... Kann ich dir irgendwas bringen?«

»Nein.« Niall strich mit der Hand über den nackten Arm des Mädchens. »Du bist immer so gut zu uns, nicht wahr, Seth?«

Als die Kellnerin wegging und Niall dabei seufzend noch einen Blick zuwarf, verdrehte Seth die Augen und murmelte: »Wir sollten deine Zaubermittel an alle hier verteilen.«

Ein Grinsen wischte den düsteren Ausdruck aus Nialls Gesicht. »Spielverderber.«

»Genieß es ruhig. Genieß die Aufmerksamkeit, aber beschränke deine Zuneigung auf Elfen«, warnte Seth.

»Ich weiß. Du musst ...« – der König der Finsternis zuckte zusammen, als bereite ihm dieser Gedanke Schmerzen – »du musst mich einfach immer wieder daran erinnern. Ich möchte niemals das werden, was Keenan ist oder Irial war.«

»Und das wäre?«, fragte Seth.

»Ein selbstsüchtiger Mistkerl.«

»Du bist ein Elfenkönig, Mann. Ich weiß ja nicht, ob du groß die Wahl hast. Aber wenn ich so sehe, was hier eben mit dieser Rabenelfe los war ...«

»Nicht. Ich würde es dir und mir gern ersparen, dass du über die unangenehmen Dinge in meinem Leben Bescheid weißt, wenn du erlaubst.«

Seth hielt abwehrend die Hand hoch. »Wie du willst. Ich verurteile dich nicht, so oder so.«

»Immerhin einer von uns beiden, der das nicht tut«, murmelte Niall. Er schwieg einen Moment, straffte dann die Schultern und rollte sie, als wollte er ihre Beweglichkeit testen. »Ich nehme an, das eigentliche Dilemma ist, dass ich nicht weiß, wo ich meine Schlechtigkeit hinlenken soll.«

»Dann gib dir doch einfach mehr Mühe, ihr zu widerstehen.«

»Klar.« Niall verzog keine Miene, als er hinzufügte: »Das ist genau das, was ein König der Finsternis tun sollte: der Versuchung widerstehen.«

Sechs

Ashlyn fütterte die Vögel, als Keenan türenschlagend und mit düsterer Miene hereinstürmte. Einer der Nymphensittiche, der hinten an ihrem Shirt hing, steckte seinen Schnabel durch ihre Haare, um den Sommerkönig zu beobachten. Die Vögel waren stets ein Quell des Trosts für Keenan. Wenn er melancholisch war oder gereizt, setzte er sich hin und beobachtete sie – das war für ihn eine der wenigen unfehlbaren Methoden, die schlechte Laune zu vertreiben. Die Vögel schienen zu wissen, wie wertvoll sie waren, und benahmen sich entsprechend. Heute schenkte er ihnen jedoch keine Beachtung.

»Ashlyn«, sagte er an Stelle eines Grußes und stapfte an ihr vorbei zu seinem Büro.

Sie wartete. Der Nymphensittich ergriff die Flucht. Keiner der anderen Vögel kam zu ihr geflogen; stattdessen schienen sie sie alle erwartungsvoll anzusehen. Die Federhauben der Nymphensittiche waren aufgestellt. Die anderen Vögel starrten sie nur an – oder in die Richtung, in die Keenan verschwunden war. Einige krächzten oder tschilpten.

»In Ordnung. Ich sehe mal nach ihm.«

Sie folgte ihm in sein Büro. Es war einer der beiden Räume, die zu Keenans Privatbereich zählten. In den anderen – sein Schlafzimmer – setzte sie nie einen Fuß, doch in sein Büro gingen sie oft, wenn sie zu zweit waren. Sich ohne ihn dort aufzuhalten, fühlte sich seltsam für sie an. Die Sommermädchen machten es sich manchmal mit einem Buch auf dem Sofa bequem, aber sie hatten ja auch kein Interesse daran, sich von Keenan abzugrenzen. Ashlyn dagegen schon. Je näher der Sommer rückte, desto stärker fühlte sie sich zu ihm hingezogen – was sie nicht wollte.

Ashlyn blieb an der Tür stehen und versuchte das Unbehagen darüber abzustreifen, dass sie sich in seinen Privaträumen aufhielt. Er sagte ihr andauernd, dass ihr das Loft ebenso gehörte wie ihm, dass jetzt *alles* ihr gehörte. Ihr Name stand auf Kundenkarten, Kreditkarten und Bankkarten. Da sie diese jedoch ignorierte, ging er zu subtileren Gesten über, zu Dingen, die ihr in seinen Augen halfen, sich im Loft zu Hause zu fühlen. *Kleine Ketten, um mich anzubinden.* Es war nicht auf den ersten Blick zu erkennen, dass er das Büro verändert hatte, aber wenn sie sich genauer in dem nüchternen Raum umsah, bemerkte sie kleine Verwandlungen. Sie wohnte nicht hier, doch sie verbrachte so viel Zeit im Loft, dass es inzwischen zu einem zweiten – *oder dritten* – Zuhause geworden war. Ihre Nächte verbrachte sie entweder bei Grams, bei Seth oder im Loft. An allen drei Orten hatte sie Kleider und Toilettenartikel deponiert. Ihr echtes Zuhause, die Wohnung, die sie sich mit Grams teilte, war der einzige Ort, an dem sie völlig normal behandelt wurde. Zu Hause war sie keine Elfenkönigin; da war sie einfach ein Mädchen, das besser in Mathe werden musste.

Während sie zögernd an der Tür stand, setzte sich Keenan auf eine Seite des dunkelbraunen Ledersofas. Jemand hatte einen Krug mit Eiswasser gebracht; Kondenswasser lief in kleinen Rinnsalen an seinen Seiten herab und bildete eine Pfütze auf der Achatplatte, die als Couchtisch diente. Er schleuderte eins von den neuesten Kissen, ein übergroßes grünes Teil ohne jeden pompösen Zierrat, von sich. »Donia will mich nicht sehen.«

Ashlyn schloss die Tür hinter sich. »Und weshalb diesmal?«

»Vielleicht, weil ich sie nach Bananach gefragt habe. Vielleicht auch immer noch wegen der Sache mit Niall. Vielleicht aber auch aus irgendeinem –«, Keenan brach mitten im Gedanken ab und machte ein finsteres Gesicht.

»Hat sie denn überhaupt mit dir geredet?« Ashlyn legte ihre Hand kurz auf seinen Arm und ging dann zum anderen Ende des Sofas. Sie hielt aus Gewohnheit Abstand zu ihm und wich nur für die Etikette oder freundschaftliche Gesten von dieser Regel ab, doch es wurde von Tag zu Tag schwerer, diesen Abstand einzuhalten.

»Nein. Ich wurde *schon wieder* an der Tür abgefangen und durfte das Haus nicht mal betreten. ›Es sei denn, es ist ein offizieller Geschäftsbesuch‹, hat Evan gesagt. Sie ist seit drei Tagen nicht erreichbar, und jetzt das.«

»Evan tut nur seine Arbeit.«

»Und genießt es, da bin ich sicher.« Keenan konnte mit Zurückweisungen aller Art nicht besonders gut umgehen; das hatte Ashlyn schon herausgefunden, als sie noch sterblich gewesen war.

Sie wechselte das Thema. »Käme mir aber seltsam vor, wenn sie wegen Niall sauer ist oder weil wir sie nach Bananach gefragt haben.«

»Eben. Sobald Niall sich beruhigt hat, kann es für unsere beiden Höfe von großem Wert sein, dass er den Hof der Finsternis regiert. Sie ist ...«

»Nein, ich meine, sie wirkte doch ganz ruhig, als wir neulich von ihr weggegangen sind. Nicht glücklich, aber auch nicht wütend.« Ashlyn umarmte ein Kissen, als wäre es ein großes Stofftier. Wenn sie über die komplizierten Beziehungen innerhalb der Elfenwelt und zwischen den Höfen oder über die schon Jahrhunderte währende Missgunst zwischen den Elfen sprachen, fühlte sie sich immer unglaublich jung. Viele der Elfen mochten ja aussehen wie ihre Klassenkameraden in der Schule – und sich auch so benehmen –, aber die Langlebigkeit machte die Dinge weitaus komplizierter. Kurze Beziehungen dauerten Jahrzehnte; lange Freundschaften zogen sich über Jahrhunderte hin; Vertrauensbrüche von gestern oder von vor Jahrzehnten und Jahrhunderten zeigten alle ihre nachhaltige Wirkung. Es war sehr schwierig, damit umzugehen.

»Übersehe ich irgendetwas?«, fragte sie.

Keenan sah sie nachdenklich an. »Weißt du, Niall war einfach, wie er war. Er hat mir geholfen, mich aufs Wesentliche zu konzentrieren, kam immer direkt zum Punkt ...« Seine Worte verebbten, während winzige Wolken durch seine Augen zogen – ein noch nicht eingelöstes Regen-Versprechen.

»Du vermisst ihn.«

»Ja. Ich bin sicher, dass er ein großartiger König ist ... Ich wünschte nur, es wäre nicht so ein widerwärtiger Hof. Ich hab in dieser Sache ein ziemlich dürftiges Bild abgegeben«, sagte er.

»Wir haben das beide vermasselt. Ich habe Dinge ignoriert, auf die ich hätte reagieren müssen, und du ...« – Ashlyn unterbrach sich. Keenans absichtliche Täuschung und die Folgen, die das für Leslie und Niall gehabt hatte, noch einmal aufzuwärmen, machte es auch nicht besser. »Wir haben beide Fehler gemacht.«

Dass Leslie im Herzen des Hofs der Finsternis gefangen gehalten worden war, war auch Ashlyns Schuld gewesen. Sie hatte eine ihrer besten Freundinnen im Stich gelassen – und Niall ebenfalls. Ashlyn trug die Hälfte der Verantwortung für die Handlungen des Sommerhofs. Und deshalb bemühte sie sich auch um ein engeres

Verhältnis zu Keenan: Sie waren gemeinsam verantwortlich, und wenn sie eine Mitschuld an seinen unschönen Taten trug, musste sie wenigstens im Vorfeld wissen, worum es ging.

Und es verhindern, wenn es etwas Schreckliches ist.

»Auch sie haben falsche Entscheidungen getroffen. Dafür sind wir nicht verantwortlich.« Keenan hätte das nicht sagen können, wenn es gelogen gewesen wäre, aber es war eine Meinungsäußerung. Meinungen waren im Zusammenhang mit dem Elfen-lügen-nicht-Grundsatz unsicheres Terrain.

»Wir können uns aber auch nicht freisprechen. Du hast mir Sachen verheimlicht … und sie hatten die Konsequenzen zu tragen.« Sie hatte ihm nicht vollständig verziehen, dass er Leslie und Niall benutzt hatte, aber anders als Donia hatte Ashlyn keine andere Wahl, als mit dem Sommerkönig auszukommen. Sofern nicht einer von ihnen starb, waren sie für die Ewigkeit aneinandergekettet – oder bis sie den Sommerhof nicht mehr regierten. Und Elfenkönige behielten ihre Höfe üblicherweise mehrere Jahrhunderte lang, was einer Ewigkeit schon sehr nahekam.

Eine Ewigkeit mit Keenan. Der Gedanke erschreckte sie immer noch. Er hatte nicht sonderlich viel für eine gleichberechtigte Regentschaft übrig, und sie hatte keine Erfahrung im Umgang mit Elfen. Vor ihrer Verwandlung in eine Elfenmonarchin hatte ihre Art, mit Problemen umzugehen, hauptsächlich darin bestanden, ihnen auszuweichen. Jetzt musste sie Entscheidungen treffen. Er hatte neun Jahrhunderte regiert, ohne seine volle Macht zu besitzen. Es war problematisch, jetzt auf gleichen Rechten zu bestehen, aber die Alternative – die Verantwortung zur Hälfte mitzutragen, ohne in die Entscheidungen des Hofs einbezogen zu sein – war auch keine Lösung.

Seit sie ihre Königin geworden war, besaßen die Sommerelfen

einen hohen Stellenwert für sie. Ihr Wohlergehen lag ihr am Herzen; ihr Glück und ihre Sicherheit waren ihr das Wichtigste. In diesem Punkt handelte sie ebenso instinktiv wie in dem Bedürfnis, das Erstarken des Sommers zu unterstützen – doch das hieß nicht, dass alle anderen dem Fortschritt des Sommers geopfert werden durften. Das konnte Keenan nicht begreifen.

Sie schüttelte den Kopf. »Wir werden uns darin nicht einig werden, Keenan.«

»Vielleicht« – Keenan sah sie mit so aufrichtiger Zuneigung an, dass sie spürte, wie die Sonnenstrahlen unter ihrer Haut darauf reagierten –, »aber du weigerst dich wenigstens nicht, mit mir zu sprechen.«

Ashlyn rückte weiter in ihre Ecke des Sofas und sandte damit eine klare Botschaft an ihn. »Ich habe in dieser Sache keine Wahl. Donia schon.«

»Du hast auch eine Wahl. Du bist nur ...«

»Was?«

»Vernünftiger.« Er verbarg das Lächeln nicht, das ihm über das Gesicht huschte, sobald er es ausgesprochen hatte.

Die Anspannung, die sich in ihr aufgestaut hatte, verschwand, als sie sein ungezwungenes Lächeln sah. Sie lachte. »Ich war noch nie so *un*vernünftig wie in den letzten Monaten. Ich habe mich so verändert ... Meine Lehrer haben schon ihre Bemerkungen dazu gemacht. Meine Freundinnen, Grams, sogar Seth ... Meine Stimmungsschwankungen sind schrecklich.«

»Verglichen mit mir bist du doch gar nicht aus der Ruhe zu bringen.« Seine Augen funkelten: Er wusste sehr wohl, wie launenhaft sie geworden war. Er war schließlich häufiger die Zielscheibe ihres Zorns als jeder andere.

»Ich weiß nicht, ob das schon als vernünftiges Verhalten zählt, wenn *du* der Maßstab bist.« Sie entspannte sich wieder. Während der ganzen eigenartigen letzten Monate hatte er immer Wege gefunden, sie aufzumuntern – und somit erheblich dazu beigetragen, dass sie es inzwischen erträglich fand, die Sommerkönigin zu sein. Seine Freundschaft und Seths Liebe waren ihre Hauptstützen.

Keenans Lächeln war noch da, aber das Flehen in seinen Augen war ernst gemeint, als er fragte: »Vielleicht kannst du ja mal mit Don reden? Vielleicht kannst du ihr erklären, dass ich sie vermisse. Vielleicht kannst du ihr sagen, dass ich traurig bin, wenn ich sie nicht sehen kann. Sag ihr, dass ich sie brauche.«

»Solltest du ihr das nicht selbst sagen?«

»Wie denn? Sie lässt mich ja nicht mal zur Tür rein.« Er runzelte die Stirn. »Ich brauche sie in meinem Leben. Ohne sie … und ohne dass du … – ich bin nicht gut in solchen Dingen. Ich versuche es ja, aber es ist wichtig für mich, dass sie an mich glaubt. Und keine von euch zu bekommen …«

»Nicht.« Ashlyn wollte nicht, dass er diesen Gedanken weiterverfolgte. Der Frieden zwischen den Höfen war noch neu und zerbrechlich. Es war besser, wenn Donia und Keenan im Reinen miteinander waren, aber sie hatte Bedenken, allein mit Donia zu reden. In gewisser Weise waren sie Freundinnen geworden, nicht so enge, wie Ashlyn es zuerst gehofft hatte, aber anfangs hatten sie immerhin einige Nachmittage miteinander verbracht. Das hatte mit Anbruch des Frühlings aufgehört. *Als sich das mit Keenan verändert hat.* Auch wenn sie es vermieden, darüber zu sprechen, kostete es sie und Keenan permanent Mühe, sich nicht gegenseitig zu berühren.

»Ich kann es versuchen, aber wenn sie sauer auf dich ist, will sie mit mir vielleicht genauso wenig reden. Sie hat in letzter Zeit jedes

Mal abgesagt, wenn ich versucht habe, mich mit ihr zu treffen«, gestand Ashlyn.

Keenan schenkte jedem von ihnen ein Glas Wasser ein, während er sprach. »Das liegt daran, dass der Sommer stärker wird und der Winter schwächer. Beira bekam jedes Frühjahr schlechte Laune – und damals war ich noch schwach.«

Keenan reichte ihr ein Glas – und sie erstarrte.

Es ist bloß Wasser. Und selbst wenn es Sommerwein gewesen wäre, hätte er nicht dieselbe Wirkung auf sie gehabt wie beim ersten Mal. Sie schob diese Gedanken beiseite.

»Ash?«

Sie zuckte überrascht zusammen, als er sie mit der Kurzform ihres Namens ansprach, was er sonst so gut wie nie tat. Sie riss ihre Augen von dem Getränk los und sah ihn an. »Ja?«

Er fuhr mit einem Daumen außen über das Glas und hielt es höher. Die Flüssigkeit darin war kristallklar. »Dir passiert nichts. Ich hatte nicht vor, dir etwas zu Leide zu tun. *Zu keinem Zeitpunkt.* Auch vorher war es nicht meine Absicht.«

Sie errötete und nahm das Glas. »Tut mir leid. Ich weiß. Ich weiß das doch.«

Er zuckte die Achseln, aber ihre Momente der Panik verletzten ihn. Sie nahm an, dass er sie manchmal unmittelbar spürte, so als schmiede ihre gemeinsame Regentschaft eine Verbindung zwischen ihnen, auf die keiner von ihnen vorbereitet war. Niemand anders am Hof konnte hinter die Fassaden blicken, die sie errichtete – nur Keenan.

Freunde. Wir sind Freunde. Keine Feinde. Oder sonst irgendetwas.

»Ich werde mit Don reden«, sagte sie zu ihm. »Ich verspreche nichts. Aber ich werde es versuchen. Vielleicht ist es ja auch für uns gut … Sie war in den letzten Wochen so ungeduldig mit mir.

Wenn es nur mit dem Frühling zusammenhängt, ist es vielleicht gut, darüber zu reden.«

Er nahm ihre Hand und drückte sie sanft. »Es ist schön, dass du die Lage akzeptierst, in die ich dich gebracht habe. Ich weiß, dass das hier alles nicht leicht für dich ist.«

Sie machte sich nicht los, sondern hielt seine Hand mit der Stärke fest, die sie gewonnen hatte, als ihre Sterblichkeit durch diese Andersartigkeit ersetzt worden war. »Ich akzeptiere aber nicht alles. Wenn du mir Dinge verheimlichst, wie du es in der Sache mit Leslie gemacht hast« – sie ließ das Sonnenlicht ausströmen, das ihrer Haut innewohnte, nicht weil sie zornig war, sondern um zu demonstrieren, dass sie ihr gemeinsames Element zunehmend besser beherrschte –, »dann wäre das sehr unklug von dir, Keenan. Erst Donia hat Leslies Befreiung ermöglicht. Ich möchte nicht, dass so etwas noch mal passiert.«

Er ließ sich fast eine volle Minute Zeit mit seiner Antwort; er hielt einfach ihre Hand.

Als sie ihre Hand zurückzuziehen begann, lächelte er. »Ich bin nicht sicher, ob diese Drohung die von dir gewünschte Wirkung hat: Du bist sogar noch verführerischer, wenn du wütend bist.«

Sie lief rot an, da sie nicht sagen konnte, was sie sagen *sollte*, doch sie wandte ihren Blick nicht ab. »Das ist kein Spiel, Keenan.«

Sein Lächeln verschwand. Er ließ ihre Hand los und seine Miene wurde ernst. Er nickte. »Keine Geheimnisse. Ist es das, worum du mich bittest?«

»Ja. Ich möchte nicht, dass wir Gegner sind – oder Wortklaubereien betreiben.« Elfen verdrehten gern ihre Worte, um sich jeden erdenklichen Vorteil zu verschaffen.

Der Elf vor ihr sagte ruhig: »Ich möchte auch nicht, dass wir Gegner sind.«

»Oder Wortklaubereien betreiben«, wiederholte sie.

Das schalkhafte Grinsen kehrte zurück. »Genau genommen mag ich Wortklaubereien ja.«

»Ich meine es ernst, Keenan. Wenn wir zusammenarbeiten wollen, musst du mir gegenüber offener sein.«

»Wirklich? Ist es das, was du willst?«, fragte er mit einem herausfordernden Unterton.

»Ja. Wir können nicht zusammenarbeiten, wenn ich mich die ganze Zeit fragen muss, was in dir vorgeht.«

»Gut, wenn du sicher bist, dass es das ist, was du willst.« Sein Ton schwankte zwischen neckend und absolut ernst. »Ist es das, Ashlyn? Ist es das, was du wirklich von mir willst? Du willst meine bedingungslose Ehrlichkeit?«

Sie hatte das Gefühl, in eine Falle zu laufen, doch jetzt einen Rückzieher zu machen, war taktisch unklug, wenn sie ihm gleichberechtigt sein wollte. Sie zwang sich, ihm in die Augen zu sehen, und sagte: »Ja, das will ich.«

Er lehnte sich zurück, nippte an seinem Wasser und hielt sie dabei im Blick. »Nun, damit du dich das nicht weiter fragen musst ... Gerade in diesem Moment dachte ich daran, dass wir manchmal so viel über die Hofangelegenheiten reden, über Donia, über Niall, über die Schule ... Es ist so leicht zu vergessen, dass nichts von dem, was ich besitze, mir gehören würde, wenn du nicht wärst, aber es ist gar nicht leicht zu vergessen, dass ich immer noch mehr will.«

Sie errötete. »Das habe ich nicht gemeint.«

»Ach, willst du jetzt Wortklaubereien betreiben?« Diesmal lag unzweifelhaft etwas Herausforderndes in seiner Stimme. »Du kannst also entscheiden, wann dir meine Ehrlichkeit willkommen ist und wann nicht?«

»Nein, aber ...«

»Du hast gesagt, du wolltest wissen, was ich denke, ohne jede Einschränkung. Keine Wortklaubereien, Ashlyn. Es war deine Entscheidung.« Er stellte sein Glas auf den Tisch und wartete einige Sekunden. »Hast du es dir so schnell anders überlegt? Ist es dir plötzlich doch lieber, wenn wir Geheimnisse voreinander haben?«

Ashlyn fühlte Angst in sich aufsteigen; nicht Angst um ihre Sicherheit, sondern Angst davor, dass die Freundschaft, die sie aufgebaut hatten, wieder ins Wanken geriet.

Als sie nicht antwortete, fuhr er fort: »Ich hätte nie gedacht, dass jemand *auch nur eins* der Dinge schaffen könnte, die du hinbekommen hast. Allein wie schnell du dich daran gewöhnt hast, eine Elfe zu sein ... Keins meiner Sommermädchen hat sich so rasch eingewöhnt. Du hast weder geklagt noch Wutanfälle bekommen noch hast du dich an mich geklammert.«

»Ich wusste ja auch, dass es Elfen gibt. Sie nicht«, protestierte sie. Die Unfähigkeit der Elfen zu lügen wurde ihr immer verhasster. Es wäre leichter gewesen zu leugnen, wie schmerzfrei sich ihre Verwandlung zur Elfe vollzogen hatte. Es wäre leichter gewesen zu behaupten, dass sie sich *nicht* schneller als gedacht an ihr neues Leben gewöhnte. Es wäre leichter gewesen zu sagen, dass sie sich mit alldem quälte.

Denn dann würde er mir das hier nicht zumuten.

Er hätte ihr Freiräume gelassen, Zeit gegeben. Er wäre ihr ein guter Freund gewesen und hätte sich den Grenzen, die sie zog, nicht einmal genähert.

Lauf. Lauf weg.

Sie tat es nicht.

Und Keenan rückte näher zu ihr hin, verletzte ihre Intimsphäre.

»Du weißt, dass es mehr ist als das. Ich *weiß* jetzt, es war gut, dass ich meine Königin all die Jahre nicht gefunden habe. Auf dich zu warten, war all das wert, auch wenn ich es als unerträglich empfunden habe.«

Er hatte jetzt eine Hand in ihren Haaren; Sonnenlicht glitt über ihre Haut.

»Wenn du meine Königin wärst, meine *wahre* Königin, wäre unser Hof noch stärker. Wenn du mir gehören würdest, ohne sterbliche Ablenkungen, wären wir sicherer. Wir wären stärker, wenn wir richtig zusammen wären. Der Sommer ist die Zeit, in der man die Hitze genießen und sich vergnügen sollte. Wenn ich in deiner Nähe bin, möchte ich alles andere vergessen. Ich liebe Donia. Und das werde ich auch immer tun, aber wenn ich in deiner Nähe bin …« Er brach ab.

Sie wusste genau, was er nicht aussprach. Sie spürte auch, dass es die Wahrheit war, doch wollte sie diesen Teil von sich nicht auch noch dem Wohl ihres Hofes opfern. Hatte er vorher gewusst, dass sie so empfinden würden? Hatte er gewusst, dass ihr Beharren darauf, ihre Position als Königin wie einen Job zu betrachten und keine Beziehung mit ihm einzugehen, das Wachstum ihres Hofes einschränken würde? Sie wollte die Antwort nicht wissen.

»Der Hof ist stärker, als er es zu deinen Lebzeiten jemals war«, murmelte sie.

»Ja, das stimmt, und ich bin dir dankbar dafür, was du unserem Hof gegeben hast. Auf den Rest werde ich so lange warten, wie ich eben muss. Das ist es, worüber ich nachdenke. Wahrscheinlich sollte ich besser über unsere vielen Aufgaben nachdenken, aber« – er beugte sich herab und sah ihr in die Augen – »alles, woran ich im Moment denken kann, ist, dass du hier bei mir bist, wo du hingehörst. Ich liebe Donia, aber ich liebe auch meinen Hof. Ich könnte dich so lieben, wie es der Bestimmung nach sein soll, Ashlyn. Wenn du mich ließest, könnte ich dich so lieben, dass wir alles andere außer uns vergessen.«

»Keenan ...«

»Du hast mich um Ehrlichkeit gebeten.«

Er log nicht. Er konnte nicht lügen. *Es spielt keine Rolle.* Es änderte nichts, dass er ihr diese Dinge sagte.

Ashlyn spürte das Sonnenlicht, das irgendwo in ihrer Mitte wohnte. Es strömte aus und füllte ihre Haut bis zum Bersten. Sie reagierte mit einer Intensität auf Keenans kurze Berührung, die sie nur aus ihrem Zusammensein mit Seth kannte – was nicht richtig war.

Wirklich nicht? Eine verräterische Stimme flüsterte in ihrem Inneren. *Er ist mein König, mein Partner ...*

Sie legte eine Hand auf Keenans Brust, um ihn wegzuschieben, doch als sie ihn berührte, pulsierte Sonnenlicht zwischen ihnen. Zwischen ihren Körpern war eine Verbindung; Sonnenlicht zirkulierte zwischen ihnen wie ein Energiestrom, der stärker wurde, wenn er die Hautbarriere passierte.

Seine Augen weiteten sich und er schnappte mehrmals zitternd nach Luft. Er beugte sich zu ihr hin, und sie spürte, wie sie sich zu ihm neigte. Ihr Arm war gebeugt, so dass sie – obwohl ihre Hand weiterhin auf seiner Brust lag, als wollte sie ihn wegschieben – ganz dicht beieinander auf dem Sofa saßen.

Und er küsste sie, etwas, was er nur getan hatte, als sie noch sterblich gewesen war. Einmal, als sie von zu viel Sommerwein und Tanz ganz schwindlig in seinen Armen gelegen hatte. Das zweite Mal war ein Versuch gewesen, sie zu verführen, als sie ihn gebeten hatte, sie in Ruhe zu lassen. Aber diesmal, beim dritten Mal, küsste er sie so sanft, dass ihre Lippen sich kaum mehr als streiften. Es war ebenso sehr eine Frage wie ein Kuss. Es war reine Zugneigung, und irgendwie machte es das noch schlimmer.

Sie wich zurück. »Stopp.«

Ihr Wort war nicht mehr als ein Flüstern, aber er ließ trotzdem von ihr ab. »Bist du sicher?«

Sie konnte nicht antworten. *Keine Lügen.* Sie konnte die Reife des Sommers auf ihren Lippen schmecken, ein Versprechen dessen, was sie haben konnte, wenn sie nur einen Augenblick näher kam.

»Rück bitte von mir weg.« Sie konzentrierte sich auf die Bedeutung dieser Worte, darauf, das Sofa zu spüren, auf die Rücken der in Leder gebundenen Bücher, die sie hinter Keenan an der Wand sah – auf alles, nur nicht auf ihn.

Sie nahm die Hand von seiner Brust.

Langsam. Konzentrier dich einfach auf das, was wichtig ist. Mein Leben. Meine Entscheidungen. Seth.

Keenan wich ebenfalls zurück und beobachtete sie angespannt. »Der Hof würde zu Grunde gehen, wenn du nicht wärst.«

»Ich weiß.« Sie konnte nicht weiter zurückweichen. Die Sofalehne grub sich bereits in ihren Rücken.

»Ich wäre nichts ohne dich«, fuhr er fort.

Sie umklammerte das Kissen in ihrem Schoß, als wäre es ein Schild, den sie zwischen ihnen hochhalten konnte. »Du hast den Hof *neunhundert* Jahre lang ohne mich zusammengehalten.«

Er nickte. »Und es hat sich ausgezahlt. All die Torturen haben sich gelohnt dafür, wo wir jetzt stehen, und dafür, wo wir stehen könnten, wenn du mich eines Tages akzeptierst. Wenn wir die Zeit hätten, einfach zusammen zu sein, wie wir sollten ...«

Sie schwieg erneut einen Moment zu lange, während sie nach Worten suchte, um die plötzliche Anspannung aufzulösen. Dies war nicht das erste Mal, dass er ihr gegenüber im Gespräch so deutlich wurde, doch zum ersten Mal hatte er dabei in einer alles andere als beiläufigen Geste der Zärtlichkeit ihre Haut berührt. Beides zusammen war zu viel.

»Mehr Abstand«, sagte sie mit bebender Stimme.

Er rückte weiter von ihr ab. »Nur, weil du mich darum bittest.«

Ihr war schwindlig.

Keenan lächelte gequält.

Sie stand auf und ging mit unsicheren Schritten zur Tür. Sie öffnete sie und klammerte sich an den Knauf, bis sie Angst hatte, ihn abzubrechen. Es kostete sie mehr Selbstbeherrschung, als ihr lieb war, aber sie sah ihn an. »All das ändert nichts. *Darf* es nicht. Du bist mein Freund, mein König, aber das … ist alles, was du sein kannst.«

Er nickte, doch seine Geste signalisierte lediglich, dass er sie gehört hatte, nicht, dass er einverstanden war. Seine Worte machten dies mehr als deutlich: »Und du bist meine Königin, meine Retterin, meine Partnerin – mein Alles.«

Sieben

Ashlyn lief ziellos durch Huntsdale. Manchmal fühlte sie sich nicht im Stande, Seth nahe zu sein, weil sie gedanklich noch bei Keenan war; in letzter Zeit passierte das immer häufiger. Sie hatte darüber nachgedacht, was Keenan gesagt und was sie bei seiner Berührung empfunden hatte. Und sie hatte Angst. Nach seiner Trennung von Donia würde er in Zukunft noch beharrlicher um sie werben. Sie waren sich ohnehin schon zu nah, jetzt, wo der Sommer kam, und sie wusste nicht, was sie dagegen tun sollte.

Ein Teil von ihr wollte mit Seth reden, doch sie hatte Angst, dass er sie verlassen würde. Und wenn er ihr noch so oft zuflüsterte, wie sehr er sie liebte, sie machte sich trotzdem Sorgen, dass sie alles kaputt machen würde und er sie verließ. Manchmal wollte sie vor der Welt der Elfenprobleme einfach nur davonlaufen; wie konnte sie da erwarten, dass er nicht dasselbe wollte? Seth musste sie mit ihrem Hof teilen und mit ihrem König. Wenn sie ihm nun erzählte, dass Keenan sie bedrängte – und sie in Versuchung war nachzugeben –, würde das dann der Tropfen sein, der das Fass zum Überlaufen brachte?

Seth ließ ihr viel Freiraum, aber er merkte es, wenn sie durcheinander war, und sie war nicht sicher, was sie sagen würde, wenn er sie nach dem Grund fragte. *Mein König, meine andere Hälfte, hat beschlossen, die Regeln zu ändern. Und ich habe ihm kaum etwas entgegengesetzt.* Sie war diesem Gespräch nicht gewachsen, nicht in nächster Zeit. Sie würde es tun. Sie würde es ihm sagen. *Nur jetzt noch nicht. Erst wenn ich weiß, was ich sagen soll.*

Sie hätte gern mit jemandem geredet, doch Leslie, ihre einzige Freundin, die über die Elfen Bescheid wusste, hatte die Stadt verlassen und weigerte sich, über sie zu sprechen. Mit Seth zu reden hieß zuzugeben, dass Keenan sie in Versuchung führte; und ihr anderer Vertrauter in Elfendingen, Keenan, war selbst das Problem. Ashlyn wurde mit der unangenehmen Erkenntnis konfrontiert, dass ihr Freundeskreis inzwischen weitaus kleiner war als je zuvor. Sie hatte nie wahnsinnig viele Freundinnen gehabt, doch während der Zeit, in der sie sich in Seth verliebt und versucht hatte, ihre Beziehung als platonisch hinzustellen, und der folgenden Umstellung auf ihr Leben als Elfenkönigin hatte sie sich von den wenigen Freundinnen entfernt, die ihr geblieben waren. Sie unterhielt sich in der Schule zwar noch immer mit Rianne und Carla, doch verabredet hatte sie sich seit Monaten mit keiner von ihnen.

Nach einem Blick auf die Uhr wählte sie Carlas Nummer.

Carla nahm fast sofort ab. »Ash? Alles okay bei dir?«

»Ja. Warum?« Ashlyn wusste warum: Sie rief sonst nie mehr an.

»Ich ... ach, schon gut. Was gibt's denn?«

»Hast du Zeit?«

Carla schwieg einen Moment. Dann antwortete sie: »Kommt drauf an, wieso du fragst.«

»Na ja, ich hab gemerkt, dass ich in letzter Zeit eine ziemlich schlechte Freundin war ...« Ashlyn machte eine Pause.

»Red weiter. Du bist auf dem richtigen Weg. Und was kommt als Nächstes?«

»Buße?« Sie lachte vor Erleichterung darüber, dass Carla es ihr nicht unnötig schwer machte. »Was ist der Preis?«

»Zehn pro Spiel? Wir treffen uns dort?«

Ashlyn bog in die nächste Straße ein, um zum Shooters zu gehen. »Gibst du mir ein paar Kugeln Vorsprung?«

Carla schnaubte. »Du sollst Buße tun, Süße. Ich hab da so eine neue Videokarte im Auge, und bevor die Nacht um ist, wirst du sie mir finanziert haben.«

»Autsch!«

»Jawoll!« Carla lachte fröhlich. »Also, in einer halben Stunde da.«

»Ich besorge uns einen Tisch.« Damit legte Ashlyn, schon erheblich besser gelaunt, auf. Sie wusste, dass ihr einige ihrer Wachen in diskretem Abstand folgten, doch heute Abend wollte sie sie nicht sehen. Wenn sie mit einer Freundin Pool spielte, änderte das zwar nichts an ihrem Problem, aber sie konnte sich vorübergehend dem ganz normalen Leben näher fühlen, das sie weiterhin vermisste.

Es war schon Wochen her, dass sie einen Fuß ins Shooters gesetzt hatte. Erneut befiel sie ein schlechtes Gewissen – und die Angst, nicht mehr willkommen zu sein. Die Stammkunden im Shooters arbeiteten hart und ließen es auch in ihrer Freizeit ordentlich krachen. Sie waren alle älter als sie – einige sogar alt genug, um Grams' ehemalige Klassenkameraden sein zu können –, doch im Shooters wurden keine Alters-, Klassen- oder Rassengrenzen gezogen. Es war ein Ort, an dem jeder willkommen war, solange er keinen Streit anfing.

Bevor sich alles änderte, hatte Denny, ein Profispieler in den Zwanzigern, sich ihrer als eine Art Projekt angenommen. Manchmal, wenn er ein Opfer ausnehmen wollte, unterrichtete sie stattdessen seine Freundin Grace, und unter ihrer vereinten Anleitung war Ashlyn eine ziemlich respektable Spielerin geworden. Sie würde zwar niemals den Tisch abräumen können wie er, aber diese Art der Meisterschaft erlangte man auch nur, wenn man jeden Tag spielte. Mit den meisten Stammkunden konnte man prima reden oder spielen, doch Denny und Grace vermisste sie am meisten.

Als sie hineinging, sah sie Denny sofort. Er stand mit Grace an einem Tisch. Als Grace aufschaute und sie erspähte, erschien ein Lächeln auf ihrem Gesicht. »Hey, Prinzessin! Lange nicht gesehen.«

Denny führte erst seinen Stoß aus, bevor er den Blick hob. »Wie? Ohne einen von deinen Traumprinzen unterwegs?«

Sie zuckte die Achseln. »Mädchenabend. Ich treffe mich mit Carla.«

»Nimm dir ein Queue oder setz dich.« Grace hatte eine rauchige Stimme, die nach zu viel Zigaretten und Whisky klang und einen Kontrast zu ihrem Körper bildete. Sie hörte sich an wie eine geschmeidige Sängerin in einem leuchtend roten Kleid, die Herzen brach und ihre Liebhaber dazu brachte, sich um sie zu schlagen, doch in Wirklichkeit verkörperte Grace eine andere Art von Ärger. Sie trug schwarze Stiefel, ausgewaschene Jeans und ein Männerhemd, bestand nur aus Muskeln und konnte in Zweikämpfen ebenso gut bestehen wie die Männer im Raum. Sie war riesig stolz darauf, dass ihre Softail Custom mit mehr Chrom und lauteren Rohren ausgestattet war als Dennys.

»Wollen wir Teams bilden, wenn Carla da ist?« Denny umkreiste den Tisch, um seinen nächsten Stoß auszuführen. Er hatte seine Haare zurückgebunden, doch der lockere Pferdeschwanz war schon in Auflösung begriffen, so dass ihm die Haare ins Gesicht fielen.

»Nur wenn ich mit Carla spiele«, sagte Grace. »Sorry, Ash, aber gegen die beiden zusammen hätten wir keine Chance.«

Ashlyn lächelte tapfer. »Sie hat schon den Einsatz festgesetzt. Zehn pro Spiel.«

»Also zwanzig pro Team?« Denny lochte zwei Kugeln mit einem komplizierten Stoß ein, den Carla mit den Regeln der Geometrie und Winkelangaben erklären könnte, wohingegen Denny ihn mit routinierter Präzision einfach ausführte. Ashlyn war weder gut in Geometrie, noch hatte sie ausreichend Übung.

»Oder wir bleiben bei zehn und teilen jeweils.« Grace schraubte eine Wasserflasche auf.

»Wenn du Carla hast, kommen wir vielleicht bei plus/minus null raus«, sagte Denny und versenkte dann die restlichen Kugeln.

»Oder auch nicht«, murmelte Grace.

Er grinste. »Oder auch nicht.«

Die Jukebox spielte einen bluesigen Song; Ashlyn erkannte ihn als einen Klassiker von Buddy Guy. Über das Klacken der Kugeln hinweg drang mal lauter, mal leiser das Geraune von Unterhaltungen durch die Halle. Sieges- und Enttäuschungsrufe zerrissen das vertraute Shooters-Gemurmel. *Tut gut, hier zu sein.* Sie hatte zu viel Zeit mit Elfen verbracht; mit Freunden abzuhängen war genau die Abwechslung, die sie brauchte.

Als Carla eintrudelte, war Ashlyn fast davon überzeugt, dass das Leben wieder so war wie früher. Nicht dass es früher perfekt gewesen wäre, aber manchmal kam es ihr so vor, als wäre damals alles viel klarer gewesen. Auge in Auge mit der Ewigkeit zu stehen – eine Aufgabe, die zu bewältigen ihr beinahe unmöglich erschien – und eine Beziehung zu führen, die auf unüberwindbare Grenzen zusteuerte: Das war nicht gerade entspannend.

Aber Carla war da, Denny und Grace waren da, die Musik war gut und das Lachen ausgelassen. Der Rest der Nacht war für Freunde und Spaß reserviert.

»Gewonnen!«, jauchzte Carla. Sie führte einen kleinen Freudentanz auf, woraufhin Denny den Blick abwandte und Grace süffisant grinste.

»Hier verschweigt wohl jemand was«, murmelte Ashlyn Denny zu.

Denny kniff die Augen zusammen. »Halt die Klappe, Ash.«

Grace und Carla plauderten miteinander, während Grace die Kugeln neu zurechtlegte. Ashlyn stellte sich mit dem Rücken zum Tisch und sagte mit leiser Stimme: »Alter ist relativ. Wenn du …«

»Nein, ist es nicht. Eines Tages vielleicht, wenn sie die Chance hatte, das Leben noch ein bisschen zu genießen … aber das hat sie noch nicht, und ich werde ihr diese Chance nicht nehmen.« Denny streifte Carla mit einem Blick, während er sich auf einen der Hocker an der Wand setzte. »Ihr zwei könnt noch ein paar Jahre eure Freiheit genießen, bevor ihr euch niederlasst und heiratet. Ich bin jetzt schon an dem Punkt, wo ich mir das wünsche.«

»Wie alt ist denn zu alt?«

Er grinste. »Jetzt werd nicht gleich nervös. Seth ist nicht zu alt für dich. Ein oder zwei Jahre sind nicht viel.«

»Aber …«

»Aber ich bin fast zehn Jahre älter. Das ist was anderes.« Denny drückte sich vom Hocker hoch. »Wollen wir jetzt spielen oder uns gegenseitig die Haare frisieren?«

»Blödmann.«

Er grinste. »Noch ein Grund mehr, warum du mich nicht ermutigen solltest.«

»Ach, was soll's.« Sie grinste zurück.

Während des Spiels dachte Ashlyn über Seth nach – *und über Keenan* –, und sie war sich nicht sicher, ob sie mit Denny einer Meinung war. *Hat er Recht? Sind mehr als ein paar Jahre zu viel?*

Teilweise schien ihr da was dran zu sein. Wenn sie mit Seth zusammen war, hatte sie nie das Gefühl, dass Themen wie Reife oder Lebenserfahrung oder Ungleichgewicht eine Rolle spielten. Bei Keenan dagegen schien sie ständig alles falsch zu machen.

Sie schob ihre Gedanken beiseite und konzentrierte sich aufs Spiel. Carla und Grace waren ein tolles Team, doch Denny konnte es locker mit ihnen aufnehmen. Sie spielten alle nur so zum Spaß; er spielte meistens für Geld.

»Hey, du Trantüte«, rief er, »du bist dran!«

Carla lachte. »Ash versucht nur, mir aus der Klemme zu helfen, stimmt's, Ash?«

»Irgendeinen Grund muss es ja haben, dass du den leichten Stoß eben vermasselt hast ...« Denny zeigte grinsend auf den Tisch.

Den nächsten vermasselte sie nicht, aber in den folgenden Stunden vermasselte sie mehr als üblich. Es war der unkompliziertest Abend, den sie seit langem verlebt hatte – hier gab es keine unausgesprochenen Streitpunkte und sie musste keine Angst haben, dass jedes Wort und jede Geste von ihr ein Fehler war. Es war genau das, was sie brauchte.

Als Ash später an diesem Abend nach Hause kam, überraschte es sie nicht, dass Grams noch auf war und auf sie wartete. Obwohl sie jetzt von Wachen beschützt wurde und die Regel, dass sie den Elfen nicht zeigen durfte, dass sie sie sah, reichlich obsolet geworden war, behandelte Grams sie noch immer wie ein normales Mädchen. *Na ja, so normal, wie ich eben jemals war.* Zu Hause konnte sie klein sein und Angst haben. Hier wurde sie gescholten, wenn sie vergaß, Milch auf die Einkaufsliste zu setzen, sobald sie den letzten Rest getrunken hatte. Es war ein Zufluchtsort ... aber das bedeutete nicht, dass sie die restliche Welt an der Haustür zurücklassen konnte.

Ashlyn ging ins Wohnzimmer. Grams saß mit einer Tasse Tee in der Hand in ihrem Lieblingssessel. Ihre langen grauen Haare waren noch geflochten, aber nicht mehr hochgesteckt.

Der Zopf war länger, als Ashlyn es bei sich selbst jemals ertragen hätte. Als Kind hatte Ashlyn geglaubt, Grams wäre in Wirklichkeit Rapunzel. Wenn es Elfen gab, warum dann nicht auch Rapunzel? Sie wohnten in einem hohen Gebäude mit Fenstern, durch die man auf eine seltsame Welt herabblickte. Grams hatte ihre Haare damals sogar noch länger getragen, und sie waren aschblond gewesen. Einmal hatte Ashlyn sie zu ihrer Theorie befragt.

»Aber bin ich nicht eher die Hexe, die auf deine Sicherheit achtet? Die dich hier oben in unserem Turm gefangen hält?«

Ashlyn dachte darüber nach. »Nein, du bist Rapunzel und wir verstecken uns vor der Hexe.«

»Und was passiert, wenn die Hexe uns findet?«

»Sie wird uns unsere Augen stehlen oder uns totmachen.«

»Und wenn wir den Turm verlassen?« Grams machte aus allem einen Test. Alles bezog sich auf die Elfen, und falsche Antworten bedeuteten, dass Ashlyn länger drinnen bleiben musste. »Wie lauten die Regeln?«

»Ich darf die Elfen nicht ansehen. Ich darf nicht mit den Elfen sprechen. Ich darf die Aufmerksamkeit der Elfen nicht auf mich lenken. Niemals.« Ashlyn zählte die drei Hauptregeln beim Aufsagen an den Fingern ab. »Und ich muss die Regeln immer befolgen.«

»Genau.« Grams nahm sie in den Arm. In ihren Augen schimmerten Tränen. »Wenn du die Regeln nicht befolgst, lässt du die Hexe gewinnen.«

»Ist es das, was mit Momma passiert ist?« Ashlyn versuchte Grams' Gesicht zu sehen, da sie hoffte, Anhaltspunkte darin zu finden. Selbst damals hatte sie schon gemerkt, dass Grams häufig unvollständige Antworten gab.

Grams drückte sie enger an sich. »Ja, so ungefähr, meine Kleine. So ungefähr.«

Sie sprachen nicht über Moira. Ashlyn schaute Grams an, die einzige Mutter, die sie je gehabt hatte, und fand es furchtbar, dass sie so lange ohne sie würde auskommen müssen. Die Ewigkeit war eine lange Zeit, wenn man keine Familie hatte. Grams, Seth, Leslie, Carla, Rianne, Denny, Grace ... alle, die sie vor Keenan gekannt hatte, würden sterben. *Und ich werde allein sein. Nur mit Keenan.* Sie konnte nicht darum herumreden, wie sehr sie das schmerzte.

»Es gab eine Sondersendung über die Schäden, die der unerwartete Wetterumschwung mit sich bringt.« Grams zeigte zum Fernseher. Jetzt, wo Ashlyn die Verkörperung des Sommers war, liebte sie es, das Wetter genau zu verfolgen. »Ein Beitrag über die Überschwemmungen und ein paar Theorien über die Ursachen der plötzlichen Klimaveränderungen ...«

»An dieser Sache mit den Überschwemmungen arbeiten wir bereits.« Ashlyn streifte ihre Schuhe ab. »Die Spekulationen sind allerdings harmlos. Es glaubt niemand daran, dass es Elfen gibt.«

»Sie haben gesagt, dass die Eisbären ...«

»Grams? Können wir das heute Abend mal lassen?« Ashlyn ließ sich aufs Sofa fallen und sank mit einem Gefühl der Behaglichkeit in die Kissen, das sie im Loft nie empfand. Ganz gleich, wie sehr Keenan sich auch bemühte, es war kein Zuhause. Das Loft war nicht der Ort, wo sie sich ganz bei sich fühlte. Hier war dieser Ort.

Grams stellte den Fernseher aus. »Was ist passiert?«

»Nichts. Es ist bloß … Keenan … wir hatten eine Diskussion –« Ashlyn war sich nicht sicher, wie sie es ausdrücken sollte. Sie und Grams sprachen über Beziehungen, Sex, Drogen, Alkohol, eigentlich über alles, aber normalerweise eher auf einer abstrakten Ebene. Nicht im Detail. »Ich weiß auch nicht. Danach war ich mit Carla im Shooters. Das hat mir geholfen, aber morgen oder übermorgen oder nächstes Jahr – was mache dich denn, wenn ich niemanden mehr habe außer ihn?«

»Setzt er dich schon unter Druck?« Grams redete nicht lange drum herum. Für Zwischentöne hatte sie noch nie viel übriggehabt.

»Wie meinst du das?«

»Er ist ein *Elf*, Ashlyn.« Sie gab sich keinerlei Mühe, ihren Abscheu zu verbergen.

»Ja, und ich bin eine Elfe.« Ashlyn sagte diesen Satz nicht gern, noch nicht, vielleicht würde sie es nie tun. Grams akzeptierte sie, aber genau das, was Ashlyn nun war, hatte sie ihr Leben lang gefürchtet und gehasst. Ihre Tochter war wegen der Elfen gestorben.

Wegen Keenan.

»Du bist nicht wie sie.« Grams machte ein finsteres Gesicht. »Und du bist mit Sicherheit nicht wie *er*.«

Ashlyn spürte die ersten Tränen der Frustration in ihren Augen brennen. Sie wollte nicht weinen. Sie konnte ihre Gefühle noch nicht gut genug kontrollieren, und manchmal reagierte das Wetter auf sie, auch wenn sie es gar nicht wollte; in diesem Augenblick war sie unsicher, ob sie ihre Gefühle und den Himmel gleichzeitig unter Kontrolle halten konnte. Sie atmete tief durch, um sich zu beruhigen, und antwortete dann: »Er ist mein Partner, mein Gegenstück …«

»Aber du bist noch immer gut. Du bist aufrichtig.« Grams kam zum Sofa hinüber und zog Ashlyn an sich.

Ashlyn sank in ihre Arme und ließ sich trösten wie ein kleines Kind.

»Er wird dich so lange unter Druck setzen, bis du tust, was er will. So ist er nun mal.« Grams strich Ashlyn über die Haare und fuhr mit ihren Fingern durch die bunten Strähnen. »Er ist es nicht gewohnt, zurückgewiesen zu werden.«

»Ich hab ihn nicht …«

»Du hast seine Zuneigung nicht erwidert. Das schmerzt. Elfen sind stolz. Er ist ein Elfenkönig. Die Frauen geben sich ihm hin, seit er alt genug ist, sie überhaupt als solche wahrzunehmen.«

Ashlyn wollte sagen, dass Keenan sich nicht nur für sie interessierte, weil sie ihn zurückwies. Sie wollte sagen, dass er Interesse an ihr hatte, weil sie war, wer sie war. Sie wollte sagen, dass ihre Freundschaft sich entwickelte und sie nur einen Weg finden mussten, damit das Ganze einen Sinn ergab. Aber sie war nicht sicher, ob irgendetwas davon der Wahrheit entsprach. Teilweise glaubte sie sogar selbst, dass er einfach nur auf ihre Zurückweisung reagierte oder darauf, dass er jahrhundertelang geglaubt hatte, die Königin würde auch seine Bettgenossin sein. Ein anderer Teil von ihr, der ihr weniger behagte, glaubte, dass der Druck, mehr als nur Freunde zu sein, gerade dadurch, dass sie Partner waren, nur noch schlimmer werden würde. *Dieser* Teil machte ihr Angst.

»Ich liebe Seth«, murmelte sie. Sie klammerte sich an diese Wahrheit, um nicht laut zuzugeben, dass einen Menschen zu lieben nicht bedeutete, dass man nicht auch andere wahrnehmen konnte.

»Ich weiß. Und Keenan weiß es auch.« Grams hielt nicht inne in ihren rhythmischen Liebkosungen. Sie hatte es immer schon verstanden, sie zu unterstützen, ohne sie einzuengen. Das war etwas, was niemand sonst je getan hatte – nicht dass es irgendjemanden sonst gegeben hätte. Sie waren allein gewesen, immer nur sie beide.

»Und was mache ich jetzt?«

»Sei einfach du selbst – stark und aufrichtig. Wenn du das tust, kommt schon alles in Ordnung. So war es immer und so wird es immer sein. Vergiss das nicht. Ganz egal, was in den … Jahrhunderten passiert, die vor dir liegen, vergiss nie, ehrlich zu dir selbst zu sein. Und wenn du einen Fehler machst, dann vergib dir. Du wirst Fehler machen. Diese ganze Welt ist neu für dich, und sie alle haben so viele Jahre mehr darin verbracht als du.«

»Ich wünschte, du könntest für immer bei mir sein. Ich habe Angst.« Ashlyn schniefte. »Ich weiß nicht, ob ich die Ewigkeit will.«

»Moira ging es genauso.« Grams machte eine Pause. »Aber sie hat eine dumme Entscheidung getroffen. Du … du bist stärker, als sie es war.«

»Vielleicht will ich aber gar nicht stark sein.«

Grams stieß einen Laut aus, der fast wie ein Lachen klang. »Mag sein, dass du es nicht willst, aber du wirst es irgendwie schaffen. Das ist das, was Stärke ausmacht. Wir gehen den Weg, der uns vorgegeben ist. Moira ist am Leben verzweifelt. Sie hat Dinge getan, die … sie in Gefahr gebracht haben. Hat mit Fremden geschlafen. Hat Gott weiß was gemacht, als sie … Versteh mich nicht falsch. Ich hab dich ihren Fehlern zu verdanken. Und sie hat offensichtlich nichts getan, was dazu geführt hätte, dass du als Süchtige zur Welt gekommen bist. Sie hat weder dein Leben beendet noch hat sie dich *ihnen* überlassen. Sie hat dich mir gegeben. Selbst am Ende hat sie noch einige harte Entscheidungen getroffen.«

»Aber?«

»Aber sie war nicht die Frau, die du bist.«

»Ich bin einfach nur ein Mädchen … ich –«

»Du regierst einen Elfenhof. Du befasst dich mit ihrer Politik. Ich glaube, du hast es dir verdient, dass man dich eine Frau nennt.« Grams sprach mit ernster Stimme. Es war der Ton, den sie immer anschlug, wenn sie über Feminismus und Freiheit und Rassengleichheit sprach und all diese Dinge, die ihr heilig waren wie anderen Leuten eine Religion.

»Ich fühle mich noch nicht bereit dazu.«

»Niemand von uns fühlt sich jemals bereit, mein Schatz. Ich bin auch noch nicht bereit dazu, eine alte Dame zu sein. Ich war nicht bereit dazu, Mutter zu sein – weder bei dir noch bei Moira. Und ganz sicher war ich nicht dazu bereit, sie zu verlieren.«

»Oder mich.«

»Ich verliere dich nicht. Das ist das einzige Geschenk, das die Elfen mir jemals gemacht haben. Du wirst immer hier sein, stark und lebendig, noch lange nachdem ich zu Staub geworden bin. Und es wird dir niemals an Geld oder Sicherheit oder Gesundheit mangeln.« Jetzt klang Grams kämpferisch. »Sie haben dir alles gegeben, was ich mir je für dich hätte wünschen können, aber nur, weil du stark genug warst, es dir zu nehmen. Ich werde sie nie mögen, aber dafür, dass es meiner Kleinen gut gehen wird, wenn ich nicht mehr bin … Dafür könnte ich ihnen den ganzen Rest beinahe verzeihen.«

»Sie ist gar nicht bei meiner Geburt gestorben, hab ich Recht?« Ashlyn hatte diese Frage nie gestellt, aber sie wusste, dass die Geschichten in sich nicht stimmig waren. Sie hatte gehört, wie Keenan und Grams sich im letzten Herbst unterhalten hatten.

»Nein, das ist sie nicht.«

»Warum hast du es mir nie erzählt?«

Grams schwieg einige Sekunden. Dann sagte sie: »Als du klein warst, hast du ein Buch gelesen und mir dann erzählt, du wüsstest jetzt, warum deine Mutter dich verlassen hat. Du warst dir so sicher, dass es nicht ihr Fehler war, dass sie eben bloß nicht stark genug war, um Mutter zu sein. Du hast gesagt, du wärst wie die Mädchen in den Geschichten, deren Mütter gestorben seien, damit sie leben konnten.« Grams lächelte zaghaft. »Was hätte ich tun sollen? Es stimmte ja zum Teil: Sie war nicht stark genug, nur nicht auf die Art, die du meintest. Ich konnte dir nicht sagen, dass sie sich entschieden hat, uns zu verlassen, weil sie schon größtenteils eine Elfe war, als du geboren wurdest. In deiner Version war sie nobel und heldenhaft.«

»Ist das der Grund, warum ich so bin? Weil sie kein Mensch mehr war, als ich geboren wurde? War ich überhaupt jemals eine ganz normale Sterbliche?«

Diesmal schwieg Grams so lange, dass Ashlyn sich fragte, ob dies eine Neuauflage des Schweigens werden würde, das immer folgte, wenn die Rede auf Moira kam. Grams saß mehrere Minuten einfach nur da und strich Ashlyn durchs Haar. Schließlich sagte sie: »Das habe ich mich auch gefragt, aber ich habe keine Ahnung. Sie war kaum noch sterblich, als du geboren wurdest. Und dazu noch diese Sehergabe ... Ich weiß es nicht.«

»Vielleicht war sie die Königin, die er gesucht hat. Vielleicht auch du. Vielleicht ist das der Grund, warum wir die Sehergabe besitzen. Vielleicht hätte es jede aus unserer Familie sein können. Vielleicht hätte es *jede* von uns sein können, nachdem Beira ihn verflucht und dieses Elfen-Dingsda versteckt hatte, das einen zur Sommerkönigin machte. Wenn Moira den Test auf sich genommen hätte ... vielleicht wäre sie Königin geworden. Ich frage mich, ob ich auch dann als Elfe geendet wäre. Wenn sie nicht mehr richtig sterblich war, als ich geboren wurde –«

Grams unterbrach Ashlyns immer schneller werdenden Redefluss: »*Was wäre gewesen, wenn* zu spielen hilft dir nicht weiter, Ashlyn.«

»Ich weiß. Aber wenn sie auch eine Elfe wäre ... Dann wäre ich nicht allein.«

»Wenn sie sich entschlossen hätte, ihr Dasein als Elfe zu akzeptieren, hätte ich dich auch nicht großziehen müssen. Dann hätte sie dich nicht verlassen.«

»Sie *hat* mich aber verlassen. Sie wollte lieber sterben, als eine Elfe zu sein. Als das zu sein, was ich jetzt bin.«

»Es tut mir leid.« Grams' Tränen fielen in Ashlyns Haare. »Ich wünschte, du wüsstest nichts von alldem.«

Und Ashlyn hatte keine Antwort darauf. Sie lag einfach nur da, den Kopf in Grams' Schoß, so wie sie es viele Male als kleines Mädchen getan hatte. Ihre Mutter hatte dem Tod den Vorzug vor einem Leben als Elfe gegeben. Das ließ nicht viel Raum für Zweifel daran, was Moira von Ashlyns Entscheidungen gehalten hätte.

Acht

Seth wollte gern überrascht sein, als er Niall am nächsten Tag im Crow's Nest warten sah, doch er war es nicht. Ihre Freundschaft war eins der Dinge, an denen Niall festhielt, und Seth hatte nichts dagegen. Für ihn war es, als würde er gerade entdecken, dass er einen Bruder hatte – einen verschrobenen und launischen großen Bruder –, von dessen Existenz ihm nie jemand etwas erzählt hatte.

Seth drehte einen Stuhl um und setzte sich rittlings auf die Sitzfläche. »Hast du eigentlich keinen Job oder so?«

Der König der Finsternis hob zur Begrüßung sein Glas. Ein zweites stand auf dem Tisch. Er zeigte darauf und sagte: »Nicht von meiner Hand oder aus meinem Kelch ausgeschenkt.«

»Entspann dich. Ich vertraue dir. Außerdem bin ich ja bereits *in* deiner Welt« – Seth hob das Glas und trank daraus – »und habe auch nicht vor, sie zu verlassen.«

Niall zog die Augenbrauen zusammen. »Vielleicht solltest du nicht so großzügig sein mit deinem Vertrauen.«

»Vielleicht.« Seth beugte sich zur Seite, nahm einen sauberen Aschenbecher vom Nachbartisch und schob ihn Niall hin. »Vielleicht solltest du dich aber auch entspannen.«

In einer Ecke des Raums machte die Band ihren Soundcheck. Damali, eine von Seths halbwegs dauerhaften Freundinnen vor Ashlyn, winkte. Als er sie zuletzt gesehen hatte, hatten ihr ihre kupferrot gefärbten Rastalocken fast bis zur Taille gereicht. Jetzt waren sie nicht viel länger, dafür aber magentarot. Seth nickte ihr zu und richtete seine Aufmerksamkeit wieder auf Niall. »Was ist los? Bist du einfach nur in der Stimmung, mir einen Vortrag zu halten, oder bist du überfürsorglich?«

»Ja.«

»Gesprächig *und* schlecht gelaunt heute. Mann, hab ich ein Glück.«

Niall sah ihn wütend an. »Die meisten Leute haben Angst vor mir. Ich bin Herr über die Monster, die das Elfenreich fürchtet.«

Seth zog eine Augenbraue hoch. »Hmmm.«

»Was?«

»Diese ganze ›Fürchte dich vor mir‹-Nummer passt irgendwie nicht zu dir. Blas lieber weiter Trübsal.« Seth nippte erneut an seinem Glas und ließ seinen Blick durchs Crow's Nest schweifen. »Wir wissen beide, dass du den Tod aller hier im Raum anordnen könntest, aber *ich* weiß, dass du es nie tun würdest.«

»Wenn es sein müsste, schon.«

Darauf wusste Seth nichts zu erwidern – das war keine Frage, über die man diskutieren konnte –, also wechselte er das Thema. »Willst du den ganzen Nachmittag schlechte Laune verbreiten?«

»Nein.« Niall schaute in die entgegengesetzte Ecke. Um diese Tageszeit gab es noch ein freies Dartboard. »Komm.«

»Wuff«, machte Seth, stand aber, erleichtert, dass sie *überhaupt* etwas unternahmen, trotzdem auf.

»Warum gehorchen mir meine echten Hunde eigentlich nicht so prompt?« Niall hatte offenbar beschlossen, sich um bessere Laune zu bemühen. Sein Lächeln war schwach, aber immerhin lächelte er.

Seth ging zum Dartboard und zog die Pfeile heraus. Er betrieb dieses Spiel nicht ernsthaft genug, um seine eigenen dabeizuhaben. Niall dagegen hatte eigene Pfeile. Er war zu lange ein normaler Elf gewesen. Als König reagierte er zwar nicht mehr allergisch auf Stahl, doch diese Veränderung hatte er erst vor sehr kurzer Zeit durchlaufen, und eine Gewohnheit, die man schon sein Leben lang pflegt, legt man nicht so leicht ab. Er öffnete seinen Dartkoffer; darin lagen Pfeile mit Spitzen aus Knochen.

Niall verfolgte gedankenverloren, wie Seth sich aus den Pfeilen mit den Stahlspitzen die geradesten heraussuchte. »Sie sind zwar nicht mehr giftig für mich, aber es wäre mir trotzdem lieber, wenn sie nicht mit meiner Haut in Berührung kämen.«

»Zigaretten sind für dich auch nicht giftig, aber was die angeht, bist du nicht so zimperlich.«

»Der Punkt geht an dich. Ich sollte auf die Pfeile eigentlich keine Gedanken mehr verschwenden«, stimmte Niall ihm zu, machte aber dennoch keinerlei Anstalten, die Pfeile in Seths Händen zu berühren.

Mit einer Sorglosigkeit, die sich bei ihm in Gegenwart von Angehörigen des Sommerhofs nur selten einstellte, wandte Seth dem König der Finsternis den Rücken zu und nahm die Dartscheibe ins Visier. *Zu Hause. In Sicherheit.* Dass Nialls Anwesenheit in diesem Zuhause zu seinem Gefühl der Sicherheit beitrug, war ihm durchaus bewusst.

»Kricket?«

»Klar.« Seth sah nicht, was es bringen sollte, eine ernstzunehmendere Spielvariante zu spielen. Selbst an seinen besten Tagen war er nicht gut genug, um es mit Niall aufzunehmen, aber darum ging es beim Dartspielen auch gar nicht. Es war eine Art des Zeitvertreibs, eine Konzentrationsübung.

Sie spielten drei Spiele in fast vollständigem Schweigen, und obwohl Niall offenkundig abgelenkt war, gewann er sie alle mit der üblichen Lässigkeit. Als Niall seinen dritten und letzten Pfeil geworfen hatte, sagte er: »Ich hoffe, im Vergeben bist du besser als im Werfen.«

»Was ist los?« Seth war sofort besorgt, als er den bewusst beiläufigen Ton des Königs der Finsternis hörte.

Niall warf ihm einen kurzen Blick zu, während er die Pfeile aus dem Dartboard herauszog. »Offene Rechnungen. Vertrau mir.«

»Ich will keinen Ärger.«

»Ich bin der König der Finsternis, Seth, wie sollte es da Ärger geben?« Niall grinste und sah plötzlich sogar beinahe glücklich aus. »Sie sind hier.«

Und eine Sekunde lang wollte Seth sich gar nicht umdrehen. Er wusste, dass er sie sehen würde, wenn er sich umwandte – seine Freundin und seinen Konkurrenten um ihre Zuneigung. Er sah sie nicht gern zusammen, doch seine Selbstbeherrschung währte nicht lange. Obwohl es bedeutete, sie mit Keenan zu sehen, konnte Seth nicht widerstehen sie anzuschauen. Das hatte er noch nie geschafft, auch nicht, als sie noch sterblich gewesen war. Ashlyn lächelte Keenan an; ihre Hand ruhte locker in seiner Armbeuge. Seit einiger Zeit übernahm sie in der Öffentlichkeit immer mehr von den gezierten Umgangsformen der Elfen.

Niall raunte ihm zu: »Glaub nie, dass du ihm trauen kannst. Er zählt die Tage, bis du ihm nicht mehr im Weg bist, und er hat die Zeit auf seiner Seite. Ich weiß, dass du unsere Sommerkönigin – *die Sommerkönigin* – liebst, aber du bist auf verlorenem Posten, vor allem weil du nicht kämpfst. Übe Schadensbegrenzung, bevor sie dich zerstören, oder schlag zurück.«

»Ich will nicht aufgeben.« Seth sah Ash an. In letzter Zeit waren ihm solche Gedanken schon mehrmals durch den Kopf gegangen. »Aber ich will auch nicht gegen irgendwen kämpfen.«

»Zu kämpfen ist …«, begann Niall.

Den Rest hörte Seth nicht mehr: Ashlyn hatte aufgeblickt und ihn erspäht. Sie ließ Keenan stehen und kam durch den Raum auf ihn zu.

Keenan drehte sich wie beiläufig um und redete mit einer seiner Wachen, als würde ihn ihre Abwesenheit nicht schmerzen. *Doch das tut sie.* Das wusste Seth; er hatte die Reaktionen des Sommerkönigs beobachtet und jede Veränderung seit dem Ende des Winters genau registriert. Keenan würde Ashlyn immer ganz nah bei sich behalten, wenn er könnte.

Genau wie ich.

Niall warf Seth einen mitleidigen Blick zu, als Ashlyn sich näherte. »Du hörst gar nicht zu, oder?«

Aus Seths Lungen schien alle Luft zu entweichen.

Liegt es an ihr oder daran, was sie ist? Das fragte er sich immer häufiger. Vor Ashlyn hatte er nie versucht, eine richtige Beziehung zu führen, darum war es schwierig herauszufinden, was normal war und was nicht. War es normal, dass seine Faszination immer noch zunahm? Oder kam das daher, dass er jemanden liebte, der kein Mensch mehr war? Er hatte in den vergangenen Monaten genügend alte Volksmärchen gelesen, um zu wissen, dass Menschen dem Reiz einer Elfe kaum widerstehen konnten.

Ist es das, was mit mir passiert?

Doch da glitt Ashlyn in seine Arme. Als sie ihre Lippen auf seine drückte, war ihm völlig egal, warum er von ihr fasziniert war und ob Niall Recht hatte mit seinen Warnungen und was Keenan für Absichten verfolgte. Nur dass er und Ashlyn zusammen waren, war jetzt noch wichtig. Sonnenlicht sickerte in seine Haut, als sie ihre Arme um ihn legte.

Er drückte sie fester an sich, als er es früher getan hätte – *als sie noch ein Mensch war.* Sie so fest umklammern, dass es ihr wehtat, konnte er gar nicht, nicht mehr, seit sie eine Elfe war.

Ihre Hände glitten seine Wirbelsäule hinauf, und sie ließ ein wenig Sonnenlicht in ihre Haut rieseln, während sie ihn berührte. Eine solche Kühnheit in der Öffentlichkeit war untypisch für sie.

Er unterbrach ihren Kuss. »Ash?«

Sie wich etwas zurück, und er erschauderte über diesen Verlust. *Als würde man die Sonne wegnehmen.*

»Tut mir leid.« Eine leichte Röte färbte ihre Wangen.

Er hatte noch nicht das Vertrauen in seine Fähigkeit zurückgewonnen, einen ganzen Satz zu formulieren.

»Ich liebe dich«, flüsterte sie an seinen Lippen.

»Ich dich auch«, versprach Seth. *Immer.*

Sie schmiegte sich leise seufzend in seine Arme. In diesem Moment war sie keine Königin, keine Elfe, sondern niemand anders als Ashlyn.

»Geht es dir gut?«

»Ja, jetzt schon.«

Keine Minute später spannte sie sich jedoch an. Obwohl Ashlyn Keenan gar nicht sehen konnte, wusste sie offenbar, dass er hinter ihr stand. Was für eine Verbindung die beiden auch immer hatten, sie wurde stärker, und das erleichterte das Leben nicht gerade.

Was Keenan anging, so verriet seine Miene Irritationen, die er niemals geäußert hätte. Ashlyns verbliebener Rest von Menschlichkeit, ihre Fähigkeit, sich in Sekundenschnelle von einer Herrscherin in ein einfaches Mädchen zu verwandeln, schien Keenan zu verblüffen. Seth hatte beobachtet, wie er zu begreifen versuchte, warum Ashlyn sich weigerte, sich von der menschlichen Welt zu distanzieren. Es war eine Stärke: Zu sehen, wie die Menschen davon profitierten, dass sie sich für das Wiedererstarken des

Sommers einsetzte, inspirierte sie dazu, mehr zu tun. Aber es war auch eine Schwäche: Die Zeit, die sie mit Sterblichen verbrachte, erinnerte sie an die unangenehmen Unterschiede zwischen Sterblichen und Elfen und hielt sie auf Abstand zu ihrem Volk. Dieser Abstand führte zu einem Riss an ihrem Hof, einer Verwundbarkeit, die mehr als ein leises Grollen hervorrief.

Zusätzlich gab es Spannungen wegen Ashlyns Weigerung, eine »richtige Königin« zu sein, und Keenans anhaltender Beziehung zu Donia; der Hof war zwar stärker geworden, doch geheilt war er noch nicht.

Seth wusste, dass sich das mit der Zeit verändern würde – vor allem weil die Sterblichen, die Ashlyn liebte, älter wurden und starben –, doch Keenan zeigte offen sein Missfallen an jedweder Schwäche, die Ashlyn in Gefahr bringen konnte. Die erstarkenden Elfen waren enttäuscht von den Entscheidungen ihrer Monarchen und Keenan hatte Angst davor, was passieren würde, wenn diese Elfen kühner wurden. Diese Sorge um Ashlyn war eins der wenigen Dinge, die Seth am Sommerkönig schätzte. Keenan verehrte Ashlyn. Er wollte sie in Sicherheit und glücklich sehen.

Er will sie aber auch ganz für sich haben.

»Du solltest Abstand halten, Keenan. Ich sehe, was du tust. Ich habe dir jahrhundertelang bei diesen Spielchen zugesehen.« Nialls Stimme war plötzlich wie Rauch und Schatten. »Versuch zur Abwechslung mal über die Bedürfnisse anderer nachzudenken.«

»Ich glaube nicht, dass es dich noch irgendetwas angeht, was ich tue.« Keenan drehte sich so, dass er mit dem Gesicht zu Niall stand, und lehnte sich mit dem Rücken an die Wand – um sicherzustellen, dass niemand von hinten an ihn herantreten konnte.

»Wenn du Seth etwas tust« – Niall lächelte Seth an –, »dann geht es mich sehr wohl etwas an.«

»Er gehört nicht zu deinem Hof.«

Der König der Finsternis sagte mit vor Spott triefender Stimme: »Nur ein Idiot kann glauben, dass das eine Rolle spielt. Leslie ist für mich verloren. Die *Freundin* deiner Königin, und du hast zugelassen, dass sie verdorben wurde –«

»Vom Hof der Finsternis, *deinem* Hof, Niall.« Keenan sah Ashlyn an, dann Seth, dann die verschiedenen Sterblichen im Raum. In der schwach beleuchteten Nische, in der sie standen, zogen sie mit ihrem Streit noch keine Aufmerksamkeit auf sich.

»Ja, es ist mein Hof, und nach allem, was ich von den beiden verkorksten Königen gelernt habe, die ich geliebt und für die ich gelebt habe, wird er sich deinem niemals unterwerfen. Stell mich nicht auf die Probe, Keenan.« Niall schritt auf Keenan zu, verringerte offen drohend den Abstand zwischen ihnen. »Wenn du Seth wehtust, wirst du von *mir* dafür zur Rechenschaft gezogen.«

Keenan sagte nichts.

»Sag mir, dass du keine bösen Absichten ihm gegenüber hegst, Keenan.« Nialls Stimme war zu einem leisen Knurren geworden, von dem Seth gar nicht geahnt hatte, dass es in seinem Freund schlummerte. Neben dem König der Finsternis nahmen die Jungfrauen des Abgrunds Gestalt an und tanzten durch die Luft; ihre Körper bestanden aus züngelnden, sich windenden schwarzen Flammen. Seth wusste, dass sie – einmal losgelassen – schlimme Verwüstungen anrichten konnten, war sich jedoch nicht sicher, ob das gut oder schlecht war. Ein Teil von ihm, den er zu verbergen suchte, war sauer auf Keenan und freute sich bei dem Gedanken, dass Niall Keenan einen Denkzettel verpassen würde. *Was nicht okay ist.* Seth unterdrückte diesen Drang inzwischen bewusst. Er hatte hart daran gearbeitet, der Mensch zu werden, der er jetzt war. Er gönnte sich weder Kämpfe noch One-Night-Stands; er betrank sich nicht sinnlos und legte es auch nicht darauf an, Dinge auszuprobieren, nur weil sie verboten waren. Er blieb ruhig – selbst wenn das nicht seine instinktive Reaktion war.

»Niall?« Seth ließ Ashlyn los und trat um die Tänzerinnen des Abgrunds herum. »Beruhige dich.«

»Er hat noch nicht geantwortet, oder, Seth?« Niall hatte seine Hände zu Fäusten geballt.

»Ich weiß, wo ich stehe.« Seth wusste, dass Keenan gemischte Gefühle ihm gegenüber hatte. Er hatte nie etwas getan, um Seth zu schaden, aber es wäre überraschend, wenn er nicht schon darüber nachgedacht hätte. *Sogar ausgiebig. Und Tavish hat ihn bestimmt über die Risiken aufgeklärt.* Aber davon wollte Seth gar nicht erst anfangen; es half sowieso nichts. »Ich brauche seine Antwort nicht zu hören.«

»Aber Ash sollte sie hören.« Niall verharrte reglos, doch es stiegen Schatten von ihm auf und wanden sich bis zu der Backsteinmauer hinter Keenan. Diese schwarzen Gitter konnten sich zu einem Käfig verfestigen. »Tritt zurück, Seth. Bitte.«

Seth bewegte sich ein Stück von der Stelle weg, an der die beiden Könige voreinanderstanden und sich wütend anstarrten. Nachdem er Zeuge des Streits mit der Rabenelfe geworden war, konnte Seth sich denken, dass es keine gute Idee war, zwischen den beiden zu stehen. *Sterbliche sind zu zerbrechlich.* Der Gedanke empörte ihn, aber es stimmte. *Ich kann zu leicht von ihnen vernichtet werden. Von ihnen* allen.

»Keenan würde Seth nichts antun«, murmelte Ashlyn. Sie trat zu ihm und nahm Seths Hand. »Das würde ich ihm nie verzeihen, und das weiß er.«

Niall bedachte sie mit einem kritischen Blick. »Ach, tatsächlich?«

Sonnenstrahlen umflimmerten sie, als sie wütend auf Niall wurde. »Ja, *tatsächlich*.«

Sie alle hielten inne, als an der Tür ein Tumult entstand. Wachen des Sommerhofs versuchten einer Gruppe von auffällig tätowierten Elfen den Zutritt zu verwehren, doch ohne Erfolg. Gabriel, Anführer der Hundselfen und linke Hand vom Hof der Finsternis, kam hereingeschlendert. Bei ihm waren sechs andere Hunde – darunter auch Chela, Gabriels wüste und seltsam freundliche Gefährtin – und Gabriels halbsterbliche Tochter Ani. Gabriels Schritte hallten auf dem Boden wider. Eine Welle der Angst, die die Hundselfen stets auslösten, lief durch den Raum.

Und Seth war einmal mehr für das Zaubermittel gegen magische Kräfte dankbar, das Niall ihm geschenkt hatte. Er mochte ja zerbrechlich sein, aber er war nicht empfänglich für die Angst, die die Hunde verbreiteten, und auch für keinen anderen ihrer Zauber. Donia hatte ihm zwar die Sehergabe verliehen, doch die gestattete ihm lediglich, sie zu sehen. Niall hatte ihn davor bewahrt, dass sie mit seinen Gefühlen spielen konnten.

»Gabe!«, sagte Seth. Er war nicht sicher, ob die Ankunft der Hunde gut oder schlecht war. Sie waren nicht gerade für ihre Behutsamkeit und Besonnenheit bekannt. »Schön, dich zu treffen … glaube ich.«

Gabriel lachte. »Wir werden sehen.«

Chela zwinkerte Seth zu. »Sterblicher.«

Niall ließ Keenan nicht aus den Augen. »Wenn du Seth etwas tust, werde ich dir nicht vergeben. Er ist mein Freund und steht unter dem Schutz des Hofs der Finsternis.«

»Keenan wird Seth nichts tun«, warf Ashlyn ein. »Und unser Hof sorgt bereits für seine Sicherheit. Er braucht dich nicht.«

Keenan warf Niall einen gelangweilten Blick zu und fragte dann

Seth: »Bietest du dem Hof der Finsternis deine Gefolgschaft an, Seth Morgan?«

»Nein.«

»Bietest du sie dem Sommerhof an?«

Seth spürte, wie Ashlyn sich neben ihm anspannte. »Nein, aber ein Freundschaftsangebot würde ich beiden Höfen nicht ausschlagen.«

»Sie hat ihren Preis ...« Keenans arglose Miene war aufgesetzt, eine Art Lüge. »Schmerz, Sex, Blut, es gibt viele schreckliche Gegenleistungen, die der Hof der Finsternis einfordern kann. Bist du bereit dazu, wenn sie dich auffordern, für ihren Schutz zu zahlen?«

»Seth?« Die Sorge in Ashlyns Stimme war echt. Sie war die Einzige im Raum, die womöglich glaubte, dass Keenan Seth zu helfen versuchte.

Indem Niall Seth die Freundschaft seines Hofs anbot, hatte er ihm ungebeten eine Rettungsleine zugeworfen und keine Falle gestellt. Seth hatte das verstanden. *Auch wenn sie es nicht sieht.* Die Freundschaft eines ganzen Hofs war mehr als einfach nur Nialls Freundschaft: Sie bedeutete, dass alle, die diesem Thron Gefolgschaft geschworen hatten, ihn so behandelten, als wäre er einer der Ihren. Es bedeutete, dass er viele der Vorteile eines Hofangehörigen genießen würde, ohne irgendwelche Pflichten zu haben. Ungeachtet dessen, wie verletzlich er war, konnte er sich auf die Stärke eines Hofs verlassen, der von vielen ungebundenen Elfen, vom Hof des Lichts und vom Sommerhof gefürchtet wurde. Selbst wenn es Keenan nicht geärgert hätte, wäre das ein attraktives Angebot gewesen.

»Keine Sorge«, beruhigte Seth Ashlyn. »Niall ist mein Freund.«

»Ich biete dir nicht nur die Freundschaft des Königs der Finsternis, sondern des Hofs der Finsternis an, die mit Blut und keiner anderen Münze bezahlt wird«, sagte Niall. In seinen Augen stand die Angst, dass Seth sein Angebot ablehnen könnte.

»Ich nehme an.« Seth hielt sein Handgelenk hoch und wartete, ohne es Niall oder den Hunden direkt anzubieten. Was nun im Detail folgen würde, war ihm absolut unklar. Fast alle Umstehenden konnten auch ohne Messerklingen blutende Wunden schlagen, dennoch trug jeder von ihnen irgendwelche Waffen bei sich. Es war unwahrscheinlich, dass irgendjemand außer Niall ihm diese Wunde zufügen würde, und selbst wenn, vertraute Seth darauf, dass Gabriel und Chela – die beiden ranghöchsten Dunkelelfen nach Niall – auf seine Sicherheit achtgaben.

Nur Keenan will mir schaden.

»Ich vertraue euch«, sagte Seth – zu Niall, zu den Hunden.

»Ich fühle mich geehrt.« Niall beugte sich zu ihm und sagte mit gesenkter Stimme: »Aber Könige der Finsternis können Versuchungen wirklich *nicht* besonders gut widerstehen.«

Dann drehte er sich mit einem fiesen Grinsen um und rammte Keenan seine Faust so heftig ins Gesicht, dass der Kopf des Sommerkönigs mit einem dumpfen Geräusch gegen die Mauer schlug.

Innerhalb eines Atemzugs wurden alle Elfen unsichtbar.

Ashlyn eilte an Keenans Seite, der sich zusammenkrümmte und zu Boden ging.

Die Hunde strömten nach vorn und bildeten mit Niall eine bedrohliche Mauer.

Die Tänzerinnen des Abgrunds schaukelten durch die Luft.

Und Niall leckte seine Fingerknöchel. »Besiegelt und mit Blut bezahlt. Es steht nirgendwo geschrieben, dass es *dein* Blut sein muss, Seth.«

Neun

Noch bevor der Gedanke, ihren König beschützen zu müssen, in Ashlyns Kopf Form angenommen hatte, stellte sie sich schon zwischen Keenan und Niall. »Das reicht!«

»Fordere mich jetzt besser nicht heraus.« Niall drehte ihr den Rücken zu und ging.

Sie folgte ihm. In irgendeinem Winkel ihres Verstandes war ihr klar, dass sie sich vor Wut unvorsichtig verhielt, aber es war ihr egal. Ihr König war durch die Hand dieses Elfen verletzt worden. Sie musste gegen jeden zurückschlagen, der ihren Hof attackierte; sie musste jeden vernichten, der sie schwächen wollte.

Aber Niall geht es gar nicht um Hofangelegenheiten. Niall und Keenan hatten ihren Streit noch nicht beigelegt, und Niall glaubte, dass Keenan für Seth eine Bedrohung darstellte. *Das ist etwas Persönliches und hat mit dem Hof nichts zu tun.* Logik versuchte, ihren Impuls zu unterdrücken. *Aber Keenan ist verletzt.*

Sie hielt Niall am Arm fest. Sofort stieg der Geruch versengender Haut auf. Ihr Sonnenlicht hatte intensiver gebrannt, als ihr bewusst gewesen war.

Niall verzog keine Miene. Stattdessen zog er seinen Arm – und damit auch sie – dicht an sich heran. Ihre Finger wurden gegen seine Brust gedrückt, wo sie kleine Löcher in sein Hemd brannten. Doch anstatt sie von sich wegzuschieben, hielt er sie so nah bei sich, dass sie den Kopf in den Nacken legen musste, um ihn anzusehen. Als sie es tat, sagte Niall: »Mein Hof sähe es gern, wenn wir häufiger mit eurem aneinandergerieten ... und ich« – er lächelte – »ich frage mich, ob meine Elfen nicht Recht haben.«

»Lass los.« Sie zerrte an ihrer Hand und konzentrierte sich, um ihn nicht weiter zu verletzen.

Er hielt ihr Handgelenk fest. »Auch das Blut jedes anderen hätte den Zweck erfüllt, aber ich wollte seins. Und ich verstoße damit nicht mal gegen irgendein Gesetz. Aber weißt du was? Ich dachte, auf diese Weise würde es mir mehr Spaß machen« – er blickte grinsend über sie hinweg in die Richtung, wo Keenan bäuchlings auf dem Boden lag –, »und das hat es auch.«

Damit ließ er sie los.

Sie wich vorsichtig zurück. »Du hast ihn verletzt.«

»Und du mich. Der Unterschied, Ashlyn, ist der, dass ich es jeden Tag tun würde, wenn ich eine Rechtfertigung dafür fände. Und du?« Niall klang so gar nicht mehr wie der Elf, der ihr geholfen hatte, sich an ihre neue Rolle als Sommerkönigin zu gewöhnen, und ganz sicher nicht wie der Elf, der um Leslie geworben hatte. Diese Fassaden waren gefallen und vor ihr stand ein Elf, der die Schlimmsten derjenigen, vor denen sie sich als Kind versteckt hatte, noch übertraf.

Sie konnte ihr Sonnenlicht nur mit Mühe in Schach halten, während sie ihn wütend ansah. »Ich bin nicht diejenige, die Streit anfängt.«

»Soll ich es tun? Soll ich den Konflikt anzetteln, nach dem sie sich sehnen? Meine Elfen flüstern und singen Geschichten darüber, was wir alles tun könnten, solange euer Hof noch schwach ist. Es wird zunehmend schwieriger, nicht hinzuhören.« Seine dunklen Tänzerinnen wirbelten um ihn herum wie zum Leben erwachte Schatten. Gabriel und mehrere andere Hunde standen bereit.

Das hier könnte gefährlicher werden, als gut für uns ist.

Sie hatten nicht viele Leute mitgebracht; Ashlyn hatte keinen Ärger erwartet. Sicher, es gab Anzeichen von Unfrieden, doch Elfen trugen ständig kleine Meinungsverschiedenheiten miteinander aus. Die Oberhäupter der Höfe hielten sie in Schach. Niall hatte früher zu den Guten gehört. Und Donia ebenfalls. Die Höfe, die ihrem eigenen Probleme bereitet hatten, wurden nun beide von Elfen regiert, die einmal Keenans Vertraute – *und mehr* – gewesen waren. Er hatte sich darauf verlassen, dass die gemeinsame Vergangenheit den Sommerhof schützen würde. Zwar wusste Keenan, dass Niall und er nicht gut aufeinander zu sprechen waren, doch war er nicht davon ausgegangen, dass das zu echten Problemen führen würde. *So funktionieren Elfenhöfe nicht, Ashlyn*, hatte er ihr versichert. Und sie hatte ihm geglaubt – bis jetzt.

»Mache ich dir Angst, Ash?« Nialls Stimme war ein leises Flüstern, als wären sie allein im Raum. »Erinnere ich dich daran, warum du uns für Monster gehalten hast?«

»Ja.« Ihre Stimme klang zittrig.

»Gut.« Er schaute neben sie, wo sich eine Wand aus Schatten gebildet hatte. Dahinter lag der einzige Elf, der diese Schattenwand einreißen konnte. Auch sie selbst besaß die Fähigkeiten dazu, doch sie wusste nicht genau, wie es ging, und Keenan war bewusstlos.

Als wäre dieses Detail nur von beiläufigem Interesse, fügte Niall hinzu: »Dein König hat nie gelernt zu kämpfen. Dafür hatte er ja mich und all die anderen.«

Die Wand aus Schatten wuchs weiter empor und schloss Ashlyn und Niall in einer Blase ein. Sie drückte dagegen; ihre Konsistenz war zugleich fedrig und glitschig. *Neumond. Hunger. Angst.* Die Berührung ließ sie erschaudern. *Bedürftigkeit. Ertrinken in schwarzen Wellen der Bedürftigkeit. Zähne.*

Sie riss ihre Hand los und zwang sich, sich auf das Gespräch zu konzentrieren. »Warum tust du das?«

»Um den Sterblichen zu beschützen, den *du* liebst?« Niall schüttelte den Kopf. »Ich werde nicht zulassen, dass Keenan auch ihn zerbricht, und du hast bewiesen, dass du deine Freunde nicht vor ihm verteidigst. Du bist gut für deinen Hof, aber deine Sterblichen ...«

»Es war *dein* Hof, der Leslie das angetan hat.«

»Und du hättest sie retten können. Wenn du ihr den Schutz deines Hofs angeboten hättest, bevor er sie sich genommen hat –« Er brach den Satz mit einem Knurren ab. »Du hast sie genauso im Stich gelassen, wie du Seth im Stich lassen wirst.«

»Ich habe Fehler gemacht, aber ich würde Seth *niemals* wehtun. Ich liebe ihn.« Ashlyn spürte, dass sie die Beherrschung zu verlieren drohte. Niall hatte sie in eine Falle gelockt, nachdem er ihren König niedergestreckt hatte, und nun gab er ihr zu verstehen, dass Seth wegen ihr verwundbar war. Zuvor hatte sie Niall nur versehentlich verletzt, aus Unbeherrschtheit, aber jetzt ... jetzt wollte sie ihm wehtun. *Und zwar richtig.* Ihre Wut flammte auf, und diesmal sah sie keinen Grund, sie zu kontrollieren. Die Luft in der Blase aus Schatten wurde glühend heiß. Sie konnte den beißenden Wüstenwind schmecken, Sand auf ihren Lippen.

»Schlag mich, Ash. Los. Liefere mir einen Grund, meine Elfen auf eure loszulassen. Überzeuge mich davon, dass ich es meinem Hof gestatten sollte, eure zarten Sommermädchen zu quälen. Lade mich dazu ein, ihnen zu erlauben, Ebereschenblut zu vergießen«, flüsterte er in einem Ton, der eigentlich für Schlafzimmer und Kerzenlicht gemacht war. Das war die Natur des Hofs der Finsternis – Gewalt und Sex, Angst und Lust, Wut und Leidenschaft. Er streichelte ihre Wange und setzte hinzu: »Gib mir einen Grund, ihren Wünschen nachzugeben.«

Irial war weniger gefährlich für uns. Das war Nialls empfindliche Stelle – Irial. *Hör auf, ihn wie einen Freund zu behandeln, wie einen Sterblichen.* Ihre Gedanken verhedderten sich, während sie sich fragte, wie sie sich nun verhalten sollte. So vieles, was sie über Elfen gelernt hatte, war inzwischen hinfällig geworden. Sie hatte es schon lange aufgegeben, die Regeln zu befolgen, die Grams ihr beigebracht hatte. Aber eine davon war noch immer hilfreich: *Wenn ich weglaufe, verfolgen sie mich.*

Sie machte einen Schritt auf Niall zu. »Der letzte König der Finsternis hat auch geglaubt, er könnte mich in Versuchung führen, hier, am gleichen Ort ...«

Niall lachte und sah für einen kurzen Moment beinahe fröhlich aus, doch die Freude war ebenso schnell wieder verschwunden, wie sie gekommen war. »Wenn er es wirklich versucht hätte, hätte er es auch geschafft. Er hat dich nicht gewollt, Ash ... du warst nur eine kleine Ablenkung, ein schneller Flirt. So ist Irial nun mal.«

»Keenan sagt, du bist wie Irial – ein *Gancanagh*. Vorher hatte er mir das nicht erklärt«, gestand sie. Sie war nicht gerade stolz auf die Intrigen ihres Königs oder darauf, wozu sie geführt hatten, aber sie wollte aufrichtig sein. »Bist du es immer noch? Machst du süchtig?«

»Warum? Möchtest du eine Kostprobe?«

Es lauerte etwas Ungezähmtes in ihm. Sie sah es unter der dünnen Schicht von Anstand, die noch den alten Niall erkennen ließ. Sie wollte diese Oberfläche nicht aufbrechen. Ihr Verstand riet ihr,

Abstand zu halten, doch sie hörte nicht darauf. »Wir sollten wirklich anfangen, dich so zu behandeln wie Irial ...«

»Nein« – Niall legte eine Hand auf ihre Schulter und schob sie nach hinten, bis sie zwischen der Wand aus Schatten und ihm eingeklemmt war – »du solltest bedenken, dass Irial nicht die Absicht hatte, Keenan zu schaden. Ich dagegen schon. Ich brauche nur einen Vorwand. Gibst du mir einen, Ash?«

Die Wand hinter ihrem Körper vermittelte ihr überwältigende Gefühle. Gefährliche Versuchungen flüsterten auf ihrer Haut und es kamen ihr Dinge in den Sinn, die sie lieber nicht gedacht hätte. *Keenan unter meinen Händen. Er soll mir gehören. Ich will nicht nur eine Kostprobe, sondern in ihm ertrinken.* Es war zwar kein Dunkelelf, den sie besitzen wollte, aber es war die Energie des Hofs der Finsternis, die ihre Gedanken in Richtungen lenkte, in die sie niemals vordringen sollten. Die Verführungen dieses Hofs ließen sie an den Elfen denken, den sie wollte, und nicht an den Sterblichen, den sie liebte. Ihr Herz schlug zu schnell in ihrer Brust, während die Schatten ihre Ängste und ihre Lust hervorzerrten.

»Ich will –«, sie biss sich auf die Lippe, um es nicht auszusprechen, um nicht zuzugeben, dass sie in diesem Moment an Keenan dachte.

»Ich weiß, was du willst, Ash. *Ich* will ihn verletzen.« Niall sah durch die Schatten zu Keenan hin. »Ich will, dass er einen Angriff rechtfertigt, indem er die Grenzen überschreitet.«

»Wieso rechtfertigt?« Sie versuchte, sich von den Schatten wegzudrücken, die sie umschlossen.

»Vor mir selbst. Vor Donia. Vor Seth.«

»Aber ...«

»Mein Hof will es. Das ist der Hauptgrund, warum sie mich begeistert als ihren König annehmen ... Und es ist der Grund, warum Bananach, wann immer sie kann, in meinen Gemächern auftaucht. Sie kommt blutverschmiert zu mir, hungrig nach jedem bisschen Wut, das in mir ist.« Niall sah Seth an, der sich vergeblich gegen die Barriere aus Schatten stemmte. »Seth will dich. Er liebt dich. Beschütze ihn vor Keenan ... oder ich werde mehr als genug Gründe haben, die Perversionen und die Grausamkeit meines Hofs zu entfesseln.«

Sie blickte durch die Barriere. Seth sagte etwas, aber die rauchartige Wand verschluckte seine Worte, nicht jedoch seinen Gesichtsausdruck. Er war außer sich vor Wut. Ihr sonst so ruhiger Seth war alles andere als friedlich.

»Wenn *Seth* es mir vergeben würde, Ash, dann würde ich dich benutzen, um deinen König zu provozieren.« Er umfasste ihre Schultern. »Du hast Leslie mit deiner Dummheit viel Leid zugefügt. Und mir auch.«

Er drückte sie gegen die Schattenwand, bis sie glaubte, dass ihr Herz zu schlagen aufhörte. Furcht stieg in ihr auf, glitt in die hintersten Winkel ihrer Persönlichkeit und ließ all ihre Ängste und Zweifel hervortreten. *Allein. Nicht gut genug. Schwach. Dumm. Ich zerstöre Seth. Schade meinem Hof. Lasse meinen König im Stich.*

»Es tut mir leid. Ich wollte zu keinem Zeitpunkt, dass Leslie etwas zustößt. Und das weißt du auch ...« Sie zwang sich, sich zu konzentrieren, auf die Wärme in ihrem Inneren zurückzugreifen, den Frieden der Sommersonne, die ihr Kraftspender war. Doch es reichte nicht aus – nicht gegen einen Elfenkönig, der genau wusste, was er tat. »Ich weiß, dass du eigentlich nicht grausam bist. Du gehörst zu den Guten.«

»Da irrst du dich.« Nialls Blick schoss zu Gabriel und den anderen Hunden, die als schattenhafte Silhouetten außerhalb des Käfigs, der sie beide umschloss, zu erkennen waren. Schließlich zog er sie von der Wand der Finsternis weg. »Frag deine Sommermädchen, ob ich gut bin. Frag Keenan, wenn er wieder aufwacht. Frag dich selbst, ob deine Angst vor mir nicht ihre Gründe hat. Du bist ganz allein mit einem Monster, Ashlyn ... und deine Lüste, deine Ängste, dein Zorn sind wie blutige Köder.«

Aber ich bin nicht allein. Diese simple Gewissheit gab den Ausschlag. Da war jemand auf der anderen Seite der Wand, der sie liebte, und da war ein Elf, der ein Teil von ihr war. Seth verlieh ihr Mut; Keenan gab ihr Sonnenlicht. Sie sog ihr eigenes und Keenans Sonnenlicht in ihre Haut und die vertraute Wärme vertrieb die dichten Schatten, die in ihren Körper eingedrungen waren. »Ich muss gehen. Nimm die Wand weg.«

»Sonst?«

Sie konzentrierte sich ganz und gar auf den Gedanken, den König der Finsternis dazu zu bewegen, sich dem Sommerhof zu beugen, schob das Sonnenlicht nach vorn und presste es in Nialls Haut. Mattigkeit und Befriedigung, nach Sommersonne duftende Körper, die beißenden Schirokkowinde – all das brandete auf ihn ein. *Eine angemessene Vergeltung für die Schatten.* Es war die volle Wucht des Sommervergnügens mit einem Hauch von Schmerz. »Wir sind inzwischen stärker. Provozier ihn nicht ... und mich auch nicht.«

Seine Hände hielten sie noch immer zurück, doch er schloss die Augen.

Sie hatte ihren Standpunkt deutlich gemacht. Sie überlegte, ihm zu sagen, dass sie beide wünschten, die Dinge hätten sich nicht so entwickelt. Sie wollte aufrichtig Frieden zwischen den Höfen. Doch es waren nur ein paar Augenblicke der Hoffnung und der Schuldgefühle, denn bevor sie etwas sagen konnte, schlug er die Augen wieder auf. Aus seinem Innern blickte ihr der Schlund des Abgrunds entgegen.

»Du denkst wie eine Sterbliche, Ashlyn.« Er leckte sich die Lippen. »Oder vielleicht denkst du auch wie Keenan – großspurige Machtdemonstrationen schüchtern mich nicht ein.«

Sie machte einen unsicheren Schritt nach hinten, versuchte von ihm wegzukommen.

»Selbst wenn Seth nicht mein Freund wäre, würde ich nicht versuchen, dich zu verführen. Ich würde meine Hand ausstrecken und dir deine zarten Knochen brechen.« Sie standen Brust an Brust voreinander. »Ich bin der König der Finsternis, nicht irgendein junges Hündchen, das sich von einem Wutausbruch beeindrucken lässt. Ich habe mit Irial zusammengelebt. Ich habe Seite an Seite mit den Gabrielhunden zu kämpfen gelernt.«

Niall drückte sie gegen die Wand, bis sie spürte, wie zerbrechlich sie noch immer war – für ihn, einen anderen Elfenherrscher.

Seth warf sich erneut gegen die Schattenwand. Seine Hand lag auf der Außenseite der Barriere. Fast hätte er sie berühren können, aber er konnte die Schatten nicht durchstoßen. Seine frustrierte Miene war ein schrecklicher Anblick; Seth fluchte, als sie ihn mit angstverzerrtem Gesicht ansah. Er schüttelte Keenan, doch der Sommerkönig reagierte nicht.

Mehrere Hundselfen standen abwartend um Keenan herum. Sie halfen weder bei Seths Versuchen, ihn zu wecken, noch schritten sie dagegen ein. Andere Hundselfen standen an der Tür und blockierten allen Elfen den Zutritt, die hineinwollten.

»Du kannst eine gute Königin und ein guter Mensch sein, Ashlyn. Lass nicht zu, dass du Seth Leid zufügst, weil du an Keenan glaubst. Sonst werde ich für jede Verletzung Vergeltung fordern, die dir je verziehen wurde.« Niall ließ sie los und brachte gleichzeitig die Wand zum Verschwinden.

Ashlyn fiel zu Boden.

Mit scheinbarer Gleichgültigkeit schritt Niall an dem Sterblichen, den er verteidigt hatte, dem König, dem er einst gedient hatte, und an seinen eigenen Elfen vorbei.

Seth hielt ihn auf. »Was zum Teufel tust du?« Er spürte, wie ihn auch das letzte bisschen seiner hart erarbeiteten Gelassenheit verließ. »Du kannst doch nicht –«

»Seth. Lass gut sein.« Niall packte Seths Arm. »Der Sommerhof brauchte eine Erinnerung daran, dass er mich nicht herumkommandieren kann.«

»Ich rede nicht vom Sommerhof. Das ist *Ash*. Du hast *Ash* wehgetan.«

»Hör mir mal gut zu.« Niall sah Seth an, während er weitersprach, jedes Wort knapp und präzise: »Sie ist unversehrt. Etwas verängstigt vielleicht, aber das kann nicht schaden. Wenn sie wirklich verletzt wäre, würdest du dich jetzt um sie kümmern, statt mir gegenüber handgreiflich zu werden. Das weißt du ebenso gut wie ich.«

Darauf hatte Seth keine Antwort. Es abzustreiten, wäre gelogen gewesen, aber Seth versuchte, Niall niemals zu belügen – genauso wie Ashlyn.

Zwei Schattentänzerinnen schmiegten sich an Niall; ihre Körper wirkten fast so greifbar, als wären es echte Lebewesen. Ein männlicher Tänzer stellte sich hinter Niall. Sein transparenter Körper war in die Länge gezogen, so dass er seine Arme über Nialls Schultern legen konnte. Seine Hände trafen sich über Nialls Rippen. Die zweite Schattentänzerin stand neben Niall und legte eine Hand – direkt über den Händen des ersten Tänzers – flach auf sein Herz. Niall griff gedankenverloren an seine Brust und tätschelte die verschränkten Hände.

»Sie hat sich mir entgegengestellt«, erinnerte Niall ihn. »Ich bin nun mal der, der ich bin, Seth. Ich habe Jahrhunderte an der Leine des Sommerhofs verbracht. Ich werde nie wieder jemand anders oder etwas anderes sein als ich selbst. Ich habe ihr die Chance gegeben wegzugehen, aber stattdessen hat sie mir gedroht.«

»Weil du Keenan niedergeschlagen hast …«

Niall zuckte die Schultern. »Wir haben alle unsere Entscheidungen zu treffen. Sie hat sich entschieden, mir zu drohen. Ich habe mich entschieden, ihr zu zeigen, dass das töricht war.«

»Du hast es übertrieben.«

»Sie ist körperlich unversehrt.« Niall machte ein finsteres Gesicht, doch sein Ton wurde versöhnlicher. »Ich möchte keinen Streit mit dir, mein Bruder. Ich habe das getan, was getan werden musste.«

»Was auch immer passiert. Wann auch immer …« Seth wusste, dass er ihm kein Versprechen abverlangen konnte. Ashlyn hatte die Ewigkeit als Elfenkönigin vor sich, als eine Herrscherin, die Nialls Hof nicht gerade guthieß. Alles, was Seth sagen konnte, war: »Ich möchte, dass ihr nichts passiert.«

»Und Keenan?« Nialls Stimme war emotionslos. »Findest du es falsch, dass ich ihn verletzt habe?«

Seth suchte schweigend nach den richtigen Worten. Niall wartete, reglos bis auf das stetige Heben und Senken seiner Brust unter den Händen der Schattentänzer. Einige Atemzüge später sah Seth auf und schaute Niall in die Augen. »Nein. Ich möchte, dass sie in Sicherheit ist. Ich möchte, dass du in Sicherheit bist. Und ich möchte nicht, dass er es sich jemals erlauben kann, einen von euch beiden zu manipulieren oder zu verletzen.«

Mit offensichtlicher Erleichterung seufzte Niall, und die Tänzer verschwanden, zogen sich in die Leere zurück, die sie bewohnten. »Ich werde tun, was ich kann. Geh und kümmere dich um sie.«

Nun musste Seth ihr gegenübertreten, seiner innig Geliebten, die er nicht hätte retten können, die einen anderen in ihren Armen wiegte. Sie war in Gefahr gewesen, und er hatte es hilflos mit ansehen müssen. *Was, wenn es ein anderer ist als Niall? Was würde ich machen, wenn Niall ihr etwas angetan hätte?* Er war sterblich und schwach.

Keenan ist ihr auch keine Hilfe gewesen, erinnerte Seth sich. Der Unterschied aber war natürlich, dass Keenan Niall etwas entgegensetzen konnte, und wenn er bei Bewusstsein gewesen wäre, hätte er genau das getan.

Manchmal ist es echt ätzend, ein Mensch zu sein.

Zehn

»Bist du sicher, dass es gut ist, wenn du dich bewegst?« Ashlyn wiegte Keenans Kopf in ihrem Schoß. Er wirkte eher peinlich berührt als verletzt, eher mitgenommen als wütend.

Die Abdrücke ihrer Lippen auf seiner Stirn und seinen Wangen leuchteten schwach in dem halbdunklen Raum. Dieser Beweis, dass sie ihn berührt hatte, flößte ihr ein schlechtes Gewissen ein. Es war kein inniger Kuss gewesen. Und es war nicht neu. Schon als sie noch eine Sterbliche war und auf den Test gewartet hatte, der zeigen sollte, ob sie die Sommerkönigin war, hatten sie herausgefunden, dass sie ihn mit einem Kuss heilen konnte. Doch wegen ihres letzten Kusses und der Gedanken, die sie in Nialls Schattenkäfig gehabt hatte, schämte sie sich.

Keenan setzte sich auf und wich zurück, suchte mehr Distanz zu ihr als sonst. »Du brauchst mich nicht zu verhätscheln.«

»Geht es dir gut? Ist dir schwindlig?«, fragte sie.

Er saß auf dem Boden neben ihr, doch außerhalb ihrer Reichweite. Er sah wütend zu Seth hinüber. »Seth muss sich ja wahnsinnig freuen.«

Sie erstarrte. »Tu das nicht. Gib Seth nicht die Schuld an Nialls Wut.«

»Aber Niall hat mich um Seths willen geschlagen.« Er stand nicht auf, und sie war ziemlich sicher, dass er es deshalb nicht tat, weil er nicht wusste, ob er dazu schon in der Lage war.

»Und ich habe Niall um deinetwillen zur Rechenschaft gezogen.«

Keenan lächelte – grausam. »Na, dann.«

Sie spähte zu Seth hinüber, der auf halbem Weg zu ihnen stehen geblieben war. Solange er den Eindruck hatte, dass sie stritten, würde er wahrscheinlich nicht näher kommen. *Er behandelte sie nie anders als gleichwertig.* »Wenn du Niall gesehen hättest ... was er ... als er –«

Diesmal war Keenan derjenige, der erstarrte. »Als er *was*?«

»Niall ist stärker als ich.« Sie verschränkte die Arme vor der Brust. »Wenn er mich hätte verletzen wollen, hätte er es tun können. Ich hätte keinerlei Möglichkeit gehabt, ihn davon abzuhalten.«

»Hat er dir wehgetan?« Plötzlich war er näher bei ihr, strich mit den Händen über ihre Arme, griff nach ihr, als wollte er sie an sich ziehen.

Und ich möchte, dass er es tut. Es war ein Instinkt. Aber es war unnötig: Es ging ihr gut.

»Hör auf. Ich habe ein paar Schrammen, aber das ist alles ... und ich war genauso schuld daran wie er.« Sie errötete. »Ich hab die Beherrschung verloren. Er wollte weggehen, aber du lagst verletzt am Boden und ich war ... wütend.«

Sie erzählte ihm, was er verpasst hatte.

»Und was hast du gefühlt, als er dich gegen die Schatten gedrückt hat?« Keenan klang nun nicht mehr gekränkt und auch nicht verärgert. Er forderte sie heraus, so wie er sie in ihrem vorherigen Gespräch herausgefordert hatte. »Worauf hast du Lust bekommen?«

Sie zog den Kopf ein. »Das geht dich ... Das ... sage ich dir nicht. Es war nicht real. Es war bloß das Ergebnis irgendeiner Perversion vom ...«

Sie verstummte, Lügen konnte sie nicht aussprechen.

»Was du für mich empfindest, ist keine Perversion, Ashlyn. Ist es so schwer, das zuzugeben? Ist schon das zu viel verlangt?« Er drängte sie, als änderte das etwas, wenn er es aus ihrem Mund hörte, als bedeutete dieses Eingeständnis genauso viel wie die Tatsache, dass der König der Finsternis ihn niedergestreckt hatte, als wäre ihre persönliche Situation von überragender Bedeutung.

Ist sie nicht.

»Du kennst meine Antwort bereits – und das hier ändert *gar nichts*. Ich liebe Seth.« Damit stand sie auf und durchquerte den Raum. Auf dem Weg zu Seth versuchte sie dieses ganze unangenehme Thema von sich wegzuschieben.

Ihm war auch nicht wohl in seiner Haut; das war ihm deutlich anzusehen.

»Alles in Ordnung mit ihm?«, fragte Seth widerwillig. Sie ließen sich an einem ramponierten Tisch nieder, den die Wachen für sie frei gemacht hatten.

»Sein Stolz ist verletzt, aber seinem Kopf geht es anscheinend ganz gut.«

»Und wie geht's dir?« Seth bedrängte oder belagerte sie nicht. Er hatte genug Vertrauen zu ihr, um zu wissen, dass sie zu ihm kam, wenn sie etwas brauchte.

»Ich habe Angst.«

»Niall ist …« Er schüttelte den Kopf. »Ich glaube nicht, dass er dir wehtun würde. Aber als du in diesem Ding warst, war ich mir plötzlich nicht mehr so sicher. Du sahst so verängstigt aus, als er dich gegen diesen Käfig gedrückt hat. Was *war* das?«

»Das war die Energie des Hofs der Finsternis, so wie ich mein Sonnenlicht und meine Hitze habe und Don ihr Eis. Niall hat andere Dinge. Angst, Wut und Begierde. Das ist es, worüber der Hof der Finsternis verfügt.«

»Begierde?«, wiederholte Seth.

Sie errötete.

Und Seth sprach die Worte aus, die sie nicht aussprechen wollte. »Aber es war nicht Niall, den du begehrt hast.«

Seth blickte zu Keenan hin, und sie sah die Traurigkeit in seinen Augen. Dann griff er nach Ashlyns Hand.

Kein Druck. Nicht mal jetzt. Er vertraute ihr.

Die Band hatte zu spielen begonnen, während sie dort saßen; Damali sang irgendetwas von Freiheit und Gewehrkugeln. Ihre Stimme hatte eine Intensität, die die Band zum Erfolg führen könnte, doch die Texte waren armselig.

Keenan kam schweigend zu ihnen an den Tisch. Er sah auch nicht fröhlicher aus, als sie sich fühlte – oder als Seth sich vermutlich fühlte.

Als der Song zu Ende war, sah Seth ihn an und fragte: »Alles in Ordnung mit dir?«

»Ja.« Keenan presste die Lippen in einer Mischung aus Grimasse und Lächeln zusammen.

Der nächste Song begann und ersparte ihnen weitere Höflichkeiten.

Normalerweise zeigte Ashlyn sich in der Öffentlichkeit nicht sonderlich anhänglich, aber nun setzte sie sich auf Seths Schoß. Er legte seine Arme um sie und zog sie an sich. Irgendwie fühlte es sich trotz der lauten Musik so an, als herrschte Schweigen zwischen ihnen. Es war kein Streit, aber trotzdem etwas Schwerwiegendes. Sie wussten beide, dass die Situation heikler war, als ihnen lieb war.

Keenan warf ihr einen Blick zu, bevor er aufstand und ging.

Es war ein Blick, den sie nicht deuten konnte – *oder wollte. Gekränkt? Wütend?* Eigentlich auch egal. Sie wusste nur, dass sie ein Zerren verspürte, einen Drang, Keenan zu folgen, wann immer er sich zu weit von ihr entfernte. Normalerweise ließ dieser Drang wieder nach, wenn sie ihn lange genug ignorierte – oder vielleicht nahm sie ihn dann einfach nicht mehr so stark wahr –, aber die ersten paar Sekunden, nachdem er gegangen war, waren immer schrecklich. Und es wurde jeden Tag schlimmer. Es war, wie das Atmen zu unterdrücken, wenn sie gerade nach zu langer Zeit aus dem Wasser auftauchte, wie ihrem Herzen zu befehlen, nicht so schnell zu schlagen, wenn sie gerade leidenschaftlich geküsst worden war.

Seth fuhr mit den Fingerspitzen über ihre Wange. »Es wird alles gut.«

»Ich wünsche es mir so.« Sie schmiegte sich in seine Hand. Es war besser, einfach ehrlich zu sein. Seth war ihr Anker und an den meisten Tagen das Einzige, was ihr sinnvoll erschien.

Ich kann ihm wirklich alles sagen. Er versteht *mich.* Sie kam sich dumm vor, weil sie ihm nicht ihr Herz ausschüttete. *Mal wieder.* Er hatte ihr geglaubt, als sie ihm von den Elfen erzählt hatte. Er vertraute ihr; sie musste sich mehr anstrengen, um dieses unerschütterliche Vertrauen zu erwidern.

Seth konnte ihre Gedanken lesen – nicht mit Hilfe irgendeiner merkwürdigen Verbindung unter Elfen, sondern einfach weil er sie kannte. Das war nicht der Grund, warum sie ihn liebte, aber einer davon. Seine Ruhe, seine Ehrlichkeit, seine Kunst, seine Leidenschaft, seine Worte – es gab mehr Gründe, ihn zu lieben, als sie für möglich gehalten hatte. Manchmal fiel es ihr allerdings schwer zu verstehen, warum er mit ihr zusammen sein wollte.

»Möchtest du darüber reden?«, fragte er.

Sie sah ihn über ihre Schulter hinweg an. »Ja. Aber ... nicht hier und nicht jetzt.«

»In Ordnung. Ich warte. Mal wieder.« In Seths Gesicht blitzte wieder die Verdrossenheit von vorher auf. »Vielleicht solltest du gehen und ihn vor Glenn retten.«

»Was?« Sie wollte niemanden retten; sie wollte in Seths Armen sein. Sie wollte eine Möglichkeit finden, ihm zu sagen, dass etwas in ihr durcheinandergeraten war. Sie wollte alles in Ordnung bringen.

»Glenn ist heute am Tresen. Du weißt, dass er Keenan belästigen wird, wenn keiner von uns bei ihm ist, und ich glaube nicht, dass Keenan meine Anwesenheit im Augenblick zu schätzen wüsste.«

»Es war Niall, der ihn geschlagen hat, nicht du. Das sollte auch Keenan klar sein.«

Seth ignorierte sie und sagte: »Geh und rette deinen König, Ash. Sein Stolz ist bereits verletzt, und er benimmt sich immer wie ein Arschloch, wenn er beleidigt ist.«

Keenan kam als Erster zurück. Er reichte Seth ein Bier. »Ashlyn hätte mir nicht nachzukommen brauchen.«

»Wir dachten, dass du es gerade nicht gebrauchen kannst, auch noch von Glenn bedrängt zu werden«, sagte Seth.

Der Sommerkönig wirkte steifer als sonst. Er mochte das Crow's Nest nicht, würde das aber nie sagen. Er ging überallhin, wo Ashlyn ihn haben wollte, tat alles, um sie glücklich zu machen. Wenn Seth nicht das Gleiche wollte, würde es ihn vielleicht ärgern.

Das tut es doch trotzdem.

Keenan setzte sich und beobachtete interessiert die Band. Sie war nicht übel, aber diese Art von Aufmerksamkeit hatte sie auch wieder nicht verdient. Damali vielleicht, doch der Rest der Band war bestenfalls Durchschnitt.

Seth hatte nicht vor, so zu tun, als sei alles in Ordnung. »Ich weiß ja nicht, was zwischen euch beiden vorgefallen ist, bevor ihr hergekommen seid, aber ich kann's mir wohl denken …«

Der Blick, den Keenan ihm zuwarf, bestätigte Seths Befürchtungen.

»Gut. Die Sache ist die: Wenn sie beschließt, dir mehr als ihre Freundschaft anzubieten, wird das für mich ganz schön scheiße sein. Wahrscheinlich so wie die Situation jetzt für dich.«

Keenan verharrte reglos, ungefähr auf dieselbe Art, wie Löwen in Käfigen reglos verharren – und auf eine Schwäche des Gegenübers warten. Bei all ihrer vorgetäuschten Menschlichkeit waren Elfen einfach anders. Ashlyn war anders, und je länger sie mit ihnen zusammen war, desto weiter würde sie sich von der sterblichen Normalität entfernen.

Und von mir.

Man konnte leicht vergessen, dass sie nicht menschlich waren, doch Seth lernte, sich dieser Tatsache immer bewusst zu sein. Anders zu sein war ja nicht schlecht; es hieß nur, dass andere Regeln galten. Keenan wirkte nach einer so langen Zeit mit ihnen ziemlich menschlich, doch hätte Ashlyn nicht darauf bestanden, dass Seth weiterhin zu ihrem Leben gehörte … nun, weder Seth noch Keenan machten sich in diesem Punkt irgendwelche Illusionen.

Er hat darüber nachgedacht. Diese Gleichgültigkeit Seths Sicherheit gegenüber schimmerte manchmal in Keenans Worten durch. *So, dass ich es raushören kann.*

»Ich kann es sehen«, sagte Seth. »Du beobachtest sie, als wäre sie dein Universum. Sie spürt es auch. Ich weiß nicht, ob das so ein Sommer-Ding ist oder was.«

»Sie ist meine Königin.« Keenan bedachte Seth mit einem flüchtigen Blick und wandte seine Aufmerksamkeit dann wieder der Band zu. Wenn Seth geglaubt hätte, dass Damali für Keenan wirklich so interessant war, würde er Angst um sie bekommen.

»Ja. Das hab ich schon vor einer ganzen Weile mitbekommen. Und ich weiß, dass du nicht gerade entgegenkommend bist, wenn es darum geht, mir die Situation zu erleichtern.«

»Ich habe alles getan, worum sie mich gebeten und was sie vorgeschlagen hat.«

»Mit ihren paar Monaten Erfahrung in eurer Welt? Wirklich sehr hilfsbereit!« Seth schnaubte. »Aber ich hab's kapiert. Mir macht es auch nicht gerade Spaß, dir zu helfen. Trotzdem werde ich es tun, wenn sie mich darum bittet.«

»Dann verstehen wir uns ja.« Keenan nickte, starrte aber weiter zu Damali hin. Seine Aufmerksamkeit ließ sie erstrahlen: Ihr Gesang war perfekt.

»Ja, das hoffe ich.« Seth legte seine ganze unterdrückte Wut in seine Stimme. »Aber um eins ganz klar zu sagen: Wenn du sie übervorteilst oder so manipulierst, dass sie etwas tut, was sie gar nicht will, werde ich mit Freuden jeden Einfluss nutzen, den ich habe.«

Unter anderen Umständen wäre Keenans spöttischer Blick komisch gewesen; er entsprach der beleidigten Miene, die Tavish dauernd zur Schau trug. »Glaubst du etwa, du könntest etwas gegen mich ausrichten?«

Seth zuckte die Achseln. »Keine Ahnung. Niall hat dich niedergeschlagen, um für meine Sicherheit einzustehen. Donia empfängt dich nicht, soweit ich gehört habe. Chela und Gabe schienen mich zu mögen. Ich bin bereit, es zu versuchen, wenn es sein muss.« Er zupfte an seinem Lippenring, während er seine Worte abwägte. »Wenn sie eine freie Entscheidung trifft, dann ist das eine Sache. Aber wenn du diese Elfen-Verbindung, woraus auch immer sie besteht, dazu nutzt, sie zu manipulieren, dann ist das etwas völlig anderes.«

Keenans Lächeln war plötzlich alles andere als menschlich. Er sah mit jeder Faser wie das alterslose Wesen aus, das er war – absolut emotionslos in Stimme und Erscheinung saß er da und ragte wie ein antiker Gott aus dem lärmenden Volk heraus. »Du weißt, dass ich dich umbringen lassen könnte. Bis zum Morgen könntest du nicht mehr sein als ein Häufchen verkohlter Asche. Deine schiere Anwesenheit schwächt meinen Hof. Nach Jahrhunderten des Wartens habe ich meine Fesseln abgestreift, doch meine Königin wird dadurch geschwächt, dass sie an ihrer Sterblichkeit festhält – wegen dir. Sie wird von dem abgelenkt, was mich stärken könnte – durch dich. Es gibt keinen logischen Grund für mich, dich nicht schon früher tot sehen zu wollen, als du es ohnehin sein wirst.«

Seth beugte sich vor, damit keins seiner Worte verloren ging. »Wirst du meinen Tod anordnen, Keenan?«

»Würdest du für sie töten?«

»Ja. Für sie schon, besonders, wenn du das Opfer wärst« – Seth lächelte –, »aber nicht, um ihre Aufmerksamkeit zu gewinnen. Das ist armselig, und sie hat etwas Besseres verdient.«

»Früher oder später wird sie ohnehin um dich trauern. Die Sorge um dich lähmt sie. Diese larmoyante Konzentration auf deine kurze Lebensdauer lenkt sie nur ab. Es würde meinen Hof stärken, wenn du schon weg wärst und sie wahrhaft meine Königin wäre ...« Keenans Wort verklangen, während er Seth mit einem schwer zu deutenden Gesichtsausdruck ansah.

»Wenn du mich umbringen lässt, wird sie es herausfinden. Und würde das deinen Hof stärken?« Seth schaute zur Seite und sah, dass Ashlyn durch den Raum auf sie zukam. Sie zog die Augenbrauen zusammen, als sie die beiden sah, beschleunigte ihre Schritte jedoch nicht und zeigte auch sonst keine Reaktion.

Er wandte sich wieder Keenan zu, der weiter reglos wie ein Löwe dasaß und Ashlyn ebenfalls beobachtete.

Der Sommerkönig erwiderte ruhig: »Nein. Wenn ich deinen Tod befehlen würde, würde sie das gegen mich aufbringen. Tavish hat mir zwar dazu geraten, trotz der zu erwartenden Komplikationen, aber ich glaube, die Gefahren für meinen Hof überwiegen die Vorteile, die dein Tod mit sich bringen würde. Ich kann deine Beseitigung nicht befehlen – so verführerisch es auch sein mag. Es würde sie nur noch weiter von mir entfernen.«

Seths Puls beschleunigte sich. Den Verdacht zu hegen, dass andere kaltherzig darüber diskutierten, ob sie einen umbringen sollten, war eine Sache; es bestätigt zu bekommen, war etwas vollkommen anderes. »Ist das der Grund, warum du es nicht tust?«

»Zum Teil. Ich hatte gehofft, mit Donia zusammen sein zu können, zumindest eine Zeit lang. Doch stattdessen machen Ashlyn und ich uns beide Sorgen um Liebhaber, die wir ohnehin nicht behalten können. So sollte sich der Sommer nicht anfühlen. In unserem Hof geht es um Leichtfertigkeit, Impulsivität, den Taumel der Lust. Was ich für Ashlyn empfinde, ist keine Liebe, aber unser Hof wäre stärker, wenn sie mir gehören würde. Jeder meiner Instinkte zieht mich zu ihr hin. Das treibt einen Keil zwischen Donia und mich. Wir wissen alle, dass Ashlyn mir gehören würde, wenn du dem nicht im Weg stündest.«

Seth sah zu, wie der Sommerkönig Ashlyn beobachtete. Sein Mund war trocken, als er nachhakte: »Aber?«

Keenan musste sich anstrengen, um seinen Blick von Ashlyn loszureißen. »Aber ich bringe keine Sterblichen um ... auch nicht, wenn sie mir im Weg sind. Vorläufig akzeptiere ich die Dinge so, wie sie nun mal sind. Das wird ja nicht ewig so sein.« Er klang ein wenig traurig, als er das sagte, doch Seth war nicht sicher, ob Keenans Traurigkeit daher rührte, dass Seth ihm im Weg stand oder dass er ihm nicht für immer im Weg stehen würde. »Ich werde warten.«

Darüber würde Seth noch nachdenken müssen, doch gerade in diesem Moment glitt Ashlyn in seine Arme.

Ashlyn zeigte auf Damali. »Sie ist gut.«

Beide murmelten zustimmend.

»Ich kriege richtig Lust zu tanzen.« Sie wiegte sich auf seinem Schoß. »Hast du auch Lust?«

Bevor Seth antworten konnte, streckte Keenan den Arm aus und berührte ihre Hand. »Tut mir leid, aber ich muss jetzt gehen.«

»Gehen? Jetzt? Aber –«

»Wir sehen uns morgen.« Er erhob sich langsam und bewegte sich dabei mit der besonderen Anmut der Elfen, die ihre Andersartigkeit betonte. »Die Wachen draußen werden dich begleiten ... ganz gleich, wo du heute Nacht hingehst.«

»Zu Seth«, flüsterte sie. Ihre Wangen färbten sich rot.

Keenan verzog keine Miene. »Dann bis morgen.«

Und damit war er verschwunden; seine Bewegungen waren zu schnell, als dass Menschenaugen sie verfolgen konnten – auch wenn sie mit der Sehergabe ausgestattet waren.

Elf

Seth war nicht überrascht, als Ashlyn nach einigen Songs unruhig wurde und gehen wollte. So war sie auch schon gewesen, bevor sie zur Elfe wurde. Das gehörte zu den Dingen, die sich nicht geändert hatten – wie auch die Tatsache, dass sie ihm nicht alles erzählte. Sie hatte stets Geheimnisse bewahren müssen, und sie tat es instinktiv immer noch, wenn sie Angst hatte, zurückgewiesen zu werden. Doch dass er verstand, warum sie so verschlossen war, hieß nicht, dass er es auch akzeptierte. Sie waren erst ungefähr einen Block gegangen, als er fragte: »Sollen wir darüber reden, was dich bedrückt?«

»Müssen wir?«

Er zog eine Augenbraue hoch und sah sie an. »Du weißt doch, dass ich dich liebe, oder?« Seth lehnte seinen Kopf an ihren, während er hinzufügte: »Ganz gleich, was es ist.«

Sie blieb stehen, verkrampfte sich, und dann purzelten ihr die Worte viel zu schnell aus dem Mund: »Keenan hat mich geküsst.«

»Das dachte ich mir schon.« Er ließ seinen Arm um sie gelegt, während sie weitergingen.

»Was?« Auf ihrer Haut erschien ein Flackern, als ihr Unbehagen seinen Höhepunkt erreichte.

»Er hat sich so merkwürdig benommen. Und du auch.« Seth zuckte die Achseln, veränderte sein Tempo aber nicht. »Ich bin nicht blind, Ashlyn. Ich sehe es. Woraus immer dieses Band zwischen euch besteht, es wird stärker, je näher der Sommer kommt.«

»Ja, das stimmt. Ich versuche, es zu ignorieren, auch wenn das nicht leicht ist. Doch ich werde es weiterhin tun. Bist du *sauer*?«

Er blieb stehen und überlegte, bevor er ihr antwortete: »Nein. Ich bin nicht gerade begeistert, aber ich habe nichts anderes von ihm erwartet. Mir geht es auch nicht darum, was er getan hat. Sag mir, was *du* möchtest.«

»Dich.«

»Für immer?«

»Wenn das möglich wäre, ja.« Sie hielt seine Taille eng umschlungen, als würde er verschwinden, wenn sie ihn losließ. Es tat weh. Er hatte die Haut eines Sterblichen, sie nicht. »Aber es ist nicht möglich. Ich kann dich nicht zu *so etwas* machen.«

»Und was, wenn ich es möchte?«, fragte er.

»Das ist nichts, was du dir wünschen solltest. *Ich* wäre lieber nicht *so*. Warum solltest du –« Sie stellte sich vor ihn und schaute zu ihm hoch. »Du weißt, dass ich dich liebe. Ich liebe nur dich. Wenn ich dich nicht hätte … Ich weiß nicht, was ich tun werde, wenn du« – sie schüttelte den Kopf – »aber darüber müssen wir jetzt gar nicht nachdenken. Ich habe Nein gesagt, als Keenan mich geküsst hat. Ich habe ihm gesagt, dass ich dich liebe und er nur mein Freund ist. Ich habe ihm als Sterbliche widerstanden und werde ihm auch jetzt widerstehen.«

»Aber?«

»Manchmal spüre ich so einen Druck in mir. So, als wäre es *falsch*, dass ich nicht bei ihm bin.« Sie sah verzweifelt aus, so als wollte sie, dass er sie belog, so wie sie sich selbst belog. »Es wird leichter werden mit der Zeit. Das muss es einfach. Ich bin ja noch nicht lange Elfe, alles ist noch neu für mich. Und dass er im Vollbesitz seiner Macht ist, ist auch neu. Es ist einfach noch ... es muss doch mit der Zeit oder mit ein bisschen Übung einfacher werden, oder?«

Er konnte ihr nicht sagen, was sie hören wollte. Sie wussten beide, dass es nicht einfacher werden würde.

Sie senkte den Blick und sagte leise: »Ich habe mit Donia darüber gesprochen ... vorher. Darüber, ob du auch *so* etwas werden kannst. Sie hat mir gesagt, dazu gehöre ein Fluch, aber sie könne diesen Fluch nicht aussprechen, ebenso wenig wie ich ... oder Keenan. Keenan hat auch mich und die Sommermädchen nicht verwandelt. Und Beira hat es auch nicht getan. Es war Irial. So etwas steht nicht in unserer Macht.«

»Also könnte ... Niall ...«

»Vielleicht. Ich weiß es nicht.« Sie schmiegte sich in seine Arme, doch was sie sagte, war nicht das, was er hören wollte. »Aber vielleicht ist es auch besser so. Es ist nicht in Ordnung, wenn du verflucht werden musst, damit wir zusammen sein können. Was, wenn du mich eines Tages hasst? Schau dir Don und Keenan an. Sie müssen jetzt für immer und ewig miteinander auskommen, und sie streiten sich die ganze Zeit. Schau dir die Sommermädchen an. Sie verwelken ohne ihren König. Warum sollte ich dir so etwas wünschen? Ich liebe dich ... und so zu sein ... Meine Mutter wollte lieber sterben, als eine Elfe zu sein.«

»Aber ich will immer in deiner Nähe sein«, erinnerte er sie.

»Aber du würdest alle anderen Menschen verlieren und ...«

»Ich will für immer mit dir zusammen sein.« Seth hob ihr Kinn an, damit er ihr direkt in die Augen sehen konnte. »Der Rest wird sich schon fügen, wenn ich nur bei dir sein kann.«

Sie schüttelte den Kopf. »Selbst wenn ich es nicht für falsch halten würde: *Ich* kann dir dabei nicht weiterhelfen.«

»Aber wenn du es könntest …?«

»Ich weiß nicht«, gestand sie. »Ich will keine Macht über dich besitzen, und ich traue Niall nicht, selbst wenn er es tun könnte … und …« Je länger sie redete, desto wütender wurde sie. Funken stoben um sie herum auf. »Ich möchte, dass du bei mir bist, aber ich möchte dich nicht verlieren. Was, wenn du wie die Sommermädchen wirst? Oder …«

»Was, wenn ich nicht so werde? Was, wenn ich sterbe, weil irgendeine Elfe stärker ist als ich?«, fragte Seth. »Was, wenn du mich brauchst und ich nicht da sein kann, weil ich sterblich bin? Nur halb in deiner Welt zu sein, macht mich verwundbar.«

»Ich weiß. Tavish meint, ich sollte dich freigeben.«

»Ich bin kein Haustier, das man in der Wildnis aussetzt. Ich liebe dich, und ich weiß, was ich will.« Seth küsste sie und hoffte, dass die Berührung seine Gefühle ebenso klar vermittelte wie seine Worte. Die Sonnenfunken prickelten auf seiner Haut – Elektrizität und Hitze und irgendeine Energie, die Sterbliche nicht benennen konnten.

Für immer. So wie es jetzt ist. Das war alles, was er wollte; und sie wollte es auch.

Er wich, halb trunken von ihrer Berührung, zurück. »Für immer zusammen.«

Da lächelte sie. »Vielleicht gibt es einen anderen Weg. Wir können … Sag mir, dass wir uns immer lieben werden, egal, was passiert.«

»Ja, das werden wir«, versprach er. »Wir kriegen das hin.«

Er ließ den Arm um sie gelegt, als sie weitergingen. Sie würden es schaffen. Der Sommerkönig behauptete, dass seine Einwände sich auf Seths Sterblichkeit bezogen, darauf, dass er Ashlyn von ihrem Hof ablenkte. Wenn Seth ein richtiger Teil des Sommerhofs wurde, dann wären diese Einwände nichtig – doch noch während er das dachte, wusste Seth, dass es so einfach nicht war. *Aber das könnte es sein.* Noch nie hatte er etwas so sehr gewollt, wie für immer mit Ashlyn zusammen zu sein. Er musste nur einen Weg finden.

»Zum Flussufer?« Ihre Haut flimmerte, ihr gesamter Körper pulsierte von Sonnenlicht, und er hielt sie fest, seinen eigenen gefallenen Stern. »Da gibt's heute Musik.«

Er nickte. Er fragte nicht, woher sie das wusste: Sie spürte es einfach. Große Ansammlungen von Elfen wirkten inzwischen wie Leuchtsignale auf sie.

»Können wir ein Stück laufen?« In ihren Augen schimmerten uferlose blaue Seen. Sie behauptete zwar immer, dass sie nicht gern eine Elfe war, doch ein Teil von ihr mochte manches daran sehr. Wenn Ashlyn ihre Angst davor, wer – oder was – sie jetzt war, beiseiteschieben könnte, wäre sie glücklicher.

Er nickte und hielt sich an ihr fest. Seine nackten Füße berührten kaum den Gehsteig, streiften den Boden nur, als würden sie fliegen. Wenn er losließ, würde er fürchterlich stürzen, aber er würde sie nicht loslassen, weder jetzt noch in Zukunft.

Als sie am Ufer des Flusses stolpernd zum Stehen kamen, lachte sie vor Freude darüber, wie schnell sie über die Erde dahingeflogen war, über ihre Freiheit, über die Ungebundenheit ihrer neuen Existenz.

Entlang des Ufers hatte sich eine Musikgruppe eingefunden. Eine der Sängerinnen war eine Meerjungfrau. Sie schaukelte im Wasser und säuselte den anderen an Land Anweisungen zu. Ihre Haut war moosgrün und leuchtete leicht in der Dunkelheit. Sie trug ein silbernes Cape über einem Kleid aus Seetangfäden, das weitaus mehr enthüllte, als es bedeckte. Von der Taille abwärts bestand ihr Körper aus einem mit Schuppen besetzten Fischschwanz, doch irgendwie sah sogar der elegant aus. Hinter ihr lümmelte ein Trio aus Meermännern mit Wassergeistern herum, doch waren sie im Gegensatz zu ihr alle hässlich. Die Männer hatten Welsgesichter, große Mäuler mit Bartfäden, die weit offen standen, und sie beäugten ihre Schwester mit einem Beschützergebaren, das Seth daran zweifeln ließ, dass es tatsächlich die Dunkelelfen waren, vor denen man sich am meisten fürchten musste. Im Wasser lebende Elfen waren noch unheimlicher.

Doch dann stimmte die Meerjungfrau einen Gesang an, zu dem ihre Brüder den Begleitchor bildeten, und Seth fand sie alle von einem Moment zum anderen nur noch umwerfend.

Es war keine Sprache, die er kannte. Es war nicht mal ein richtiges Lied, sie sangen einfach nur ein wenig. Jede Zelle seines Körpers schien sich mit aller Macht nach dieser Musik ausrichten zu wollen. Sein Atem glich sich ihrem Rhythmus an. Es war kein Zauber; davor beschützte ihn sein Amulett. Sie waren einfach so gut.

Er und Ashlyn standen schweigend da, verloren in den Klängen und in der Stimmung dieser Musik. Die Töne hoben sie empor, stahlen ihnen ihre Geheimnisse, ihre Seelen, wirbelten sie hoch in die Luft und das Wasser, wo der Schmerz verschwand. Es gab keine Sorgen. Es gab keine Angst. Jeder perfekte Augenblick erfüllte ihn, bis seine Haut ihn nicht mehr halten konnte.

Dann verstummte die Musik.

Der Bann brach; die Schwerkraft kehrte in ihn zurück und hielt ihn auf der Erde fest. So war ihre Musik; sie hob den Zuhörer von der Erde empor, um ihn ohne Vorwarnung wieder fallen zu lassen. Der Sturz tat weh; das Verstummen war wie ein Schlag.

»Sie sind großartig«, flüsterte Ashlyn.

»Mehr als das.« Seth wandte seinen Blick von den Meerwesen

ab. Ashlyn und er fanden nur zwischen zwei Liedern die Gelegenheit, einen Platz zum Hinsetzen zu suchen. Sobald die Musik anhob, konnten sie nicht anders, als gebannt stehen zu bleiben oder zu tanzen. Er vermutete, dass Ashlyn dem Sog der Lieder hätte widerstehen können, er konnte es jedoch nicht. Elfenmusik füllte einen vollkommen aus.

Sie waren erst einige Schritte gegangen, als eine Skogsrå Seths Aufmerksamkeit erregte. Von allen Elfenwesen, denen er begegnet war, gehörten die Skogsrås zu den beunruhigendsten. Sie existierten ausschließlich, um andere in Versuchung zu führen, das war ihr einziger Daseinszweck. Skogsrås besaßen keinen Rücken und waren – im wörtlichen wie auch im übertragenen Sinne – innen hohl; ihre Anziehungskraft lag in ihrer Bedürftigkeit. Sowohl Sterbliche als auch Elfen konnten der hungrigen Leere in ihnen kaum widerstehen. Seth war sich nicht sicher, wie er diese Versuchung ohne Nialls Zaubermittel gemeistert hätte.

Die Skogsrå, Britta, warf ihm eine Kusshand zu.

Ashlyn hielt seine Hand ein wenig fester, sagte aber nichts.

Seth reagierte nicht. Er nickte, ermutigte sie jedoch nicht. Die Gegenden, in denen die Musikabende stattfanden, wurden vorübergehend zu neutralem Gelände erklärt, so dass die Skogsrås alle kühner waren. Und um die Wahrheit zu sagen, war Britta wahrscheinlich immer kühn, ganz gleich, wo sie sich herumtrieb. Eine Elfe, die stark genug war, um alleine aufzutreten, und das dort, wo mehrere Höfe im Konflikt zueinander standen, musste man ernst nehmen.

Britta kam auf sie zu. Auf neutralem Boden waren sie alle gleich. Seth gefiel das, doch Ashlyns Anspannung ließ sehr deutlich erkennen, dass ihr das in diesem Moment überhaupt nicht behagte.

Nur wenige Schritte von ihnen entfernt stolperte Britta und Seth fing sie, ohne nachzudenken, auf. Dabei glitt eine seiner Hände über die Stelle, wo eigentlich ihr Rücken sein sollte. Obwohl ihre dünne Bluse den Großteil der Leerstelle verdeckte, spürte er sofort den Sog dieses Hohlraums.

»Das ist lieb, dass du mich gerettet hast, Süßer.« Sie küsste ihn mit einer Vertrautheit auf die Wange, für die es keine Grundlage gab. Dann sah sie Ashlyn an. »Königin.«

Als sie davonschlenderte, murmelte Ashlyn: »Ich glaube, ich werde mich niemals wohlfühlen, wenn eine von ihnen in der Nähe ist.«

»Ach, das wird schon«, versicherte er ihr. »Wir werden uns beide daran gewöhnen.«

»Vorher waren die Dinge auch nicht einfacher, aber sie schienen mehr Sinn zu ergeben.« Sie lehnte ihren Kopf an seine Schulter.

»Auch das hier wird dir irgendwann sinnvoll erscheinen. Es ist bloß alles noch so neu für dich«, sagte er.

Sie nickte nur, und er vermutete, dass sie einer Antwort auswich, weil sie nicht zugeben wollte, wie ängstlich sie war. Er hatte auch Angst. Aber wenn er ihr erzählen würde, was Keenan zu ihm gesagt hatte, und wenn er durchblicken ließe, wie weh sie ihm in Wirklichkeit getan hatte, als sie Keenan gegenüber schwach geworden war, würde das nur eine noch größere Distanz zwischen ihnen schaffen, während er doch eine größere Nähe wollte. Er wollte ihr näher sein, doch bis sie ergründet hatte, wer sie war, und er einen Weg gefunden hatte, mehr als bloß ein Sterblicher zu sein, der in einer Welt von Elfen gefangen war, war Distanz unvermeidlich.

Dann fingen die Meerwesen richtig an zu singen. Musiker entlang des Flussufers und in den Bäumen und weiter weg in der Dunkelheit, wo sterbliche Augen sie nicht sehen konnten, stimmten mit ein. Trommelnde Rhythmen und jubilierende Flötentöne, Laute von Instrumenten, die kein Sterblicher je gesehen hatte, Stimmen, die sich hoben und senkten wie die ans Ufer plätschernden Wellen – überall um sie herum war reine Musik.

Ashlyn seufzte zufrieden. »Es ist nicht alles schlecht daran, was?«

»Nein, ganz und gar nicht.« Er spürte die Musik, ihre Reinheit, wie etwas Greifbares. Die Welt der Elfen war nicht perfekt, doch manchmal war sie um so vieles reicher. Ihre improvisierte Musik war intensiver, fesselnder als selbst die beste von Menschen gemachte Musik. Niemand choreografierte die Bewegungen der Tänzer, die die Töne mit ihren Körpern interpretierten; niemand dirigierte die Musiker, die mit der Dunkelheit verschmolzen.

»Komm mit.« Ashlyn führte ihn zu einem abgestorbenen Baum.

In den Zweigen saßen drei Raben. Eine Sekunde lang war Seth sich sicher, dass sie ihre Blicke auf ihn hefteten, doch Ashlyn zerrte an seiner Hand und er folgte ihr, ebenso erfüllt von ihr wie von der Musik. Als sie seine Hand losließ, war es ihm, als würde sein Herz durch seine Brust hindurchschlagen. Er hatte den Sängern den Rücken zugekehrt, doch die Musik wirbelte um ihn herum. Ash stand vor ihm wie ein mit der Musik konkurrierendes Traumbild. Sie berührte ganz leicht eine Weinrebe, die sich um das Baumskelett gewunden hatte und unter ihrer Hand raschelnd in die Länge wuchs, bis eine Art Hängematte von einem der Äste baumelte.

Dann ließ sie die Weinrebe los und nahm wieder seine Hand. Solange er sie berührte, sie sah, sich in ihr verlor, konnte er sich bewegen. Die Musik hielt ihn noch immer in ihrem Bann, doch Ashlyn war mehr als Elfenmagie. Die Liebe verlieh ihm die Kraft, Zauber und Illusion zu durchbrechen.

»Wollen wir uns hier hinkuscheln?«, fragte sie.

»Mit Vergnügen.« Er sank in das Netz aus Weinreben und öffnete seine Arme für sie.

Zwölf

Als Bananach eintraf, saß Donia im vierten Stock am Fenster und betrachtete die am Firmament aufscheinenden Sterne. Diese Tageszeit, in der die lebendigen Farben am Horizont langsam verblassten, war eine ihrer liebsten. Es war weder hell noch dunkel, sondern irgendetwas dazwischen. So fühlte sich das Leben jetzt schon lange an: Es konnte besser werden oder schlechter. Sie hatte gehofft, es würde besser, doch nun stand die kriegerische Bananach vor dem Tor und wollte zu ihr.

Donia beobachtete, wie Bananach den Weg hochgeschlendert kam, dann stehen blieb und einen der spitzen Zaunpfosten umklammerte. Die pfeilartigen Spitzen der Pfosten waren messerscharf. Bananach umfasste sie jedoch nicht fest genug, um sich wirklich zu verletzen, während sie dastand und zum Haus hinsah.

Warum bist du hier?

Mit den starken, halb ungebundenen Elfen hatte sich Donia noch nicht ausreichend beschäftigt. Dazu hatte es bislang keinen Anlass gegeben. Während der letzten Monate hatte sie sie jedoch so viel wie möglich beobachtet und Beiras Korrespondenz mit verschiedenen ungebundenen Elfen und den Oberhäuptern anderer Höfe durchgesehen. Den Hof der Finsternis verstand sie inzwischen weitaus besser als die anderen Höfe. Keenans Sommerhof wurde gerade erst erwachsen und war immer noch dabei, eine eigene Identität zu entwickeln. Trotz seiner langen Geschichte erfuhr er durch die Entdeckung von Keenans lange gesuchter Königin seit kurzem eine Erneuerung. Sorchas Hof des Lichts lebte sehr zurückgezogen und interagierte so wenig wie möglich mit anderen außerhalb des eigenen Reichs. Der Hof der Finsternis war ein kompliziertes Netzwerk krimineller Machenschaften. Zu Beiras Zeiten hatte Irial jede Droge verkauft, die gerade in Mode war. Seine Elfen hatten Verbindungen zu berühmten Verbrechern und Kleinkriminellen unterhalten, er selbst eine Kette von Strip-Clubs und Fetisch-Bars für so ziemlich jede sexuelle Orientierung besessen. Seit Niall den Hof der Finsternis übernommen hatte, war einiges anders geworden. Wie Irial überschritt der neue König gewisse Grenzen nicht, aber er hatte mehr von ihnen. Bananach dagegen kannte keine Grenzen. Sie hatte nur ein Ziel, eine Aufgabe: Chaos und Blutvergießen.

Während Donia durch die schmutzige Fensterscheibe auf den personifizierten Krieg herunterschaute, stand die amoralische, zielstrebige Elfe mit geschlossenen Augen da und lächelte.

Evan klopfte leise an die Tür. »Donia?«

Bei seinem Eintreten füllte sich das staubige Zimmer sofort mit dem Waldgeruch, den er verströmte. »Aaaah, du hast schon gesehen, dass sie da ist.«

Donia wandte ihren Blick nicht vom Fenster ab, als Evan hinter sie trat. »Was will sie von uns?«

»Nichts, was wir ihr geben möchten.« Evan erschauderte.

Donia hielt es für klüger, ihre Elfen bei diesem Zusammentreffen nicht um sich zu haben, nicht einmal den Anführer ihrer Schutzgarde. Die Kriegselfe konnte jeden Wachtposten – und wenn es sein musste, auch ganze Kolonnen von ihnen – mühelos überwältigen. Es war besser, sie nicht in Versuchung zu führen.

Und noch besser war es, den Kontakt zu ihr komplett zu vermeiden, doch das war heute anscheinend nicht möglich.

»Ich werde allein mit ihr sprechen«, sagte Donia.

Evan verbeugte sich und ging, als Bananach die Treppe hochgeeilt kam.

Kaum war die Rabenelfe im Zimmer, ließ sie sich in ihrem blutbefleckten, nach Asche und Tod riechenden Arbeitsanzug mitten auf dem Teppich nieder. Sie setzte sich in den Schneidersitz, als hätte sie ein Lagerfeuer vor sich, und klopfte neben sich auf den Boden. »Komm her.«

Donia beäugte die mehr als nur leicht verrückte Elfe argwöhnisch. Bananach mochte in diesem Moment freundlich wirken, doch die Kriegselfe kam nicht grundlos zu Besuch. »Ich habe nichts mit dir zu besprechen.«

»Soll ich dir sagen, was ich mit dir zu besprechen habe?« Bananach gestikulierte mit dem Arm durch den Raum, und aus der Stille, die in Donias Reich herrschte, erhob sich lautes Geschrei. Elfen- und Menschenstimmen verbanden sich zu einem Kreischen, das Donia Tränen in die Augen trieb. Dunstartige Gesichter schwebten für einen Augenblick durchs Zimmer und verschwanden wieder. Dann erschienen blutende, von Elfenfüßen zertrampelte Körper – nur um im nächsten Moment von grotesk deformierten Gliedern ersetzt zu werden, die sich durchs Fenster streckten. Diese machten wiederum einer Montage von Bildern vergangener Schlachten mit blutgetränkten Grasflächen und brennenden Häusern Platz. Dazwischen flackerten Aufnahmen von pestkranken, hungernden Menschen auf.

»Wundervolle Gelegenheiten kommen auf uns zu.« Bananach blickte seufzend in die kahlen Zimmerecken, in denen die von ihr heraufbeschworenen Bilder flackernd zum Leben zu erwachen schienen. »Mit dir an meiner Seite kann so vieles schon früher getan werden.«

Das blutgetränkte Gras verschwand, als ein neues Bild erschien: Keenan ausgestreckt unter einem blassen Abbild Donias. Sie lagen auf dem nackten Fußboden, wo sie sich einst geliebt hatten. Donia sah sich in Keenans Armen auf dem Boden liegen. Das Bild war zwar nicht real, doch es ließ ihren Atem stocken.

Er war von Frostbeulen übersät; sie von Brandblasen.

Sie sprach zu ihm, sagte Worte, die sie wieder und wieder gesagt hatte, Worte, von denen sie sich geschworen hatte, sie ihm nie wieder zu sagen. »Ich liebe dich.«

Er stieß seufzend einen Namen aus, der nicht ihrer war: »Ashlyn ...«

Donia erhob sich.

»Ich kann das nicht, Keenan«, flüsterte sie. Schnee wehte ins Zimmer.

Er folgte ihr, flehte sie einmal mehr um Vergebung an. »Don ... ich wollte nicht ... es tut mir leid ...«

Ihre illusionäre Doppelgängerin grub ihre Hände in Keenans Bauch, stach ihn nieder.

Er fiel zu Boden.

Sonnenlicht flackerte auf und blendete sie kurz, obwohl es nur eine Illusion war.

»Du bist genau wie Beira«, Bananachs Worte waren ein Seufzen. »Ebenso leidenschaftlich, ebenfalls bereit, mir mein Chaos zu geben.«

Donia konnte sich nicht bewegen. Sie saß da und starrte auf die flimmernde Vision ihrer selbst, die Hände rot von Keenans Blut.

»Ich hatte schon Sorge, sogar Angst, du wärst anders.« Bananach gurrte diese Worte. »Beira hat so viel länger gebraucht, bis sie an dem Punkt war, den letzten Sommerkönig anzugreifen. Du nicht.«

Die Donia mit den roten Händen stand über Keenan, sah zu, wie er blutete. In seinen Augen stand Wut.

»Das ist nicht geschehen.« Donia rief alle Reserven ihrer winterlichen Ruhe in sich auf. »Ich habe Keenan nicht verletzt. Ich liebe ihn.«

Bananach krähte. Es war ein hässliches Geräusch, das den letzten Frieden aus Donias Haus vertrieb. »Wofür ich dir dankbar bin, Schneekönigin. Wenn du innerlich kalt wärst, hättest du nicht die Grausamkeit des Winters, die wir benötigen, um unsere Ziele zu erreichen.«

»Warum erzählst du mir das?«

»Warum erzähle ich dir was?« Bananach legte in kleinen, ruckartigen Bewegungen ihren Kopf schief, bis er in einem grotesken Winkel geneigt war.

»Du erzählst mir, was nötig ist, um deinen Krieg zu beginnen, aber warum sollte ich es tun?« Donia überkreuzte die Füße, setzte sie dann aber wieder nebeneinander. Sie streckte sich und ließ ihre Augen kurz zufallen, als verwirrten sie die Schrecknisse nicht, die Bananach mit sich brachte. Es war nicht sehr überzeugend.

Schlachtengetrommel erhob sich um sie herum wie eine Wand aus Donner. Schreie drangen durch den rhythmischen Lärm. Dann endete das Geräusch abrupt und zurück blieb nur die melancholische Melodie eines Dudelsacks, die nach dem vorausgegangenen Chaos umso reiner klang.

»Vielleicht will ich gar nicht, dass du den jungen König niederstichst.« Bananach grinste. »Vielleicht würde das mein hübsches Zerstörungswerk beenden ... Deine Tat kann zu demselben Aufruhr führen, den Beiras Mord an Miach verursacht hat.«

»Welche Tat?«

Bananach ließ ihren Schnabel mit einem entschlossenen Klappern auf- und zuschnappen. »Eine davon. Vielleicht mehrere.«

Donia zuckte zusammen, als die illusionären Gestalten ihren Streit fortsetzten. Ihre Doppelgängerin wurde immer wieder von einem sonnen- und wutgeladenen, blutenden Sommerkönig geschlagen. Dann sprang die Szene zu dem Moment zurück, in dem Keenan Ashlyns Namen gesagt hatte, doch diesmal schlug Donia auf ihn ein, bis er reglos auf dem Boden liegen blieb.

»Es gibt so viele schöne Antworten auf deine Frage, Schneekönigin«, gurrte Bananach. »So viele Wege, wie du uns blutige Lösungen geben kannst.«

Die Szene wiederholte sich erneut.

Sie sprach zu ihm, sagte Worte, die sie wieder und wieder gesagt hatte, Worte, von denen sie sich geschworen hatte, sie ihm nie wieder zu sagen. »Ich liebe dich.«

Er seufzte. »Ich liebe dich, aber ich kann nicht mit dir zusammen sein.«

Donia konnte nicht wegschauen.

Die Szene begann von neuem.

Sie sprach zu ihm, sagte Worte, die sie wieder und wieder gesagt hatte, Worte, von denen sie sich geschworen hatte, sie ihm nie wieder zu sagen. »Ich liebe dich.«

Er stieß seufzend einen Namen aus, der nicht ihrer war: »Ashlyn ...«

Donia erhob sich.

»Ich kann das nicht, Keenan«, flüsterte sie. Schnee wehte ins Zimmer.

Er schlug sie. »Es war nur ein Spiel ...«

Diesmal schlugen sie beide aufeinander ein, bis der Raum von Dampf erfüllt war. In diesem Dampf erschienen erneut Leichen, die scheinbar immer körperlicher wurden. In der Mitte dieses Gemetzels stand Bananach wie die schadenfrohe Aaskrähe, die sie war.

»Warum?« Es war das einzige Wort, das Donia noch über die Lippen brachte. »Warum?«

»Warum bringst du die Erde zum Frieren?« Bananach hielt inne, und als Donia nicht antwortete, fügte sie hinzu: »Wir haben alle ein Ziel, Wintermädchen. Deins und meins ist die Zerstörung. Das hast du akzeptiert, als du Beiras Hof zu deinem gemacht hast.«

»Das ist nicht das, was ich will.«

»Ist es Macht? Oder dass er dafür leidet, dir wehgetan zu haben?« Bananach lachte. »Natürlich ist es das, was du willst. Ich zeige dir nur die einzelnen Stränge in deinem Handeln, die mir geben werden, was ich will. Ich *sehe* sie« – sie winkte in den Raum – »und es sind alles nicht meine Möglichkeiten. Sondern deine.«

Dreizehn

Die nächste Woche kam Ashlyn beinahe normal vor: Mit Seth war alles wieder gut, Keenan bedrängte sie nicht und am Hof schien alles ruhig zu sein. Sie konnte Keenan nicht länger ignorieren, und es bereitete ihr inzwischen fast körperliche Schmerzen, sich so oft von ihm fernzuhalten. Also hatte Ashlyn beschlossen, einfach so zu tun, als hätte es die Unannehmlichkeiten der letzten Woche nie gegeben. Sicher, sie hatte es in den letzten Tagen vermieden, mit Keenan allein zu sein, doch abgesehen von ein paar bedeutungsschweren Blicken, als sie Quinn und Tavish zu einem Gespräch hinzuzog, bei dem sie nicht wirklich dabei sein mussten – und okay, vielleicht noch abgesehen von einigen sehr durchsichtigen Situationen, in denen sie ganz plötzlich einen »Mädelabend« mit den Sommermädchen verbringen musste –, tat Keenan so, als bemerke er ihr ausweichendes Verhalten nicht. Er wartete einfach ab, während sie ihre Elfen wie einen Schild um sich scharte. Sie genoss die Zeit mit ihnen, vor allem mit Eliza, aber das allein konnte nicht erklären, warum sie unbedingt zum Tanzen in den Park musste, sobald Keenan in ihre Nähe kam.

Es ist total offensichtlich. Es war unübersehbar, aber niemand sagte etwas. Abgesehen von Keenan und Seth war niemand ihr gegenüber unbefangen genug, um Fragen zu stellen. Sie war ihre Königin, und im Augenblick verschaffte ihr das eine Extraportion Ungestörtheit.

Aber sie sehen alle, dass irgendwas los ist. Es verunsichert sie. Sie hatte sich selbst geschworen, eine gute Königin zu sein. *Sie alle zu beunruhigen ist nicht gerade das, was eine gute Königin tun sollte.*

Mit leicht zitternden Händen klopfte Ashlyn an die Tür zum Büro. »Keenan?« Sie drückte die Tür auf. »Hast du kurz Zeit?«

Er hatte ihre Schaubilder ausgebreitet vor sich auf dem Couchtisch liegen. Im Hintergrund spielte leise Musik – eine ihrer älteren CDs, Poes *Haunted*, die sie mal mit Seth bei Music Exchange erstanden hatte.

Keenan sah sie an und schaute dann demonstrativ an ihr vorbei. »Wo ist denn dein Sicherheitsteam?«

Sie schloss die Tür. »Ich habe ihnen heute Nachmittag freigegeben. Ich dachte, ich schaue mal bei dir vorbei … damit wir reden können.«

»Verstehe.« Er sah wieder ihre Schaubilder an. »Die Idee, die du da entwickelt hast, gefällt mir, aber in der Wüste werden wir damit nicht sehr weit kommen.«

»Wieso?« Ash ließ seinen Themenwechsel unkommentiert. Auch sie war nicht ganz sicher, ob sie wirklich darüber sprechen wollte, aber sie mussten es tun.

»Da lebt Rika. Sie war eins von den Wintermädchen.« Keenan runzelte die Stirn. »Und Donia allzu ähnlich. Sie hat noch eine Rechnung mit mir offen.«

»Du sagst das, als wäre es überraschend.« Sie stand neben dem Sofa, näher bei ihm, als sie sollte, aber sie wollte sich nicht einschränken lassen, was auch immer da Seltsames geschehen war.

»Ist es auch.« Keenan lehnte sich auf dem Sofa zurück, legte seine Füße auf den Couchtisch und faltete die Hände. »Sie benehmen sich, als würde ich ihnen mit Absicht wehtun. Dabei wollte ich noch *nie* jemandem wehtun ... außer Beira und Irial.«

»Also sollen sie dir einfach vergeben und alles vergessen?« Ashlyn war diesem Thema schon seit Monaten ausgewichen. Sie war einer Menge Themen ausgewichen, aber früher oder später mussten sie sie alle angehen. Die Ewigkeit war eine viel zu lange Zeit, um die Dinge einfach so vor sich hin köcheln zu lassen. »Wir haben alle so viel verloren, als du uns ausgewählt hast ...«

»Wir?«, unterbrach er.

»Was meinst du?« Sie zog einen Stuhl heran und setzte sich.

»Du hast gesagt: ›*Wir* haben alle so viel verloren.‹ Du hast dich mit den Sommer- und Wintermädchen in eine Reihe gestellt.«

»Nein, ich ...« Sie brach ab und wurde rot. »Ja, das habe ich, oder?«

Er nickte.

»Ich *bin* eine von ihnen. Wir, alle diejenigen, die du ausgewählt hast, haben eine Menge verloren.« Sie zog den Kopf zwischen die Schultern, so dass ihre Haare nach vorn fielen wie ein Vorhang, hinter dem sie sich verstecken konnte. »Es ist ja nicht so, als hätte ich nicht auch einige unglaublich tolle Dinge gewonnen. Das ist mir schon klar. Wirklich.«

»Aber?«, fragte er mit ungewohnt undurchdringlicher Miene.

»Aber es ist schwer. Das hier. Ich schwöre dir, ich werde nie festen Boden unter die Füße kriegen. Grams wird sterben, Seth –« Sie hielt sich davon ab, es auch nur auszusprechen. »Ich werde alle verlieren. Ich werde nicht sterben, aber sie schon.«

Er hob eine Hand, als wollte er sie berühren, ließ sie dann aber wieder sinken. »Ich weiß.«

Sie atmete ein paarmal tief durch, um sich zu beruhigen. »Es ist schwer, deswegen nicht wütend zu werden. Dass du mich ausgewählt hast, bedeutet, dass ich alle Menschen verlieren werde, die ich liebe. Ich werde für immer da sein und ihnen beim Altern und Sterben zusehen.«

»Es heißt auch für mich, dass ich diejenige verlieren werde, die ich liebe. Donia wird nur so lange in meinem Leben bleiben, wie dein Herz einem anderen gehört«, gab Keenan zu.

»Nicht.« Ashlyn erschauderte, als sie ihn solche Dinge in einem so beiläufigen Ton sagen hörte. »Das ist nicht fair ... für *niemanden*.«

»Ich weiß.« Er war so still, wie sie ihn noch nie erlebt hatte. In der Oase, die sie in seinen Augen sehen konnte, ging die Sonne auf. »Ich wollte ja auch nie, dass es so läuft. Beira und Irial haben meine Kräfte beschnitten. Was sollte ich da tun? Den Sommer sterben lassen? Die Erde frieren lassen, bis alle Sterblichen und alle Elfen verschwunden sein würden?«

»Nein.« Der vernünftige Teil von ihr sah das ein. Sie wusste, dass er keine echte Alternative gehabt hatte, aber trotzdem tat es weh. Die Logik konnte den Kummer und die Angst nicht aufheben. Sie hatte Seth gerade erst gefunden, und schon entglitt er wieder ihren Händen. *Er wird sterben.* Sie dachte es. Sie konnte es nicht aussprechen, aber sie dachte immer öfter daran. In vielen, vielen Jahren, in vielen Jahrhunderten würde sie immer noch das sein, was sie jetzt war, und er würde als Staub in der Erde liegen. *Wie könnte ich da nicht wütend sein?* Wenn sie keine Elfe wäre, müsste sie keiner Zukunft ohne Seth ins Auge sehen.

»Was hättest du denn anders gemacht, Ashlyn? Hättest du den Hof sterben lassen? Wenn Irial *deine* Kräfte beschnitten hätte, hättest du da einfach die Achseln gezuckt und die Menschheit und deinen Hof verwelken und sterben lassen?«

Sie sah einen sterbenden Stern in Keenans Augen, einen

dunklen Himmelskörper, in dem ein paarmal verzweifelt Licht aufflackerte. Während sie sprachlos zuschaute, sah sie überall winzige Sterne um diese sterbende Sonne; sie trieben bereits leblos in einer wachsenden Leere. Sie hatte nicht vorgehabt, ihren Hof zu lieben; wenn er ihr vor Monaten gesagt hätte, dass sie so für ihre Elfen empfinden würde, hätte sie ihm nicht geglaubt. Doch von dem Moment an, in dem sie ihre Königin wurde, hatte sie das starke Bedürfnis gehabt, sie zu beschützen. Der Sommerhof musste stärker werden. Sie versuchte, die wenige Erfahrung zu nutzen, die sie besaß, und das, was sie in der Schule über Politik und Regierungen gelernt hatte, um ihm beim Erstarken zu helfen. Sie bemühte sich, ganz allmählich das Ungleichgewicht auszubalancieren, das noch immer zu Gunsten von Donias Hof herrschte. Ihr Hof, ihre Elfen, das Wohl der Erde – all das waren mehr als bloße Optionen. Sie glaubte an das alles. Wenn sie bedachte, was sie jetzt fühlte, hätte sie dann in seiner Situation anders gehandelt? Hätte sie Eliza sterben lassen können? Hätte sie mit ansehen können, wie die jungen Löwenelfen erfroren?

»Nein, hätte ich nicht«, gab sie zu.

»Du darfst nicht einen Moment glauben, dass ich das, was mit den Winter- und den Sommermädchen passiert ist, gewollt habe.« Er rutschte zur Sofakante vor und sah sie an. »Ich habe mehr Zeit damit verbracht, mit mir zu hadern wegen all dem, was ich tun musste, als du dir vorstellen kannst. Ich habe mir bei jeder Einzelnen von ihnen –«, er sah sie an, und in seinen Augen zeigten sich noch mehr Sterne, die schwach in der Leere funkelten – »gewünscht, dass sie die Königin ist. Und jedes Mal, wenn sie es nicht war, wusste ich, dass ich sie zu einem langsamen Tod verdamme, wenn ich dich nicht finde.«

Sie saß schweigend da. *Als das alles anfing, war er so alt wie ich jetzt. Diese Entscheidungen. Dieses Hoffen.*

»Wenn ich könnte, würde ich ihnen allen ihre Sterblichkeit zurückgeben, aber selbst das könnte sie nicht für das entschädigen, was sie verloren haben.« Keenan begann die Unterlagen auf dem Couchtisch zusammenzuschieben. »Und selbst wenn ich sie wieder sterblich machen könnte, würde ich es nicht riskieren, *dir* dasselbe anzubieten, aus Angst, Beiras Fluch dadurch zu erneuern. Auch dann würde ich also mit dem bedrückenden Wissen zurückbleiben, dass ich der, die mich gerettet hat, die Sterblichkeit geraubt habe. Du bist meine Retterin, und ich kann dich nicht glücklich machen.«

»Ich bin nicht ...«

»Doch das bist du. Und das belastet unser Verhältnis, findest du nicht?«

»Wir kriegen das schon hin«, flüsterte sie. »Wir haben schließlich eine Ewigkeit Zeit dazu.« Sie versuchte, einen leichteren Ton anzuschlagen, ihn zu beruhigen. Dies war ganz und gar nicht das Gespräch, das sie führen wollte, aber es war eines, das schon lange dringend anstand.

»Ja, das haben wir.« Er hatte wieder dieselbe reglose Haltung wie zu Beginn ihres Gesprächs eingenommen. »Und ich werde tun, was ich kann, um dich glücklich zu machen.«

»Das wollte ich nicht ... Ich meine ... Ich erwarte keine Wiedergutmachung von dir für etwas, das einfach geschehen musste. Ich ... ich habe bloß Angst, sie zu verlieren. Ich möchte nicht allein sein.«

»Das bist du auch nicht. Wir werden für alle Ewigkeit zusammen sein.«

»Du bist mein *Freund*, Keenan. Was neulich zwischen uns passiert ist, darf nicht sein. Es hätte nicht passieren dürfen.« Sie war so angespannt, ihre Muskeln waren so verkrampft, dass es ihr nicht gelang, ihre Beine auszustrecken. »Ich brauche dich ... aber ich liebe dich nicht.«

»Du wolltest, dass ich dich berühre.«

Sie schluckte die Lüge hinunter, die ihr auf der Zunge lag, und gestand: »Ja, das stimmt. Sobald du mich berührt hattest, wollte ich nichts anderes mehr.«

»Was soll ich deiner Meinung nach also tun?« Er klang unnatürlich ruhig.

»Mich nicht berühren.« Sie biss sich auf die Lippe, bis sie spürte, dass Blut aus ihrer bereits aufgeplatzten Haut sickerte.

Er fuhr sich frustriert mit der Hand durch seine kupferfarbenen Haare, nickte aber. »Ich werde es versuchen. Das ist alles, was ich sagen kann, ohne zu lügen.«

Sie erschauderte. »Ich werde heute Abend mit Donia reden. Du liebst Donia.«

»Ja, das tue ich.« Keenan sah ebenso verwirrt aus, wie sie sich gefühlt hatte. »Das ändert aber nichts daran, was ich empfinde, wenn ich dich sehe oder an dich denke oder in deiner Nähe bin. Und du kannst mir nicht erzählen, dass es dir nicht genauso geht.«

»Liebe und Begierde sind nicht dasselbe.«

»Willst du damit sagen, dass das, was ich empfinde, bloße Begierde ist? Ist das alles, was du fühlst?« Seine Arroganz war zurückgekehrt, genauso stark wie damals, als sie sich kennengelernt hatten und sie ihn zurückgewiesen hatte.

»Es ist keine Provokation, Keenan. Ich laufe nicht vor dir davon.«

»Wenn du uns eine Chance geben würdest ...«

»Ich liebe *Seth*. Ich ... er ist mein Ein und Alles. Wenn ich einen Weg finden könnte, ihn für immer bei mir zu behalten, ohne selbstsüchtig zu sein, würde ich ihn gehen. Ja, ich verspüre ebenfalls diesen Drang, dir nahe zu sein. Du bist mein *König*, und ich brauche dich als Freund, aber ich will keine Beziehung mit dir haben. Tut mir leid. Aber das wusstest du schon, als ich deine Königin geworden bin. Es hat sich nichts geändert seitdem, und solange ich ihn habe, wird sich daran auch nichts ändern. Und ich möchte ...« Sie hielt inne. Wenn sie das aussprach, was ihr im Kopf herumging, bekam es so etwas Endgültiges, aber sie sagte es doch: »Ich möchte einen Weg finden, Seth zu einem von uns zu machen. Ich möchte, dass er für immer bei mir bleibt.«

»Nein.« Das war keine Antwort: Es war ein königlicher Befehl.

»Warum nicht?« Ihr Herz klopfte. »Er möchte bei mir bleiben ... und ich möchte –«

»Donia hat auch gedacht, dass sie für immer bei mir bleiben möchte. Und Rika auch. Und Liseli ... und Nathalie ... und ...« Er zeigte durch den Raum, der bis auf sie beide leer war. »Wo sind sie?«

»Das ist etwas anderes. Mit Seth ist es etwas anderes.«

»Möchtest du, dass er so wird wie die Sommermädchen? Hättest du es gern, dass er stirbt, wenn er dich verlässt?« Keenan sah wütend aus. »Du hast mir eben noch erzählt, wie sehr du mir verübelst, dass ich dich verwandelt habe. Und genauso geht es sehr, sehr vielen anderen, weil ich sie verwandelt habe. Nein. Verfolge diesen Plan nicht weiter.«

»Er *möchte* es aber. Wir schaffen das schon.« Ashlyn hörte ihn dieselben Ängste formulieren, die auch sie umtrieben, dabei hatte sie gehofft, Keenan würde ihr sagen, sie brauchte sich keine Sorgen zu machen und es gäbe eine Möglichkeit.

»Nein, Ash. Er glaubt, dass er es möchte. Aber wenn er verwandelt wird, macht ihn das zu deinem Leibeigenen, zu deinem Untertan. Und das würde ihm nicht gefallen. Genauso wenig wie dir. Ich habe geglaubt, die Sommermädchen wollten für immer mit mir zusammen sein, und viele von ihnen haben es auch geglaubt. Die Wintermädchen glaubten es sogar so sehr, dass sie für meine Fehler viel Leid auf sich genommen haben. Lass es sein. Elfen geben einem Sterblichen niemals das, was er wirklich sucht, und jemanden, den du liebst, mit einem Fluch zu belegen ...«
Der Sommerkönig sah plötzlich viel älter aus als sie. »Es hieße nicht Fluch, wenn es etwas Schönes wäre, Ashlyn. Wenn du Seth liebst, wirst du ihn wertschätzen, solange er in deinem Leben ist, und ihn dann gehen lassen. Wenn ich eine andere Wahl gehabt hätte –«

Ashlyn stand auf. »Darauf hast du die ganze Zeit spekuliert, nicht wahr? Dass er gehen wird, kurz nachdem ich mich verwandelt habe. Du wusstest, dass ich so für dich empfinden würde.«

»Sterbliche sind nicht dafür gemacht, Elfen zu lieben.«

»Also war es auch nicht schwer für dich, meine Bedingungen anzunehmen, hab ich Recht? Seth und ich würden uns ohnehin irgendwann trennen und du ... du brauchtest einfach nur ... Nein.«

Keenan starrte sie an. Ashlyn dachte daran zurück, was Denny über Erfahrung und Alter gesagt hatte, und musste sich eingestehen, dass er damit Recht gehabt hatte. Wenn Keenan nicht lockerließ, was würde das für sie bedeuten? Er hatte den größten Teil von neun Jahrhunderten damit verbracht, ein Mädchen nach dem anderen zu umwerben. Und sie waren alle seinem Charme erlegen.

Aber keine von ihnen war seine Königin.

Er sah besorgt aus, doch seine Worte klangen trotzdem nicht sanfter: »Es ist besser, jemanden zu lieben und zu wissen, dass er noch auf andere Art glücklich werden kann, als ihn zu zerstören. Wenn man jemanden, den man liebt, mit einem Fluch belegt, dann tut man ihm damit keinen Gefallen, Ashlyn. Ich habe es jedes Mal bereut.«

»Seth und ich sind anders. Nur weil Donia dich abweist, heißt das nicht, dass es bei uns nicht klappt. Und auch bei euch beiden könnte es funktionieren. Ihr könnt es schaffen.«

»Ich wünschte, du hättest Recht – oder du würdest akzeptieren, dass ich Recht habe. Warum, glaubst du, stößt Don mich von sich weg, Ash? Und warum will Seth mit dem Fluch belegt werden? Weil sie sehen, was zu sehen du dich weigerst. Du und ich sind füreinander bestimmt.« Keenan lächelte traurig. »Ich irre mich nicht, und ich werde dir nicht helfen, einen solchen Fehler zu begehen.«

Sie rannte fast aus dem Zimmer.

Und wie damals, als sie noch eine Sterbliche gewesen war, brauchte sie die Hilfe der Elfe, die Keenan liebte. Wenn Donia ihm verzieh, welchen Fehler er auch immer begangen hatte, würde ihn das davon überzeugen, dass die Liebe alles wiedergutmachen konnte. Dann würde er ihr vielleicht helfen. Zumindest würde er aufhören, ihr nachzustellen. Donia *musste* mit Keenan zusammen sein.

Alles wird gut, wenn Donia ihn nur zurücknimmt.

Den Weg zu Donias Haus nahm sie gar nicht richtig wahr. Erst als Ashlyn in einer ruhigen Straße am Stadtrand ankam, gestand sie sich die vielen Ängste ein, die sie quälten. Sie fürchtete sich nicht nur davor, dass Donia Keenan für immer den Laufpass geben könnte, sondern auch davor, was passieren würde, wenn sie das prachtvolle viktorianische Anwesen der Winterkönigin betrat. Sie pflegten eine vorsichtige Freundschaft, aber das hieß nicht, dass Donia nicht auch Furcht einflößend sein konnte. Der Winter war schmerzhaft, und in Donias Haus herrschte immer Winter.

Winterelfen bewegten sich lautlos durch den dornenreichen Garten; vereiste Bäume und Büsche ließen das Grundstück zwischen seinen grünen Nachbarn deplatziert wirken. Während sie die Straße entlangging, sah Ashlyn Hunde, die faul auf Treppenstufen lagen, ein Mädchen, das sich in träger Glückseligkeit sonnte, und mehr Blumen, als sie in ihrem gesamten Leben hatte wachsen sehen. Beiras Tod und Keenans Entfesselung hatten zu einem Gleichgewicht geführt, das das Leben aufblühen ließ. Doch in diesem Garten würde der Frost niemals tauen; vorbeikommende Sterbliche würden weiter ihren Blick abwenden. Niemand – ob Sterblicher oder Elfe – betrat den eisigen Rasen der Winterkönigin ohne ihre Erlaubnis. Keenan hatte sie die Zustimmung verweigert. *Was mache ich dann hier?*

Keenan brauchte Donia; sie liebten sich, und Ashlyn musste sie daran erinnern. Ehemals Sterbliche konnten Elfen lieben.

Als Ashlyn den Garten durchquerte, taute das frostige Gras unter ihren Füßen. Sie hörte, wie sich das Eis hinter ihr mit einem Knistern sofort neu bildete. Das hier war Donias Reich. Der Ort, an dem sie am stärksten war. *Und ich am schwächsten bin.* Nachdem Beira ihn über Jahrhunderte zum Sitz ihrer Macht erklärt hatte, existierte dieser Ort sowohl innerhalb des Elfenreichs als auch im Reich der Sterblichen, etwas, das Keenan nicht geschafft hatte – bis heute.

Sie spürte ein unangenehmes Kribbeln auf der Haut, während sie durch diese eisige Welt schritt. Ashlyn war ein Eindringling, und der Winter war ebenso unberechenbar wie der Sommer. Donia würde das wahrscheinlich von sich weisen, doch Ashlyn hatte es ihr Leben lang vor dem scheinbar endlosen Wüten des Schnees geschaudert. Sie hatte die Leichen Erfrorener in den Seitenstraßen gesehen; ihre leblosen Schmerzensmienen gehörten zu den Dingen, die sie nie vergessen würde. Ashlyn hatte gespürt, wie weh das Eis tat, das die letzte Winterkönigin im Kampf gegen sie und Keenan als Waffe benutzt hatte.

Das war nicht Donia, erinnerte Ashlyn sich selbst, aber es nützte nichts. Irgendetwas an dem starken Gegensatz zwischen ihren Höfen weckte in Ashlyn den Wunsch, Keenans Hand in ihrer zu spüren, doch er war nicht da.

Als Ashlyn die Veranda betrat, öffnete eine der geflügelten Weißdornelfen die Tür. Die Elfe bewegte sich lautlos. Sie sagte kein Wort, als Ashlyn vor Kälte zitternd eintrat. Sie sagte auch nichts, während sie durch das schwach beleuchtete Haus schwebte.

»Ist Donia zu sprechen?« Ashlyns Stimme hallte in der Stille wider, aber es kam keine Antwort.

Sie hatte auch keine erwartet: Weißdornelfen waren stumm, was ihre beunruhigende Wirkung noch steigerte. Sie entfernten sich nie weit von Donia und verließen das Haus der Winterkönigin normalerweise nur, wenn es notwendig war, um an Donias Seite zu bleiben. Ihre roten Augen glühten wie brennende Kohlenstückchen in ihrem aschgrauen Antlitz.

Das Mädchen führte Ashlyn an mehreren anderen Weißdornelfen vorbei, die sich in der Eingangshalle aufhielten und sie stumm beobachteten. In einem der Zimmer, an denen sie vorbeikamen, prasselte ein Feuer im Kamin; außer dem Knistern und Knacken des Holzes und Ashlyns Schritten auf den alten Holzdielen herrschte Totenstille. Die Winterelfen konnten sich mit einer unheimlichen Ruhe bewegen, bei der sich Ashlyn die Nackenhaare aufstellten.

Vor einer geschlossenen Tür blieb die Weißdornelfe stehen. Sie machte keine Anstalten, sie zu öffnen.

»Muss ich anklopfen?«, fragte Ashlyn.

Doch das Mädchen drehte sich um und schwebte davon.

»Sehr hilfreich.« Ashlyn hob gerade ihre Hand, als die Tür sich von innen öffnete.

»Komm herein.« Evan gab ihr ein Zeichen einzutreten.

»Hallo, Evan.«

»Meine Königin möchte unter vier Augen mit dir sprechen«, sagte er, gefolgt von einem freundlichen Lächeln, das sein Gesicht in Falten legte und Ashlyn ein wenig entspannte. Seine beerenroten Augen waren ebenso auffällig wie bei den Weißdornelfen. Doch während die Haut der Weißdornelfen grau war wie die Asche eines erlöschenden Feuers, waren Eberescheneleven wie Evan ein Bild der Fruchtbarkeit. Seine graubraune, rindenartige Haut und seine dunkelgrünen, an Blätter erinnernden Haare ließen einen an frei über die Erde wandelnde Bäume denken. Sie waren Kreaturen des Sommers, ihres Hofs. Es beruhigte sie, ihn zu sehen.

Aber er verließ bereits den Raum, und Ashlyn war allein mit Donia und Sasha, ihrem Wolf.

»Donia«, begann Ashlyn, doch plötzlich fielen ihr keine Worte mehr ein, die sie hätte sagen können.

Die Winterkönigin machte es ihr auch nicht leichter. Sie stand einfach da und sah Ashlyn an. »Ich nehme an, *er* hat dich geschickt.«

»Er würde lieber selbst mit dir sprechen.« Ashlyn fühlte sich in dem großen, wenig einladenden Raum wie ein kleines Kind, doch Donia hatte ihr weder einen Platz angeboten noch selbst Anstalten gemacht, sich zu setzen, also blieb sie stehen. Der Teppich unter ihren Füßen war in einem gedeckten Grün gehalten und wirkte, obwohl fast schon fadenscheinig, immer noch opulent. Ashlyn vermutete, dass er besser in einem Museum hängen sollte, als täglichem Gebrauch ausgesetzt zu sein.

»Ich habe Evan aufgetragen, ihm den Zutritt zu verweigern.« Donia trat weiter von Ashlyn weg, hielt eine übertriebene Distanz zu ihr.

Es verunsicherte sie, dass die Winterkönigin lieber außer Reichweite blieb.

»Darf ich fragen warum?«

»Darfst du.« Donia wirkte ungewöhnlich unnahbar.

Ashlyn zwang sich, ihre Verärgerung und ihren Anflug von Furcht beiseitezuschieben. »Okay. Dann frage ich hiermit.«

»Ich möchte ihn nicht sehen.« Donia lächelte, und Ashlyn erschauderte.

»Hör zu. Wenn du möchtest, dass ich gehe, dann sag es mir einfach. Ich bin hier, weil er mich darum gebeten hat und weil ich dich mag.« Ashlyn verschränkte die Arme vor der Brust, um nicht nervös herumzugestikulieren und um die Hand nicht nach einer der zarten Schneekugeln auf dem Wandregal auszustrecken und sie zu zerbrechen. Sie hatte nicht erwartet, dass Donia so etwas besaß, aber dies war wohl kaum der Zeitpunkt, sie dazu zu befragen. Irgendetwas an Donias Benehmen war seltsam, und Ashlyn spürte, dass sie auf eine untergründige Bedrohung reagierte.

»Deine Erregbarkeit ist immer leichter zu erkennen, je stärker der Sommer wird.« Donias Miene zeigte unverwandt dieses kalte Lächeln. »Wie bei ihm. Du siehst sogar aus wie er mit diesem pulsierenden Leuchten unter deiner Haut.«

»Keenan ist mein Freund.« Ashlyn biss sich auf die Lippe und bohrte ihre Finger fester in ihre Arme, nicht aus Nervosität, sondern um sich durch den leichten Schmerz selbst zu erden.

Die Winterkönigin trat noch weiter von ihr weg. Sie blieb am Fenster stehen und fuhr mit einem Finger über die Glasscheibe. Sofort bildeten sich Eisblumen darauf. Sie sah Ashlyn nicht an, als sie zu sprechen begann: »Ihn zu lieben, ist wie eine Wunde. Er ist alles, wovon ich jemals geträumt habe. Wenn wir zusammen sind« – sie seufzte, eine Wolke aus gefrierender Luft, die winzige Eiszapfen an den Vorhängen hinterließ –, »ist es mir egal, dass er mich verbrennen könnte. In diesen Momenten wäre es mir sogar willkommen. Ich würde Ja sagen, selbst wenn es mein Ende bedeuten würde.«

Ashlyns Wut verflog und sie errötete. Auf diese Art von Gespräch mit Donia war sie nicht vorbereitet.

Donia wandte sich nicht um, während sie fortfuhr: »Ich habe mich schon gefragt, ob das der Grund war, warum Miach und Beira nicht nebeneinander bestehen konnten. Ich sehe es, die Geschichte ist bereit, sich zu wiederholen. Glaub nicht, dass mir das nicht bewusst ist, Ash.«

Die Winterkönigin drehte sich mit dem Rücken zum Fenster und lehnte sich dagegen, eingerahmt von der Spitzenborte aus Eis, mit der sie die Scheiben und Vorhänge dekoriert hatte.

»Ich urteile nicht darüber, was du tust. Ich *möchte*, dass du mit Keenan zusammen bist«, beharrte Ashlyn.

»Auch wenn es ein Fehler ist?« Ashlyn wusste Donias Tonfall nicht zu deuten. Er klang fast höhnisch. »Auch wenn sich die Geschichte dadurch wiederholt? Auch wenn die Folgen schrecklich sein werden? Möchtest du, dass wir einen Krieg anfangen, um dein Herz zu schonen?«

Ashlyn konnte nicht antworten. Der Tatsache, dass der Sommerkönig und die Winterkönigin Keenans Eltern gewesen waren, hatte sie bislang kaum Beachtung geschenkt.

»Ich frage mich, ob es wirklich so überraschend war, dass Beira Miach getötet hat. Sommerkönige sind so sprunghaft. Die Winter können so viel ruhiger sein.« Während Donia sprach, formte sich unter ihr ein Stuhl aus Eis. Die Kanten waren gezackt wie eingefrorene brechende Wellen.

Ashlyn musste gegen ihren Willen lachen. »Der Winter kann ruhiger sein? Ich habe dich auch schon wütend gesehen. Und der Sommer *kann* ebenfalls ruhig sein. Was auch immer ihr beide miteinander habt, ist nicht nur ... ich glaube nicht, dass Ruhe das ist, was ihr wollt. Ich habe ihn nach der Sonnenwende gesehen. Er hatte Frostbeulen auf der Haut, aber er war glücklich.«

»Du bemerkst wohl jede dieser Wunden, was?« Donia warf ihr einen Blick zu, der ganz und gar nicht freundlich war. »Jedes Mal, wenn ich denke, ich habe mich innerlich von ihm gelöst, ist er süß oder wunderbar zu mir ...« Ihr Blick wurde sehnsüchtig. »Weißt du, was er gemacht hat?«

Ashlyn schüttelte den Kopf.

»Er hat den Weißdornbusch von einer Gartenbaufirma entfernen lassen ... Diese schreckliche Pflanze, an der immer dieser Königinnentest durchgeführt wurde. Sowohl hier als auch am Cottage gibt es keinen von diesen Büschen mehr. Sie sind nicht abgeholzt, sondern irgendwo anders hinverpflanzt worden.« Winzige Eistropfen zersprangen mit einem klickenden Geräusch zu Donias Füßen.

»Das ist süß ...«

»Ja, das ist es.« Donias Gesicht spiegelte genau die Gefühle wider, die auch Ashlyn häufig für Keenan empfand – diesen bittersüßen Mix aus Zuneigung und Frustration, der immer stärker auf sie einstürmte –, und Ashlyn hasste es, das mit Donia zu teilen. Sie hasste es, dieses Gespräch zu führen.

Sie verharrten einen Moment, keine von ihnen tat etwas, bis Donia sagte: »Es wird mich nicht umstimmen. Ich weiß, dass er glaubt, er könnte mich lieben, aber er glaubt genauso, dass er dich lieben könnte.«

Ich wünschte, ich könnte lügen. Genau jetzt an dieser Stelle wünschte ich, ich könnte lügen.

»Ich möchte nicht ...« Ashlyn geriet ins Stocken. Sie nahm einen neuen Anlauf: »Wir sind nicht ...« Die Worte waren nicht vollkommen wahr und sie konnte sie deshalb nicht aussprechen. Schließlich sagte sie: »Ich bin mit Seth zusammen.«

»Ja, das bist du, aber er ist sterblich.« Donia sah nicht wütend aus. »Und Keenan ist dein König, dein Partner. Ich höre es in seiner Stimme, wenn er deinen Namen sagt. Er klang nie so, wenn er von anderen gesprochen hat.«

»Abgesehen von dir.«

Die Winterkönigin nickte. »Ja, abgesehen von mir. Das weiß ich.«

»Er möchte dich sehen. Er ist verzweifelt, und du solltest –«

»Nein.« Donia erhob sich. »Du bist nicht in der Position, mir zu sagen, was ich tun sollte. Mein Hof hat die Erde länger beherrscht, als wir beide uns vorstellen können. Meine Elfen haben Keenan jahrhundertelang unter Beiras Knechtschaft leiden sehen.« Donia stand völlig reglos da, doch ihre Augen waren blind von Schnee. »Sie geben ihre Macht nicht so einfach ab, aber ich fordere es von ihnen. Ich verlange, dass sie akzeptieren, dass der Sommer länger währen muss als einige kurze Tage.«

»Dann ist dir auch klar, warum du die Dinge wieder in Ordnung bringen musst.«

»Damit der Sommer an Kraft gewinnen kann.«

»Ja.«

»Und das soll eine Motivation für mich sein?« Donia lachte. »Der Sommerhof hat mich verachtet, als ich versagt habe, weil ich nicht du war. Sie waren nicht da, um mich zu trösten, als ich scheiterte bei dem Versuch, ihm seinen Hof zu schenken ... Sag mir, Ashlyn, warum sollte es mich kümmern, was an eurem Hof vor sich geht?«

»Weil du Keenan liebst und er dich. Wir können in Frieden leben, wenn ihr beide in Ordnung bringt, worüber auch immer du diesmal wütend bist.«

»Du hast keine Ahnung, wer dein König wirklich ist, oder?« Donia klang verständnislos. »Obwohl deine Mutter gestorben ist, um nicht an seinem Hof gefangen zu sein, und obwohl du deine Sterblichkeit für ihn verloren hast, bist du noch immer verblendet. Ich nicht. Was zwischen uns steht, ist seine Arroganz ... und du, Ash.«

»Ich möchte nicht zwischen euch stehen. Ich möchte Seth in meinem Leben haben, nur Seth. Wenn ich noch sterblich sein könnte ... Ich wünschte, du wärst die Sommerkönigin gewesen.«

»Ich weiß. Das ist einer der Gründe dafür, dass ich dich nicht hasse.« Donia lächelte beinahe liebevoll.

»Ich liebe ihn nicht«, schleuderte Ashlyn hervor, als hätte sie Angst, die Worte nicht aussprechen zu können, als könnte es fast eine Lüge sein. »Ich bin oft wütend auf ihn und ... ich *möchte*, dass ihr zwei zusammen seid.«

»Das weiß ich.«

»Dann sei doch mit ihm zusammen.«

»Ich werde nicht dein Schutzschild sein, Ash.« In Donias Stimme lag ein leicht spöttischer Unterton.

»Mein …?«

»Du kannst dich nicht hinter mir verstecken, damit das, was ihr zwei da zu bewerkstelligen versucht, einen Sinn ergibt.« Donia krümmte fast geistesabwesend ihre Finger und Raureif kroch über die Wände. Knisterndes Eis legte sich über die Wandleuchter und ließ die Tapeten verblassen.

»Ihr zwei hattet auch schon, bevor ich dazukam, jede Menge Probleme.« Ashlyn spürte, wie ihre Haut warm wurde, eine unvermeidliche Reaktion auf das Absinken der Temperatur im Raum. Ihre eigene Energie versuchte, die Luft in ihrer unmittelbaren Umgebung zu erwärmen.

»Ja, das hatten wir.« Schneeflocken schwebten sanft um Donia zu Boden. »Aber sie rührten alle daher, dass er dabei war, *dich* zu suchen.«

»Ich habe nicht darum gebeten.« Ashlyn ging auf Donia zu. Sie wollte erreichen, dass Donia zu einem Treffen mit Keenan bereit war, wollte, dass sie verstand. Es war für sie alle so wichtig. »Du musst —«

»Mach mir keine Vorschriften, Ashlyn.« Die Winterkönigin klang absolut ruhig. Ihre Unbewegtheit war die von neu gefallenem Schnee, unberührt, makellos.

»Ich bin nicht hergekommen, um mit dir zu streiten.« Ihr Sonnenlicht war ein schwacher Schutz im Haus der Winterkönigin. *In ihrem Palast.* Egal, wie sie es nannte, das war das, was es wirklich war, ihr Palast, der Sitz ihrer Macht. *Ich sollte gar nicht hier sein.*

»Vielleicht war das ein Fehler.« Donias Fingerspitzen waren Zacken aus Eis. »Der Sommer hat in diesem Jahr früh begonnen, *weil ich es erlaubt habe.*«

»Wir wissen es zu schätzen.«

Donia spielte mit dem Eis in und auf ihren Händen, schlug die Eisstücke klackend aneinander. »Trotzdem kommst du in mein Haus, als wärt ihr stärker, als wäre das, was *ihr* wollt, wichtiger, als hätte euer Hof in meinem Reich eine Stimme ...«

Ashlyns Wut flammte auf, ein Aufblitzen des Sonnenlichts in dem eisigen Raum, doch sie wich zurück. »So habe ich das nicht gemeint. So haben wir es nicht gemeint. Ich verstehe einfach nicht, warum du so unvernünftig sein musst.«

»Unvernünftig? Weil das, was der *Sommer* will, automatisch richtig sein muss?«

Ashlyn konnte nicht antworten. Es schien so offensichtlich, dass ein stärkerer Winterhof nicht die richtige Antwort war. Hatten sie das nicht alle gedacht? Donia hatte dem fast sicheren Tod von der Hand der letzten Winterkönigin ins Auge gesehen, weil sie es gedacht hatte. Doch jetzt, als sie dort standen, wurde Ashlyn klar, dass Donia ihren Standpunkt geändert hatte.

»Wenn ich dich schlage, wird er wütend sein, trotz deiner Beleidigungen.« Donia machte einen Schritt nach vorne. »Was würde er dazu sagen? Würde es ihn davon abhalten, an meine Tür zu kommen und diese Hölle in die Länge zu ziehen, die er uns zumutet? Wären die Dinge dann so, wie sie sein sollten?«

»Ich weiß nicht ... wie sie ›sein sollten‹? Was bedeutet das?« Ashlyn wollte wegrennen. Donia *war* stärker; der Winterhof war immer noch stärker.

»Diese Sache zwischen uns ist nicht mehr so einfach wie vorher, seit du und ich Regentinnen geworden sind. Wenn wir uns bekämpfen, herrscht Zwietracht zwischen unseren Höfen. Mein Hof möchte das« – Donia sah sie an und hielt ihren Blick – »und ich habe darüber nachgedacht. Ich habe mir vorgestellt, wie ich dieses Eis in deine sonnenbeschienene Haut treibe. Ich habe darüber nachgedacht, dich zu schlagen. Damit würde ich diesen albernen Versuch beenden, so zu tun, als wären wir alle Freunde.«

»Donia?« Ashlyn beobachtete sie argwöhnisch. Wie in Nialls Fall war eine Elfe, die Ashlyn zu kennen geglaubt hatte, durch etwas Wildes, Ungezähmtes ersetzt worden, durch jemanden, der sie verletzen konnte – *und wollte*. Ashlyn stand ganz allein mit der Winterkönigin in ihrem Palast.

»Ich mag dich. Ich rufe mir das oft in Erinnerung, aber es gibt noch andere Beweggründe …« Die Worte der Winterkönigin verklangen. Schnee trieb um ihre Füße. »Der Sommerhof ist in meinem Winter nicht willkommen.«

Trotz des Eises, das die Wände bedeckte, trotz der Kälte in Donias Stimme verlor Ashlyn schließlich doch die Kontrolle über ihre Wut. »Wir haben keine Stimme an deinem Hof, aber du kannst uns Vorschriften machen?«

»Ja.«

»Warum sollten wir …«

Aber Donia war neben ihr, bevor sie die Worte aussprechen konnte. Sie legte eine Hand mitten auf Ashlyns Bauch und presste ihre eisbewehrten Fingerspitzen hinein. Das Eis schmolz, als es Ashlyn berührte, doch sofort bildete sich neues und drang noch tiefer in sie ein. Eissplitter brachen ab und blieben in ihrem Bauch stecken.

Ashlyn schrie. Der Schmerz war unerträglich, brannte Löcher in sie hinein, und Ashlyn war nicht sicher, was von der Wunde herrührte und was von der Kälte. *Sterbe ich jetzt hier?*

»Warum ihr meine Wünsche beherzigen solltet?«, murmelte Donia. Ihre Finger waren rot von Ashlyns Blut. Sie legte ihre Hand an Ashlyns Kinn und schob ihren Kopf zurück, so dass sie sich Auge in Auge gegenüberstanden. »Weil ich stärker bin, Ash, und das solltet ihr euch beide merken. Zu dem Gleichgewicht, das ihr anstrebt, wird es nur dann kommen, wenn *ich* es erlaube.«

»Du hast mich verletzt.« Ashlyn hatte das Gefühl, sich übergeben zu müssen. Ihr Körper fühlte sich feuchtkalt an. Der Schmerz, den das Eis in ihrem Innern hervorrief, konkurrierte mit dem Schmerz von den Einstichen in ihrem Bauch.

»Es erschien mir klug.« Donias Gesichtsausdruck war dem der letzten Winterkönigin nur allzu ähnlich: vollkommen kalt und ungerührt angesichts der schrecklichen Dinge, die sie gerade getan hatte.

»Keenan wird –«

»Wütend sein. Ja, ich weiß, aber …«, Donia seufzte, eine eisige Wolke aus Atemluft, die Ashlyn erschaudern ließ, »deine Wunden sind harmlos. Beim nächsten Mal werden sie es nicht sein.«

Ashlyn legte eine Hand auf ihren Bauch, ein hilfloser Versuch, das Blut zu stillen, das aus den Wunden in ihrer Haut sickerte. »Keenan und ich könnten Vergeltung üben. Ist es das, was du willst?«

»Nein, ich will, dass ihr euch von mir fernhaltet.« Donia reichte ihr ein spitzenbesetztes weißes Taschentuch. »Kommt nicht mehr her, bis ich euch dazu auffordere. *Keiner* von euch.«

Und bei diesen Worten trat Evan ins Zimmer, um Ashlyn zur Tür zu helfen.

Vierzehn

Ashlyn stützte sich nicht auf Evan, während er sie aus dem Haus führte. Sie hielt sich nicht an seinem Arm fest, als sie auf den Stufen ins Stolpern geriet. Sie drückte eine Hand auf ihre Wunden, als würde das den Schmerz lindern.

Ich bin die Sommerkönigin. Eigentlich bin ich stärker.

Aber es tat weh. Donia hatte Haut und Muskeln durchstochen, und die Muskeln bewegten sich bei jedem Schritt. Es gab keine Möglichkeit, schmerzfrei zu gehen. Sie hätte bei jedem Schritt heulen mögen.

Aber das brauchen sie nicht zu sehen.

Elfen lungerten in Donias Garten herum; flüsterweiße Elfenbein-Schwestern schwebten über den Schnee dahin wie Geister. Ein Weißdornmädchen saß in den Ästen einer in Eis gehüllten Eiche. Ihre roten Augen leuchteten wie gefrorene Beeren. Ein Wesen mit zerfledderten Flügeln hockte neben ihr. Eine Glaistig mit Hufen stand in einer altmodischen Revolverhelden-Haltung da. Sie alle beobachteten, wie Ashlyn den Palast ihrer Königin verließ.

Sie haben es gehört.

In dem Moment, als Donia zustach, hatte Ashlyn geschrien. Dass jemand auf einen einstach, ließ man nicht schweigend über sich ergehen. Sie hatten gehört, wie sie aufgeschrien hatte, und jetzt konnten sie sehen, dass ihre Bluse rund um ihre Hand blutdurchtränkt war.

Ich bin nicht schwach. Ich bin nicht besiegt.

Auf der Mitte des Weges richtete Ashlyn sich gerade auf. »Du kannst gehen.«

Der Ebereschenmann machte eine unbeteiligte Miene; die gaffenden Elfen blieben ebenfalls gleichgültig, doch Ashlyn gönnte ihnen die Genugtuung nicht, sie so schwach zu sehen. Sie ließ ihre Hand sinken und ging bis zum Ende der Steinplatten. Dort musste sie wegen der Schmerzen pausieren und lehnte sich an das eiserne Gartentor. Noch während dieses kurzen Innehaltens griff sie in ihre Tasche und zog ihr Handy heraus. Dann streifte sie einen Zauber über ihren blutenden und viel zu blassen Körper und trat auf den Bürgersteig.

Nur noch ein kleines Stück.

Sie schaffte einen Block, dann liefen ihr die Tränen übers Gesicht. Ohne auch nur hinzusehen, drückte sie auf eine Taste. Als er ranging, ließ sie ihn nicht zu Wort kommen. »Ich brauche dich. Komm mich holen.«

Dann legte sie auf und sackte auf dem Gehsteig zusammen. *Es ist keine schwere Verletzung, hat sie gesagt. Und Elfen lügen nicht.*

Sie sah die Raben an, die am gegenüberliegenden Gebäude auf einem Sims saßen, dann drückte sie eine andere Taste und hielt sich das Telefon ans Ohr. Sie lächelte, als sie Seths Stimme hörte, obwohl es nur eine Aufnahme war. Nach dem Piepton sagte sie so deutlich wie möglich: »Ich schaffe es heute Abend nicht, zum Essen da zu sein. Es ist was dazwischengekommen … Ich liebe dich.«

Sie wollte gern, dass er zu ihr kam, aber sie lag blutend auf der Straße – unfähig, sich gegen eine Gefangennahme oder weitere Angriffe zu schützen – und er war sterblich. Ihre Welt war nicht sicher für ihn. Ganz und gar nicht sicher.

Sterbliche gingen an ihr vorbei. Sie waren ein Murmeln aus Geräuschen und Bewegung verglichen mit der Ruhe, die sie in sich selbst gefunden hatte und an die sie sich klammerte. Weiter unten auf der Straße hörte sie eine Bushaltestelle. Der Lärm der kommenden und gehenden Menschen schwoll für ein paar Augenblicke an. Die Raben schrien, ihre heiseren Stimmen vermischten sich mit den Geräuschen der sterblichen Welt um sie herum. Sie lehnte ihren Kopf an ein Haus. Der Ruß und der Dreck waren ihr egal, was zählte, war, dass der Beton sich warm anfühlte auf ihrer Haut. Wärme war das, was sie brauchte. *Wärme wird alles wiedergutmachen.* Sie dachte darüber nach, in einem Durcheinander von Worten, die in ihrem Kopf wie ein Rhythmus klangen. *Wärme, Hitze, Sommer, Sonne, heiß, Wärme, Hitze, Sommer, Sonne, heiß.* Er würde all diese Dinge zu ihr bringen.

Sie erschauderte. Vor ihrem geistigen Auge konnte sie die Eisstücke sehen, die Donia in ihrer Haut zurückgelassen hatte. Kleine Stückchen Winter waren in ihrem Körper begraben. Eine Lektion, das war alles, was es war: eine Lektion und eine Warnung. *Nicht tödlich.* Aber sie war sich nicht sicher. Während sie dort auf der Straße saß, fragte sie sich, ob sie schlimmer verletzt war, als Donia beabsichtigt hatte. *Wärme, Hitze, Sommer, Sonne, heiß, Wärme, Hitze, Sommer, Sonne, heiß.* Sie dachte die Worte wie ein Gebet. Er würde kommen. Er würde Hitze und Sonnenlicht mitbringen.

Wärme, Hitze, Sommer, Sonne, heiß. Nein, so schlimm verletzt bin ich nicht. Ich doch nicht. Aber sie war es. Sie fühlte sich, als müsste sie sterben. Eine Elfe zu sein, sollte doch ewiges Leben bringen. Doch das würde es nicht, wenn er nicht kam. *Wärme, Hitze, Sommer, Sonne, heiß. Ich werde sterben.*

»Ashlyn?« Keenan hob sie vom Boden auf. Seine Haut war verdichtetes Sonnenlicht, und sie schmiegte sich enger in seine Arme.

Er sprach mit ihr, sagte irgendetwas zu jemand anders. Egal. Tropfen von Sonnenlicht fielen wie Regen auf ihr Gesicht und sickerten in ihre Haut.

»Zu kalt.« Sie zitterte so heftig, dass sie dachte, sie würde aus seinen Armen gleiten, doch er drückte sie an sich, und dann verschwamm die Welt vor ihren Augen.

Als Ashlyn erwachte, war sie nicht zu Hause in ihrem Bett – und auch nicht in ihrem Bett im Loft oder in Seths Bett. Sie betrachtete das Gewirr von Weinreben über ihrem Kopf. Aus dieser Perspektive hatte sie sie noch nie gesehen, aber sie hatte von der Tür aus bewundert, wie sie sich um Keenans Bett rankten.

»Was ist das?« Sie wusste, dass er im Zimmer war; es war nicht notwendig, nachzusehen. Er würde kaum woanders sein, nicht jetzt.

»Ash –«, begann er.

»Die Weinreben, meine ich. Sie sind nirgendwo anders im Loft. Nur ... hier.«

Er kam und setzte sich auf die Kante des lächerlichen rotgoldenen Brokat-Überwurfs, der sein viel zu großes Bett bedeckte. »Die Pflanze heißt ›Goldkelch‹. Ich mag sie. Tut mir leid, dass wir gestritten haben.«

Sie konnte ihn nicht ansehen; es war dumm, verlegen zu sein, doch sie war es. In ihrem Kopf lief eine Wiederholung ihres Gesprächs mit Donia ab, als würde sich etwas ändern, wenn sie es noch einmal genau betrachtete. Sofort kam die Angst zurück. *Ich hätte sterben können.* Sie war sich nicht sicher, ob es stimmte, aber als sie blutend allein dort auf der Straße gesessen hatte, hatte sie das befürchtet. »Ja, tut mir auch leid.«

»Was tut dir leid? Du hast mich doch um nichts gebeten, was

ich nicht erwartet hätte.« Keenans Ton war genauso warm wie seine Tränen, als er sie vom Boden aufgehoben hatte. »Wir werden das alles klären. Jetzt zählt erst einmal nur, dass du zu Hause bist, in Sicherheit, und sobald ich weiß, wer –«

»Donia. Wer sonst?« Ashlyn hob den Kopf und sah ihn an. »Donia hat auf mich eingestochen.«

»Don?« Er erbleichte. »Absichtlich?«

Ashlyn wünschte sich, sie könnte eine Augenbraue hochziehen wie Seth. »Wenn man auf jemanden einsticht, tut man das gewöhnlich nicht aus Versehen, oder? Sie hat mir mit ihren Fingerspitzen Eis in den Bauch getrieben. Kalt genug, um mich krank zu machen ...« Sie wollte sich aufsetzen, spürte jedoch, wie die winzigen Wunden sich sträubten. Der Schmerz war nicht mehr so schneidend wie in dem Moment, als Donia zugestochen hatte, doch selbst in seiner abgemilderten Form trieb er ihr Tränen in die Augen. Sie lehnte sich zurück. »Diese Elfen-Heilkunst wird offenbar überschätzt.«

»Das liegt daran, dass es Donia war.« Keenans Stimme war ruhig, aber das Donnergrollen draußen strafte seine Versuche, Ruhe zu bewahren, Lügen. »Sie ist das Gegenstück zu uns, und sie ist eine Königin.«

»Und was jetzt?«

Keenan wurde erneut blass. »Ich möchte keinen Krieg. Das ist nie die erste Wahl.«

Ashlyn ließ die Luft entweichen, die sie angehalten hatte. Auch sie wollte keinen Krieg, vor allem nicht, während ihr Hof so viel schwächer war als der Winterhof. Der Gedanke, ihre Elfen müssten diese Art von Schmerz empfinden, erfüllte sie mit Schrecken. Der Machtwechsel an drei Höfen hatte bereits genügend Unruhe ins Elfenreich gebracht. »Gut.«

»Wenn es jemand anders wäre als Donia, würde ich ihn zur Vergeltung töten, und zwar mit Vergnügen.« Er strich Ashlyns Haare zurück und legte eine Extraportion Sonnenlicht in seine Geste. »Als ich dich dort sitzen sah ... sie hat meine Königin angegriffen und damit meinen Hof.«

Ashlyn wehrte sich nicht gegen seine Tröstungen, nicht jetzt. Das Gefühl dieser Kälte in ihrem Körper war noch allzu präsent. Einen kurzen Moment lang wünschte sie sich, sie wären so vertraut, dass sie ihn bitten konnte, sich zu ihr zu legen und sie festzuhalten. Es ging ihr nicht um Sex; sie wünschte sich einfach, dass sich sein Sonnenlicht über sie ergoss. *Wärme, Hitze, Sommer, Sonne, heiß.* Sie lief trotzdem rot an vor Schuldgefühlen, als sie es dachte. Für ihn würde es etwas anderes bedeuten, und das wollte sie nicht riskieren.

»Ich könnte dir helfen.« Er zeigte verlegen auf ihren Bauch. »Ich hätte es auch schon früher getan, aber ich weiß ja, wie empfindlich du bist, was deine ... Intimsphäre angeht ... vor allem, seit ...«

Sie zupfte an ihrer Bluse. Es war nicht die mit den Blutflecken. »Und wer hat mir das dann angezogen?«

»Siobhan. Sie hat dir die Bluse gewechselt, nachdem ich nach deiner Wunde gesehen hatte. Sie war auch hier – während ich dich untersucht habe. Sie ist dabeigeblieben.«

Ashlyn drückte seine Hand. »Ich vertraue dir, Keenan. Und ich würde das auch tun, wenn du« – sie errötete – »mir die Kleider gewechselt hättest.«

Und es stimmte. Sie mochte sich unbehaglich fühlen wegen seiner Nähe und Aufmerksamkeit, aber sie glaubte nicht, dass er sie dazu bringen würde, etwas zu tun, was sie gar nicht wollte, oder sie vergewaltigen würde. Früher hatte sie ihm das zugetraut, als sie ihn noch nicht gekannt hatte, aber in ihrem tiefsten Herzen glaubte sie das nicht mehr. *Donia hatte Unrecht.*

»Also? Wie kannst du mich heilen?«, fragte sie.

»Einfach nur mit Sonnenlicht. Genauso, wie du es mit mir gemacht hast, nur mehr davon. Es wird fast genauso langsam heilen, wie bei einer ...« Er sprach das Wort nicht aus.

»Sterblichen. Es ist okay, es zu sagen. Ich weiß, was ich bin, Keenan.« Ihr fiel auf, dass sie immer noch seine Hand hielt und sie erneut drückte. »Wenn ich sterblich wäre, wäre ich jetzt tot.«

»Wenn du sterblich wärst, hätte sie dich nicht angegriffen.«

»Da bin ich mir nicht so sicher. Wenn dir deine Sommermädchen so am Herzen lägen, würde sie die dann auch angreifen?«

Ashlyn hatte nie geglaubt, dass Donia so grausam sein könnte, aber jetzt, da sie mit vier eisigen Schnittwunden in Keenans Bett lag, war es schwer, an diesem Glauben festzuhalten.

Keenan antwortete nicht. Stattdessen starrte er an ihr vorbei auf den Goldkelch-Wein, der den Bettpfosten umrankte. Die Blüten gingen auf und brachten dunkelviolette Sterne zum Vorschein und die Ranken streckten sich nach ihm aus.

»Keenan?«, sagte sie.

»Ich weiß es nicht. Aber es ist auch nicht wichtig. Im Augenblick jedenfalls nicht.«

»Was ist denn dann wichtig?«

»Dass sie meine Königin angegriffen hat.« Etwas Neues schimmerte in den Tiefen seiner Augen: Schwerter blitzten flackernd auf.

Vielleicht sollte es sie erschrecken, dieses kurze Aufflammen von Wut in den Augen ihres Königs, aber es tröstete sie. Es waren die anderen Gefühle in seinen Augen, die sie erschreckten: seine Besitzgier, seine Furcht und sein Verlangen. »Aber du bist gekommen und hast mich geholt. Ich werde wieder gesund werden.«

Er zog – plötzlich ganz zaghaft – seine Hand weg. »Darf ich dich heilen?«

»Ja.« Sie fragte nicht, was er dafür tun musste; das hätte eine Art von Zweifel ausgedrückt, und in diesem Moment wollte keiner, dass dieser Zweifel im Raum stand. Sie waren Freunde. Sie waren Partner. Den Rest würden sie schon hinkriegen. Sie mussten.

Er ist der Grund, warum ich noch lebe.

Das Eis in ihrem Innern würde dafür sorgen, dass ihre Wunde nicht verheilte, wenn er es nicht entfernte. Und irgendwann würde der Blutverlust sie umbringen.

Keenan schlug die schwere Daunendecke zurück und schob dabei auch das geradezu dekadent weiche Laken weg.

Sie war verletzt, aber trotzdem spürte sie eine unbehagliche, stärker werdende Anspannung. Und sie hatte den unangenehmen Verdacht, dass sie ein Unbehagen erwartete, das nicht vom Schmerz, sondern vom Vergnügen herrühren würde.

»Kannst du deine Bluse anheben? Ich muss die Schnittwunden sehen.« Er sprach mit zittriger Stimme, entweder aus Angst oder wegen etwas, worüber sie lieber nicht nachdenken wollte.

Die Tür zum Rest des Lofts stand offen. Sie waren nicht so ungestört wie hinter verschlossenen Türen, doch niemand würde sich dem Zimmer nähern, in dem sie sich aufhielten. Ihr Hof würde es akzeptieren, dass sie kein Paar waren, wenn sie so weitermachten, aber es war nicht das, was ihre Elfen eigentlich wollten. Das war kein Geheimnis.

Sie hob schweigend den Saum ihrer Bluse an, so dass ihr Bauch entblößt vor ihm lag. Weißer Verbandsmull bedeckte die Stelle, wo die Schnittwunden waren. »Den auch?«

Er nickte, bot ihr jedoch keine Hilfe an. Er hielt seine Hände fest zusammengepresst und vermied es, sie direkt anzusehen.

Sie zog das Pflaster und den Verband ab. Pflaumenblaue Blutergüsse umgaben die roten Schnittwunden. Sie klafften nicht viel weiter als einen Zentimeter auseinander, gingen jedoch tief. Donia hatte das Eis an ihren Fingerspitzen verstärkt und verlängert, als sie es unter Ashlyns Haut trieb.

»Es wird nicht wehtun«, murmelte Keenan, »aber ich nehme an, dass es dir ... auf andere Art unangenehm sein wird.«

Diesmal errötete sie noch mehr. »Ich vertraue dir.«

Ohne ein weiteres Wort drückte er seine Handfläche auf die vom Frost verbrannten Schnittwunden. Als seine Haut ihre berührte, waren sie beide wie elektrisiert. In seinen Augen schlugen Wellen an einen verlassenen Strand, der in einem perfekten Sonnenuntergang dalag.

Ein Lustgefühl schoss durch sie hindurch, und sie hielt die Luft an.

Er schaute nicht weg, während das Sonnenlicht durch die Einschnitte in ihren Körper sickerte; er sah ihr in die Augen und sagte: »Du hast mich mit einem Kuss von Beiras Frost geheilt. Auch ich könnte dich so schneller heilen, aber ich kann es nicht tun ... nicht unter diesen Umständen. Obwohl ich es möchte, Ash. Ich würde das hier gern zum Vorwand nehmen, um dich zu küssen« – er betrachtete ihren nackten Bauch –, »ich würde gern das Vertrauen annehmen, das du mir entgegenbringst, und mich in dir verlieren, aber ich kann es nicht. Nicht, solange du nur eingeschränkt mir gehörst. Diese Art, dich zu heilen, dauert länger, aber sie ist besser. Für dich ... und uns alle.«

»Das ist wahrscheinlich klug.« Sie holte zitternd Luft. Ihr Herz schlug in einem gefährlichen Rhythmus; winzige Wellen der Glückseligkeit brandeten durch ihren gesamten Körper, während das Sonnenlicht alle Kälte hinwegschmolz, die in ihr gewesen war.

Und währenddessen sah er sie unverwandt voller Faszination an. Es war ein Blick, vor dem sie normalerweise floh, aber in diesem Moment konnte sie nicht fortlaufen.

Sieh weg. Sie konnte es nicht. Sie konnte ihn nur immer weiter anstarren.

Das Sonnenlicht wurde intensiver. Sie umfasste sein Handgelenk und erschauerte, nicht vor Kälte, sondern vor Wonne über die elektrische Spannung, die ihr durch Haut und Knochen fuhr. Es war nicht zu leugnen, dass das Ganze fast wie Sex war. Er berührte sie nur mit seiner Hand, die auf ihrem Bauch lag, und trotzdem war es fast genauso erregend wie das, was sie mit Seth erlebte.

Keenan atmete ein paarmal tief ein, in einem regelmäßigen Rhythmus, den sie als einen meditativen Fokus zu nutzen versuchte.

»Du solltest aufhören ...«

»Sollte ich?«

»Ja«, flüsterte sie, aber sie schob seine Hand nicht weg und ließ auch sein Handgelenk nicht los. Ihre Haut vibrierte von Sonnenlicht. Seinem Sonnenlicht. Unserem Sonnenlicht. Ein Seufzer entschlüpfte ihren Lippen, als ein Lichtimpuls von seiner Handfläche in ihre Haut glitt, der stärker war als alle vorherigen zusammen. Ihre Augen schlossen sich flackernd, während Wellen der Lust durch ihren Körper liefen.

Raschelnde Blumen reckten sich dem Licht entgegen, das sie in den Raum warfen.

Dann nahm er seine Hand weg.

Als sie an sich hinunterblickte, hatte sie das Gefühl, dass sich ein Abdruck seiner Hand in ihre Haut gebrannt haben müsste. Aber da war nichts. Sie sah immer noch vier kleine Schnittwunden, doch die Blutergüsse waren fast verschwunden.

»Geht es dir gut?«, fragte sie ihn leise.

»Nein.« Er schluckte und sah ebenso verletzlich und verwirrt aus, wie sie sich fühlte. »Ich möchte nicht ohne sie *und* ohne dich sein. Sie weist mich wegen meiner Gefühle für dich zurück. Ihr fordert beide von mir, Dinge zu tun, die im Widerspruch zu dem stehen, was ich in meinen Augen tun *sollte*. Ich könnte mit euch beiden glücklich werden, und doch bin ich unglücklich und geschwächt davon, was wir im Augenblick sind.«

»Das tut mir leid.« Sie fühlte sich ihm gegenüber schuldiger als je zuvor.

»Mir auch.« Er nickte. »Ich würde eher sterben, als zuzusehen, wie dir wehgetan wird, aber ich glaube nicht, dass ich ihr jemals etwas antun könnte. Du bist meine Königin, aber sie ist … Manchmal habe ich das Gefühl, sie schon Ewigkeiten zu lieben. Wenn du mich so« – er strich mit seinen Fingern über ihren immer noch nackten Bauch – »liebtest, würde ich mich von ihr abwenden. Ich wusste, dass das auf mich zukommt, wenn ich meine Königin finde. Und *sie* wusste es auch. Wir haben es akzeptiert. Ein König sollte mit seiner Königin zusammen sein. Das spüre ich. Jedes Mal, wenn ich deine Haut berühre, spüre ich es. Es ist, als wäre es –«

»Unausweichlich«, vollendete sie flüsternd seinen Satz. »Ich weiß, aber ich liebe dich nicht. Ich hätte dieser Heilungszeremonie nicht zustimmen sollen, oder?«

»Du warst verletzt. Ich habe dir nicht gesagt, dass es sich anfühlt wie …«

»Wie Sex?« Sie errötete. »Hat es sich auch so angefühlt, als ich dich geheilt habe?«

»Nicht so sehr wie heute, aber das waren kleine Wunden und damals war Winter.« Seine Hand berührte sie nicht, war ihrem

Körper jedoch so nah, dass sie spürte, wie die Hitze sie anlockte. Dabei tat er nicht mehr, als seine Finger zu krümmen. »Ich sollte niemanden lieben, der nicht meine Königin ist. Ich sollte dich lieben, nicht sie, und du ... du solltest mich lieben.«

Tränen liefen ihre Wangen herab, und sie wusste nicht, ob sie aus Scham oder vor Schmerz weinte. »Es tut mir leid.« Sie sagte es immer wieder. »Ich brauche Abstand von dir. Es tut mir leid ... Ich ... Es tut mir leid.«

Keenan seufzte, blieb ihr aber weiter so nah, dass er sie fast berührte. »Ich musste es versuchen. Wenn wir zusammen wären, würde das alles vereinfachen.«

»Aber ich liebe dich nicht. Donia liebt dich. Wenn ich mit Donia tauschen könnte, würde ich es tun. Ich würde unseren Hof verlassen, wenn ich es könnte. Wenn dann alles gut würde ...«

»Dann bist du stärker als ich. Ich will alles drei: Hof, Königin und Liebe. Weil du meine Königin bist, habe ich meinen Hof zurückbekommen, aber« – er wich zurück – »dich habe ich nicht bekommen. Noch nicht. Die Begeisterung darüber, dass meine Kräfte zurückgekehrt sind, hat mich leichtsinnig gemacht. Ich muss mich von dir fernhalten, bis wir verstehen, warum wir diesen Drang verspüren, uns nah zu sein. Vielleicht müssen wir die Wachen in unserer Nähe behalten, oder wir dürfen uns nicht zusammen im Loft aufhalten oder ... irgendwas.«

»Hilfst du mir, Seth zu ...«

»Nein. Niemals. Ich kann mich stärker bemühen, euch die Zeit zu geben, die ihr noch miteinander habt, aber ich werde Seth nicht mit dem Fluch belegen. Selbst wenn ich dich nicht begehren würde. Mit der Zeit werden wir herausfinden, was das zwischen uns ist, Ashlyn. Wir sind unausweichlich füreinander bestimmt. Doch ich werde jetzt erst mal gehen.« Er drehte sich zur Tür. »Ich weiß nicht, wie wir es schaffen sollen, Abstand zu halten, aber solange du Seth hast, werde ich versuchen, mit Donia zusammen zu sein.«

»Und was machst du jetzt?«

»Ich werde Donia wegen des Angriffs auf dich zur Rede stellen und hoffe, dass es noch nicht zu spät ist.« Er sah ebenso schmerzerfüllt aus, wie sie sich fühlte, als er die Tür hinter sich zuzog.

Sie starrte die Tür an, und dann ließ sie ihren Tränen freien Lauf. Sie war in Sicherheit. *Und sie lebte.* Das alles war so überwältigend gewesen, so verwirrend; ihr ganzes Leben hatte sich verändert, und sie brachte alles ebenso sehr in Unordnung, wie sie ihrem Hof half. Seth war nicht glücklich. Keenan war nicht glücklich. Und dass eine Elfe, die sie für eine Freundin hielt, auf sie eingestochen hatte, wühlte sie zusätzlich auf.

Sie weinte sich in den Schlaf.

Als sie erwachte, stand Seth in der Tür zu Keenans Schlafzimmer, trat jedoch nicht über die Schwelle. »Gibt es irgendetwas, das du mir sagen möchtest?«

Sie blinzelte und wischte sich den Schlaf aus den Augen.

»Tavish wollte mir nicht sagen, was los ist. Und die Mädchen sagen entweder gar nichts oder sie weinen und umarmen mich«, fuhr er fort. »Sie haben mir nur gesagt, dass du hier bist. Wenn du hier wärst, weil du jetzt mit ihm zusammen bist, würden sie aber nicht weinen, nehme ich an.«

»Seth –« Sie wollte sich aufsetzen und zuckte zusammen. Sie legte eine Hand auf ihren Bauch.

»Du bist verletzt.« Er war sofort neben ihr. »Hat er –«

»Nein. Keenan würde mir nicht wehtun. Und das weißt du auch.«

»Wer dann?«

Sie erzählte ihm alles bis auf das, was sie während Keenans Heilungszeremonie empfunden hatte. Dann fügte sie hinzu: »Der schnelle Heilungsprozess kann anscheinend nicht verhindern, dass es noch wehtut.« Sie zeigte ihm ihren immer noch leicht geröteten Bauch. »Es ist schon fast wieder gut, aber es schmerzt eben noch. Trotz der Elfen-Heilung ...«

Er setzte sich neben dem Bett auf den Boden. »Er hat dich also geheilt. So wie du ihn geheilt hast? Mit einem Kuss?«

»Nein, nicht mit einem Kuss. Nur mit der Hand.« Sie lief rot an, und diese Schamesröte verriet alles, was sie nicht erzählt hatte.

»Sag mir, dass es nichts Besonderes war, Ash.« Seine Stimme war leise und schmerzerfüllt. »Sieh mich an und sag mir, dass es für euch beide nichts Intimes hatte.«

»Seth –«

»Sag mir, dass ich nicht jeden verdammten Tag ein Stückchen mehr von dir an ihn verliere.« Er sah ihr ins Gesicht und suchte darin nach Antworten, die sie nicht hatte. Er schloss die Augen und legte seine Stirn auf die Matratze.

»Seth, ich ... ich brauchte diese Heilung. Du konntest es nicht ... ich meine ... Es tut mir leid. Aber wir haben miteinander geredet. Er wird mich nicht mehr drängen. Wir werden einen Weg finden, damit zurechtzukommen.«

»Aber wie lange?«

»So lange, wie du ...«, begann sie, konnte den Satz aber nicht beenden.

»So lange, wie ich hier bin? So lange, wie ich noch lebe?« Er stand auf. »Und was dann? Ich weiß, wie er dich ansieht, wenn du seine Haut berührst. Ich weiß, dass es ... dass es nicht harmlos war und dass es das auch jetzt nicht ist. Und ich konnte dir wieder nicht helfen. Du hast mich nicht mal angerufen, weil ich nicht stark genug bin.«

Er schüttelte den Kopf.

»Es tut mir leid.« Sie streckte ihre Hand aus.

Er nahm sie.

»Ich habe mit ihm gesprochen … über dich. Darüber, dass ich etwas ändern will.« Sie klang zögerlich, als sie das sagte, aber sie wollte ihn wissenlassen, dass sie versuchte, einen Weg zu finden. *Wenn ich lange genug lebe.* In letzter Zeit hatte sie das Gefühl, dass überall Bedrohungen lauerten.

»Und?« Seth sah einen Moment lang hoffnungsvoll aus.

»Er hat Nein gesagt, aber –«

»Einfach so. Niall hat Recht, was ihn angeht. Ihm wäre es lieber, wenn es mich in deinem Leben nicht gäbe, Ash. Und eines Tages wird es das auch nicht mehr. Er wird alles haben, und für mich wird nichts bleiben.« Er unterbrach sich und zwang sich zu einer Miene, die seine wahren Empfindungen verbarg. »Weißt du was? Das alles kannst du im Augenblick nicht gebrauchen. Nicht, wenn du krank bist. Ich gehe jetzt besser.«

»Seth. Bitte!« Ihr Herz schlug wie verrückt. Das war nicht das, was sie wollte: Seth so zu sehen, schmerzte fast so sehr wie ihre Stichwunde. »Ich bemühe mich um eine Lösung.«

»Ich auch, Ash, aber ich … Es ist so, als ob man den Himmel auf Erden hat und dann feststellt, dass er einem entgleitet. Ich brauche jetzt einfach ein bisschen Zeit für mich. Gib sie mir.« Er ließ ihre Hand los und ging.

Und sie war allein und lag verwundet in einem Bett, in das sie nicht gehörte. Draußen vor der Tür warteten unzählige Elfen darauf, jeden ihrer Befehle zu befolgen, doch die beiden, die sie am meisten brauchte, hatten sich von ihr abgewandt.

Fünfzehn

Seth sah die Elfen im Wohnzimmer weder an noch sprach er mit ihnen. Er merkte nicht mal, ob sie etwas sagten oder nicht. Quinn stand auf und folgte ihm zur Tür.
Den kann ich gerade gar nicht gebrauchen.
Seth überquerte die Straße und ging in den Park, wo die Elfen ihre ausgelassenen Feste feierten. Das Gras war kreisförmig niedergetrampelt und lag, wie auf den Bildern von den Kornkreisen, flach auf der Erde. Ebereschenelfen liefen im Dämmerlicht des anbrechenden Abends umher. Sommermädchen saßen in kleinen Gruppen beisammen und plauderten oder wirbelten wie kleine Derwische durch den Park. Einige Löwenelfen saßen im Kreis und trommelten. Es war nicht ganz klar, ob die mit Weinranken geschmückten Sommermädchen zur Musik der Trommeln tanzten oder ob die Elfen mit den Löwenmähnen zum Rhythmus der Tänzer spielten.

Hier, im Park des Sommerhofs, sah sie wunderschön aus, die Elfenwelt.

»Du brauchst mir nicht zu folgen. Im Park kann mir absolut nichts passieren«, sagte Seth, ohne Quinn über seine Schulter hinweg anzusehen.

»Bleibst du denn im Park?«

»Nicht für immer.« Seth setzte sich auf eine Bank aus ineinander verschlungenen Weinreben. Irgendein Elfen-Kunsthandwerker hatte die Reben, während sie wuchsen, zu einem Zopf geflochten und jetzt bildeten sie eine blühende Sitzfläche. Diese Bank gehörte zu den Myriaden von staunenswerten Dingen, die er dank der Sehergabe wahrnehmen konnte. *Ich sehe Illusionen. Oder vielleicht sehe ich auch Wahrheiten.* Er wusste es nicht. Am Rand des Parks ließen sich sechs Raben in einer Eiche nieder. Er stutzte bei ihrem Anblick, doch Tracey, eins der sanftesten Sommermädchen, ergriff Seths Hände. »Tanzen?« Sie wiegte sich bereits mit seinen Händen fest im Griff. Sie war dünn wie ein Schilfrohr, aber als Elfe konnte sie ihn festhalten, auch wenn er Widerstand leistete. Zarte Weinranken schlängelten sich auf ihn zu, um ihn näher an sie heranzuziehen.

»Ich bin nicht in der Stimmung, Trace.« Er versuchte, ihr seine Hände zu entwinden.

»Genau deshalb solltest du ja tanzen.« Sie zog ihn lächelnd auf die Füße. »Es hilft dir, nicht mehr traurig zu sein.«

»Ich muss einfach nachdenken.« Die paar Male, die er in unausgefüllten Stunden mit den Sommermädchen getanzt oder ihnen beim Schwatzen zugehört hatte, hatte es ihm gut gefallen. Es war wie auf den Partys, bei denen er sich völlig vergessen hatte. *Vor Ash.* Sein Leben zerfiel in zwei Teile: *vor Ash* und *mit Ash.*

»Du kannst auch nachdenken, während du auf deinen Füßen stehst.« Sie zog ihn von der Bank weg, in den Kreis, und sobald seine Füße dessen Boden berührt hatten, war er verloren.

Er konnte die Steinskulpturen und den Brunnen sehen, als sie ihn ins Innere des Kreises führte. Er konnte das wissende Grinsen auf den Gesichtern der Löwenelfen sehen, als die Musik schneller wurde. Aber etwas zu sehen, änderte noch nichts daran. Er sah alle möglichen Dinge in seinem Leben, aber er hatte nicht die Macht, es so zu ändern, wie er es gern haben wollte.

Wein rankte sich um seine Taille, als Tracey dichter an ihn herantrat; die flüchtigen Berührungen ihrer Hände und Haare ließen sie noch ätherischer wirken. Es gab nichts, wonach er fassen, woran er sich festhalten konnte; nichts war fest oder greifbar.

»Du musst mich gehen lassen.« Er sprach die Worte, aber seine Füße bewegten sich weiter. »Ich muss gehen, Trace.«

»Warum?« Ihr Gesicht mit den weit aufgerissenen Augen wirkte unschuldig, doch er wusste es besser. Die Sommermädchen waren nicht so harmlos, wie sie taten. Leichtfertig? Zu plötzlichen Gefühlsausbrüchen neigend? Sinnlich? Definitiv. Aber sie verfolgten auch eigene Pläne. Sie lebten schon seit Jahrhunderten, hatten während dieser ganzen Zeit auf ihre Königin gewartet und den Elfenkönig in seinem Kampf beobachtet. Man lebt nicht so lange unter widrigen Umständen, ohne eigene Pläne zu haben – oder zu lernen, wie man die Wahrnehmung anderer dazu benutzt, seine eigenen Illusionen zu stützen.

»Tracey« – er wich zurück –, »ich bin durcheinander.«

Sie folgte ihm, wirbelte zu ihm hin, und die Musik verwandelte sich in einen Samba-Beat. »Bleib.«

»Ich muss –«

»Bleib.« Sie griff nach oben und riss ihm sein Amulett vom Hals, wodurch er empfänglich für ihren Zauber wurde.

Die Kette wand sich wie ein lebendiges Wesen, als sie sie in ihr Top gleiten ließ. Er starrte auf die Blütenblätter, die rings um sie beide herabregneten.

»Bleib bei uns. Hier gehörst du hin.« Tracey schloss ihn in ihre Arme.

Für einen Augenblick durchfuhr ihn der Gedanke, dass er diesen Stein wiederhaben musste. Das hier war nicht gut. Aber der Moment währte nicht länger als der Flügelschlag eines Schmetterlings. Die Welt verschob sich. Er empfand nichts als Freude. Hier wollte er sein.

Irgendwo tief im Innern wusste er, dass er nicht bleiben sollte, aber die Sommermädchen hatten ihm mit so viel Mühe beigebracht zu tanzen, und die Löwenelfen spielten so schön, und die Erde summte unter seinen Füßen.

»Ja. Lass uns tanzen«, sagte er, aber sie taten es bereits.

Allzu bald küsste Tracey ihn auf die Wangen und wirbelte davon, und dann lag Eliza in seinen Armen. »Rumba?«, fragte sie.

Die Musik wechselte, und sein Körper bewegte sich zu dem Beat, der den Boden vibrieren ließ. Er hatte kaum Zeit, innezuhalten, tat es aber trotzdem und zog seine Stiefel aus, damit er den Rhythmus besser spüren konnte.

Der Mond stand hoch über ihren Köpfen. Ein Mädchen bewegte sich wie eine Welle im Springbrunnen.

Nein, kein Mädchen. Eine Elfe. Wie Ash.

»Komm, tanz mit mir, Seth«, lockte sie ihn.

Siobhan ließ seine Hände los. *Wann ist aus Eliza Siobhan geworden?* Er stieg in den Brunnen. Das Wasser durchnässte seine Jeans und linderte den Schmerz an seinen wunden Füßen, als er die Hand nach ihr ausstreckte. Die Berührung war schauerlich schön. *Ich könnte in ihr ertrinken.* Vernunft zerrte an ihm, warnte ihn, erinnerte ihn daran, dass sie aus Wasser gemacht war. Er konnte wirklich in ihr ertrinken.

»Wirst du mir wehtun, Aobheall?«

Sie drückte ihre Lippen an sein Ohr. »Sieh zu, dass du hier wegkommst, Sterblicher. Ihr Plan verheißt heute Abend nichts Gutes für dich.«

Die Gischt umgab sie wie ein dichter Vorhang, schirmte sie vor den Blicken der anderen ab. Das Trommeln des Löwenjungen wurde durch das herabstürzende Wasser gefiltert.

»Ruf Hilfe herbei«, sagte sie.

»Rufen?«

»Wer würde kommen, um dir zu helfen, Seth? Wenn du Hilfe brauchst, wer würde dich retten?« Sie drückte ihren Körper an seinen, während sie sprach. »Ich kann es nicht. Die Mädchen? Die Löwen? Unser König? Wer würde dich vor den Launen der Elfenwelt retten?«

»Niall. Wie ein Bruder.« Er drückte auf eine Taste an seinem Handy. Das Wasser berührte ihn nicht, nur sie, Aobheall. Er hielt das Telefon in der Hand, hob es jedoch nicht an sein Ohr.

»Wo sind wir, Sterblicher?«, murmelte Aobheall.

»Springbrunnen.« Er fühlte sich wie im Drogenrausch, driftete immer weiter in eine Realität, die ihn von allem abkoppelte.

»Und wie lange bist du schon in unseren Armen?«

»Seit Ewigkeiten.«

»Verdammt noch mal, Seth.« Die Stimme kam aus dem Telefon.

»Möchtest du hierbleiben, Seth? Oder möchtest du den Park verlassen?«

»Für immer hierbleiben.« Er konnte sich nicht von Aobheall lösen. *Mit ihr, mit ihnen.* Er konnte sie auf der anderen Seite des Wasservorhangs sehen. *Ashs Sommermädchen.* Sie würden sich um ihn kümmern. Er erinnerte sich, dass er traurig gewesen war, bevor er in Traceys Armen gelegen hatte. Jetzt war er nicht mehr traurig. »Mit dir.«

Seth war noch immer im Brunnen, als Niall eintraf.

Der König der Finsternis stieg ins Wasser, und einen Moment lang strömte eine Welle von Emotionen auf Seth ein, die komplett im Widerspruch zu seinen wahren Gefühlen standen. Niall war ein Gott. Seth sah ihn an und konnte sich nicht erinnern, jemals zuvor eine Person so intensiv gewollt zu haben.

Dann nahm Niall Seths Hand und drückte etwas hinein. »Du scheinst deins verlegt zu haben.«

Die Berührung des Zauberamuletts klärte Seth den Kopf. Er begriff, dass er triefnass war und mit Aobheall in diesem Brunnen stand – und seinen besten Freund begehrte.

»Du« – er nahm Aobhealls Hand – »bist nett.«

Ihr Lachen war das Geräusch herabstürzenden Wassers. »Nein, Seth. Wenn ich nett wäre, hätte ich dir vorgeschlagen, Niall anzurufen, bevor ich mit dir getanzt habe.«

»Für eine Elfe bist du nett«, räumte Seth ein.

»Komm und tanz mit mir, wenn du Vergessen suchst. Ich werde dieses Amulett für dich aufheben, nicht für immer, aber für eine Zeitspanne, die wir vorher aushandeln können.« Aobheall drehte sich um und ließ ihre Hand über Nialls Gesicht gleiten. »Und *du* bist in meinem Brunnen immer noch jederzeit willkommen.«

Niall lächelte. »Ich stehe in deiner Schuld.«

Sie lachte erneut. »Wann hättest du das nicht getan? Es gefällt mir, dich dort zu halten.«

Der König der Finsternis küsste sie. Schatten schoben sich zwischen die Wassertropfen. Statt eines bunten Regenbogens bildete sich ein Bogen aus schimmernden Grau- und Silbertönen, der mit Lichtflecken durchsetzt war. Während des Kusses löste sich ihre Gestalt auf und sie wurde zu einem Teil des Wassers, das in ihrem Brunnen herabstürzte. Das Geräusch ihres letzten Seufzers klang noch einen kurzen Moment nach.

Niall stieg aus dem Brunnen. »Seth?«

Seth folgte ihm schweigend. Die Sommermädchen tanzten nicht mehr; die Löwenelfen hatten zu spielen aufgehört; die Ebereschen standen reglos da. Keiner der Bewohner des Sommerhofs war scharf darauf, sich mit Niall anzulegen. Na ja, ein paar von ihnen schon, wenn aus ihren Gesichtern – vor allem aus Siobhans – die Wahrheit sprach. Tatsächlich, vermutete Seth, begehrten mehr als nur ein paar der Sommermädchen Niall immer noch, aber das wollte er gar nicht so genau wissen.

»Tracey?«, rief Niall.

Sie wirbelte zu ihm hin und streckte die Hände aus. Die Weinreben auf ihrer Haut zuckten vor Niall zurück, doch sie tat es nicht. Niall nahm ihre Hände.

»Das solltest du nicht noch mal machen.« Niall trat auf die Weinranke, die sich von ihrem Fußgelenk zu Seth hinwand, und zerrieb sie mit seinem Stiefel. »Seth ist jetzt mein Bruder.«

»Wir mögen Seth. Er war traurig und wollte gehen ...« Tracey streckte eine Hand nach Seth aus.

Niall packte ihr Handgelenk und verhinderte so, dass sie Seth berührte. »Dann hast du ihm sein Amulett also abgenommen, damit er sich besser fühlt?«

Tracey nickte. Mehrere andere, Siobhan und Eliza eingeschlossen, stellten sich neben Tracey.

»Er war glücklicher so«, sagte Eliza. »Wen interessiert schon, *warum* er es war?«

»Bei uns könntest du glücklich sein. Bleib bei uns, dann bist du auch Ashlyn nahe«, raunte Tracey Seth zu. »Wir wollen nicht, dass du uns auch verlässt.«

»Die Königin ringt bloß mit sich.« Siobhans Worte waren an Seth gerichtet, aber sie sah Niall an, während sie sprach. »Das passiert manchmal, wenn man Dinge will, die einen verwirren. Du solltest sie nicht zurücklassen.«

»Ich wollte niemanden verlassen. Ich wollte ... Ich brauche nur ein bisschen Abstand.« Seth sah auf die andere Straßenseite. Die Fenster des Lofts standen offen. Pflanzen von draußen und drinnen drängten sich darin. *Sie wollen näher bei ihr sein. Bei ihnen.* Er wollte seine Gefühle niemandem erklären, seinem Freund nicht und auch nicht den Sommermädchen. Irgendwie waren seine Angelegenheiten öffentlich geworden; zu viele Leute wussten Dinge, die eigentlich privat sein sollten. Er fühlte Wut in sich aufsteigen bei diesem Gedanken. »Ich bin nicht … Ich hab im Augenblick einfach keine Lust mehr, mich damit zu beschäftigen.«

Er drehte sich um und ging. Entweder würde Niall mit ihm kommen oder ein Ebereschen-Wachmann, oder eine der Glaistigs würde diese Aufgabe übernehmen. *Sie werden mich nicht unbeobachtet lassen.* Er hatte es sich nicht ausgesucht, ein Teil der Elfenwelt zu sein, aber er war es. Hofzugehörigkeit hin oder her, er stand unter ihrer Kontrolle. *Ich habe es mir ausgesucht, als ich sie ausgewählt habe.* Aber im Augenblick, mit dem Bild im Kopf, wie Ashlyn sich in Keenans Bett ausruhte, spendete diese Erkenntnis nicht viel Trost.

Niall schwieg, während sie zu Seths Eisenbahnwaggon gingen. Er schwieg auch noch, als Seth den Wasserkessel auffüllte und den Tee dosierte. Und er schwieg immer noch, als Seth Boomer fütterte. Elfen waren weitaus langmütiger als Seth; selbst nach Jahren der Meditation hatte er noch das Gefühl, er war allzu leicht aus der Ruhe zu bringen.

Er goss das kochende Wasser vom Wasserkessel in die kleine Teekanne, die Ashlyn in irgendeinem kleinen Laden für ihn entdeckt hatte. *Als sie noch eine Sterbliche war.* Seth schob diesen Gedanken beiseite. Sie war nicht mehr sterblich. Sie würde es niemals wieder sein. Darauf zu warten, dass sich die Dinge besserten, half nicht weiter. Die Dinge konnten bleiben, wie sie waren, oder sie konnten voranschreiten.

Seth setzte sich seinem Freund gegenüber. »Selbst Tracey ist stärker als ich.«

»Du bist ein Sterblicher.« Niall hielt seine noch leere Tasse hoch. »Wenn du dein Amulett nicht verloren hättest –«

»Ich habe es nicht verloren.«

»Auch wieder wahr.« Niall nahm die Kanne und schenkte ihnen Tee ein. »Es ist sicher schwer …«

»Du hast ja keine Ahnung.« Seths grunzendes Lachen klang sogar für seine Ohren bitter. »Du bist nie ein Mensch *gewesen*. Du bist so verdammt perfekt, so stark, so … alles. Das ist es, was Ash braucht.«

»Fang damit gar nicht erst an«, warnte Niall. »Nichts, was daraus folgen könnte, ist klug.«

»Was wäre denn passiert, wenn Aobheall anderer Stimmung gewesen wäre?«

»Die Mädchen wollten dir nichts tun. Nicht im Ernst. Wenn Ash im Augenblick nicht so abgelenkt wäre –« Niall unterbrach sich selbst. »Wenn du aus unserer Welt verschwinden willst, kann ich dir helfen. Vielleicht solltest du darüber nachdenken zu gehen.«

»Das ist nicht, was ich möchte.« Seth schlürfte seinen Tee. Er hatte das Gefühl, dass Ash ihm entglitt, und er war sich nicht sicher, wie lange er als Sterblicher noch in ihrer Welt bleiben konnte. Sie hatte ihn nicht angerufen, als sie verletzt war, weil er zu leicht verwundbar war. Der Konflikt zwischen den Höfen nahm an Schärfe zu. Er hatte das Gefühl, entweder ganz in ihre Welt gehen oder ganz daraus verschwinden zu müssen; auf halbem Weg zwischen den Welten zu stecken war kein brauchbarer Plan.

Seth setzte seine Tasse ab und sagte zu Niall: »Ich möchte ein Elf werden.«

Niall sah ihn entsetzt an. »Nein, das möchtest du nicht.«

Seth goss Tee nach. »Ich habe kein Interesse daran, zu sterben oder sie zu verlassen. Ich bin nicht mal stark genug, um mich gegen die schwächsten Elfen zur Wehr zu setzen. Ich kann einem Zauber nicht widerstehen ... Ich muss ein Elf werden.«

Niall starrte ihn an. »Das ist ein schlechter Plan, mein Freund. Vertrau mir.«

Seth stockte. *Mein Freund.* Es war ein Geschenk, wenn ein Elf solche Worte benutzte. Es geschah nicht leichtfertig und man durfte nicht einfach darüber hinweggehen. »Ich schätze deine Freundschaft sehr, Niall, und ich vertraue dir voll und ganz. Keine Frage.«

Nialls nervöse Miene entspannte sich etwas.

Dann fuhr Seth fort: »Aber ich werde meine Meinung nicht ändern, nur weil du nicht einverstanden bist. So gut solltest du mich kennen. Hilfst du mir?«

Niall stand auf und ging ruhelos auf und ab. »Ich bin versucht, es zu tun. Obwohl ich weiß, dass es eigennützig von mir wäre; obwohl ich weiß, dass es dich zerstören würde, wenn ich dir helfe; obwohl ich dich sehr mag ... Trotzdem bin ich versucht, es zu tun.«

»Ich verstehe kein Wort.« Seth leerte den Aschenbecher aus, den er für Niall bereitgestellt hatte. Er akzeptierte es, dass sein Freund rauchte, aber der Gestank von Zigarettenkippen ekelte ihn an. »Erklär's mir.«

»Zwei Höfe können sich zusammentun, um einen Fluch auszuarbeiten, so wie Irial und Beira es getan haben – aber ich werde dich nicht mit einem Fluch belegen. Die einzige andere Möglichkeit ist, Sorcha hinzuzuziehen, aber auch das hätte seinen Preis.«

»Welchen?«

»Wenn wir Sorcha einbeziehen? Wahrscheinlich, dass ich ein bisschen sterblich würde und du ein bisschen verdorben. Balance. Tausch. Das ist stets das, worauf sie aus ist.« Niall hielt inne; seine Reglosigkeit war fast so irritierend wie zuvor sein Hin-und-her-Laufen. »Sie könnte einige unserer Wesenszüge austauschen. Ich würde einen Teil deiner Sterblichkeit annehmen, was mich als König der Finsternis untauglich machen würde. Dann wäre ich diese Bürde los, die Irial auf mich abgewälzt hat, und du würdest einen Teil meiner ... Natur annehmen.«

»Du würdest dadurch gewinnen. Du würdest aus dieser Rolle rauskommen und ich würde –«

»Nein.« Niall ging zur Spüle und wusch seine Tasse aus.

»Es ist meine Entscheidung«, sagte Seth.

»Die Geschichte ist voll von Leuten, die für die eine oder andere Art von Liebe in ihr Unglück gerannt sind. Meine eigene Geschichte ist voll von den Folgen solcher beklagenswerter Entscheidungen.« Niall ging zur Tür. Er sah gequält aus und so, als hätte er auf eine sonderbare Art Angst vor Seth.

»Dann hast du Fehler gemacht; das heißt nicht, dass ich es auch tun würde.«

»Nicht ich, Seth. Die Menschen, deren Leben ich ruiniert habe.« Niall öffnete die Tür. »Ich werde kein Teil deines Fehlers sein. Genieß die Zeit, die du mit Ash hast, oder löse dich von ihr. Das sind die einzigen beiden Möglichkeiten.«

Seth saß da und starrte die Tür an, nachdem Niall gegangen war. *Die einzigen beiden Möglichkeiten.* Keine dieser Möglichkeiten war gut genug – aber Niall hatte Seth eine Alternative genannt.

Sorcha. Die Königin des Lichts ist die Antwort.

Jetzt musste Seth sie nur noch finden.

Sechzehn

Der Tumult an der Tür kam nicht überraschend. Donia saß auf der Kirchenbank direkt hinter dem Eingang und spürte die pulsierenden Hitzewellen, die von draußen auf sie einströmten. Ihr gegenüber, auf den Sitzflächen und Lehnen anderer Kirchenbänke, saßen gespannt wartende Elfen. Es war nicht gerade so, wie mit Popcorn im Kino zu sitzen, aber auch nicht weit davon entfernt. Sasha war nicht da; solche Vergnügungen irritierten den Wolf. Die Elfen jedoch waren hingerissen.

»Ich gehe jetzt rein«, wiederholte Keenan zum dritten Mal.

»Das wirst du *nicht*, solange meine Königin nicht ihre Erlaubnis gibt.« Der Ebereschenmann stand ebenso Achtung gebietend und resolut vor der Tür wie damals, als er Donia in Keenans Auftrag bewacht hatte. Keiner von ihnen hatte vergessen, dass er demselben Sommerkönig, dem er jetzt den Zutritt verweigerte, einmal seine Treue geschworen hatte.

»Zwing mich nicht, das zu tun, Evan.«

Evan zuckte nicht mit der Wimper, Donia dagegen schon. Die Vorstellung, dass Evan etwas geschehen könnte, machte ihr Angst. Wenn es nicht Evans Autorität – und auch ihre eigene – untergraben hätte, hätte sie ihm befohlen wegzutreten. Doch Keenan freien Zutritt zu gewähren, wenn sie es anders angeordnet hatte, war inakzeptabel. Hätte sie ihn nicht eigentlich auch sprechen wollen, hätte sie Verstärkung herbeigerufen, aber auch das war nicht akzeptabel. Sie musste mit ihm reden, aber er musste begreifen, dass ihm ihre Tür nicht offen stand. Dass dies nur eine Art symbolischer Widerstand war und dass es eine implizite Beleidigung darstellte, wenn sie nur einen Wachmann abstellte, um ihn aufzuhalten – *und noch dazu gerade diesen Wachmann* –, würde ihm nicht verborgen bleiben.

Es war, wie so vieles in der Elfenpolitik, eine Art Spiel.

Evan widersprach erneut: »Sie hat klar und deutlich gesagt, dass du nicht ...«

Der dumpfe Schlag und das Zischen verbrennenden Holzes war erschreckend, wenn auch unvermeidlich. Die Tür war nur noch ein Häufchen Asche, Evan war verletzt, aber nicht in einem lebensgefährlichen Ausmaß. *Es hätte weitaus schlimmer kommen können.* Der Sommerkönig hätte Evan töten können. Doch er hatte es nicht getan. Seine Zurückhaltung war eine Art Geschenk an sie.

Keenan stieg über den am Boden liegenden Evan hinweg und starrte Donia an. »Ich bin gekommen, um die Winterkönigin zu sprechen.«

Hinter ihm stürzte Rin, eine Kitsune, zu Evan, um nach ihm zu sehen. Die Fuchselfe warf Keenan durch ihren grellblauen Haarschopf einen wütenden Blick zu, doch ihre Feindseligkeit verflog, sobald Evan ihre Hand ergriff. Mehrere andere Kitsune und eine Reihe von Wolfselfen beobachteten die Szene. Sie standen, saßen und kauerten erwartungsvoll in Reichweite und hätten sich dem Sommerkönig entgegengestellt, doch Donia wollte nicht, dass einer von ihnen verletzt wurde, nur weil sie Keenan beweisen wollte, dass sie im Recht war. Sie hatte Evan vertraut, ihm sogar zugestimmt, dass er Keenan den Zutritt verweigern musste. Weiter wollte sie nicht gehen.

»Ich wüsste nicht, dass wir verabredet wären«, sagte sie, drehte sich um und ging hinaus, in der Gewissheit, dass er ihr folgen würde. Sie wollte ihren Streit nicht vor den Augen ihrer Elfen austragen und riskieren, dass sie seine Wut zu spüren bekamen.

Keenan wartete, bis sie draußen im Garten waren. Dann packte er ihren Arm und wirbelte sie zu sich herum, so dass sie ihn ansehen musste. »Warum?« war alles, was er sagte.

»Sie hat mich geärgert.« Donia entwand sich seinem Griff.

»Sie hat dich *geärgert*?« Die Verwirrung und Entrüstung in seinem Gesicht hatte sie über die Jahre schon unzählige Male gesehen. Das machte es nicht leichter. »Du hast meine Königin niedergestochen, meinen Hof angegriffen, weil sie dich *geärgert* hat?«

»Eigentlich warst du es, über den ich mich geärgert habe. Sie war lediglich der Tropfen, der das Fass zum Überlaufen brachte.« Sie sprach tonlos und zeigte auch in ihrem Gesicht keinerlei Regung. All ihre gefährlichen Gefühle waren in dem Quell der Kälte in ihrem Innern versunken.

»Willst du Krieg zwischen unseren Höfen?«

»An den meisten Tagen nicht.« Sie machte erneut einen Schritt zur Seite und betrachtete den Schnee zu ihren Füßen, als würde dieses ganze Gespräch sie nur mäßig interessieren. Einen Augenblick dachte sie, der Trick würde funktionieren – wenigstens bei einem von ihnen. »Ich möchte nur, dass du dich von mir fernhältst.«

Dann trat er so dicht an sie heran, dass ihre Entschlossenheit ins Wanken geriet. »Was ist passiert, Don?«

»Ich habe eine Entscheidung getroffen.«

»Mich zu provozieren? Zu beweisen, dass dein Hof stärker ist? Oder was?«

An ihren Fingern bildeten sich Spitzen aus Eis. Er sah sie an – und atmete aus. Sie schmolzen.

Er nahm ihre Hand. »Du hast Ash verletzt. Was soll ich denn jetzt tun?«

»Was *möchtest* du denn jetzt tun?« Sie legte ihre Hand um seine und hielt sie so fest, wie sie es wagte.

»Dir vergeben. Dich schlagen. Dich anflehen, das hier zu lassen.« Sein Lächeln war traurig. »Mein Hof … meine Königin … sie sind fast alles für mich.«

»Sag mir, dass du sie nicht liebst.«

»Ich liebe Ashlyn nicht. Ich –«

»Sag mir, dass du nicht versuchen wirst, sie in dein Bett zu ziehen.«

»Das kann ich nicht, und das weißt du auch.« Geistesabwesend streckte Keenan seine freie Hand zum Baum hinter ihr aus und fuhr über die Äste. Unter dem Eis zeigten sich winzige Blüten. »Eines Tages, wenn Seth weg ist –«

»Dann musst du dich von mir fernhalten.« Donia konnte ihn durch den Schnee, der um sie herum fiel, kaum sehen. »Es tut mir nicht leid, dass ich auf sie eingestochen habe. Wenn dein Hof weiter meine Herrschaft missachtet, wird sie lediglich die Erste von vielen sein, die ich attackiere. Und die meisten von ihnen werden nicht stark genug sein, um meinen Angriff zu überleben.«

»*Eines Tages* werde ich versuchen, sie in mein Bett zu ziehen … aber ›eines Tages‹ ist nicht jetzt.« Er ignorierte den Schneefall und trat noch dichter an sie heran, schmolz die Flocken und blendete sie beinahe mit dem Sonnenlicht, das seine Haut verströmte. Der Boden unter ihren Füßen weichte auf, als seine Hitze die dicke Eiskruste auftaute. Unter ihren Füßen gefror er zwar schnell wieder, doch in diesem Moment war es der Sommerkönig, der stärker war. Seine Wut verlieh ihm ihr gegenüber einen Vorteil. »Hör mir

zu. Du bist die Einzige, die ich jemals so geliebt habe. Wenn ich nicht bei dir bin, träume ich von dir. Ich erwache mit deinem Namen auf den Lippen. Ich brauche dir nicht fernzubleiben. Sie will ihn, und ich will dich. Als sie mir erzählt hat, dass du sie angegriffen hast, ist etwas in mir zerbrochen. Ich möchte niemals einen Krieg gegen dich führen. Die Vorstellung, gegen dich zu kämpfen, versetzt mich in Angst und Schrecken.«
Donia stand reglos da. Die Baumrinde drückte sich in ihre Haut. Sie hielt Keenans Hand umklammert.
»Aber wenn du meine Königin noch ein Mal anrührst, werde ich all das beiseiteschieben. Es wird mich innerlich zerreißen, aber sie ist die, für deren Sicherheit ich zu sorgen habe. Zwing uns nicht, diesen Weg zu beschreiten.« Er zog seine Hand aus ihrer, fuhr mit den Fingern durch ihre Haare, und ebenso schnell, wie seine Wut aufgeflammt war, verflog sie auch wieder. Er nahm ihr Gesicht in seine Hände. »Bitte, ja?«
»Es geht ja nicht nur um sie. Du missachtest meine Souveränität, wenn du hier eindringst und Forderungen stellst. Niemand tut das. Kein anderer Herrscher und auch keine von den starken ungebundenen Elfen.« Sie legte ihre Hand auf seine Brust und ließ das Eis in ihren Händen gerade so weit ausfahren, dass es seine Haut durchbohrte. »Du hast all meine Nachsicht aufgebraucht.«
Er beugte sich weiter zu ihr herab und sie konnte den Impuls nicht unterdrücken, das Eis zurückzuziehen, bevor sie ihn ernsthaft verletzte. Er lächelte, als sie das tat, und sagte: »Willst du jetzt aufgeben, nach allem, was wir durchgestanden haben, um uns so nah sein zu können?«
Sie streifte vorsichtig seine Lippen mit ihren, zu kurz, als dass man es als einen Kuss hätte bezeichnen können. Dann atmete sie aus, bis eine Eisschicht sein Gesicht und seine Kleidung überzog.

Sie konnte nicht auf ihn einstechen, zumindest noch nicht, aber sie konnte ihm wehtun.

»Ich liebe *dich*, Don«, flüsterte er. »Das hätte ich dir schon vor Jahren sagen sollen.«

Es endlich zu hören, war süß und bitter zugleich, aber so war es nun mal, ihn zu lieben – schmerzhaft und schön auf einmal. So war es schon immer gewesen. Ihr Herz raste und fühlte sich zugleich an, als wollte es zerbrechen. Sie seufzte. »Ich liebe dich auch ... Und deshalb müssen wir eine Lösung finden. Ich werde deinen Hof niedermetzeln, wenn wir diesen Weg weiterverfolgen.«

Er grinste. »Verlass dich nicht darauf.«

Dann küsste er sie. Er streifte nicht nur ihre Lippen, wie sie es getan hatte, sondern küsste sie so, dass er ihre Zunge verbrannte. Der Baum stand im Nu in voller Blüte. Der Garten um sie herum wurde überflutet. Ein wahrer Blumentumult schoss aus der Erde.

Sie war mit Schlamm bedeckt, als er von ihr abließ.

»Jahrhundertelang musste ich den Winter bekämpfen, obwohl ich so gut wie machtlos war. Jetzt kann ich über meine Kräfte verfügen – mit der gesamten Erfahrung, die ich in der Zwischenzeit gesammelt habe. Dessen solltest du dir bewusst sein, wenn wir uns zerstreiten.« Er hielt sie so eng an sich gedrückt wie in den wenigen Nächten, die sie miteinander geteilt hatten. Es war eine kontrollierte Geste, eine Demonstration von Stärke; seine Hitze berührte sie nicht. »Aber ich möchte mich nicht mit dir zerstreiten. Solange er in ihrem Leben ist, werde ich mich bremsen. Ich habe es versucht. Ich musste es tun. Es wäre das Beste für den Hof – aber es ist noch zu früh, um sie für mich haben zu können.«

Ihr Atem und seiner vermischten sich zu einem zischenden Dampf. »Ich will nicht nur einen Teil von dir, während der wenigen Jahre, die wir haben.«

Er steckte ihr eine Orchidee ins Haar. Sie hätte dort nicht aufblühen sollen, tat es aber dennoch. »Ich werde weder uns noch den Frieden zwischen unseren Höfen aufgeben. Ich liebe dich. Ich bin es leid, Ashlyn zu bedrängen. Die Kraft des Sommers hat mich verblendet. Sie will mit Seth zusammen sein, und solange sie das ist, kann ich mehr Zeit mit dir verbringen. Ich würde die Ewigkeit mit dir teilen, wenn ich die Wahl hätte.« Er küsste sie sanft. »Ich liebe sie nicht. Sie und ich haben schon miteinander gesprochen.«

Donia sah weg. »Ich habe sie ja selbst in deine Arme getrieben. Ich habe dabei nur den Fehler gemacht zu glauben, dass du für ein paar Jahre mir gehören könntest ... Aber sie ist es, die dir bestimmt ist. Nicht ich.«

»Eines Tages vielleicht, aber jetzt ... Ich habe mich von diesem ersten Sommer hinreißen lassen. Das war unbesonnen, aber ich kann meine Energie umlenken. Lass uns unseren Traum träumen, solange wir können. Das ist es, was der Hof braucht – einen glücklichen König, einen König, der gar nicht aufhören kann davon zu träumen, wie er sich in jemandem verliert, der das Gleiche möchte. Sag mir, dass du es zulassen wirst, dass ich mich in dir verliere.«

Sie gab nach. *Wie immer.*

»Ja, das werde ich.« Sie zog ihn an sich. Sie waren mit Schmutz bedeckt und so eng ineinander verschlungen, wie es ihnen möglich war, ohne sich gegenseitig zu verletzen. »Aber das heißt, dass du nur mir gehörst, bis er fort ist. Ich möchte dich nicht mit ihr zusammen sehen.«

»Und ebensowenig, dass ich mich in die Angelegenheit deines Hofs einmische. Ich weiß. Dein Hof, deine Regeln. Keine Einmischung, keine Manipulation.« Er lächelte sie an, als er ihre überraschte Miene sah. »Ich *habe* dir zugehört, Don. Ich werde mich bei Evan entschuldigen, deine Regeln befolgen – und du hörst auf, Angehörige meines Hofs anzugreifen, okay?«

Sie lächelte. »Fürs Erste ja.«

»Dann gebe ich mich damit zufrieden«, flüsterte er ihren Lippen zu. »Fürs Erste.«

»Auch wenn du mir gehörst, auch wenn diese Sache mit Ash nicht mehr zwischen uns steht, musst du ein für alle Mal begreifen, dass ich nicht deine Untergebene bin. Du darfst nicht versuchen, meinen Hof zu beeinflussen.« Sie musste das klarstellen. Seine Beziehung zu seiner Königin war nicht das einzige Problem. Sie hatten zwei Streitpunkte zu klären.

»Ich habe dich geliebt, als du eine Sterbliche warst. Ich habe dich geliebt, als du das Wintermädchen warst, das nur dafür lebte, mich zu bekämpfen und Geschichten darüber zu erzählen, wie schrecklich es ist, mir zu vertrauen.« Er bedeckte ihren Hals und ihr Schlüsselbein mit Küssen, während er sprach. »Und auch jetzt bin ich nicht hier, weil du die Winterkönigin bist, aber ich werde trotzdem tun, was ich kann. Und wenn ich einen Fehler mache …«

»Werde ich keine Gnade zeigen, bloß weil ich dich liebe.« Sie meinte es ernst und war dankbar dafür, dass Elfen nicht lügen konnten, weil sie zum ersten Mal seit endlos langer Zeit völlig offen miteinander sprachen. »Aber ich werde versuchen, nicht rachsüchtig zu werden, wenn mir das Herz bricht, wenn Seth stirbt und du …«

Er brachte sie mit einem Kuss zum Schweigen und flüsterte dann: »Können wir bitte nicht über unser Ende sprechen? Wir stehen heute am Anfang. Ich gehöre dir. Voll und ganz, ohne Vorbehalt. Ich werde nicht versuchen, mich in deine Hofangelegenheiten einzumischen. Kannst du mich jetzt küssen?«

Sie lächelte. »Das kann ich.«

Dieser Kuss war anders als jeder andere zuvor. Diesmal ging es nicht darum, sich gegenseitig zu verzehren oder zu trösten, und auch die Sorge umeinander spielte keine Rolle. Er war langsam und behutsam – und viel zu schnell vorbei.

Er lehnte sich an den Baum und sah sie mit der Liebe im Blick an, von der sie immer geträumt hatte. »In ein paar Monaten werde ich dazu in der Lage sein, mehrere Tage in deinen Armen zu liegen, doch jetzt« – er trat vorsichtig ein Stück von ihr weg – »habe ich die Grenzen meiner Selbstbeherrschung erreicht ... ich gebe es zu. Siehst du? Wir schaffen das. Wir können zusammen sein.«

»Zur Sonnenwende« – sie ließ einen kleinen Schneeschauer auf sie beide herabregnen – »gibt es dann aber kein Entkommen mehr.«

»Die Sonnenwende kann gar nicht früh genug kommen.« Er schnellte vor und küsste eine Schneeflocke von ihren Lippen, dann war er verschwunden.

Er ist ein Narr. Sie lächelte in sich hinein. *Aber er ist* mein *Narr. Fürs Erste.* Am Ende würde er in Ashlyns Armen landen – in dem Punkt war Donia sich so gut wie sicher. Wenn Seth nicht mehr war, würde Donia Keenan freigeben müssen. Vielleicht würde sie für einige Jahrzehnte aus Huntsdale wegziehen müssen, wenn es so weit war, aber bis dahin hatte sie Grund zur Hoffnung.

Vielleicht waren Bananachs Kriegsvisionen falsch gewesen. Sie und Keenan hatten nur aufeinander zugehen müssen. Die Visionen der Kriegselfe zeigten – ebenso wie Sorchas vermeintlicher Weitblick – Wahrscheinlichkeiten, nicht Sicherheiten.

Und diese Wahrscheinlichkeiten haben sich gerade gewandelt.

Siebzehn

Ashlyn erwachte um die Mittagszeit. Sie war allein in Keenans Zimmer. Ihre Kleider lagen ausgebreitet auf einer Ottomane, die jemand als Sitzgelegenheit an ihr Bett geschoben hatte. Ein Frühstückstablett stand auf dem Nachttisch. Aber bevor sie aß oder sich anzog, wollte sie mit Seth sprechen. Sie wählte seine Nummer, zweimal, doch er ging nicht dran.

Sie rief Keenan an.

»Wie geht es dir?« waren seine ersten Worte. Er klang ruhig, freundlich, als sei nichts gewesen.

Sie seufzte erleichtert. »Besser. Mir geht's schon besser.«

»Neben dem Bett steht etwas zu essen«, jetzt klang er zaghaft. »Ich habe alle halbe Stunde ein neues Tablett reinbringen lassen, damit das Essen warm ist, wann immer du aufwachst.«

»Ich hätte es doch auch aufwärmen können. Sonnenlicht, du erinnerst dich?« Sie war erleichtert, dass sie miteinander reden konnten, dass kein ungutes Gefühl zurückgeblieben war. »Wo bist du?«

»Auf der Obstplantage außerhalb der Stadt. Es ist wunderschön hier. Die Früchte gedeihen jetzt prächtig.«

»Du bist also dort, weil du ...«

»Ich wollte ihnen nur ein bisschen zusätzliche Aufmerksamkeit schenken. Nach ihnen sehen.« In seiner Stimme wirbelten warme Strömungen. Er klang nur selten so eins mit sich und der Welt.

Sie empfand die Freude darüber, die Erde wieder blühen zu sehen, noch nicht ganz so intensiv wie er, aber sie teilte sie, wenn auch in einem geringeren Maß. Sie hatte weniger als zwei Jahrzehnte bitterer Kälte erlebt; er dagegen ganze Jahrhunderte – und sich dabei stets danach gesehnt, diesen Zustand beenden zu können. Die Erkenntnis kam unvermittelt: »Da gehst du immer hin, wenn ich in der Schule bin, oder?«

»Auf die Plantage? Nein, nicht immer.« Er klang ausweichend.

»Aber dann an andere, ähnliche Orte.« Sie nahm die Abdeckung von ihrem Teller. Das Essen war nicht kalt, aber auch nicht mehr richtig heiß. Sie lenkte ein wenig Hitze in ihre Fingerspitzen und erwärmte ihren Teller samt Speisen.

»Ja.«

»Warum hast du mir das nicht erzählt?« Sie nahm einen Bissen von dem Omelett – Spinat, Käse, Tomate, eins ihrer Lieblingsgerichte.

»Es gehört zu den Dingen, die ich lieber allein mache. Und ich wollte dich nicht kränken, indem ich dir sage, dass du dabei nicht willkommen bist.«

Sie stockte, denn sie konnte nicht sagen, dass sie tatsächlich gekränkt war. »Warum?«

Er antwortete nicht sofort, und als er es tat, war es zögernd. »Als meine Kräfte noch eingeschränkt waren, habe ich immer überall diese Orte gesehen, die Bäume und Felder, die so hart kämpfen mussten, um Nahrungsmittel für die Sterblichen und die Tiere hervorzubringen. Da habe ich es versucht. Hier und da ein Aufblitzen von Sonnenlicht, mehr stand mir nicht zur Verfügung. Es war nicht viel, aber es war wenigstens etwas. Heute kann ich weit mehr ausrichten.«

»Ich könnte dir eines Tages helfen.«

»Vielleicht. Im Augenblick möchte ich ... Es ist für mich etwas sehr Persönliches. Bislang habe ich nur einer Person davon erzählt.«

»Donia.«

»Ja«, gab er zu. »Beim ersten Mal war sie noch sterblich. Danach habe ich sie über die Jahre hinweg manchmal zu einigen dieser Orte mitgenommen, wenn ich mit ihr reden musste. Aber ich habe ihr nicht gesagt, warum ich diese Orte aufsuche ... Ich war heute bei ihr. Wir haben geredet.«

»Und?«

»Wir schaffen das. Wir müssen diese Anziehungskraft zwischen uns irgendwie umgehen. Das wird schon werden. Wir dürfen nur nicht zulassen, dass wir es vergessen.«

»Tut mir leid.«

»Was auch immer wir tun, wir müssen beide damit einverstanden sein. Ich hatte gehofft, dass unsere Freundschaft sich entwickeln würde, dass du dich entscheiden würdest, mit mir zusammen zu sein, aber ...«

Sie holte tief Luft und fragte dann erneut: »Hilfst du mir einen Weg zu finden, Seth zu verwandeln?«

»Nein.« Nach einer Pause fügte Keenan hinzu: »Wir lernen das noch, Ashlyn. Dass der Sommer sich zum ersten Mal in unser beider Leben voll entfaltet, wirkt berauschend auf uns. Es wird sowohl für dich als auch für ihn wieder leichter werden.«

»Versprochen?« Sie zupfte besorgt an ihrer Lippe.

»Und wir werden stärker.«

»Geh und kümmere dich um deine Obstplantage. Ich versuche noch mal, Seth zu erreichen.«

»Sag ihm, dass es mir auch leidtut ... wozu das auch immer gut sein mag. Ich werde dich nicht mehr bedrängen«, fügte Keenan hinzu. »Der Sommer steht für Leidenschaft, Ashlyn. Das ist es, was wir sind. Genieße sie mit ihm, und ich werde mich an meiner Zeit mit Don erfreuen.«

Ashlyn lächelte, als sie aufgelegt hatten. Selbst unter dem Druck des Sommers konnten sie jetzt, wo sie und Keenan sich einig waren, alle zusammen einen gangbaren Weg finden.

Ashlyn aß etwas, kleidete sich an und verließ das Loft. Sie musste Seth suchen, damit sie alles in Ordnung bringen konnte, aber als sie die Straße überquerte und den Park betrat, blieb sie entsetzt stehen.

Sämtliche Sommermädchen bluteten oder bewegten sich auf gebrochenen Gliedern fort. Sie wurden von ihren eigenen Weinreben erdrosselt. Ebereschenmänner standen in Flammen. Aobheall posierte zur Statue erstarrt in ihrem Brunnen; ihr Mund war zu einem lautlosen Schrei geöffnet. Über den Boden zogen Rauchschwaden, die von den zerstörten Bäumen und von den Körpern der Ebereschenmänner aufstiegen. Ashlyn konnte den Rauch auf der Zunge schmecken. Asche regnete wie grauer Schnee vom Himmel herab.

Eine Elfe mit Rabenhaaren spazierte durch dieses Bild der Verwüstung. In einem Gurt an ihrem Oberschenkel steckte ein aus Knochen geschnitztes Messer. Seine weiße Farbe hob sich deutlich von der grauen Tarnhose ab. Ein zerfledderter schwarzer Umhang, der feucht war von frischem Blut, umflatterte sie im Gehen. Ashlyn wunderte sich über die seltsame Kombination von Cape und militärischem Kampfanzug, bis sie begriff, dass es gar kein Umhang war: Die Frau hatte Feder-Haare, die ihr über den Rücken fielen und sich, während Ashlyn zusah, zu festen Flügeln verdichteten.

»Hübsche Bilder, und alle für dich«, sagte die Elfe. Sie breitete ihre Arme aus, die mit fremdartigen Mustern aus Pflanzenfarbstoff, Asche und Blut bemalt waren.

Ashlyn sah zu ihren Elfen hin. Noch vor wenigen Monaten hatte sie gedacht, sie würde sie hassen, und noch immer hatte sie manchmal Angst vor ihnen. Doch was sie jetzt fühlte, war weder Hass noch Angst, es war Entsetzen und tiefer Kummer.

Die Elfe legte einen Arm um Ashlyns Taille. »Eigentlich für uns *alle*.«

»Was hast du getan?«, flüsterte Ashlyn.

Tracey tanzte, aber einer ihrer Arme hing in einem unnatürlichen Winkel herab, als wäre er ausgekugelt worden.

Ashlyn schob die Elfe mit den Rabenhaaren von sich weg. »Was hast du meinen Elfen angetan?«

»Nichts.« Sie wedelte erneut mit der Hand durch die Luft, und der Park sah wieder aus, wie er sollte: Die Sommermädchen, die Ebereschenmänner und Aobheall waren alle wohlauf. Auf der Lichtung, in der Mitte des Kreises, wo der Sommerhof normalerweise seine Feste feierte, schlugen jedoch Flammen empor. Und es war kein kleines Lagerfeuer, sondern eine tosende Feuersbrunst.

»Soll ich dir eine Geschichte erzählen, meine kleine Königin?« Die Elfe hatte Augen wie Irial und Niall – schwarz wie die Nacht –, doch zusätzlich schimmerte ein Hauch von Wahnsinn darin. »Soll ich von Was-wäre-wenn und Was-nun erzählen?«

»Wer bist du?« Ashlyn wich bei dieser Frage vor ihr zurück. Sie war fast sicher, wer da vor ihr stand – Bananach, der Inbegriff von Krieg und Blutvergießen. Es konnte gar niemand anders sein.

»Es gab einmal eine Zeit, in der die Welt mir gehörte. Damals war sie ein schöner Ort. Das Chaos tanzte mit mir, und unsere Kinder aßen die Lebenden. Far-Dorcha selbst aß an meiner Tafel.«

Bananach hockte sich vor das Feuer. Es war Mittag, doch der Himmel war schwarz von Asche und Rauch.

Ist das auch eine Illusion? Ashlyn war nicht sicher, was sie tun sollte. Eigentlich hätte sie für den Zauber von Elfen gar nicht empfänglich sein dürfen. *Warum dann für ihren?*

»Bananach?«, fragte Ashlyn. »Das ist doch dein Name, oder?«

»Das ist einer der Namen, die ich führe.« Sie neigte ihren Kopf in einem seltsamen Winkel und sah Ashlyn an. »Und du bist diese Ash, die lange gesuchte Sommerkönigin, die Frieden bringen soll.«

»Ja, das bin ich.« Ashlyn spürte die Hitze des Feuers, das stetig größer wurde.

Bananachs Miene wurde hoffnungsvoll: Ihre Augen weiteten, ihre Lippen öffneten sich. »Ich könnte dich sogar mögen, wenn du freiwillig zum Scheiterhaufen gehen würdest. Sollen sie sich doch gegenseitig Vorwürfe machen … Es ist eigentlich keine große Sache. Vielleicht tut es nicht mal weh. Sonnenlicht und Feuer sind doch fast dasselbe.«

Ashlyn zitterte. »Nein, das glaube ich nicht.«

»Ich würde zu deinen Schreien tanzen. Du wärst nicht allein«, sagte sie schmeichelnd.

»Nein.« Ashlyn stand ganz reglos da. Bananachs Raubtierblick sagte ihr, dass es unklug sein könnte, eine plötzliche Bewegung zu machen. »Ich glaube, du solltest jetzt gehen.«

»Möchtest du nicht, dass ich dir deine Fragen beantworte, kleine Ash? Ich weiß viel.«

»Gibt es darauf eine richtige Antwort?« Ashlyns Stimme bebte nicht, aber sie war sicher, dass die Elfe um ihre einschüchternde Wirkung wusste. In der Hoffnung, keinen Fehler zu begehen, fügte Ashlyn hinzu: »Erzähl mir, was du zu erzählen hast.«

Die Formulierung wirkte irgendwie unbeholfen, aber »was du willst« war zu weit gefasst und »was du kannst« zu stark einschränkend. Die Bedeutsamkeit von Worten gehörte zu den sonderbarsten Dingen im Umgang mit jahrhundertealten Wesen. Ashlyn hoffte, sich diesmal richtig ausgedrückt zu haben.

Die Rabenelfe klopfte sich die Hände an ihrer Hose ab und stand auf. »Früher, nach dem Chaos, aber vor *dir*, war ich Beraterin. Ich konnte anschauliche Schlachten-Planspiele für Monarchen inszenieren, die im Begriff standen, Krieg zu führen. Ich kann zeigen, was wäre, wenn wir uns dem Abgrund nähern.«

Ashlyn starrte sie einige Sekunden sprachlos an. Sie hatte das Gefühl, die Asche aus der Luft hätte sich auf ihre Zunge gelegt und hinderte sie am Sprechen. Keine der anderen Elfen sah Bananach. Sie reagierten überhaupt nicht – weder auf Bananach noch auf das Feuer, das in ihrem Park zu bedrohlicher Größe angewachsen war.

Bananach schlenderte mitten durch den Scheiterhaufen; Flammen streiften sie wie die Hände dankbarer Bittsteller. »Du siehst meine Was-wäre-wenn-Träume ... Wir nähern uns einem Krieg, kleine Ash-Königin. Und das ist dir zuzuschreiben.«

Die Flammen drängten zu Bananach hin, folgten ihr, versengten ihre Federn. »Du schenkst mir Hoffnung, also will ich dich wenigstens warnen. Du und ich, wir sind jetzt im Gleichgewicht. Verfolge deinen Weg nur weiter, und ich werde dir viel zu verdanken haben. Ich habe ihn vermisst, meinen Unfrieden.«

Als Bananach vor Ashlyn stehen blieb, vermischte sich der beißende Geruch verbrannten Fleisches und versengter Federn mit dem wohltuenden Duft brennenden Holzes. Eine verwirrende Kombination – fast so verwirrend wie das Chaos, das plötzlich unter den Elfen des Sommerhofs ausbrach, als die Illusion, die die

Kriegselfe den anderen vorgespiegelt hatte, mit dem Rauch verflog.

Jetzt sahen alle Bananach, sahen die Kriegselfe ihrer Königin Auge in Auge gegenüberstehen. Wachen eilten an Ashlyns Seite. Sommermädchen scharten sich zusammen. Aobheall lockte sie zu ihrem Brunnen.

Bananach lachte gackernd, wich jedoch keinen Millimeter zurück.

Das würde sie niemals tun.

Die Kriegselfe beugte sich ganz nah zu Ashlyn hin und flüsterte an ihrer Wange: »Soll ich sie zerbrechen? Die Rindenleute in Stücke teilen? Kleinholz für deinen Scheiterhaufen machen, kleine Ash?«

»Nein.«

»Schade.« Bananach seufzte. »Du schenkst mir einen Krieg an unserm Horizont ... und wir werden Futter für das vor uns liegende Blutbad brauchen ... aber dennoch ...«

Es entstand ein wildes Durcheinander aus Federn und Gliedern, als sie mit einem Mal mehrere Wachmänner trat und schlug und auf sie einstach. Dann hörte sie, ebenso schnell wie sie begonnen hatte, wieder auf damit. Die meisten Wachmänner rappelten sich wieder hoch; einige waren etwas ramponiert, standen aber noch aufrecht. Einer rührte sich nicht mehr.

Bananach schaute in den Himmel. »Es ist spät, und es gibt noch andere, denen ich einen Besuch abstatten muss. Mein König erwartet mich bald.«

Damit ließ die Kriegselfe sie in einem Taumel von Unordnung und Chaos im Park zurück.

Keenan. Niall. Donia. Zu wem ging sie? Krieg. Ashlyn wollte keinen Krieg. Die Vorstellung versetzte sie in Angst und Schrecken.

Zu viele Erinnerungen an den Tod und daran, was ich zu verlieren habe. Sie dachte an Grams und Seth und ihre sterblichen Freunde. Sie würde sie irgendwann verlieren. Sterbliche starben nun mal – aber jetzt noch nicht. Sie hatte gerade erst angefangen, die Schönheit zu entdecken, die die Erde zu bieten hatte, jetzt, wo die langen Jahre endlosen Winters vorüber waren. Dies war ihre Welt. Es war eine Welt, die vor Leben und Möglichkeiten nur so strotzen sollte, auch wenn diese Möglichkeiten manchmal endlich waren.

Sie liebte; sie wurde geliebt; und sie war Teil von etwas Unglaublichem. Viele Sterbliche und Elfen waren es. All das war der Zerstörung preisgegeben, wenn ein Krieg ausbrach. Ohne Angst vor den Folgen, die es haben konnte, einen anderen Hof zu verärgern, ohne moralische Grenzen und ohne Herrscher und Wachen, die sich noch mit kleineren Verstößen aufhielten ... die Welten der Sterblichen und die der Elfen würden es mit zwei – *oder möglicherweise drei* – sich bekriegenden Elfenhöfen zu tun bekommen, und dazu noch mit ungebundenen Elfen, die das ohne Zweifel ausnutzen würden. Ashlyn wurde ganz schlecht, wenn sie daran dachte – und sie sehnte sich verzweifelt danach, mit Seth zu sprechen.

Sie musste seine Stimme hören; sie musste hören, dass er ihr vergab. Sie hatten gegen so viele Widerstände kämpfen müssen, doch sie konnten einen Weg finden. Bis jetzt hatten sie es ja auch geschafft. Er war das Band, das sie zusammenhielt. Sein Vertrauen gab ihr Kraft, wenn sie eine Herausforderung nicht bewältigen zu können glaubte; das war einer der wesentlichen Punkte, die ihn für sie so unersetzlich machten. Die Leidenschaft und die Liebe zwischen ihnen waren unvorstellbar groß, aber das Wichtigste war, dass er sie dazu brachte, das Beste aus sich herauszuholen. Er gab ihr das Selbstvertrauen, dass sie das Unmögliche schaffen konnte. Sie *konnte* es auch, solange sie ihn in ihrem Leben hatte. Sie waren erst einige Monate offiziell zusammen, aber sie wusste, dass er der Einzige war, den sie jemals so lieben würde. Er war ihr Für-immer-und-ewig.

Sie wählte erneut seine Nummer – und erreichte ihn wieder nicht. Also hinterließ sie eine weitere Nachricht auf seiner Mailbox: »Ruf mich bitte an. Ich liebe dich.«

Als sie ihren Blick durch den Park gleiten ließ, sah sie, dass die Ebereschenmänner ihrer Pflicht nachgingen, ihre Elfen einsammelten und zum Loft geleiteten. Sogar verwundet waren sie noch effizient.

Sie rief Keenan an und sagte: »Ich bin Bananach begegnet ... Wir sind größtenteils unverletzt, aber ich brauche dich hier zu Hause. Jetzt sofort.«

Achtzehn

Mit Mühe gelang es Seth, Ashlyns und Nialls Anrufe den ganzen Tag lang zu ignorieren. Niall war schließlich vorbeigekommen. Sie hatten in gespannter Atmosphäre eine Tasse Tee zusammen getrunken, bis Seth gefragt hatte: »Wo lebt Sorcha eigentlich?«

Niall setzte seine Tasse ab. »Sie ist für Sterbliche unerreichbar. Lebt im Verborgenen.«

»Ja, das hab ich auch schon gehört. *Aber wo?*« Seth bemühte sich, einigermaßen ruhig zu bleiben, doch ihm war klar, dass Niall seine Verärgerung deutlich spürte. »Bring mich einfach zu ihr.«

»Nein.«

»Niall –«

»Nein!« Der König der Finsternis schüttelte den Kopf, stand auf und ging.

Seth starrte grimmig auf die Tür. Ashlyn würde ihm nicht helfen, selbst wenn sie wüsste wie; Keenan noch weniger. Und Niall wollte nicht einmal darüber reden. Dann blieben ihm nur noch Donia oder eigene Nachforschungen.

Er klappte sein Handy auf und wählte die Kurzwahltaste sechs. Eine der Elfenbein-Schwestern nahm das Gespräch für die Winterkönigin entgegen. »Sterblicher?«

Seth schauderte es, als er ihre staubtrockene Stimme hörte. »Kann ich Donia sprechen?«, fragte er.

»Heute Abend nicht.«

Er schloss die Augen. »Wann denn?«

»Sie ist beschäftigt. Ich kann ihr etwas ausrichten.«

»Würdest du sie bitten, mich zurückzurufen?« Er begann seine Volkskundebücher zusammenzusuchen – inklusive der Bände, die er von Donia und Niall bekommen hatte. »Wann immer sie Zeit hat?«

»Ich werde die Nachricht übermitteln«, krächzte die Elfenbein-Schwester. »Auf Wiedersehen, Sterblicher.«

Seth nahm einen Notizblock von einem Behälter, der ein ganzes Sammelsurium von Sachen enthielt, und setzte sich in die Mitte der Bücherstapel. »Dann also eigene Recherchen.«

Als das Telefon einige Stunden später klingelte, rannte er hin in der Hoffnung, es sei Donia. Sie war es nicht. Entgegen aller Logik hoffte er trotzdem auf Hilfe, als er Nialls Nummer sah.

Doch der König der Finsternis wiederholte nur: »Du machst einen Fehler.«

»Das ist kein Fehler.« Seth legte einfach auf. Er wollte nicht hören, was irgendjemand sonst dachte. Er wollte weder Ashlyns Erklärungen hören, warum es unmöglich war, noch Nialls von Schuldbewusstsein getrübte Einwände. Er wusste, was er wollte: Er wollte ein Elf sein, die Ewigkeit mit Ashlyn teilen, stark genug sein, um sich in der Welt, in der er nun lebte, sicher zu bewegen. Ein Mensch zu sein reichte einfach nicht. Er wollte nicht schwach oder endlich oder leicht zu überwältigen sein. Er wollte *mehr* sein. Er wollte ihr wieder ebenbürtig sein.

Er musste nur herausfinden, wie er Sorcha finden konnte, und dann den Hof des Lichts überreden, ihm zu helfen.

Kein Problem. Seth schaute finster drein. Er konnte sich schon genau vorstellen, wie sie ihm, ohne zu zögern, dieses Geschenk machen würde. *Klar schenke ich dir die Ewigkeit, kleiner Sterblicher.*

Er betrachtete die Bücher, die er durchgesehen und für nutzlos befunden hatte. Dann warf er einen Blick auf die wenigen Notizen, die er sich gemacht hatte. *Lebt zurückgezogen. Der Logik verpflichtet. Pflegt keinen Umgang mit den anderen Höfen. Devlin.* Nichts davon half weiter.

Er verlor die Beherrschung über sein sonst so sorgsam kontrolliertes Temperament, stand auf und wischte mit einer Armbewegung alles vom Tresen. Das Scheppern war befriedigend.

Besser, als zu meditieren.

Er war verliebt, gesund, hatte reichlich Geld, einen Freund, der wie ein Bruder zu ihm war ... doch als Sterblicher konnte er all das verlieren. Ohne sie müsste er den Kontakt zu allen Elfen abbrechen. Dann würde es keine Konzerte am Flussufer mehr geben. Und keine Magie. Zwar besäße er auch dann noch die Sehergabe, aber nur um zu sehen, was er nicht mehr haben konnte. Ashlyn zu verlieren, bedeutete, alles zu verlieren.

Wenn sie ihn verließ, spielte es keine Rolle, dass er gesund war. Und wenn sie ihn nicht verließ, war er nicht stark genug, um ungefährdet an ihrem Leben teilzunehmen. Und selbst wenn er stark genug dazu wäre, würde er alt werden und sterben, während sie weiterlebte.

Überall im Raum lagen Bücher. Keins von ihnen half ihm weiter.

Alles Blödsinn.

Er ging in die Küche.

Es bringt nichts.

Außer zwei Teetassen und der Teekanne, die Ashlyn ihm gekauft hatte, flog nach und nach all sein Geschirr an die Wand.

Dann schlug er mit den Fäusten dagegen, bis seine Fingerknöchel bluteten. Auch das half nicht, aber es fühlte sich verdammt viel befriedigender an als alles andere, was zu tun ihm in diesem Moment einfiel.

Noch am Abend hatte Seth die Beweise seines Wutausbruchs beseitigt; er hatte sowohl seine Sachen als auch seine Gefühle neu geordnet. Ohne Ash zu sein war etwas, worüber er nicht mal nachdenken wollte. Es musste eine Lösung geben – aber er wusste keine.

Doch er würde eine finden. Er würde nicht alles verlieren. *Weder jetzt. Noch jemals.*

Er schickte Ashlyn eine SMS: »Brauche Zeit für mich. Melde mich wieder.« Dann lief er in seinem Zuhause auf und ab. Normalerweise war es ihm völlig egal, wie groß oder klein sein Waggon war, doch heute fühlte er sich eingeengt. Er wollte aber auch nicht rausgehen, wollte keine Elfen treffen und so tun, als wäre alles in Ordnung. Er wusste, was er wollte und was nicht – er wusste nur nicht, wie er es möglich machen konnte. Bevor er nicht irgendeinen Plan hatte, erschien es ihm zu grausam, mit Elfen zusammenzutreffen – und wieder vor Augen zu haben, was er nicht war.

Als einer der Wachmänner des Sommerhofs an seine Tür klopfte, um zu fragen, ob er zu Hause blieb oder noch weggehen wollte, antwortete Seth: »Geh nach Hause, Skelley.«

»Bist du sicher, dass du nicht noch was trinken gehen willst? Wir könnten auch reinkommen ... nicht lange, aber abwechselnd ...«

»Ich will heute Abend für mich sein, Mann. Sonst nichts«, gab Seth zurück.

Skelley nickte, blieb aber noch einen Moment stehen. »Die

Mädchen wollten dir nichts tun. Sie« – er machte eine Pause, als wären ihm die Worte, die er brauchte, nicht besonders vertraut – »mögen dich nur. Das ist wie mit deiner Schlange.«

»Wie mit Boomer?«

»Er macht dich durch seine Anwesenheit glücklich, oder?«

»Ja.« Seth musste grinsen. »Es macht mich glücklich, dass Boomer hier ist.«

»Die Mädchen machst du durch deine Anwesenheit auch glücklich.« Skelley machte ein so ernstes Gesicht, dass es schwerfiel, ihn nicht liebenswert zu finden, wie er auf diesem stillgelegten, mit Eisen vollgestopften Bahngelände stand, auch wenn er Seth mit einem Haustier verglich. »Sie hatten Angst, dass du weggehst, so wie Niall es getan hat.«

Seth war sich nicht sicher, ob er sich getröstet fühlen sollte, weil Skelley ihn aufzumuntern versuchte, oder beleidigt, weil man ihn mit einer Boa constrictor gleichsetzte.

Oder beides.

Vor allem jedoch war er amüsiert. Er bemühte sich, sich seine Belustigung nicht anmerken zu lassen, und nickte. »Das ist ... gut zu wissen.«

Der außergewöhnlich dünne Wachmann hatte ein sanftes Gemüt. Die meisten Wachen würden nie an Seths Tür kommen und über Gefühle reden. Skelley war eine Ausnahme. »Man mag dich bei Hof«, fügte er hinzu. »Unsere Königin ist glücklich, wenn du bei ihr bist.«

»Ich weiß.« Seth hob die Hand, um den anderen Wachen am Rande des Geländes zuzuwinken. »Aber jetzt muss ich schlafen. Geht und entspannt euch oder was auch immer.«

»Wir bleiben hier.«

»Ich weiß.« Seth schloss die Tür.

Einige unruhige Stunden später schlief er noch immer nicht. Es funktionierte einfach nicht; er war zu angespannt. Er versuchte, sich abzureagieren: Liegestütze, Sit-ups, Klimmzüge an der Stange im Flur. Es war zwecklos. *Ich muss raus an die Luft.*
Er sah auf seine Uhr: kurz nach Mitternacht. Das Crow's Nest hatte noch auf. Innerhalb weniger Minuten war er angezogen und schnürte sich die Stiefel zu. Sein Handy summte, als eine neue SMS eintraf: »Sehe ich Dich morgen?«
Bin ich bereit, sie morgen zu treffen?
Normalerweise war das überhaupt keine Frage, war es nie gewesen. *Ob sie das mit dem Park schon wusste? Ob sie nach Niall fragen würde? Oder wollte sie vielleicht über Keenan reden?*
Er war nicht sicher, ob er bereit war, über irgendwas davon zu reden. Er wollte einen Plan, eine Möglichkeit, Sorcha zu treffen, einen Weg, seine Situation zu verbessern. Mit Ashlyn über all das zu sprechen, erschien ihm nicht als die beste Lösung. Er antwortete nicht auf ihre Nachricht. Er wollte es zwar; am liebsten hätte er sie auf der Stelle angerufen. Doch stattdessen legte er das Telefon auf den Tresen zurück.
Wenn ich es nicht dabeihabe, kann ich weder anrufen noch angerufen werden.
Entschlossenen Schrittes ging er zum Crow's Nest. Er sah, dass ihm drei Wachen folgten, aber er beachtete sie nicht. Das Wissen, dass unaufhörlich Babysitter auf ihn aufpassten, war mehr, als er gerade verkraften konnte.
Einer der Wachmänner kam mit ins Crow's Nest, ging aber wieder hinaus, als er dort keine Elfen vorfand. Seth wusste, dass sie beide Türen bewachten. Mehr Abstand zu ihnen würde er nicht bekommen.
Das genügt aber nicht.

Nachdem er ungefähr eine Stunde allein dort gesessen hatte, gestand Seth sich ein, dass er schmollte. Er hatte gar nicht richtig versucht, einen Plan zu fassen. Er hatte Freunde gesehen, die nicht mehr so häufig bei ihm vorbeikamen, seit er mit Ashlyn zusammen war, sie aber nicht angesprochen.

Damali war wieder da, sang aber nicht. Als ihre Blicke sich trafen, lächelte er und sie kam mit zwei Bier zu ihm hin; ihres war schon fast leer. »Bist du frei?«

Er schüttelte den Kopf. »Nur für Gespräche, D.«

»Verdammt.« Sie pfiff durch die Zähne. »Und ich dachte, die würden mich verarschen. Ist es das dürre Ding oder der mürrische Typ?«

Seth nahm das Bier, das sie ihm hinhielt. »Sie ist nicht dürr.«

Damali lachte. »Wie auch immer. Tut sie dir gut?«

Tat sie das? Er trank einen Schluck und wich der Frage aus. »Du warst gut neulich Abend.«

Der Blick, mit dem Damali ihn ansah, war weder wertend noch mitleidig. Er war sehr … menschlich. »Das war jetzt aber kein besonders subtiles Ausweichmanöver. Brauchst du irgendwas?«

»Nur Gesellschaft.« Seth kannte Damali lange genug, er musste ihr nichts vormachen. »Ist gerade alles ziemlich verfahren und ich musste mal ein bisschen raus.«

Sie sah ihn lange an. »*Das* ist der Grund, warum ich keine Beziehung will. Früher hast du auch so gedacht. Keine Verbindlichkeiten. Keine Reue. Wir hatten viel Spaß, als du noch nicht so drauf warst.«

»Diesmal bin ich glücklich damit, fest mit jemandem zusammen zu sein, D.«

»Ja, das sieht man.« Sie leerte ihre Flasche. »Willst du noch eins?«

Als er ein paar Biere später ging – ohne Damali –, war Seth kein Stück besser gelaunt. Genau genommen fühlte er sich sogar noch schlechter. *Katerstimmung ohne den Genuss vorher.* Alkohol half eben auch nicht weiter. Hatte es noch nie getan.

Unterwegs fragte er sich, ob es ihm nicht bald noch schlechter gehen würde. Die Wachen, die er so dringend hatte loswerden wollen, waren verschwunden – aber nicht auf seinen Wunsch. Statt ihrer folgte ihm die Rabenelfe, die Niall attackiert hatte, und sie machte sich nicht die Mühe, es unauffällig zu tun. Sie ging so dicht hinter ihm, dass er hörte, wie sie Kampflieder vor sich hin trällerte.

Er wusste, dass er Angst vor ihr haben sollte, und tief im Innern fürchtete er sich auch. Er hatte weder Wachen noch sein Handy bei sich. *Aber es hat keinen Sinn, etwas zu beklagen, das ich nicht ändern kann.* Er betrat das Bahngelände. Die Schienen und ausrangierten Waggons boten einem Sterblichen, der mit Elfen zu tun hatte, den idealen Schutz. Sein Zuhause befand sich auf einer kleinen Fläche am Rand eines Güterbahnhofs. Die meisten Elfen blieben an den Bahngleisen stehen; diese hier aber nicht – sie folgte ihm fast bis an seine Tür. Ein paar Schritte vor dem Wagen standen Holzstühle in seinem Garten.

Er zog seinen Schlüssel aus der Tasche und drehte sich zu der Elfe mit dem Rabenkopf um.

Sie ließ sich auf einem der Stühle nieder. »Setzt du dich einen Moment zu mir, Sterblicher?«

»Ich weiß nicht, ob das eine gute Idee ist.« Seth schloss auf, ging aber nicht hinein.

Sie hielt ihren Kopf ungewöhnlich schief, um ihm ins Gesicht zu spähen; eine ausgesprochen unmenschliche Geste. »Vielleicht ja doch.«

»Vielleicht.« Er verharrte auf den Stufen vor der geöffneten Tür, könnte mit nur einem Schritt ins Innere gelangen. *Ob das einen Unterschied machen würde?* Da er gesehen hatte, mit welch rasender Geschwindigkeit sie auf Niall losgegangen war, hatte Seth wenig Hoffnung, es bis ins Innere des Wagens zu schaffen, bevor sie bei ihm war. Außerdem war sie stark genug, um auf jeden Fall in den Wagen gelangen zu können. Er überlegte, was er tun konnte; ihm fiel nichts ein. Wenn sich sogar Niall gegen sie schwergetan hatte, hatte ein Sterblicher keine Chance.

»Irgendwie bezweifle ich, dass es klug ist, irgendetwas mit dir zu tun zu haben«, sagte er.

Die Elfe schlug die Beine übereinander und lehnte sich zurück. »Ich liebe Zweifel.«

Genau das ist der Grund, warum ich Wachen habe. Aber dann dachte Seth erneut an ihren Kampf mit Niall zurück und vermutete, dass ihn auch die Wachen des Sommerhofs nicht retten könnten, sollte sie ihm etwas antun wollen. Er fragte sich, ob sie die Wachmänner getötet hatte – und ihn ebenfalls töten würde.

»Weiß dein König, dass du hier bist?«, fragte er.

Sie lachte krächzend, ein Geräusch, das eigentlich aus einem Rabenschnabel hätte kommen sollen. »Mutiges Kind. Ich bin sicher, dass er es erfahren wird ... irgendwann. Aber er ist nie rechtzeitig zur Stelle, um mich von meinem Weg abzubringen.«

Seths Angst erreichte ihren Höhepunkt und er trat in den Wagen. »Er hat mir den Schutz eures Hofs angeboten. Und ich habe akzeptiert.«

»Natürlich. Er hat eine Vorliebe für dich, stimmt's? Der neue König der Finsternis hatte schon immer seine sterblichen Lieblinge. Aber so schlimm wie unser letzter König ist er nicht ...« Sie ging übertrieben langsam auf ihn zu, wie in einem Film, der nur Bild für Bild weiterläuft.

Seth wünschte sich, er hätte sein Handy zur Hand. Niall konnte zwar nicht schnell genug hier sein, aber er würde wenigstens wissen, dass es diese Elfe war, die – *was? mich umgebracht hat?* Seth warf einen Blick durchs Zimmer: Er konnte sein Telefon sehen. Er machte einen weiteren Schritt rückwärts.

»Nun ja, wir sollten ihm besser nicht erzählen, was wir vorhaben.« Die Elfe schüttelte den Kopf wie eine Mutter, die ihre Missbilligung zum Ausdruck bringt. »Er würde nur Nein sagen, wenn er es wüsste.«

Er ging noch einen Schritt rückwärts. »Nein sagen zu was?«

Sie hielt mitten in der Bewegung inne. »Dazu, dass du Ihre Königliche Langweiligkeit triffst. Das ist es doch, was du willst, oder? Aber sie werden alle Nein sagen.« Sie seufzte, doch es klang nicht bekümmert – es klang sehnsuchtsvoll, und Seth wollte lieber nicht wissen, wonach sie sich sehnte. »Ungezogener Junge, versucht mit der Königin der Vernunft zu sprechen. Sie weiß von dir. Sie hat ihren Handlanger nach dir ausgesandt. Das ganze Elfenreich kichert schon über den frei herumstreunenden Sterblichen.«

Als er das hörte, blieb auch Seth stehen. »Versuchst du, mir zu helfen?«

Die Rabenelfe nahm ihre Verfolgung wieder auf. Sie stand jetzt nur noch wenige Armlängen von ihm entfernt und ging betont langsam weiter auf ihn zu. »Aber sie stehen dir im Weg. Wie sollst du deine Träume verwirklichen, wenn sie dich an die Leine legen? Nein sagen? So sind sie. Nehmen uns alle Wahlmöglichkeiten. Behandeln uns wie Kinder.«

Sie stand jetzt vor ihm. Ganz nah. Er konnte sehen, dass die Feder-Haare, die ihr über den Rücken fielen, stellenweise versengt waren. Flügel wurden abwechselnd sichtbar und wieder unsichtbar. Getrocknete Asche zeichnete Muster auf ihre Arme und Wangen. Sie sah aus, als käme sie frisch vom Schlachtfeld.

»Wer bist du?«, fragte Seth.

»Du kannst mich Bananach nennen.«

Er machte noch einen Schritt und griff nach seinem Telefon. »Warum bist du hier?«

»Um dich zu Sorcha zu bringen.« Sie nickte beim Sprechen.

»Warum?« Ohne den Blick zu senken, schob er seinen Daumen über die Taste, mit der er Nialls Handy erreichte.

»Tu das nicht. Ich werde dich nicht bluten lassen, es sei denn, du machst es notwendig. Wenn du *das* tust, wird es notwendig.« Der Wahnsinn in ihrer Miene war plötzlich verschwunden, und das machte sie nur umso furchterregender. Sie sah ihn ernst an. »Wir haben alle Träume, Seth Morgan. Im Augenblick passen deine und meine zusammen. Du kannst dich glücklich schätzen, dass du für mich nützlich bist, auch ohne dass ich dich verletze.«

Dann ging sie an ihm vorbei in den Wagen hinein.

Seth stockte. Sein Finger lag noch immer auf der Taste, mit der er Niall anrufen könnte. »Du bietest mir an, mich zu Sorcha zu bringen?«

»Du suchst sie. Niall wird dir nicht helfen. Die Ash-Königin wird dir nicht geben, was du willst. Der Winter wird dich zurückweisen ... Die Vernünftige kann dir helfen, wenn sie sich dazu herablässt. Wenn du verwandelt wirst, wird mir das helfen. Ich habe Worte geflüstert, um uns an diesen Punkt zu bringen, Seth. Habe dem Winter Geheimnisse verraten.« Sie blieb stehen und gurrte Boomer an. Die Boa lag auf einem ihrer beheizten Steine. Bananach sah Seth nicht an, als sie sagte: »Such deine Sachen für die Reise zusammen.«

Er wusste inzwischen genug, um zu begreifen, dass sie die Wahrheit sagte, jedenfalls aus ihrer Sicht.

Und aus meiner.

Alles, was Bananach sagte, entsprach der Wahrheit: Weder Ashlyn noch Niall waren bereit, ihm bei seinem Wunsch, ein Elf zu werden, zu helfen. Die Königin des Lichts dagegen konnte es ermöglichen.

Bananach stand da und machte Kussgeräusche in Boomers Richtung – der sich schlängelte, wie Seth es noch nie gesehen hatte. Dann sah sie wieder zu ihm. »Stell deine Frage. Ich habe nicht viel Zeit.«

Seth sah Bananach in die Augen und fragte: »Du wirst mich auf direktem Weg zu Sorcha bringen und mir nichts tun?«

Sie korrigierte: »Ich werde dich *unversehrt* bei Sorcha abliefern. Du musst dich präziser ausdrücken, wenn du für mich von Nutzen sein willst. Stell dir vor, ich würde dir unterwegs von jemand anders etwas antun lassen – was dann? Präzision ist das Wesentliche bei aller Kriegskunst. Du hast zwar die nötige Unerschrockenheit, aber nicht die Präzision. Du kannst mir nur dann nützen, wenn du sowohl mutig als auch berechnend bist.« Sie taxierte ihn. »Du wirst genügen. Die Raben sagen es mir, aber du musst Sorchas Weisheit sehr aufmerksam lauschen. Sie ist zwar langweilig, aber die Vernünftige wird dir helfen bei dem, was wir brauchen.«

»Wir? Warum *wir*?«

»Weil es meinen Interessen dient.« Sie öffnete Boomers Terrarium und hob die Boa heraus. »Dir weiter zu antworten tut es nicht.«

»In Ordnung.« Er schluckte und hatte plötzlich einen trockenen Mund.

Von draußen hörte er Skelley rufen: »Seth, bist du da?«
Bananach hielt einen Finger an ihre Lippen.
»Ja.« Seth öffnete nicht die Tür. Der Wachmann konnte gegen Bananach nichts ausrichten – und Seth war nicht sicher, ob er wollte, dass sie ging. Sie hatte Antworten. Sie konnte ihn zu Sorcha bringen.

Skelley schwieg. »Brauchst du Gesellschaft?«

»Nein, ich glaube, ich habe, was ich brauche.« Seth sah die Elfe an, die reglos dastand wie eine Schildwache und ihn beobachtete. »Ich musste nur einen Augenblick allein sein, um es zu finden.«

Skelley verabschiedete sich durch die geschlossene Tür, und Seth drehte sich zu Bananach um. »Ich habe keine Ahnung, woher du weißt, was ich brauche, aber ich möchte zu Sorcha.«

Die Rabenelfe nickte finster. »Ruf deine Königin an, um es ihr zu sagen. Du kannst nicht zu ihr gehen. Nicht heute Abend. Nicht mit mir. Sie würden mich nicht willkommen heißen. Und wenn sie mich sehen –« Bananach stieß einen fröhlichen Ton aus, der Seth verlegen machte, bevor sie hinzufügte: »Es wäre ein böser, blutiger Spaß, aber das kann noch warten.«

Irgendein verbleibender Rest von Logik sagte Seth, dass er allzu weit von dem Weg abgewichen war, zu dem der gesunde Menschenverstand ihm geraten hätte.

Du kannst immer noch Nein sagen, dachte er. *Jetzt sofort. Sag ihr, dass du dich geirrt hast. Sag ihr, dass sie gehen soll. Vielleicht hört sie ja auf dich.*

Aber dieselbe Logik erinnerte ihn daran, wie Ashlyn jeden Tag weiter von ihm wegdriftete, daran, wie hilflos er selbst den schwächsten Elfen gegenüberstand, daran, wie wenig Zeit er nur mit ihr als einer Sterblichen gehabt hatte.

Er drückte die 1 auf seiner Handytastatur.

Als die Mailbox anging, begann er:»Ich gehe heute Abend weg, und –«

Da stand Bananach plötzlich vor ihm, viel zu nah, und flüsterte:»Sag ihr sonst nichts.«

Seth sah weg. Er wusste, dass er ihr nicht vertrauen konnte, aber er gehorchte ihr. Er sprach ins Telefon:»Und ich melde mich ... später. Ich muss jetzt los. Ich weiß nicht, wann ... ob ... Ich muss auflegen.«

Er unterbrach die Verbindung.

»Braver Junge.« Bananach wickelte Boomer von ihrem Arm und reichte ihm die Schlange. Dann öffnete sie die Tür.»Halt dich an meiner Hand fest, Seth Morgan. Die Vernünftige wartet nicht auf uns. Wir müssen los, bevor die Figuren sich bewegen.«

Seth hatte keine Ahnung, was die Rabenelfe damit meinte, doch er nahm ihre Hand und trat mit ihr in die Nacht hinaus. Er schloss die Tür ab. Einen Herzschlag später waren sie weit von dem Bahngelände und den Wachen entfernt in einer Straße, zu der man zu Fuß eine gute halbe Stunde ging. Sie bewegte sich schneller fort als Ashlyn, und Seth kämpfte gegen eine aufsteigende Übelkeit an.

Boomer hatte sich um Seths Schulter gewickelt und zitterte leicht.

»Kluges Lämmlein«, murmelte Bananach und tätschelte Seths Kopf.

Mehrere Raben flatterten durch die zerbrochenen Fenster in das Gebäude vor ihnen. Sie legten ihre Köpfe schief, um ihn zu beobachten. Bananach neigte ihren Kopf auf die gleiche Weise, synchron mit den schwarzen Vögeln.

Seth unterdrückte einen Brechreiz.»Wo ist Sorcha? Ich muss die Königin des Lichts sehen.«

»Im Verborgenen.« Bananach schlenderte davon, und er lief hinter ihr her.

Sie hatte ihm eine Antwort auf seine Frage angeboten, und er würde sich diese Gelegenheit nicht entgehen lassen – trotz des Risikos.

Lieber nutze ich eine Chance auf die Ewigkeit, als mich später zu fragen: »*Was wäre gewesen, wenn?*«

Neunzehn

Ashlyn war ein wenig erstaunt, als Seth am Morgen nicht an ihrer Tür wartete – und sehr enttäuscht. Das Treffen mit Keenan und Tavish und einer Handvoll anderer Elfen am letzten Abend hatte sich bis in die frühen Morgenstunden hingezogen, doch danach war sie in der Hoffnung nach Hause gegangen, Seth dort anzutreffen. Normalerweise frühstückten sie mindestens zweimal in der Woche vor der Schule zusammen. Heute hätte eigentlich einer dieser Tage sein sollen.

Quinn und eine kleine Gruppe von Wachen warteten – für die Welt unsichtbar – unten auf der Straße. Sie lächelte Quinn zu. Sie hatten eine Übereinkunft in Sachen Privatsphäre getroffen. Es war schwer genug, ihren Freundinnen – und Seths Freunden – Keenans Allgegenwart zu erklären. Wenn sie zusätzlich eine ganze *Gruppe* überwiegend männlicher Fremder ständig beschattete, hätte sie keine Chance, sie auch noch wegzuerklären. Solange sie also nicht gerade im Crow's Nest waren oder an Orten, wo sich ausschließlich Elfen aufhielten, wie dem Rath, blieben ihre Wachen unsichtbar.

Seth ging normalerweise recht langsam, so dass sie morgens gewöhnlich ein bisschen mehr Zeit einplante, damit sie gemütlich gehen konnten. Aber ohne ihn an ihrer Seite ging sie sehr schnell.

Ich könnte auch rennen.

Sie versuchte, das unbehagliche Gefühl abzuschütteln, das sie befallen hatte: Seth war schon einige Male zu spät gekommen. Vielleicht war er schon im Depot. Er hatte zwar nicht gesagt, dass er kommen würde, aber so wütend war er ganz bestimmt nicht mehr. Seth war nicht so launisch wie sie. Er war vernünftig.

Es ist bestimmt alles in Ordnung.

Sie hatte vergessen ihr Telefon aufzuladen, konnte ihn also nicht anrufen.

Das unbehagliche Gefühl ließ sich nicht vertreiben. Sie bog von der Straße ab, ging hinter ein Gebäude und streifte – außer Sichtweite von Sterblichen – einen Zauber über, um für alle bis auf Elfen und Sterbliche mit Sehergabe unsichtbar zu sein. Dann rannte sie los.

Es fühlte sich toll an, sich so schnell zu bewegen; sie spürte ein Prickeln am ganzen Körper, während sie die plötzliche Freiheit genoss. Manche Seiten des Elfendaseins begeisterten sie weitaus mehr, als sie es sich je hätte träumen lassen. Die Geschwindigkeit, mit der sie sich nun fortbewegen konnte, war eine davon. Der Nachteil war natürlich, dass sie stets in wenigen Sekunden an dem Ort war, den sie aufsuchen wollte. Das war zwar nützlich, aber viel zu schnell vorbei. Das Elfendasein verzerrte ihr Zeitgefühl. Und mit der anderen Zeitrechnung, die in dem entlegensten Teil des Elfenreichs galt, in Sorchas Gebiet, kam sie überhaupt noch nicht klar. Bis sie der Königin des Lichts irgendwann begegnete, wollte sie sich mit diesem speziellen Paradox aber auch gar nicht auseinandersetzen. Fürs Erste bereitete ihr der Gedanke daran, wie endlich alles Sterbliche war und wie kurz ihre verbleibende Zeit mit Seth und Grams, genug Probleme.

Vor dem Depot blieb sie stehen. Das Café war brechend voll. Eine Reihe von Leuten, die sie kannte, scharten sich um die winzigen Tische oder lehnten an der Wand. Ashlyn war froh, dass die anderen sie nicht sehen konnten, als sie hineinging. Sie eilte durch den Hauptraum in die hinteren Zimmer: Seth war auch dort nicht. Ihr Unbehagen wuchs.

Vielleicht ist er in der Schule. Das war möglich. Manchmal trafen sie sich dort, bevor er zur Bücherei ging oder im Park Skizzen anfertigte. Wenn nicht, war er so sauer auf sie, dass er sie nicht treffen und nicht mit ihr reden wollte. Panik zog ihre Lunge zusammen. *Was, wenn er nicht mehr mit mir redet?*

Er war der Einzige, der sie jemals so akzeptiert hatte, wie sie war, für das, was sie war, mit beiden Seiten ihres neuen Lebens. Grams versuchte es. Keenan versuchte es. Aber nur Seth kannte sie wirklich; nur Seth verstand sie voll und ganz.

Noch immer unsichtbar für die Augen Sterblicher überquerte sie die Straße und huschte in die Bishop O'Connell High School. Ohne daran zu denken, wie leichtsinnig das war, machte sie sich zwischen zwei Stufen sichtbar. Quinn schnaubte missbilligend hinter ihr, doch er hätte niemals etwas gesagt. Er gehörte nicht zu denen, die die Arroganz von Elfen kommentierten.

Ashlyn sah über die Schulter zu ihren Wachen zurück.

»Wir warten hier«, sagte Quinn.

Sie nickte und ging hinein. Einige Augenblicke stand sie einfach nur da, doch die vertrauten Stimmen ihrer Klassenkameraden machten sie nervös. Das waren die Leute, die sie beschützen sollte, aber im Gegensatz zu ihren Elfen hatten sie keine Ahnung, wer sie war und dass ein drohender Krieg die Erde verwüsten könnte. Sie beobachtete sie und fing Fetzen von Gesprächen auf, die ihr inzwischen so weit weg erschienen, als wären sie in einer anderen Sprache. Dies war eine Welt, in die sie nie wirklich gehört hatte – die Welt, in der ihre Freundinnen lebten, eine Welt, in der es um Prüfungen in Wirtschaft und Schulabschlussfeiern ging, eine

Welt, in der ein Streit mit dem Freund schon das Schlimmste war. Sie hielt inne. Manche Sachen waren gleich geblieben. *Ob Seth wütend auf mich ist oder nicht, hat für mich immer noch denselben Stellenwert.* Die Schulabschlussfeier mochte ihr nicht so wichtig sein, aber bei den Elfenfesten hatte sie genügend Gelegenheit zum Tanzen. Wirtschaft spielte auch in ihrem Elfenleben eine Rolle – in sehr praktischer Hinsicht. Und Seth ... er war alles für sie.

Sie musste ihn sofort sehen. Ohne noch einen Moment zu zögern, drehte sie sich um und ging auf dem direkten Weg wieder durch die Tür hinaus, durch die sie eben erst hereingekommen war. Sie würde ihn zu Hause aufsuchen. *Vielleicht hat er verschlafen. Oder er hatte keine Lust zu reden. Dann kann er wenigstens zuhören.* Sie würde diese Sache nicht weiter im Unklaren lassen. Sie würde zu ihm gehen. Sie würden darüber reden. Er war lebenswichtig für sie.

Also rannte sie – durch die Straßen, über das Bahngelände und bis zu seiner Tür. Sie hörte die Wachen hinter sich, aber sie hielt nicht an, um mit ihnen zu sprechen. *Sollen sie ruhig denken, dass ich impulsiv bin.* Das einzig Wichtige war, dass sie Seth erreichte.

Ein paar Minuten nachdem sie die Schule verlassen hatte, drehte sie den Schlüssel in Seths Schloss und drückte die Tür auf.

»Seth?«

Es brannte kein Licht, es spielte keine Musik. Der Wasserkessel stand auf dem Herd, zwei ungespülte Teetassen daneben auf dem Tresen. Es sah aus, als wäre Seth überstürzt aufgebrochen. Normalerweise ließ er seine Tassen oder Teller nicht ungespült herumstehen.

»Seth?« Ashlyn ging in den zweiten Wagen und betrat das Schlafzimmer.

Es war früh am Morgen und das Bett schon gemacht. Er war zu

überstürzt aufgebrochen, um zu spülen, aber nicht zu überstürzt, um sein Bett zu machen. Sie beugte sich über das Bett und steckte ihr Ladegerät in die freie Steckdose. Als das Telefon anging, sah sie, dass sie eine Nachricht auf ihrer Mailbox hatte. Er hatte angerufen. Sie war erleichtert – bis sie sie abhörte. »Ich gehe heute Abend weg und –« Er brach ab und Ashlyn hörte ganz schwach eine andere Stimme – *ein Mädchen* –, aber sie konnte nicht verstehen, was sie sagte. Dann hörte sie wieder Seth. »Und ich melde mich ... später. Ich muss jetzt los. Ich weiß nicht, wann ... ob ... Ich muss auflegen.«

Er geht weg? Sie hörte die Nachricht noch zweimal ab. Sie ergab trotzdem keinen Sinn.

Er klingt aufgeregt.

Sie strich gedankenverloren über die neue Bettdecke, die sie zusammen ausgesucht hatten, und hörte die Nachricht erneut ab. Ashlyn hörte die Stimme, die in der Pause zwischen seinen Worten sehr leise etwas flüsterte.

Er war weggegangen.

Sie hatte ihm Geheimnisse anvertraut, die sie nie mit jemand anders geteilt hatte. Als Keenan und Donia sie verfolgt hatten, hatte sie sich Seth offenbart. Sie hatte alle Regeln gebrochen, die sie zuvor ihr Leben lang befolgt hatte und nach denen auch ihre Mutter und Großmutter gelebt hatten.

Ihr schossen Tränen in die Augen, aber sie blinzelte sie weg. »Was ist bloß passiert?«

Sie ertrug es nicht länger, in diesem Schlafzimmer zu sein, dem Raum, der nur ihnen beiden gehörte. Sie verließ das Schlafzimmer und wollte nach Boomers erwärmtem Stein sehen. Die Schlange lag nicht in ihrem Terrarium.

Boomer ist weg.

»Seth wird zurückkommen.« Ashlyn sah sich in dem leeren Haus um.

Sie wollte wegrennen, doch es war Seth, zu dem sie immer lief, wenn sie verzweifelt war – und der war verschwunden.

»Wo bist du?«, flüsterte sie.

Sie konnte sich nicht entschließen, schon wieder zu gehen. Sie wusch sich die Hände und spülte dann die paar Geschirrteile. Sie glaubte nicht ernsthaft, dass er doch noch zur Tür reinkommen würde, während sie dort stand und seine Teetassen abwusch, aber sie konnte sich einfach nicht überwinden zu gehen. Als sie die Tassen wegräumen wollte, entdeckte sie, dass das ganze übrige Geschirr, bis auf die Sachen, die sie ihm gekauft hatte, verschwunden war. *Warum hat er alles mitgenommen? Und warum hat er die Teekanne, die ich ihm geschenkt habe,* nicht *mitgenommen?*

Irgendwas stimmt hier nicht. Es war nicht Seths Art, einfach so zu verschwinden.

Sie sah sich um und fand die Scherben im Müll. Irgendwer hatte das Geschirr zerschmissen und dann aufgeräumt. Wenn Boomer nicht gefehlt und Seth nicht so aufgeregt geklungen hätte, würde sie glauben, dass er in Gefahr war.

Er hat Boomer mitgenommen.

Ihre Gefühle lauerten zu dicht unter der Oberfläche, und seit sie die Sommerkönigin war, durfte sie so etwas nicht zulassen, nicht bei Gefühlen dieser Art. Sie hatte die Auswirkungen von Keenans Stimmungsumschwüngen gesehen – Miniatur-Tropenstürme, die in kleinen Räumen eingesperrt waren, einen Schirokko auf einer Straße in der Stadt – und sie hatte mitgeholfen, die Folgen dieser emotionalen Turbulenzen einzudämmen. Ihre Gegenwart beruhigte ihn. Selbst nach neun Jahrhunderten als

Sommerkönig passierten ihm diese Entgleisungen noch manchmal, aber seine Unwetter waren nichts im Vergleich zu dem überwältigenden Albtraum, dessen Pulsieren sie in sich spürte.

Sie konnte mit diesen Emotionen nicht allein fertigwerden. Draußen vor dem Wagen war es dunstig, als würde Nebel vom Meer hereinwehen, aber es gab kein Meer in der Nähe von Huntsdale. Der Nebel kam von ihr. Sie spürte es, während ihre Verwirrung, ihre Angst, ihre Wut und ihre Verletztheit sie immer stärker durchfluteten.

Seth ist weggegangen.

Sie ging zur Tür und zog sie hinter sich zu.

Seth ist weg.

Ihre Schritte durch die Stadt zeugten von schierer Willenskraft. Sie war wie betäubt. Wachen sagten etwas zu ihr. Elfen blieben stehen, als sie an ihnen vorbeiging. Nichts davon war wichtig. Seth war weg.

Wenn Bananach oder irgendjemand anders ihr etwas tun wollte, dann war dies der optimale Zeitpunkt dafür, denn sie nahm nichts anderes mehr wahr als die permanente Wiederholung seiner Mailboxnachricht an ihrem Ohr, die sie wieder und wieder abspielte.

Als sie am Loft ankam, war alles, was sie über das Leben wusste, auf eine Tatsache reduziert: Seth war gegangen.

Sie öffnete die Tür. Die Wachen sprachen gerade mit Keenan. Irgendein Gerede darüber, dass sie rücksichtslos sei, drang aus ihren Mündern. Andere gaben noch mehr lautes Zeug von sich. Die Vögel schnatterten. Doch all das war bedeutungslos.

Keenan stand in der Mitte des Raums; überall um ihn herum schossen Vögel durch die Bäume und Weinreben. Normalerweise entspannte sie dieser Anblick. Diesmal jedoch nicht.

»Er ist weg«, sagte sie.

»Was?« Keenan wandte weder den Blick von Ashlyn ab noch ging er auf sie zu.

»Seth. Er ist gegangen.« Sie war sich noch immer nicht sicher, ob sie eher schockiert oder verletzt war. »Er ist weg.«

Der Raum leerte sich lautlos, bis Ashlyn und Keenan allein waren. Tavish, die Sommermädchen, Quinn, mehrere Ebereschenmänner – sie alle huschten hinaus.

»Seth ist *weg*?«

Ohne sich die Mühe zu machen, ganz ins Zimmer hineinzugehen, setzte sie sich auf den Boden. »Er sagt, er wird sich melden, aber ... Ich weiß nicht, wohin oder warum oder *irgendwas*. Er war sauer auf mich, und jetzt ist er weg. Als er neulich Abend aus dem Loft gegangen ist, hat er gesagt, er braucht Abstand, aber ich hätte nicht gedacht, dass er so was gemeint hat. Ich rufe ihn andauernd an. Aber er geht nicht dran.«

Sie sah zu Keenan hoch. »Was, wenn er nicht zurückkommt?«

Zwanzig

Seth stand mit Bananach auf einem der älteren Friedhöfe Huntsdales. Zwischen den verfallenen Häusern und graffitiverschmierten Wänden wirkte er geradezu wie eine Oase. Hier kam er manchmal mit Freunden her; der Ort war ihm von stundenlangen Spaziergängen mit Ashlyn zwischen den Gräbern vertraut. Heute jedoch spürte er eher Beklemmung als das Wohlgefühl, das ihn dort sonst immer überkam.

»Hier ist es? *Hier* ist die Tür?«, fragte er.

»An manchen Tagen. Nicht immer.« Sie wies nach vorn, an einigen schiefen Steinen vorbei, die aneinanderlehnten. »Heute ist sie hier.«

Dank seiner Sehergabe und seinem Amulett gegen Elfenzauber konnte Seth die Barriere erkennen, die sich vor ihnen befand. Er hatte schon andernorts solche Schranken bemerkt – im Park vor dem Loft, in der Nähe von Donias Haus und Cottage und vor dem Rath. Diese flirrenden Barrieren waren stets an Orten zu sehen, an denen sich größere Mengen von Elfen aufhielten oder wo sie wohnten. Doch keine von denen, die ihm bislang aufgefallen waren, hatte so undurchdringlich gewirkt. Sie hatten aus einer Art Dunst bestanden, wie ein Rauch oder Nebel, durch den man hindurchschlüpfen konnte. Es fühlte sich unangenehm an, wenn er durch diesen Dunst hindurchschritt, und zwar so unangenehm, dass die Barrieren ihn vom Weitergehen abgehalten hätten, wenn er nicht von ihrer Existenz gewusst hätte – oder von der Existenz der Elfen. Und genau das war ihr Zweck: Menschen fernzuhalten.

Doch diese hier war in jeder Hinsicht anders. Weder Rauch noch Illusion, sondern ein Schleier aus Mondlicht hing bis auf die Erde herab. Sein absolut gleichmäßiger Fall ließ ihn schwer wirken, wie ein dichter Samtvorhang. Seth streckte eine Hand danach aus. Er konnte nicht hindurchfassen.

Als Bananach auf den Schleier zuging, kräuselte er sich in winzigen konzentrischen Wellen, als wäre sie in ein ruhiges Gewässer gefallen. Dann stieß sie ihre krallenbewehrten Hände in den Mondlichtschleier und teilte ihn. »Komm in das Herz des Elfenreichs, Seth Morgan.«

Die Stimme der Vorsicht – eine Warnung, dass er im Begriff war, einen Schritt zu tun, der alles verändern würde – summte in seinem Kopf auf. Er sah plötzlich Elfen durch eine Stadt laufen, die bei geschlossenem Schleier unsichtbar gewesen war. Hinter dieser Barriere, die stabiler war als alle anderen, die er je in Huntsdale gesehen hatte, lag eine ganze Welt verborgen. Irgendetwas daran war falsch. Die Logik beschwor ihn stehen zu bleiben, über die Gefahren nachzudenken, die Folgen abzuwägen – aber da drinnen war Sorcha. Sie besaß die Fähigkeit, seine Probleme zu lösen. Wenn er sie davon überzeugen konnte, ihm zu helfen, konnte er die Ewigkeit mit Ashlyn verbringen.

Boomer wie einen Schal um seinen Hals geschlungen durchschritt Seth den Schleier.

Bananach lachte gackernd. »Bist ein mutiges kleines Lamm, was? Zögerst nur einen kurzen Moment, bevor du in einen Käfig marschierst. Du sitzt in der Falle, kleines Lamm.«

Seth legte seine Hand auf den Schleier aus Mondlicht: Er teilte sich nicht. Er versuchte seine Finger hindurchzustecken, wie sie es getan hatte, doch der Schleier war hart wie Stahl. Das Flüstern der Angst in seinem Kopf schwoll zu einer Kakophonie an.

Er drehte sich wieder zu ihr um, doch sie setzte ihren Weg bereits fort. Elfen wichen ihr aus, rannten nicht direkt vor ihr weg, schienen aber doch bei ihrem Anblick zu flüchten. Bananach stolzierte eine Straße hinunter, die in jeder Stadt und doch irgendwie in keiner hätte liegen können. Dieser Ort war offensichtlich früher mal eine normale Menschenstadt gewesen, doch alles darin schien ein wenig von der Normalität abzuweichen. Von den Gebäuden waren die meisten metallhaltigen Teile entfernt und durch andere Materialien ersetzt worden: Knorrige Weinreben mit geruchlosen Blüten hingen an Stelle von Feuerleitern außen an den Häusern; die Markisen wurden von hölzernen Pfosten getragen; Gitter waren durch Steinplatten ersetzt.

Als er einen Blick zurückwarf, konnte er nicht mehr sagen, wo der Schleier gewesen war. Der Friedhof und der ihm bekannte Rest der Stadt waren ebenso gründlich verborgen, wie diese Welt für Seth unsichtbar gewesen war, als er noch zwischen den vertrauten Grabsteinen und Mausoleen gestanden hatte. Er versuchte sich einzureden, dass das hier auch nicht ungewöhnlicher war als alles andere, was er gesehen hatte, seit Ashlyn ihm die Augen für die Elfenwelt geöffnet hatte.

Es waren jedoch nicht nur die Naturstoffe, die die Szenerie surreal wirken ließen. Dieser ganze Ort verströmte eine Atmosphäre der Ordnung und Präzision. Die Gassen hinter den Gebäuden waren hell und makellos. Eine Gruppe menschlich aussehender Elfen spielte auf der Straße Fußball, und alle waren mit großem Ernst bei der Sache. Nirgends waren Rufe oder laute Stimmen zu hören. Es war ein bisschen so, wie einen Kinosaal zu betreten, in dem ein Stummfilm lief – kombiniert mit der Merkwürdigkeit eines Gemäldes von Dalí.

Bananach blieb vor dem Eingang zu einem alten Hotel stehen. Blassgraue steinerne Pfeiler standen zu beiden Seiten der türlosen Öffnung. Ein burgunderroter Vorhang war mit vergoldetem Laub zurückgebunden. Es sah nach einem alten Hollywoodfilm aus, nur dass es das nicht war. Statt eines roten Teppichs erstreckte sich eine lange Bahn aus smaragdgrünem Moos vor dem Eingang.

Die Rabenelfe trat auf das Moos.

»Komm, Sterblicher«, rief sie. Sie schaute nicht zurück, um sich zu vergewissern, dass er hinter ihr herkam; sie erwartete einfach, dass er gehorchte.

Und Seth wusste, dass ihm nicht viel anderes übrig blieb. Der Schleier, den er durchschritten hatte, war undurchdringlich. Er konnte also entweder auf dieser Straße stehen bleiben oder ihr weiter folgen.

Ich bin nicht hergekommen, um kurz vor dem Ziel wegzulaufen.

Er konnte nur hoffen, dass er keinen Fehler beging, als er auf den Moosteppich trat und durch den hell erleuchteten Eingang schritt.

Die Hotellobby war voller Elfen, die in kleinen Gruppen zusammenstanden und redeten, lesend in Sesseln saßen oder auch schweigend irgendwelche Gegenstände anstarrten. Auf Beistelltischen lagen ordentlich aufgestapelte Bücher. Ein weiß verschleierter Mann staubte eine Elfe ab, die offenbar schon eine ganze Zeit lang meditierte.

Ohne nach links oder rechts zu sehen, ging Bananach an ihnen vorbei in einen steril aussehenden Korridor. Die Elfen, die sie bemerkt hatten, erstarrten; einige huschten hinaus. Geflüsterte Worte vermischten sich in der Stille des Raums zu einem anhaltenden leisen Zischen, während Seth an ihnen vorbeischritt. Ihre Andersartigkeit war ausgeprägter als bei den Bewohnern des Sommerhofs oder des Hofs der Finsternis. Zwar sahen viele von ihnen beinahe aus wie Sterbliche, doch sie strahlten eine Ruhe aus, die abwechselnd räuberisch und verächtlich wirkte. Es war beängstigend.

Die Rabenelfe schien von alldem nichts wahrzunehmen. Ihre fedrigen Haare flatterten wie ein Banner hinter ihr her, während sie durch die Flure fegte, Treppen hinauf- und hinablief und immer wieder plötzlich irgendwo abbog. Er spürte und hörte das leise Dröhnen von Kriegstrommeln, das im ganzen Gebäude widerhallte; durch das Dröhnen wanden sich die Klänge von Flöten und Hörnern. Der Lärm ließ seinen Puls rasen vor Furcht, doch er ging weiter hinter Bananach her.

Die Musik wurde schneller, während sie durch leere Räume eilten, nahm einen wilden Rhythmus an, der jedes Herz bei dem Versuch, Schritt zu halten, zum Bersten gebracht hätte. Dann brach sie genau in dem Moment abrupt ab, als Bananach ihre Hand flach auf eine geschlossene Tür legte und »Da wären wir« murmelte.

Sie öffnete die Tür, die in einen riesigen Festsaal führte. Der Boden war aus geschliffenem Marmor. Gobelins und Kunst vom Rang der berühmtesten Meisterwerke säumten die Wände. Manche Bilder wurden von naturbelassenem Silber eingerahmt, andere waren in einfache Holzrahmen eingefasst und weitere steckten in Rahmen, die aus Glas zu sein schienen. In regelmäßigen Abständen im Raum verteilte, weinumrankte Marmorsäulen trugen die sternenübersäte Decke. Obwohl Seth klar war, dass es keine echten Sterne sein konnten, starrte er die Illusion mit offenem Mund an.

Als er stehen blieb, um ehrfürchtig die Sterne und die Kunstwerke zu bestaunen, schob Bananach sich vor ihn und sagte: »Ich bringe dir ein Lamm.«

Widerstrebend lenkte Seth seinen Blick von den Wundern um sich herum auf die Elfe, die in der weiten Leere des Raums auf einem Sessel mit hoher Rückenlehne saß. Sie war die, die ihn retten oder alle seine Träume zunichtemachen konnte. Ihre Haare waren wie Feuer: flackernde Abstufungen von Hitze, die mal sichtbar, mal unsichtbar wurden, während er versuchte, sie anzusehen. Ihre Haut war wie der Schleier aus Mondlicht, durch den er das Elfenreich betreten hatte, als wäre sie selbst aus diesem kalten Licht gemacht. Doch während er sie beobachtete, veränderte sich auch ihre Haut. Sie wurde so dunkel wie die Tiefen des Universums. Sie war Licht und Schatten, Feuer und Kälte, Weiß und Schwarz. Sie war beide Seiten des Mondes, alles, Perfektion.

Die Königin des Lichts. Sorcha. Es konnte niemand anders sein. Von Natur und Kunst umgeben saß sie in ihrem leeren Festsaal und grübelte über einem Brettspiel.

Er griff nach dem Amulett an seinem Hals und strich mit dem Daumen darüber, als wäre es ein Handschmeichler. Trotz seiner schützenden Wirkung spürte er den Drang, ihr seine Verehrung zu zeigen. Die Versuchung, auf die Knie zu fallen und ihr seine Seele darzubieten, war fast so stark wie der Instinkt, der ihn atmen ließ. Sie setzte automatisch ein und war beinahe unwiderstehlich.

»Ein Lamm?« Der Blick der Königin des Lichts streifte ihn mit der Aufmerksamkeit eines Kolibris, der kurz innehält und wieder davonschießt. Sie lenkte ihre Augen wieder auf das Brett vor sich. Das Spiel sah so ähnlich aus wie Schach, nur um ein Mehrfaches größer und mit sechs Sätzen von edelsteinbesetzten Figuren.

»All seine Eingeweide sind noch drin.« Bananach strich Seth

über den Kopf. »Weißt du noch, als sie uns Opfergaben dargebracht haben?«

Sorcha nahm eine transparente grüne Figur, die eine sichelartige Waffe hielt, vom Brett. »Du hättest ihn nicht herbringen sollen. Du solltest nicht mal hier sein.«

Bananach legte ihren Kopf auf diese irritierende, an einen Vogel erinnernde Art schief und fragte in einer Art Singsang: »Soll ich ihn also behalten? Soll ich ihn wieder hinter den Schleier tragen, ihn vom Spielfeld nehmen? Soll ich ihn auf die Türschwelle des legitimen Regenten legen und sagen, ich hätte ihn aus *deinem* Reich dort hingebracht? Soll ich das Lamm wieder mitnehmen, meine Schwester?«

Seth stutzte, als er etwas in Sorchas Augen aufflackern sah, das er nicht einordnen konnte. Er war gerade erst hier angekommen und konnte sich nicht vorstellen, bei wem Bananach ihn abgeben oder mit welchen Äußerungen sie Ärger provozieren könnte. *Die einzigen Regenten, die mich kennen, sind Ash, Don und Niall, und denen könnte ich doch erklären* – der Gedanke brach ab, als ihm schlagartig klar wurde, dass sie ihn nicht lebendig vor irgendjemandes Tür zurücklassen würde. Wenn Sorcha ihm nicht erlaubte zu bleiben, war das sein Todesurteil.

Er schaute sich um, als könnte plötzlich eine Waffe in Reichweite liegen. Nichts. Einige Sätze aus den alten Geschichten, die er gelesen hatte, schossen ihm wirr durch den Kopf. *Weißdorn und Gartenraute, Distel und Rose* ... Er wusste, dass es Kräuter und Pflanzen gab, die ihm Schutz boten. Eine ganze Reihe davon bewahrte er in seinem Waggon auf und trug sie häufig bei sich. Er kramte in seinen Taschen. *Worte* ... *Schwüre* ... Was konnte er ihnen anbieten, damit sie ihn leben ließen? Bananach hatte versprochen, ihn wohlbehalten bei Sorcha *abzuliefern*, aber weiter nichts.

Sorcha hielt die Figur kurz in der Hand, bevor sie sie auf das Feld neben dem vorherigen setzte. »In Ordnung. Er darf bleiben.« Die Rabenelfe drückte eine ihrer krallenbewehrten Hände auf seine Brust und krümmte ihre Finger dabei ganz leicht, als wollte sie ihn mit ihren Fingerspitzen durchbohren. »Sei jetzt ein braver Junge. Mach, dass ich stolz auf dich bin. Mach, dass deine Träume in Erfüllung gehen.«

Damit drehte sie sich um und ging.

Einige Sekunden stand Seth einfach nur da und wartete darauf, dass Sorcha das Wort an ihn richtete. Er hatte so viel über sie gehört – nicht in direkten Mitteilungen, sondern eher in flüchtigen Kommentaren, in denen sie stets als überkorrekt und förmlich geschildert wurde –, dass er es für besser hielt, zu warten, bis sie die Initiative ergriff.

Sie sagte kein Wort.

Boomer veränderte seine Position. Er glitt über Seths Arm nach unten, bis er zu seinen Füßen lag.

Die Königin des Lichts saß weiter schweigend da.

Was jetzt?

Es war unwahrscheinlich, dass er länger als sie ausharren konnte. Er spähte zur Tür, durch die Bananach verschwunden war, dann wieder zur Königin. Sie schaute jetzt nicht mehr auf ihr rätselhaftes Brettspiel; sie starrte in die Ferne, als sähe sie irgendwelche Dinge in der Luft.

Vielleicht tut sie das ja wirklich.

Nach einiger Zeit fasste er sich ein Herz und sprach sie an. »Du bist Sorcha, stimmt's?«

Der Blick, mit dem sie ihn bedachte, war nicht grausam, aber er war auch alles andere als einladend. »Ja, und du bist?«

»Seth.«

»Der sterbliche Gefährte der neuen Königin.« Sie nahm geistesabwesend eine neue Spielfigur vom Feld. »Natürlich. Nicht viele Sterbliche kennen meinen Namen, aber deine Königin ist –«

»Sie ist nicht meine Königin«, unterbrach er sie. Irgendwie hatte er in diesem Moment das Gefühl, es war wichtig, das richtigzustellen. »Sie ist meine Freundin. Ich bin niemandes Untertan.«

»Ich verstehe.« Sie ließ die violette Figur wieder sinken und strich ihren gewaltigen Rock glatt. »Nun denn, Seth, der niemandes Untertan ist, was führt dich zu mir?«

»Ich möchte ein Elf werden«, sagte er ohne Umschweife und sah sie an.

Sorcha schob das Brettspiel beiseite. Ein Hauch von etwas, das Interesse sein konnte, huschte über ihr Gesicht. »Das ist ein kühnes Ansinnen … und keins, zu dem ich mich äußern kann, ohne innere Einkehr zu halten.«

Sie könnte alles richten. Sie hat die Macht dazu.

Ein kunstvoller Wandteppich wurde zur Seite geschoben, und ein schöner, anscheinend emotionsloser Elf kam dahinter zum Vorschein. Er hätte eine ihrer Spielfiguren sein können, so unglaublich reglos und unmenschlich stand er da. Bei näherer Betrachtung erkannte Seth, dass es sich um denselben Elfen handelte, der Nialls Kampf mit Bananach im Crow's Nest beobachtet hatte.

»Devlin«, murmelte sie. »Ich glaube, mein neuer Sterblicher braucht eine Zeit lang einen Platz, an dem er sich ausruhen kann, und eine Erinnerung daran, wie gefährlich Unverfrorenheit ist. Würdest du dich darum kümmern, während ich über alles nachdenke?«

»Ist mir eine Ehre.« Der Elf machte eine angedeutete Verbeugung, streckte dann ganz ruhig seinen Arm aus und umklammerte Seths Hals.

Dann hob er Seth an der Gurgel hoch und drückte seine Luftröhre zu.

Seth konnte nicht mehr atmen. Er versuchte, sich freizukämpfen, trat nach Devlin, doch dann wurde es schwarz um ihn und er verlor das Bewusstsein.

Einundzwanzig

»Alles in Ordnung?«, fragte Carla Ashlyn leise, während sie vor der Toilette auf Rianne warteten. Sie brauchte eine ganze Weile, um das Make-up aufzutragen, das ihre Mutter ihr für die Schule verboten hatte. »Bist du krank?«

»Nein.«

»Willst du reden? Du siehst ... *schlecht* aus.« Die Worte kamen zögernd, aber sie sprach sie dennoch aus. Carla bemutterte inzwischen sowohl Ashlyn als auch Rianne.

»Seth und ich –«, begann Ashlyn, doch beim Versuch, diesen Satz zu beenden, kam sie dem Schluchzen bedrohlich nahe. Sie unterbrach sich, bevor die Tränen zu laufen begannen. Wenn sie es in dieser Welt laut aussprach, wurde es einfach zu real. »Er ist nicht ... da. Wir hatten so eine Art Streit.«

Carla umarmte sie. »Das wird schon wieder. Er liebt dich. Er hat Ewigkeiten auf dich gewartet.«

»Ach, ich weiß nicht.« Ashlyn versuchte, die Elfen nicht anzusehen, die unsichtbar im Flur standen. »Er ist abgehauen oder so was ...«

»*Seth?*«

Ashlyn nickte. Zu mehr war sie nicht in der Lage. Ein Teil von ihr wünschte sich, sie könnte mit Carla reden, mit Rianne, mit irgendwem, doch der Mensch, mit dem sie sonst redete, war verschwunden – und Carla alles zu erzählen, hätte bedeutet, dass sie die Wahrheit umschiffen oder Wahrheiten eingestehen musste, mit denen sie nicht umgehen konnte. Sterbliche gehörten eben wirklich nicht in die Elfenwelt.

»Er ist weg.« Sie sah Carla und die Elfen hinter ihr an und flüsterte: »Und das tut weh.«

Ihre Freundin murmelte tröstende Worte und ihre Elfen strichen ihr übers Haar und über die Wangen. Früher hätte sie das in Angst und Schrecken versetzt, doch inzwischen fand sie ihre Berührungen tröstlich. Es waren ihre Elfen. Sie waren ihre Daseinsberechtigung, ihr Hauptaugenmerk und ihre Verantwortung. *Ich brauche sie.* Und sie brauchten Ashlyn; sie würden sie niemals verlassen. Ihr Hof brauchte sie. Diese Wahrheit tröstete sie, während sie einmal mehr die Routine des Schulalltags durchlief.

Elfen hielten sich eher selten im Schulgebäude auf. Das Metall und die Fülle religiöser Symbole sorgten dafür, dass sie sich dort nicht wohlfühlten. Doch heute waren ihre Elfen den ganzen Tag bei ihr. Eliza sang während der Mittagspause ein Wiegenlied. Der weiche Rhythmus ihrer Worte wurde von liebevollen Streicheleinheiten der Elfen begleitet, während auch ihr Wachmann und andere ausgewählte Elfen vorbeikamen, nur um ihre Zuneigung unter Beweis zu stellen. *Dies ist meine Familie.* Ihr Hof war mehr als eine Ansammlung von Fremden oder seltsamen Kreaturen. Ihre Liebe konnte den Schmerz zwar nicht ganz vergessen machen, aber sie half. *Ihre Elfen* halfen. Dieses Gefühl, in der Umarmung ihres Hofs verwöhnt zu werden, war wie eine Salbe für ihr verwundetes Herz – und es war das Einzige, was half.

Nach der Schule rannte Ashlyn nicht gerade zu Keenan, doch sie hatte es zumindest eilig, als sie die Treppe zum Loft hochstieg. Dort zu sein, von ihrem König und ihrem Hof umgeben, verlieh ihr ein Gefühl von Sicherheit, das ihr außerhalb des Gebäudes fehlte.

Sie besuchte zwar weiterhin die Schule und verbrachte hin und wieder eine Nacht zu Hause bei Grams, doch in den achtzehn Tagen seit Seths Verschwinden hatte sie ihre Versuche, in ihr altes Leben zurückzukehren, eingestellt. Sie traf sich nicht mit ihren Freundinnen und rief sie auch nicht an. Sie ging nirgends allein hin. In Keenans Gesellschaft fühlte sie sich am sichersten. Zusammen waren sie stärker. Zusammen in ihrem Loft waren sie sicherer.

Nach den ersten Tagen hatte er begriffen, dass er besser keine unangenehmen Fragen nach ihrem Befinden stellte oder – am allerschlimmsten – sich gar erkundigte, ob Seth schon angerufen hatte. Stattdessen gab er ihr Aufgaben, um sie abzulenken. Durch die Arbeit für die Schule, die Hofangelegenheiten und das neue Selbstverteidigungstraining war sie abends erschöpft genug, um jede Nacht zumindest einige Stunden zu schlafen.

Manchmal erwähnte Keenan im Vorübergehen, dass die Suche nach Seth noch keine Fortschritte gemacht hatte. *Aber das wird sie*, versprach er. Sie kamen nur deshalb so langsam voran, weil sie bei ihren Nachforschungen behutsam vorgingen. *Es könnte Seth in Gefahr bringen, wenn seine Abwesenheit öffentlich bekannt wird*, hatte Keenan erklärt. *Wenn er uns verlassen hat, ist er verwundbar.* Das verlangsamte die Sache mehr, als ihr lieb war, aber in Gefahr bringen – *oder ist er bereits in Gefahr?* – wollte sie ihn natürlich noch viel weniger. Ob er freiwillig gegangen war oder nicht, spielte keine Rolle. Sie liebte ihn noch immer.

Das Einzige, was sie bislang herausgefunden hatten, war, dass er ins Crow's Nest gegangen war und noch ein paar Stunden mit Damali zusammengesessen hatte, einer Sängerin mit Rastalocken, mit der er mal eine Art Affäre gehabt hatte. Die Wachen hatten ihn nicht weggehen sehen; eine Rauferei mit mehreren Ly Ergs, die eins der jüngeren Sommermädchen entführt hatten, hatte sie abgelenkt. Als sie zum Crow's Nest zurückkamen, war Seth bereits hinausgeschlüpft, doch Skelley hatte danach noch mit ihm gesprochen. *Er war wohlbehalten bei sich zu Hause,* wiederholte Skelley immer wieder. *Ich weiß nicht, wie er von dort verschwunden ist. So etwas hat er noch nie vorher gemacht.* Seth hatte sich davongestohlen; er hatte Boomer mitgenommen; er hatte aufgeregt geklungen. Die Hinweise ergaben einfach kein logisches Bild. *Ist er aus freien Stücken gegangen?* Es sprach nichts dagegen, außer, dass diese Art des Abgangs nicht zu ihm passte.

Aber passt das wirklich nicht zu ihm?

Seth war nicht der Typ für feste Beziehungen. Jedenfalls hatte er vor ihr noch nie eine gehabt; er war zunehmend angespannt gewesen wegen ihrer Verbindung zu Keenan; und er hatte ganz gut geklungen, als er sie anrief – wenn auch etwas komisch, aber sich per Mailbox von jemandem zu verabschieden war auch merkwürdig. *Vielleicht ist er seine Familie besuchen gefahren.* Sie hatte stundenlang darüber nachgegrübelt, hatte Elfen an die verschiedensten Orte ausgesandt, hatte die Listen der verkauften Fahrkarten am Busbahnhof und am Hauptbahnhof überprüfen lassen. Nichts davon beruhigte sie – oder brachte Antworten.

Keenan zu sehen, war das Einzige, was diese riesige Anspannung in ihr lösen konnte. Heute begrüßte er sie bei ihrer Ankunft im Loft allerdings mit einem Satz, den sie mit äußerst gemischten Gefühlen aufnahm: »Niall möchte dich sprechen.«

»Niall?« Der Gedanke, mit ihm zu reden, machte ihr sowohl Angst als auch Hoffnung. Am Tag nach Seths Verschwinden war sie vergeblich zu ihm gegangen, da Niall sich geweigert hatte, sie zu empfangen.

Keenans normalerweise offen daliegenden Gefühle waren so unterdrückt, dass sie nicht sagen konnte, was er empfand. »Nach eurem Treffen können wir Tavishs Hinweise durchgehen und dann zusammen zu Abend essen.«

Sie konnte nicht gegen dieses Gefühl der Enge in ihrer Brust an. »Niall ist hier?«

Über Keenans Gesicht huschte ein kurzer Anflug von Wut. »Er wartet in unserem Büro. Er will dich allein sehen.«

Ashlyn korrigierte ihn nicht, wie sie es früher getan hätte; das Büro war jetzt auch ihres. Das hier war ihr Zuhause. Es musste es sein. *Unsterblich nur dann, wenn ich nicht ermordet werde.* Bevor sie zur Elfe geworden war, hatte sie nie über Endlichkeit oder Unendlichkeit nachgedacht, doch seit ihrer Verwandlung versetzte sie die Vorstellung, die Ewigkeit könnte zu einem kurzen Moment zusammenschnurren, in Angst und Schrecken. Die jüngsten Drohungen von Bananach, Donia und Niall ließen die Möglichkeit eines Endes allzu real erscheinen. Es gab Elfen, die ihr alles nehmen konnten – und einer von ihnen wartete auf der anderen Seite der Tür auf sie.

Zu wissen, dass Keenan nur eine Sekunde entfernt war, half zwar, aber der Gedanke an ein Wiedersehen mit Niall war trotzdem beklemmend. Während ihres ersten Verwandlungsschubs war sie oft voller Angst, Selbstzweifel und Sorgen gewesen – alles Gefühle, die sie über die Jahre verborgen hatte, wann immer sie Elfen traf, ihre Sehergabe aber geheim halten musste. Diese Angst um ihre Sicherheit hatte inzwischen eigentlich nachgelassen, aber jetzt war sie wieder da, und zwar stärker als je zuvor.

»Möchtest du, dass ich mit reingehe?«, fragte Keenan tonlos.

»Wenn er Nein gesagt hat ... wenn er etwas weiß, es mir aber nicht sagt, weil ...« Sie sah ihn flehend an. »Ich brauche Antworten.«

Keenan nickte. »Ich bin hier, wenn du mich brauchst.«

»Ich weiß.« Ashlyn öffnete die Tür, um sich zum König der Finsternis zu begeben.

Niall saß auf dem Sofa und sah aus, als würde er sich ebenso wohlfühlen wie damals, als er noch hier gewohnt hatte. Der vertraute Anblick entspannte Ashlyn ein wenig – seine verächtliche Miene jedoch nicht.

»Wo ist er?«

»Wie bitte?« Ashlyn bekam weiche Knie.

»Wo. Ist. Seth.« Niall sah sie wütend an. »Er war nicht zu Hause; er geht nicht ans Telefon. Und im Crow's Nest hat ihn auch niemand gesehen.«

»Er ist ...« Die ganze Ruhe, um die sie sich so bemüht hatte, verflog.

»Er steht unter meinem Schutz, Ashlyn.« Nialls schattenhafte Gestalten erschienen, hockten sich hinter ihn und warfen sich in abschätzige Posen. Eine männliche und eine weibliche nahmen rechts und links neben ihm Platz, ihre immateriellen Körper aufmerksam vorgebeugt. »Du kannst ihn mir nicht einfach vorenthalten, nur weil dir nicht passt ...«

»Ich weiß nicht, wo er ist«, unterbrach sie ihn. »Er ist weg.«

Die Schattengestalten veränderten aufgeregt ihre Haltung, als Niall fragte: »Seit wann?«

»Seit achtzehn Tagen«, gestand sie.

Er ließ seinen Blick mehrere Sekunden lang strafend auf ihr ruhen, ohne dass er etwas sagte oder sich von der Stelle rührte. Dann erhob er sich und verließ den Raum.

Sie lief hinter ihm her. »Niall! Warte! Was weißt du? Niall!«

Der König der Finsternis bedachte Keenan mit einem feindseligen Blick, blieb jedoch nicht stehen. Er öffnete die Tür und verschwand.

Ashlyn wollte ihm nachlaufen, doch Keenan hielt sie fest, bevor sie Niall erreichen konnte.

»Er weiß etwas! Lass mich –« Sie riss sich von Keenan los. »Er *weiß* etwas!«

Keenan versuchte weder, sie noch einmal zu berühren, noch, die Tür zu schließen. »Ich kenne Niall seit neunhundert Jahren. Wenn er geht, ist es unklug, ihm nachzulaufen. Außerdem gehört er nicht mehr unserem Hof an. Er ist nicht mehr vertrauenswürdig.«

Sie starrte in den leeren Flur draußen vor dem Loft. »Er weiß etwas.«

»Vielleicht. Vielleicht ist er aber auch bloß wütend. Oder er geht einem Verdacht nach.«

»Ich möchte, dass Seth nach Hause kommt.«

»Ich weiß.«

Ashlyn schloss die Tür und lehnte sich dagegen. »Niall wusste nicht, dass er wegwollte. Er hat also nicht nur mich verlassen.«

»Niall wird ihn ebenfalls suchen.«

»Was, wenn ihm etwas zugestoßen ist?«, fragte sie und sprach damit eine Angst aus, die sie sogar vor sich selbst zu verbergen suchte. Es war leichter zu glauben, dass er sie verlassen hatte, als dass er verletzt und unauffindbar war.

»Er hat seine Schlange mitgenommen. Und er hat die Tür hinter sich abgeschlossen.«

Sie standen schweigend da, bis Keenan auf das Büro zeigte. »Möchtest du jetzt die Hinweise durchgehen, die Tavish für uns gesammelt hat? Oder möchtest du dich lieber abreagieren?«

»Zuerst abreagieren.«

Keenan lächelte, und sie gingen in eins der Sportstudios, um auf die Sandsäcke und Speedbälle einzudreschen, die dort hingen.

Später, nachdem sie auf die Säcke eingeschlagen hatte, bis ihre Bauchmuskeln so sehr schmerzten, dass sie das Gefühl hatte, ihr würde schlecht, wenn sie weitermachte, duschte Ashlyn schnell in dem Badezimmer, das an ihr Schlafzimmer angrenzte. Bis vor kurzem hatte sie es nie als ihr Zimmer betrachtet. Es war ein Ort gewesen, an dem sie schlafen und ein paar Sachen verstauen konnte, nicht mehr und nicht weniger. Nachdem Seth gegangen war, hatte sich das geändert. Sie hatte sich oft in diesen Raum zurückgezogen, um sich vor der Welt zu verstecken – und ihn nur wieder verlassen, um das Loft zu durchstreifen und bei ihren Elfen zu sein. Sie brauchte sie, brauchte sie um sich.

Was nicht hieß, dass sie nicht erstaunt war, als sie Siobhan im Schneidersitz mitten auf ihrem gewaltigen Himmelbett sitzen sah. Die Vorhänge aus Spinnweben, die das Bett wie Wände umgaben, waren zurückgebunden und an die Rosendornen der Bettpfosten gesteckt worden. Inmitten dieser märchenhaften Szenerie sah Siobhan aus wie eine Prinzessin aus einem der Zeichentrickfilme, die Ash bei Grams nicht hatte anschauen dürfen. Die Haare des Sommermädchens waren so lang, dass einzelne Locken die Bettdecke streiften. Die Weinreben hatten sich wie lebende Tattoos um Siobhans Körper geschlungen und raschelten, als die Blätter sich Ashlyn zuwandten.

Sie ist zu hübsch, um ein Mensch zu sein. Unnatürlich – Ashlyn schob die alten Vorurteile beiseite, aber nicht bevor der Rest dieses Gedankens Gestalt annahm –, *so wie ich auch. Nicht menschlich.*

»Wir sind traurig, dass er gegangen ist.« Siobhans Stimme war nur ein Flüstern. »Wir haben versucht, ihn zum Bleiben zu überreden.«

Ashlyn blieb stehen. »Ihr habt was?«

»Wir haben getanzt, und wir haben ihm sogar seinen Zauberstein abgenommen.« Siobhan zog einen Schmollmund und wirkte dadurch täuschend jung. »Niall ist gekommen und hat ihn uns weggenommen. Aber wir haben uns bemüht. Wir haben versucht, ihn bei uns zu behalten.«

Wenn sie Siobhan anschrie, würde das nicht helfen. Siobhan war durchaus clever, auch wenn sie unbedarft tat. An manchen Tagen konnte sie deswegen richtig nervtötend sein. Im Großen und Ganzen hielt Ashlyn das Sommermädchen ihrem Hof gegenüber für loyal – aber nicht ganz so loyal, dass man ihr rückhaltlos vertrauen konnte.

Ashlyn zog den Gürtel ihres Bademantels enger um die Taille und setzte sich, nicht auf ihr Bett, sondern auf den Hocker vor der Frisierkommode. »Niall hat Seth also aus dem Park abgeholt. Hat er diesen Zauberstein mitgenommen?«

Siobhan lächelte träge. »Er war es ja, der ihn Seth geschenkt hat, da würde er ihn doch nicht mir überlassen, oder?«

»Und der Stein soll Seth für unseren Zauber ...« Ashlyn nahm eine Bürste aus Olivenholz in die Hand, tat aber nichts damit.

»... unempfindlich machen, meine Königin.« Siobhan kam zu ihr hin, nahm die Bürste und fing an, Ashlyn die Haare zu bürsten. »Er beschützt ihn vor allen Illusionen, die Elfen ihm vorspiegeln könnten.«

»Verstehe. Und Niall hat ihn Seth geschenkt, aber ihr habt ihn ihm abgenommen.« Ashlyn schloss die Augen, während Siobhan systematisch die Knoten aus ihren Haaren bürstete.

»Ja, haben wir«, bestätigte Siobhan.

»Warst *du* es?« Ashlyn schlug die Augen wieder auf und sah Siobhan im Spiegel an.

Die Elfe unterbrach ihre Bürstenstriche und gestand: »Nein. Ich würde Niall niemals so ärgern. Wenn du mich darum bitten würdest, dann vielleicht schon, aber solange ich nicht muss ... Wir haben jahrhundertelang miteinander getanzt. Er hat mir beigebracht, was es heißt, nicht sterblich zu sein. Als mein König seine Aufmerksamkeit der nächsten Sterblichen zugewandt hat ...« Sie schüttelte den Kopf. »Nein, ich würde Niall nur ärgern, wenn meine Regenten es von mir verlangen.«

»Ich wusste nicht mal, dass er dieses Amulett hat«, flüsterte Ashlyn. »Hat er mir so sehr misstraut?«

»Das weiß ich nicht, aber es tut mir leid, dass du traurig bist.« Siobhan bürstete weiter.

Ashlyns Augen füllten sich mit Tränen. »Ich vermisse ihn.«

»Ich weiß.« Siobhan schüttelte den Kopf. »Als Keenan sich von mir abgewandt hat ... wir haben alle versucht, einen Ersatz für Keenan zu finden. Und manchmal dachte ich, es wäre mir gelungen.« Sie senkte für einen Moment den Blick. »Bis auch er gegangen ist.«

»Niall. Das zwischen euch war mehr –«

»Oh ja.« Siobhans Miene ließ keine Zweifel offen. »Die Ewigkeit ist eine lange Zeit, meine Königin. Unser König war häufig abgelenkt, und bis du gefunden wurdest, hat Niall an unserem Hof eine zusätzliche Aufgabe erfüllt. Er hat seine Finsternis hinter überwältigenden Anfällen von Zuneigung verborgen. Und ich habe den Löwenanteil davon bekommen.«

Sie ging zum Schrank, öffnete ihn und zog ein Kleid heraus. »Du solltest dich fürs Abendessen zurechtmachen. Für den König.«

Ashlyn stand auf, trat an den Schrank und ließ ihre Hand über die Schranktüren gleiten. Die in das Holz geschnitzten Bilder von Elfenfesten beeindruckten sie nicht mehr so wie früher, ebenso wenig wie die Opulenz dieses Zimmers. Keenan hatte diese Dinge angeschafft, weil er sie glücklich machen wollte; er hatte den Raum verschwenderisch ausgestattet, und sie konnte nicht leugnen, dass ihr das gefiel – wie auch die Kleider im Schrank.

»Ich möchte mich gar nicht schön machen«, sagte sie.

Siobhan verzog ihr prinzessinnenhaft perfektes Gesicht zu einer verächtlichen Fratze und verschränkte die Arme vor der Brust. »Zerfließ du nur in Selbstmitleid. Mach uns ruhig schwach, während Bananach unsere Grenzen testet. Beschäftige unseren König nur mit deiner Selbstsucht und halte ihn davon ab, sein Glück mit dir oder der Winterkönigin zu finden.«

»Das ist nicht –«

»Er hält sich von Donia fern, um an deiner Seite zu sein, wenn du ihn brauchst, und trotzdem weigerst du dich, ihn als das zu betrachten, als was du ihn betrachten solltest – als deinen wahren König und Partner. Er ist bereit, seine neuen Chancen bei ihr zu opfern in der Hoffnung, dass du auf ihn zugehst. Aber du heulst und versteckst dich, und er macht sich Sorgen und trauert. Es ist inakzeptabel, dass ihr beide traurig seid. Unser Hof braucht Gelächter und Frivolität. Diese Melancholie und die Weigerung, sich zu vergnügen, schwächt euch in eurem innersten Wesen – und uns schwächt es genauso.« Siobhan schloss mit einem lauten Knall den Schrank und warf Ashlyn einen klagenden Blick zu. »Wenn dein Sterblicher nicht hier ist, um zu lachen und sich zu vergnügen, wenn unserem König die Freude verweigert wird, die andere Königin zu lieben, wenn ihr beide so weinerlich seid, dann werden wir alle schwach und traurig. Euer Lachen und eure Glückseligkeit sickern in uns alle ein, genauso wie eure Verzweiflung. Geh und iss mit unserem König zu Abend. Lass ihn dir helfen zu lächeln.«

»Aber ich liebe ihn nicht.« Ashlyn wusste im selben Moment, in dem sie es aussprach, dass ihre Worte nicht überzeugend klangen.

»Liebst du unseren Hof?«

Ashlyn sah sie an, die Elfe, die den Mut hatte, ihr zu sagen, was sie ganz und gar nicht hören wollte. »Ja, das tue ich.«

»Dann sei unsere Königin, Ashlyn. Wenn dein Sterblicher nach Hause kommt, kannst du dich ihm widmen, aber jetzt braucht dich dein Hof. Dein König braucht dich. *Wir* brauchen dich. Genieße das Leben ... oder schicke unseren König zum Winter, damit er sich dort vergnügen kann. Du behältst ihn an deiner Seite, aber du gibst ihm keinen Grund zum Lächeln. Dein Schmerz tut uns allen weh. Nimm, so viel du kannst, an von dem Genuss, den er dir bietet.«

»Ich weiß nicht wie«, sagte Ashlyn. Sie wollte nicht auf ihn zugehen, aber sie gestand – zumindest sich selbst gegenüber – ein, dass sie Keenans Trost sehr schätzte. Sie sah Siobhan an und war sich dabei nur allzu bewusst, dass ihre Verwirrung deutlich in ihrem Gesicht zu lesen war. »Ich weiß nicht, was ich machen soll.«

Siobhans Stimme wurde sanfter, als sie sagte: »Entscheide dich dafür, glücklich zu sein. Das haben wir alle getan.«

Zweiundzwanzig

Während der nächsten vier Tage wartete Seth in Sorchas verborgener Stadt. Nach seinem ersten Zusammentreffen mit der Königin des Lichts hatte Devlin ihn in einer geräumigen Flucht von Zimmern abgesetzt. Zu deren Ausstattung gehörte sogar ein aufwendiges Terrarium, in dem Boomer sich zufrieden niederließ. Das alles war nicht schlecht – wenn man von einem entscheidenden Detail absah. *Ich habe Ash vor fünf Nächten verlassen.* Jetzt wünschte er, er hätte ihre Anrufe und Kurznachrichten am Tag seiner Abreise beantwortet. Sein Telefon funktionierte hier nicht; er hatte absolut keinen Empfang.

Das war wirklich das Einzige, was ihm fehlte: Kontakt zu Ashlyn. Alles andere tauchte vor seiner Nase auf, bevor er es sich auch nur wünschen konnte. Auch Mahlzeiten erschienen in seinem Zimmer, und er verstieß gegen die Vorschrift, von Elfen keine Speisen anzunehmen. Er hatte seine Wahl getroffen: Er würde die Welt der Elfen nicht mehr verlassen. Wenn er nicht sterben wollte, war dies der Weg, den er beschreiten musste. Als er zum ersten Mal das Essen probierte, das höchstwahrscheinlich von Elfen angeliefert und zubereitet worden war, war ihm das sehr bedeutsam vorgekommen – wie die Einwilligung in eine Veränderung, das physische Bekenntnis zu einem neuen Weg. Er hatte sich gewünscht, Ashlyn wäre an seiner Seite, als er die seltsame Mahlzeit aus ihm nicht bekannten Früchten und hauchdünnem

Gebäck zu sich nahm, aber andererseits wünschte er sich sowieso in jeder Sekunde jedes Tages, sie könnte bei ihm sein.

Er verbrachte die meiste Zeit in seiner Unterkunft, doch war er auch schon ein wenig herumgestromert. Nach dem ersten Tag begriff er, dass er immer wieder zu seinen Zimmern kam, sobald er nur daran dachte – also begann er zu experimentieren. Er musste nur daran denken und um drei Ecken biegen, und er landete wieder in dem Flur, der zu seiner Tür führte, ganz gleich wie weit er gegangen war.

Einige Elfen beobachteten ihn; einige Sterbliche lächelten ihm zu.

In seinen Räumen war ihm Künstlerbedarf in Hülle und Fülle bereitgestellt worden – doch er konnte sich nicht konzentrieren. Herumzusitzen und sich zu fragen, welche Entscheidung die Königin des Lichts fällen würde, war nicht gerade die ideale Voraussetzung für Kreativität. Er hatte meditiert. Er hatte ein bisschen gezeichnet. Er hatte anfallartig gelesen – Bücher über Recht und Rhetorik, Abhandlungen in *Was Elfen bewirken*, mehrere anspruchsvolle Essays aus *In der Gesellschaft von Unterweltbewohnern*. Er war ziellos umhergelaufen. Er suchte in allen Büchern nach neuen Erkenntnissen. Schließlich befand er sich in einem Gebäude mit Zimmern, die nichts als Bücher enthielten: Alles, wovon er nur träumen konnte, hatte er dort zur Hand.

Alles außer Ash.

Er vermutete, dass er an dem Ort, den Sorcha ihm zugewiesen hatte, glücklich gewesen wäre, hätte er Ash nicht so vermisst. Seine Räume waren wie gemacht für einen Künstler. Eine Wand bestand nur aus Glas, was für wunderbare Lichtverhältnisse im Raum sorgte. Jenseits dieser Fensterfront befand sich ein riesiger Garten. Im Zimmer hatte er Staffeleien, Farben, Tinte, Leinwand,

Papier und in einem Nebenraum standen ihm Zubehör und Werkzeuge für seine Metallarbeiten zur Verfügung. *Alles da, nur keine Inspiration.* Vom Inneren einer Zelle aus einen Garten zu zeichnen war nicht gerade verlockend.

Die Ruhelosigkeit, mit der er schon während der letzten vier Tage zu kämpfen gehabt hatte, trieb ihn wieder zu dem riesigen Fenster. Als er es näher inspizierte, fiel Seth auf, dass in das Fenster eine Art Tür eingelassen war. Er drückte auf einen halbmondförmigen Schatten auf der Scheibe, und die Tür öffnete sich nach außen und gestattete ihm den Eintritt in den Garten. Als er ihn betrat und an den Blumen und Bäumen vorbeischaute, sah er das Meer, eine ausgedehnte Wüstenlandschaft, arktische Ebenen, Weideland, Berge ... Von seinem Zimmer aus konnte er lediglich den Garten sehen, doch kaum dass seine Füße die Erde außerhalb berührten, schob sich etwas Unwirkliches in sein Blickfeld.

Oder etwas Reales.

Als er über das Meer blickte, konnte er die salzige Luft schmecken. Vor Jahren hatte er am Meer gelebt. *Linda hat das geliebt.* Sein Vater war nicht so ein Wasserfan, aber Seth und seine Mutter hatten es genossen. Ihr war es leichter gefallen, ihre Mutterrolle zu akzeptieren, wenn sie sich freier fühlte, und die Meeresbrise hatte ihr dieses Gefühl der Freiheit gegeben. Seth konnte ihn in der Luft schmecken, diesen vertrauten salzigen Geruch. Er wirkte zu real, um eine Illusion sein zu können.

Sorcha gebietet über das gesamte Universum.

Seth konnte verstehen, warum sie nicht ins Zentrum von Huntsdale oder in eine andere Stadt zog, wenn an diesem Ort Utopia verborgen lag. Donia hatte das ganze Jahr über ihre kleine Winterecke; Keenan und Ashlyn hatten ihren Park; doch Sorcha schien hinter ihrer Barriere eine ganze Welt zu haben. Seth konnte sich keinen Grund vorstellen, sie freiwillig zu verlassen. Sie war perfekt.

Er bremste sich. Er durfte sein Ziel nicht aus dem Blick verlieren, damit er sie davon überzeugen konnte, dass er in die Welt der Elfen gehörte, sobald sie ihm das Wort erteilte. Donia hatte ihm zugehört und ihm die Sehergabe geschenkt. Niall hatte ihm zugehört und ihm die Bruderschaft angeboten. Elfen schätzten offenbar Ehrlichkeit und Mut. Blinde Bewunderung war dagegen nicht überzeugend – und ein logisches Argument hatte er in dieser Sache auch nicht anzubieten. Er wollte einfach kein endlicher Sterblicher in einer Welt ewig lebender Elfen sein. Er hoffte, dass sie Verständnis zeigen würde, wenn sie sich schließlich entschloss, seine Bitte anzuhören – und dass sie ihn bald vorsprechen ließ. Er hatte keine Ahnung, wie lange sie ihn warten lassen würde oder ob er gehen konnte, wenn er des Wartens müde war.

Bin ich ein Gefangener?

Er hatte weder Antworten noch jemanden, den er fragen konnte. Sorchas Hof war nicht wie der Sommerhof mit seinem unaufhörlichen Geplapper und Gelächter. Er war ... still und nahm einen nicht gerade mit offenen Armen auf.

Die einzige Ausnahme bildete eine Elfe, deren Körper aus dem Nachthimmel herausgeschnitten zu sein schien. Sie kam jeden Tag vorbei, um ihm ihre Atelier-Materialien anzubieten für den Fall, dass ihm etwas ausging.

»Du könntest in mein Atelier kommen. Du könntest etwas erschaffen«, sagte sie.

»Das ist sehr nett«, sagte er dann, oder: »Ich weiß das Angebot zu schätzen«, immer darauf bedacht, jede Form von »Dankeschön« zu umgehen. Er kannte ihre Regeln gut genug, um nichtssagende Floskeln zu vermeiden.

»Lass uns nicht über die Türschwelle hinweg reden«, wiederholte sie jeden Tag. Und dann ging sie, ohne noch einmal innezuhalten, davon. Das Wissen, dass sie eine Künstlerin war, ließ sie beinahe tröstlich wirken, beinahe vertraut – wenn man von dem Flackern fernen Sternenlichts absah, das sie beim Gehen ausstrahlte. Sie warf weiße Schatten an die Wände. Das ergab zwar keinen Sinn, war nicht logisch, aber Seth hatte es aufgegeben, von Elfen zu erwarten, dass sie sich an die Gesetze der Logik oder Physik hielten, die bei den Sterblichen galten.

Heute entschloss er sich, ihr nach ihrem täglichen Wortwechsel zu folgen, doch er war erst ein paar Schritte gegangen, als er auf Devlin stieß. Der emotionslose Elf hatte sich seit der Nacht, in der er Seth gewürgt hatte, nicht mehr blickenlassen. Jetzt versperrte er mit seinem Körper den Flur. »Olivia geht an einen Ort, wo du nicht hinkannst.«

Seth sah, wie die in Sternenlicht gehüllte Elfe um eine Ecke bog und aus seinem Blickfeld verschwand. »Willst du mich wieder strangulieren?«

Devlin lächelte nicht. Seine Haltung und seine Bewegungen verrieten einen strengen militärischen Drill; er stand stets kerzengerade und jeder seiner Muskeln war angespannt. »Wenn meine Königin es verlangt oder wenn es im Interesse meines Hofs ist oder –«

»Steht ›Wenn du Olivia nachgehst‹ auch auf dieser Liste?«

»Wenn du Olivia in den Himmel folgst, wirst du entweder erfrieren oder ersticken. Beides wäre nicht angenehm.« Devlin behielt seine stocksteife militärische Haltung bei. »Sterbliche sind nicht dafür gemacht, über den Himmel zu wandern.«

Über den Himmel wandern? Ersticken? Erfrieren?

Seth starrte in den Flur, aus dem Olivia schon lange verschwunden war. »Geht sie buchstäblich ›über den Himmel‹?«

»Sie arbeitet mit einem anderen Material als du. Das ist eine seltene Fähigkeit, die von ihrer gemischten Herkunft herrührt.« Devlin entspannte sich kurzzeitig; aus seiner Miene sprach Ehrfurcht. »Sie webt das Sternenlicht. Gobelins aus glühenden Fäden, die so kurzlebig sind, dass sie jeden Tag wieder zerfließen. Der Himmel ist kein Ort für zerbrechliche Sterbliche. Eure Körper brauchen Luft und Wärme. Was es dort beides nicht gibt.«

»Oh.«

»Sie würde gerne ein Porträt von dir weben. Aber das hätte eine Folge, die die meisten Sterblichen gar nicht mögen.«

»Es würde mich töten«, folgerte Seth.

»Ja, mit Hilfe des Atems eines Sterblichen halten ihre Porträts manchmal länger. Atem für Kunst. Balance.« Devlin sprach mit einem Eifer, den Seth wiedererkannte: Es war zwar Verrücktheit, manische Begeisterung, aber für die Kunst.

Irgendwie fühlte Seth sich angesichts dieses überraschenden Anzeichens von Leidenschaft etwas besser.

»Sorcha will, dass du ihr deine Aufwartung machst«, sagte Devlin.

Seth zog eine Braue hoch. »Meine Aufwartung?«

Der schweigsame Elf hielt inne. Er starrte auf die Stelle, wo Olivia vor einiger Zeit verschwunden war. »Vielleicht bist du sogar besser dran, wenn du Olivia folgst. Meine Königin muss – wie deine Königin und wie Niall – immer zuerst das Wohlergehen ihres Hofs im Auge haben. Du bist eine Anomalie und daher in einer ziemlich heiklen Situation.«

Seth warf einen Blick auf Boomer, um sich zu vergewissern, dass die Boa in ihrem riesigen Terrarium lag, dann schloss er die Tür zu seinem Zimmer. »Ich bin seit Monaten in einer heiklen Situation. Ich bin hier, um das zu ändern.«

»Mit Elfen zu handeln ist nie ein kluger Plan«, erwiderte Devlin.
»Kunst ist nicht das Einzige, wofür es sich zu brennen lohnt.«
»Ich hörte so was.« Devlin stockte und maß Seth unverhohlen mit Blicken. »Niall hängt an dir. Also hoffe ich, dass du so klug bist, wie du zu sein glaubst, Seth Morgan. Meine Schwestern sind weder nett noch rücksichtsvoll.«
»Ich habe nicht den Wunsch, mich mit ihnen zu streiten.«
»Ich rede nicht von Streit. Wenn sie auf einen Sterblichen aufmerksam werden, ist das bisher selten gut für ihn ausgegangen, und du nimmst ihre Aufmerksamkeit ganz schön in Anspruch.« Devlin sprach mit extrem leiser Stimme. »Komm.«

Das Gewicht der Elfenblicke ruhte schwerer als sonst auf Seth, als er Devlin durch die Flure folgte. Es verunsicherte ihn, sie mitten im Satz abbrechen, zwischen zwei Schritten stehen bleiben und das Atmen einstellen zu sehen. So wie damals mit Bananach ging es auch jetzt, während er Devlin folgte, kreuz und quer durch das Gebäude. Sie stiegen Treppen hinauf und hinunter und durchquerten Räume, die alle gleich aussahen. Schließlich blieb Devlin mitten in einem nichtssagenden Raum stehen, von dem Seth sicher war, dass sie ihn gerade erst durchquert hatten. *Er hat einen seltsamen Eingang.* Als Seth zur Tür zurückschaute, quoll der Raum plötzlich von Elfen über.

Sie starren alle zu mir hin.

»Dreh dich um und sieh mich an, Seth Morgan«, sagte Sorcha.

Als Seth sich wieder umwandte, verschwanden die anderen Elfen; der *Raum* verschwand; und er stand allein mit ihr in einem riesengroßen Garten. Auf der einen Seite rankten sich Blumen so aneinander empor, dass es geradezu chaotisch wirkte. Gewaltige blaue Orchideen schienen Gänseblümchen zu erwürgen, die sich durch ein Gewirr aus Blüten zu drücken versuchten. Auf der anderen Seite des Wegs wuchsen dagegen ordentliche Batterien aus Rosen und Paradiesvogelblumen in gleichmäßigen Abständen zu blühenden Kakteen und Kirschbäumen.

Seth blickte zurück. Die Elfen, der Raum, das Gebäude, alles war weg. Da war nur Garten und Wald und Meer, so weit das Auge reichte. Sorchas verborgene Stadt war nicht einfach ein begrenztes Gebiet hinter einer Barriere. Hier gab es eine ganze Welt.

»Wir sind allein«, sagte die Königin des Lichts.

»Sie sind verschwunden.«

Sie sah ihn geduldig an. »Nein. Die Welt wurde neu geordnet. So funktioniert das hier. Was ich will, das *ist*. Fast alles hier wird von meinen Gedanken und Bedürfnissen gesteuert.«

Seth wollte etwas sagen, wollte Fragen stellen, doch er konnte nicht. Obwohl er sein Amulett sicher um den Hals trug, hatte er das Gefühl, von einem Zauber gebannt zu sein, der stärker war als alles, was er sich vorstellen konnte. Sorcha, die Königin des Lichts, sprach in einem phantastischen Garten mit ihm … mitten in einem Hotel.

Die Königin des Lichts sah ihn an und lächelte.

Sein Telefon summte. Er hielt es hoch. Kurznachrichten erschienen auf dem Display. Während sie noch blinkten, erklang auch der Ton, der ihn auf Nachrichten auf der Mailbox hinwies. Er schaute auf sein Telefon, auf eine SMS mitten auf dem Display – »wo bist Du« –, dann sah er sich um.

»Es ist nicht wie dort. Hier gelten die Regeln der Sterblichen nicht und auch ihre Kinkerlitzchen funktionieren nicht, es sei denn, ich erachte sie als nützlich. Die Dinge hier sind allein meinem Willen unterworfen«, fügte sie hinzu.

Seth wusste plötzlich *genau*, wo er war. Er ließ seinen Arm sinken, hielt sein Telefon dabei fest in der Hand und suchte den Blick der Königin. »Das hier ist das *Elfenreich*. Nicht nur du bist eine Elfe, sondern ... das hier ist es. Ich bin in einer anderen Welt. Es ist nicht wie Dons Haus oder der Park.«

Sorcha lächelte nicht, aber sie war amüsiert.

»Ich bin im *Elfenreich*«, wiederholte er.

»Das bist du.« Sie hob den Saum ihres Rocks an und machte drei Schritte auf ihn zu. Seth sah, dass ihre Füße nackt waren. Winzige silberne Ranken sprossen zwischen ihren Zehen und über ihre Füße hinweg. Es war nicht nur die Illusion von Silber. Es waren auch keine Tattoos, wie es sie am Hof der Finsternis gab, oder lebende Weinreben wie bei den Sommermädchen. Echtes fadendünnes Silber befand sich in ihrer Haut, war Teil und doch nicht Teil von ihr.

Er starrte auf die silbernen Linien. Wenn er genau hinsah, konnte er überall auf ihr silberne Muster erkennen; schwache Konturen von Adern zeigten sich unter und in ihrer Haut.

»Du bist im Elfenreich« – Sorcha machte noch einen Schritt auf ihn zu – »und hier bleibst du auch, bis ich etwas anderes beschließe. Im Reich der Sterblichen gibt es verschiedene Höfe. Früher einmal waren es nur zwei. Einer ging, um die verkommenen Dinge zu finden, die er suchte. Andere Elfen folgten ... Einige waren stark genug, um ihre eigenen Höfe zu etablieren. Andere hätten es zwar gekonnt, entschieden sich aber für eine Existenz als ungebundene Elfen. Hier gibt es nur mich. Nur meinen Willen. Nur meine Stimme.« Sie ließ den Saum sinken, bis er ihre von Silber umwundenen Füße wieder bedeckte. »Du wirst von hier aus niemanden anrufen. Nicht, solange du keine Erlaubnis von mir hast.«

Seth stutzte. Sein Telefon hatte sich in eine Handvoll Schmetterlinge verwandelt, die von seiner Handfläche aus davonflatterten.

»Es wird keine Kommunikation zwischen meinem Hof und ihren Höfen geben. Ich würde es bevorzugen, wenn du dich anständig benimmst.« Sorcha betrachtete seine Hand, und das Telefon nahm wieder Gestalt an. »Die Entscheidungen, die hier getroffen werden, sind allein meine. Ich habe keinen Mit-Regenten. Ich habe weder Nachfolger noch Vorgänger. Das Glück deiner früher sterblichen Königin ist hier nicht von Interesse. Niemals.«

»Aber Ash –«

»Solange du hier bist, bist du meinem Willen unterworfen. Du hast mich aufgesucht, bist zu mir gekommen, stehst in einer Welt, von der unzählige Sterbliche geträumt haben und für die sie gestorben sind. Im Elfenreich gibt es nichts umsonst.« Seine Besorgnisse ließen Sorcha kalt. Ihr Gesicht war eine silberne Maske, nicht beweglicher als eine Verkleidung. Sie streckte ihre Hand aus.

Er gab ihr das Telefon.

»Warum sollte ich auf deine Bitte eingehen, Seth Morgan? Was macht dich zu etwas Besonderem?«

Seth sah sie an. Sie war die vollendete Perfektion, und er war ... es nicht. *Was macht mich zu etwas Besonderem?* Er hatte den größten Teil seines Lebens damit verbracht, das herauszufinden. Was macht eine Person zu etwas Besonderem?

»Ich weiß es nicht«, gestand er.

»Warum möchtest du verwandelt werden?«

»Um mit Ashlyn zusammen sein zu können.« Er zögerte, suchte nach den richtigen Worten. »Sie ist *alles* für mich. Manchmal *weiß* man das einfach. Nichts und niemand wird mir jemals auch nur halb so viel bedeuten, wie sie mir bedeutet. Und morgen wird sie mir sogar noch mehr bedeuten.«

»Du bittest also um die Ewigkeit, weil du ein Mädchen liebst?«

»Nein«, korrigierte Seth sie. »Ich bitte darum, ein Elf werden zu können, weil ich eine Elfenkönigin liebe und weil sie es verdient, jemanden zu haben, der sie um ihrer selbst willen liebt und nicht wegen ihrer Stellung. Sie braucht mich. Für manche Leute – *gute* Leute –, die ich liebe, stelle ich eine Belastung dar, weil ich ein Sterblicher bin. Zerbrechlich. Und endlich.« Er hörte sich Dinge laut aussprechen, von denen er nicht sicher war, ob er sie schon jemals so klar hatte formulieren können, und sei es auch nur vor sich selbst. Aber hier vor Sorcha fielen ihm die richtigen Worte ein. »Ich bin in dieser Welt. Leute, die mir wichtig sind, die Frau, die ich liebe, Freunde an allen drei Höfen … Dies hier ist der Ort, an den ich gehöre. Du musst mir nur geben, was nötig ist, um bei ihnen bleiben zu können und stark genug zu sein, um sie nicht zu enttäuschen.«

Sorcha lächelte. »Du bist ein seltsamer Sterblicher. Ich könnte dich mögen.«

Er wusste, dass er nicht »Danke« sagen durfte, und sagte daher einfach nur: »Das ist sehr freundlich von dir.«

»Nein, ich bin nicht freundlich.« Einen kurzen Moment sah es so aus, als würde sie in Gelächter ausbrechen. »Aber ich bin fasziniert von dir … Wenn du verwandelt wirst, wirst du einen von zwölf Monaten hier bei mir verbringen.«

»Du sagst also Ja?« Er sah sie mit offenem Mund an und bekam weiche Knie.

Sie zuckte die Achseln. »Du gefällst mir … und du hast das Potenzial, dem Elfenreich Nutzen zu bringen, Seth Morgan. Dies ist kein leichtfertiges Geschenk. Du wirst an mich gebunden sein, solange du lebst.«

»Ich bin schon in anderer Hinsicht an zwei Elfenherrscher gebunden, und eine dritte Herrscherin würde mir gut gefallen.« Er versuchte, die Angst wegzuschieben, die ihn überkam. Er wollte das hier, aber es war trotzdem Furcht einflößend. Sie sprachen schließlich über die Ewigkeit. Er schloss die Augen und versuchte, sich auf seine Atmung zu konzentrieren, auf ruhige Orte in seinem Kopf. Das nahm der Angst die Spitze.

Dann sagte er: »Was muss ich tun? Wie funktioniert das jetzt?«

»Es geht ganz einfach. Ein Kuss, und du wirst verwandelt.«

»Ein Kuss?« Seth sah sie an. Es gab zwei andere Elfenköniginnen, die ihm einen Kuss abverlangen könnten, ohne dass es ihm Unbehagen bereitet hätte. Ashlyn zu küssen war etwas, dessen Seth nie müde wurde. Und Donia ... er hatte keine romantischen Gefühle ihr gegenüber, aber er mochte sie. *Außerdem würde es Keenan ärgern, wenn ich Donia küsse.* Er lächelte bei diesem Gedanken.

Die Königin des Lichts hingegen übte absolut keine sexuelle oder romantische Anziehung auf ihn aus. Sie erinnerte Seth an die antiken Skulpturen in seinen Kunstbüchern, kalt und schmucklos. Schon bevor Ashlyn zur Sommerkönigin geworden war, war sie voller Leidenschaft gewesen; Donia mochte zwar die Inkarnation des Winters sein, aber kalt war nicht dasselbe wie maßvoll.

»Gibt es noch einen anderen Weg?«, fragte er. Ein Kuss schien ihm eine seltsame Forderung, und Elfen waren zwar schlau, aber sie konnten nicht lügen. Seth wusste, dass es nicht nur erwartet, sondern belohnt wurde, Fragen zu stellen.

Die Miene der Königin des Lichts zeigte keinerlei Veränderung, nicht mal ein Hauch einer Emotion huschte über ihr Gesicht, doch als sie sprach, hatte ihre Stimme einen leicht amüsierten Unterton. »Hattest du gehofft, dass ich dich auf eine abenteuerliche Reise schicke? Dir eine scheinbar unlösbare Aufgabe stelle, von der du deiner Königin nachher stolz berichten kannst? Würdest du ihr gern erzählen, dass du für sie den Drachen der Liebe getötet hast?«

»Einen Drachen?« Seth wägte seine Worte vorsichtig ab. »Nein, nicht so gern. Ich glaube einfach nur, dass es Ash nicht gefallen würde, wenn ich dich küsse. Außerdem sind Elfen nicht gerade besonders mitteilsam, was Details angeht.«

»Nein, sind wir nicht.« Sorcha setzte sich auf einen Sessel, der fast so elegant war wie sie. Er war aus Silber gearbeitet und bestand nur aus schmalen Bändern, von denen man weder Anfang noch Ende sah, wie ein Gegenstand aus einem keltischen Ornament. Bevor sie sich darauf niederließ, war er noch nicht vorhanden gewesen.

»Gibt es denn einen anderen Weg?«, hakte er nach.

Sorcha lächelte ihn an, das Lächeln der Grinsekatze, und einen Moment lang rechnete er damit, dass der Rest von ihr verschwand. Stattdessen wedelte sie mit einem Fächer, den sie aus ihrem Ärmel gleiten ließ – eine förmliche Geste, die im Widerspruch zu ihrer nun offensichtlichen Belustigung stand. »Keinen, zu dem ich bereit bin. Ein Kuss für deine neue Monarchin. Es scheint nur fair, etwas von dir zu verlangen, was du nicht gerne gibst.«

»Ich bin nicht sicher, ob ›fair‹ an dieser Stelle das richtige Wort ist.«

Sie hielt den Fächer still. »Streitest du mit mir?«

»Nein.« Seth war sich ziemlich sicher, dass Sorcha fasziniert von ihm war, also lenkte er nicht ein. »Ich disputiere lediglich mit dir. Widerspruch würde Wut und Angst mit sich bringen.«

Sorcha legte ihre Füße übereinander, zog ihre altmodischen Röcke zurecht und enthüllte die Silberfäden, die ihre Fußgelenke emporkrochen. »Du amüsierst mich.«

»Warum ein Kuss?«

Ein Hauch von etwas Gefährlichem mischte sich in die Stimme der Königin des Lichts, als sie fragte: »Glaubst du, dass es ihr so viel ausmachen würde? Deiner Sommerkönigin?«

»Es würde sie nicht gerade glücklich machen.«

»Und das ist Grund genug für dich, es nicht tun zu wollen?«

»Ja.« Er zupfte an seinem Lippenring, kurzzeitig voller Sorge, dass er ihr genau die Dinge erzählte, die sie hören wollte. Doch er war sich zunehmend sicher, dass Sorcha Gefallen an der Idee fand, Ashlyn Missvergnügen zu bereiten.

Dieser Vorsatz, Elfen nicht anzulügen, ist eine schlechte Idee. Im Moment war er nicht sonderlich froh, sich einen Moralkodex auferlegt zu haben. *Sie würde mich auch belügen, wenn sie könnte.*

Sorcha antwortete in einem leisen Flüsterton: »Die einfachen Dinge sind vielleicht die schwierigsten.«

Dann streckte sie ihre Hand aus – eine Aufforderung, auf die er plötzlich doch lieber nicht eingehen wollte. Obwohl er in den letzten Monaten von Elfen umgeben gewesen war, flößten ihre unnatürlich langen, viel zu dünnen Finger ihm Angst ein. *Sie könnte mich mit dieser zarten Hand zerquetschen.*

»Werde ich dich danach mögen? Und bin ich danach ein Elf?«

»Ja, das bist du, außer in dem einen Monat Treuedienst, den du jedes Jahr in meinem Reich ableisten wirst.« Sorcha hatte nichts bewegt außer dieser dünnen, knochigen Hand und selbst die war nun völlig regungslos. »Während dieser Monate hier wirst du sterblich sein.«

Er konnte seine Füße nicht dazu bewegen, einen Schritt nach vorn zu machen, doch sein Kopf sagte ihm, dass er das musste. Zurückweichen oder diesen Schritt wagen, das waren die beiden Möglichkeiten. »Ein Kuss für die Ewigkeit mit Ash.«

Als er das sagte, verrutschte ihr Lächeln. »Oh nein, *das* garantiere ich dir nicht. Ein Kuss im Austausch für die Langlebigkeit einer Elfe. Du wirst den Elfengesetzen unterworfen sein: Zu lügen wird nicht in deiner Macht stehen; dein Wort wird ein Schwur sein. Du wirst einen einfachen Zauber heraufbeschwören können. Du wirst in fast jeder Hinsicht einer von uns sein, aber kaltes Eisen und kalter Stahl werden für dich nicht giftig sein, weil du einen Hauch von deiner Sterblichkeit behalten wirst. Was deine Sommerkönigin angeht: Die Elfen des Sommerhofs sind sehr wankelmütig – flüchtig und chaotisch in ihren Gefühlen. Ich kann dir nicht die Ewigkeit mit ihr versprechen.«

Sie wackelte mit den Fingern, winkte ihn herbei. »Komm jetzt. Wenn du die Abmachung akzeptierst, um deretwillen du gekommen bist ...«

Seth machte einen Schritt auf sie zu. »Und ich bin immer noch ich selbst? Da draußen und hier auch? Ich bin da draußen nicht dein Untertan?«

»Richtig«, bestätigte sie. »Prüfe meine Worte, Seth Morgan, und entscheide dich jetzt. Dieses Angebot bleibt nicht bestehen, wenn du mir heute den Rücken zukehrst.«

Habe ich irgendwas vergessen? Er hatte genug über Elfenverträge gelesen, um zu wissen, dass sie immer besser aussahen, als sie tatsächlich waren. Im Handel mit Elfen hatten Sterbliche zu allen Zeiten wegen irgendwelcher Hintertürchen verloren. Er hatte gut aufgepasst, als Ashlyn die Elfenpolitik studiert hatte; er hatte sich Bücher von Donia ausgeliehen, mit Niall gesprochen. Der Schlüssel lag in der Präzision.

Ein Monat im Jahr, ein Kuss und die Ewigkeit mit Ash.

Er sah nicht, was an diesem Geschäft schlecht sein sollte. *Außer ...* »Folgen die Monate, die ich dir schuldig bin, alle hintereinander?«

Diesmal war Sorchas Lächeln wirklich atemberaubend. Das war die Elfenkönigin, die er anzutreffen erwartet hatte. Dieses Aufblitzen von Gefühl ließ ihre elfenhafte Perfektion weicher erscheinen, und er sah in ihr dieselbe verruchte, herrliche Versuchung, die auch Ashlyn und Donia ausstrahlten.

»Nein. Ein Monat Gefolgschaft bei mir, und dann verlässt du das Elfenreich wieder und kehrst für elf Monate in das Reich der Sterblichen zurück.« Sie streifte einen Zauber über, bis sie besser aussah, als Seth es sich je hätte erträumen können – perfekt und unerreichbar und dadurch desto verehrungswürdiger. »Du kannst mich natürlich bitten, auch die übrigen elf Monate bei mir verbringen zu dürfen.«

Seth griff nach dem Amulett, das Niall ihm geschenkt hatte. Er drückte zu, bis der glatte Stein fast in seine Haut schnitt, doch er nützte wenig in diesem Moment, wenn überhaupt. »Damit brauchst du so bald nicht zu rechnen.«

»Entscheidest du dich dafür, mein Angebot anzunehmen, Seth Morgan?«

Er schüttelte den Kopf, wie um die Spinnweben abzuschütteln, die sich um ihn zu legen schienen, während er sprach: »Ja, das tue ich.«

»Es ist deine Entscheidung. Komm zu mir, wenn du diesen Weg wählst. Entscheidest du dich für mein Angebot, Seth Morgan?«

Er trat näher, ließ sich von Ranken, die er nicht sehen konnte, zu ihr hinziehen. Immaterielle Fäden legten sich um ihn; sie würden ihn an sie binden, ihm einen Platz in einer Welt der Reinheit sichern, ihn vor dem Makel der Sterblichkeit beschützen, wenn er sich außerhalb des Elfenreichs bewegte.

Und sie ist das Elfenreich. Sie ist alles.

»Ja, ich entscheide mich dafür«, sagte er zum zweiten Mal.

»Untertan einer Elfenkönigin zu sein, heißt, auf ihren Befehl hin alles zu geben. Bietest du mir ohne Zögern für einen Monat jedes Jahres deine Treue und Anwesenheit hier im Elfenreich an, solange du atmest?«

Er kniete vor ihr auf der Erde und berührte ihre perfekte Hand. In ihren Augen lockten mondbeschienene Splitter. Wenn er auf Abwege geriet, würde er von ihnen zerstört werden. Er ließ das Amulett los, das er die ganze Zeit festgehalten hatte, damit er die Hand nach ihr ausstrecken konnte.

Meine Königin.

»Wirst du mir deinen letzten Atemzug schenken, wenn ich dich darum bitte? Akzeptierst du das Angebot, das ich dir unterbreite, Seth?«

Er erschauderte. »Ja, das werde ich. Ich akzeptiere.«

»Dann gib mir meinen Kuss, Sterblicher.«

Sorcha wartete. Der sterbliche Gefährte der Sommerkönigin kniete zu ihren Füßen, hielt ihre Hand und war nicht dazu in der Lage, ihrem verbleibenden Zauber zu widerstehen, trotz seines Amuletts, trotz ihrer Sanftmut. Sie hielt ihre Anziehungskraft sorgsam in Schach, doch dieser Sterbliche war dazu bestimmt, ihr zu gehören. Sie hatte es schon gesehen, als er zum ersten Mal vor ihr gestanden und kühn um das Geschenk der Unsterblichkeit gebeten hatte. Und sie sah es auch jetzt, während sie in die Zukunft blickte. Seth Morgan gehörte zu ihr, zu ihrem Hof, zum Elfenreich. Er war wichtig – und er musste nicht nur ein Elf werden, sondern stärker als die meisten von ihnen.

Während er zögerte, überlegte sie, ob ihre Entscheidung klug war. Sie gab ihm von sich selbst. Er brauchte das nicht zu wissen und auch nicht, was für eine Seltenheit das war. Dass sie

Sterbliche verwandeln konnte, hieß noch lange nicht, dass sie es häufig tat. Sterbliche wurden nicht einfach zu Elfen, nicht ohne an die Elfe gebunden zu sein, die sie an ihrer Essenz hatte teilhaben lassen. Es gab zwei Arten, dies zu tun – man machte den Sterblichen zu seinem Geliebten oder zu einer beweglichen Habe. Wenn Seth aus schierer Selbstsucht zu ihr gekommen wäre, hätte auch sie selbstsüchtig gehandelt. Da er mehr Selbstlosigkeit als Eigennutz anbot, würde sie diese Großzügigkeit erwidern.

»Ein Kuss, um unseren Handel zu besiegeln, um deine Sterblichkeit aufzuheben …« Sorcha ließ ihre Hoffnungen in ihrer Stimme nicht durchscheinen. Sie wollte, dass er sich dessen als würdig erwies, was sie ihm anbot; und sie glaubte, dass er dessen würdig war. Er konnte immer noch weglaufen; er konnte sie jetzt noch enttäuschen.

»Du bist nicht sie«, flüsterte er. »Ich sollte nur sie küssen.«

»Sei stark, Seth.« Sie kontrollierte ihren Zauber. »Wenn du das hier willst, musst du mir einen Kuss geben.«

»Dir einen Kuss geben.« Seine Worte waren weder genuschelt noch undeutlich, aber sie kamen langsamer.

Sorcha durfte die Arme nicht nach ihm ausstrecken. Sie durfte seine Willenskraft nicht beeinflussen. Es war seine Entscheidung; es war immer die Entscheidung der Sterblichen. »Besiegele den Handel oder lehne das Angebot ab.«

Sein Blick war verschwommen; sein Herz schlug schnell. Dann zog er seine metallverzierte Braue hoch, und sie sah etwas Unerwartetes in seinen Augen aufblitzen.

»Ja, meine Königin.« Er sah ihr direkt in die Augen, während er ihre Handfläche nach oben drehte und sanft einen Kuss daraufdrückte. »Ihr Kuss.«

Einen Augenblick lang zeigte Sorcha keinerlei Reaktion. Dieser hatte wirklich Mut. Sterbliche, die stark genug waren, um der Versuchung der Unveränderlichen Königin zu widerstehen, waren eine seltene Kostbarkeit. Bananach hatte Recht gehabt; und auch ihre eigenen Visionen davon, was werden konnte, entsprachen der Wahrheit: Dieser Sterbliche war anders.

Es werden wegen geringfügigerer Dinge Kriege geführt.

Sie half ihm auf die Füße und hielt seine Hand fest, als sein Körper unter dem ersten Verwandlungsschub zu schwanken begann.

»Unsere Abmachung gilt.«

Er machte sich los. »Gut.«

Sie hatte vorgehabt, ihn trunken von einem Kuss zurückzulassen, narkotisiert von einer Berührung, die den Schmerz lindern würde. *Er sollte nicht dafür leiden müssen, dass er schlau ist. Es ist nur fair, meinem Untertan eine Gefälligkeit anzubieten.* Als Keenan seine sterblichen Mädchen verwandelte, hatten sie fast ein ganzes Jahr gehabt, um sich umzugewöhnen. Seth hatte dafür nur einen Monat – noch dazu innerhalb des Elfenreichs. Die erste Welle der Verwandlung würde hart für ihn werden.

Sie ließ ihre Untertanen keine unnötige Grausamkeit erleiden. Das war irrational. »Gib mir das Amulett.«

Sie war jetzt seine Königin: Seth gehorchte.

Dann streifte die Königin des Lichts einen Zauber über, der ihr das Aussehen der *anderen* Königin verlieh. »Seth? Komm her.«

»Ash?« Er sah Sorcha verwirrt an.

Sie streckte die Hände nach ihm aus. »Lass mich dir helfen.«

»Mit mir stimmt irgendwas nicht, Ash. Mir ist schlecht«, murmelte er und torkelte leicht, als er versuchte, sich umzuschauen. »Wo kommst du her? Ich hab dich vermisst.«

»Ich war schon immer hier«, sagte Sorcha.

Kaum eine Wahrheit konnte vollkommener sein als diese Offenbarung.

»Ich muss mich setzen.« Er streckte die Hand nach einer Wand aus, die nicht da war.

Sorcha streichelte sein Gesicht. »Sterbliche haben in dieser Welt nichts zu suchen. Manchmal ziehen sie die Aufmerksamkeit der Falschen auf sich ...«

»Ich versuche nur, deine Aufmerksamkeit zu behalten.« Er lehnte seine Stirn kurz an ihre und wich dann verwundert zurück. »Du bist doch gar nicht so groß.«

»Schhhh.« Dann küsste sie ihn, und seine Sterblichkeit wurde von der neuen Elfenenergie, die durch seinen Körper kreiste, herausgedrängt. Sie ließ ihren eigenen, beruhigenden Atem in ihn gleiten. Davon würde der Schmerz nicht verschwinden, aber es würde helfen. Sorcha konnte das Elfenreich neu ordnen, aber sie konnte nicht alles ändern. Schmerz, Vergnügen, Krankheit, Sehnsucht – es gab Dinge, die nicht einmal die Königin des Lichts verschwinden lassen konnte.

Sorcha ertappte sich bei der Hoffnung, dass die Sommerkönigin der Leidenschaft und des Opfers dieses Nicht-mehr-Sterblichen würdig war.

Weil er jetzt mein Untertan ist.

Und wie jede gute Königin tat auch Sorcha das, was das Beste für ihre Untertanen war, ganz gleich, ob sie sie darum baten oder nicht.

Dreiundzwanzig

Donia wartete beim Brunnen an der Willow Street. So spät am Abend war der Saxophonspieler längst gegangen, und die vielen Kinder, die fröhlich im Wasser herumgetollt hatten, lagen inzwischen irgendwo in ihren Betten. Matrice, eine der Weißdornelfen, hockte in der Nähe in einem Baum. Die weiß geflügelte Elfe war eine der wenigen Elfen in der Gegend. Ihre ramponierten Flügel flatterten wie zerrissene Spinnweben im Wind, während sie auf einem Ast saß und in den Himmel schaute. Am anderen Ende des Platzes kauerte Sasha mit gespitzten Ohren auf dem Boden. Irgendwo weiter entfernt streunten einige Glaistigs herum.

Donia brauchte Antworten, aber von den vier Elfen, die sie fragen konnte, würde ihr wahrscheinlich nur eine helfen. Sorcha kam nicht in Frage; Keenan schwieg; Bananach war verrückt. Blieb also nur noch Niall. Nach Seths plötzlichem Verschwinden und den Gerüchten, die im Flüsterton aus dem Elfenreich herausdrangen, hatte Donia wenig Grund zu zweifeln, dass Seth sich dort aufhielt, an einem Ort, von dem Sterbliche – und auch zahlreiche Elfen – nicht mehr zurückkehrten.

Die Königin des Lichts war unbeugsam und auf eine Art grausam, die manchmal sogar den Hof der Finsternis sanftmütig aussehen ließ. *Aber vielleicht bin ich auch von meinen eigenen Ängsten beeinflusst ...* Die wachsende Kraft des Sommers machte sie schwermütig. Der Winter hatte in der zunehmenden Hitze dieser

Jahreszeit hier draußen eigentlich nichts zu schaffen, doch Niall zu sich nach Hause einzuladen, hätte sich wie ein Verrat an Keenan angefühlt. Selbst jetzt, wo ihre Chance auf eine richtige – wenn auch nur kurze – Beziehung vorbei war, konnte sie den Gedanken, ihm wehzutun, nicht ertragen.

Niall kam. Er war allein und bewegte sich mit der fließenden Eleganz von über die Erde wandernden Schatten. Aus seinen Schritten sprach dieselbe lässige Arroganz wie bei seinem Vorgänger; in seiner Hand hielt er eine brennende Zigarette, eine Angewohnheit, die er zusammen mit der Verantwortung für den Hof übernommen hatte. Gewalt und Versuchung – er war die Inkarnation des Hofes, den er früher abgelehnt hatte. Ein Hauch davon war auch schon zu spüren gewesen, als er noch am Sommerhof lebte – was ihrer Ansicht nach teilweise der Grund dafür gewesen war, dass Keenan ihn in seiner Nähe behalten hatte –, aber dass seine dunklen Seiten für ihn so selbstverständlich waren, das war neu.

Niall setzte sich schweigend neben sie auf die Bank.

»Warum ist Seth im Elfenreich?«, begrüßte sie ihn.

»Weil er ein Dummkopf ist.« Niall machte ein finsteres Gesicht. »Er wollte ein Elf werden. Bananach hat ihn zu Sorcha gebracht.«

»Glaubst du, dass Sorcha ihn bei sich behalten wird? Oder ihn verwandelt oder ...«

Nialls Blick ließ sie verstummen. »Sorcha hat die Angewohnheit, Sterbliche mit Sehergabe zu rauben, und ich glaube, dass Seth in Schwierigkeiten ist.«

»Und Keenan?« Sie geriet nicht ins Stottern, obwohl es in diesem Augenblick wehtat, nach ihm zu fragen. Sie hatte sich große Hoffnungen gemacht, als er gesagt hatte, dass er sie liebe, doch nur Tage später hatte er sich von ihr verabschiedet. Die Sonnenwende rückte immer näher, aber sie würde nicht in seinen Armen liegen.

Niall drückte die Zigarette an der Sohle seines Stiefels aus, bevor er antwortete. »Seth ist für alle am Sommerhof unauffindbar und gilt als verschollen. Es kann gar nicht sein, dass Keenan nicht zumindest einen Verdacht hegt, wo er sich aufhält ... Zumal ich annehme, Ashlyn hat ihm erzählt, dass Seth die Verwandlung wollte.«

Donia sammelte Schneeflocken auf ihrer Handfläche und formte sie zu einem Abbild der einsamen Wasserelfe, die faul im Brunnen lag. Niall saß abwartend neben ihr auf der Bank und überließ ihr die Gesprächsführung. Er drängelte nicht, nicht einmal jetzt, wo er das Oberhaupt des Elfenhofs war, der fast so gefürchtet war wie ihr eigener.

Mit Beiras Tod war Bewegung in das Kräfteverhältnis zwischen den Höfen gekommen. Dass Keenan an Kraft gewann, führte zu zusätzlichen Verschiebungen. Und als dann auch noch Irial von seinem Thron gestiegen war, waren die Dinge aus dem Gleichgewicht geraten. Alles war provisorisch geworden. Und nicht zum ersten Mal, seit Donia begriffen hatte, wo Seth sein musste, fragte sie sich, ob es angesichts der drohenden Konflikte besser war, es Ashlyn zu erzählen oder es ihr zu verheimlichen. Wenn Ashlyn davon erfuhr, würde sie zu ihm wollen und damit einen Konflikt auslösen, aus dem der Sommerhof nur als Verlierer hervorgehen konnte. Wenn Ashlyn herausfand, wo Seth war, würde sie wütend auf Keenan werden, weil er ihr die Wahrheit vorenthalten hatte – und auch das würde den Sommerhof schwächen. Aber es ihr nicht zu sagen, erschien Donia grausam und trieb unweigerlich einen neuen Keil zwischen den Sommer- und den Winterhof. Wenn Ashlyn erfuhr, dass alle wussten, wo ihr geliebter Seth steckte, würde sie das weder Donia noch Niall noch irgendjemandem sonst vergeben. Und falls er im Elfenreich zu Tode kam ... konnte das katastrophale Folgen haben, wenn Ashlyn begriff, dass alle geschwiegen hatten.

»Sollten wir es ihr nicht sagen?«, fragte Donia.

Niall brauchte nicht nachzufragen, was sie meinte. »Ich bin nicht sicher. Sie gewöhnt sich langsam immer mehr an die Nähe von –« Er brach ab und sah sie mitfühlend an.

»Ich weiß.«

Niall steckte sich eine neue Zigarette an. Die Glut glomm in einem warmen Rot in der fast lichtlosen Nacht. »Wenn wir es tun, verkompliziert das alles. Ash wird seine Spur verfolgen wollen. Bananach sagt, dass ohnehin schon alle Zeichen auf einen Gewaltausbruch hinweisen.«

Donia versuchte, ihren Wunsch nach Seths Rückkehr und ihre Kenntnis davon, dass ein Krieg drohte, sobald Ashlyn Bescheid wusste, voneinander zu trennen. Die Folgen eines Konfliktes mit Sorcha wären nicht auszudenken. Andererseits würde es auch zu unschönen Konsequenzen führen, wenn Ashlyn dahinterkam, dass sowohl der Winterhof als auch der Hof der Finsternis über Seths Aufenthaltsort Bescheid wussten.

Oder wenn sie erfährt, dass Keenan im Bilde ist.

Niall seufzte. »Ich weiß es nicht. Ich werde Sorcha aufsuchen und nachsehen, wie es ihm geht. Wenn es sein muss, hole ich ihn zurück. Es ist wahrscheinlich ohnehin höchste Zeit, dem Elfenreich mal einen Besuch abzustatten ...«

Donia zerdrückte ihre kleine Schneefigur und ließ die Stücke auf den Boden fallen, wo sie sofort schmolzen. »Wir sind nicht ihre Untertanen.«

»Sorcha ist nicht wie wir, Donia. Sie hat nicht wie wir die Möglichkeit, sich zu verändern. Sie ist das Wesen des Elfenreichs.« Er streckte seine Beine aus und legte die Füße übereinander. »Wenn die Geschichten stimmen, war sie die Erste von uns. Wenn sie hierher käme, wären wir alle ihre Untertanen. Und wenn wir zurück ins Elfenreich gingen, ebenfalls. Ihr Respekt zu zollen, ist das Mindeste, was wir tun sollten.«

»Ich habe ihre Bücher gelesen, Niall. Ich bin nicht sicher, ob wir *alle* ihre Untertanen wären, wenn wir dorthin gingen. Zumindest dein Hof stand in Konkurrenz zu ihrem.«

»Vor Hunderten von Jahren, Don.« Nialls Jungfrauen aus Schatten tanzten frohlockend um ihn herum und straften die Bescheidenheit seiner Worte Lügen. Sie wanden sich in dem blauen Dunst seines Zigarettenrauchs. »Im Augenblick ist dein Hof stärker. Meiner ist nicht dazu in der Lage, sich ihrem zu widersetzen.«

»Ich weiß nicht. Irgendwie habe ich den Verdacht, dass du dich besser schlagen würdest, als du zugibst.«

Nialls Mund verzog sich zu einem Lächeln, und trotz ihrer konfliktreichen Geschichte – er war Keenans Berater gewesen und sie hatte ihren Zielen entgegengearbeitet – spürte sie, wie die Spannung in ihrem Inneren nachließ. Er wirkte glücklich. Viele Jahrhunderte länger, als sie überhaupt auf der Welt war, war er von Keenan, von Irial und von Gabriels Hunden übel missbraucht worden. Es war tröstlich zu sehen, dass es ihm besser ging.

»Das ist freundlich von dir«, sagte er. »Wenn Sorcha sich häufiger hier aufhielte, würde das, was wir jetzt wissen, keine Rolle mehr spielen. Sie erschafft die Welt so leicht neu, wie wir atmen. Vor Ewigkeiten, als Miach noch mein König war, habe ich mich in ihrer Nähe aufgehalten, aber nach Keenans Geburt …«, Niall zuckte die Achseln, als wäre es kein Verlust, doch sein fast ehrfürchtiger Ton verriet, wie viel Sorchas Gegenwart ihm früher einmal bedeutet hatte,»… rief die Pflicht. Miachs Hof brauchte mich. Tavish und ich sorgten so gut wir konnten für Ordnung, bis Keenan alt genug war, um aus Beiras Haus zu entkommen. Sie erlaubte ihm zwar, den Hof seines Vaters zu besuchen, aber … ein Hof braucht Führung. Wir haben uns alle Mühe gegeben.«

Donia dachte schweigend über die Jahre nach, die Keenan in Beiras Haus verbracht hatte, über den Sommerhof ohne richtigen König, darüber, dass Niall einen Hof zu lenken versucht hatte, der nicht seiner war. Aber darüber brauchten sie jetzt nicht zu sprechen. Donia lenkte das Gespräch wieder in eine andere Richtung.»Was glaubst du, wie lange Seth schon dort ist?«

»Für ihn sind es ein paar Tage. Nicht so lang, dass er schon Panik bekommen hätte … Aber hier, nach unserer Zeitrechnung, sind es schon Wochen. Es ist bereits alles für meine Reise ins Elfenreich arrangiert. Ich werde nicht zulassen, dass ihm etwas zustößt, wenn ich ihn irgendwie beschützen kann.«

Donia nickte.»Bananach war bei mir.« Bis zu diesem Moment war sie sich nicht sicher gewesen, ob sie es ihm erzählen würde, aber seinen Instinkten zu folgen gehörte wesentlich zum Herrschen dazu. Ihr Instinkt sagte ihr, dass Niall nicht in Bananachs Machenschaften einbezogen war.

»Und?«

»Sie hat mir die Zukunft gezeigt.« Donia faltete die Arme vor der Brust zusammen.»Ich dachte, wir hätten eine Chance, aber dann kam sie. Sie hat mir gezeigt … dass ich Beira nicht unähnlich bin.«

»Das ist nur eine mögliche Zukunft«, erinnerte er sie.

»Wenn es Krieg gibt, möchte ich nicht die Ursache sein«, flüsterte Donia. Dass sie jetzt die Winterkönigin war, hieß nicht, dass sich all ihre Zweifel und Sorgen verkleinert hatten. Im Gegenteil, es hieß, dass die Folgen ihrer Zweifel und Sorgen katastrophal sein konnten.

Ich bin nicht Beira. Ich werde nicht der Grund für eine Rückkehr zur Grausamkeit sein.

Es war Nialls Stimme, die grausam klang: »Warum, glaubst du, halte ich mich Keenan gegenüber zurück? Ich habe die Macht, ihn anzugreifen. Auch du hast die Macht dazu. Und trotzdem tun wir es nicht. Ich will keinen Frieden, aber Krieg wäre im Augenblick nicht gut für meinen Hof. Wenn es sich anders verhielte ...«

Donia erschauderte über die Kälte in Nialls Stimme. »Warum lässt du Bananach dann freien Lauf?«

»Tue ich gar nicht. Ich versuche, sie an der kurzen Leine zu halten, um einen offenen Krieg zu verhindern. Warum, glaubst du, hat Irial mir diese Last aufgebürdet? Ich versuche, dasselbe zu tun wie du: eine Balance zu finden, die meinen Hof nicht schwächt. Aber im Gegensatz zu dir möchte ich ihn am liebsten angreifen. Ich vergebe ihm nicht, so wie du ihm vergeben hast, aber ein Krieg wäre für unsere Höfe nicht das Beste.«

»Also erzählen wir Ashlyn nicht, dass er einen Verdacht hat – oder möglicherweise sogar weiß –, wo Seth ist.« Sosehr Donia es auch hasste, der Streit, der absehbar war, wenn Ashlyn erfuhr, dass Keenan sie getäuscht hatte, würde sie alle in eine noch unhaltbarere Position bringen. Und die Wut, die Keenan Donia oder Niall gegenüber empfinden würde, wäre in der schon jetzt prekären Lage gefährlich.

Niall nickte. »Und du wendest dich von ihm ab.«

»Ich versuche es«, flüsterte sie. Diese Worte auszusprechen, tat geradezu körperlich weh. Der erträumten Liebe so nah zu kommen und sie dann zu verlieren, war schlimmer, als gar nicht erst zu wissen, dass sie zum Greifen nahe war. »Ashlyn wird ihn mit der Zeit akzeptieren. Mit etwas Geduld und ein paar klugen Entscheidungen können wir den Krieg vielleicht doch noch verhindern.«

»Es gab eine Zeit, in der ich genau das geplant und gehofft habe – dass Keenan seine lange gesuchte Königin findet und glücklich und stark wird. Das war das Einzige, was zählte.« Niall sah verloren aus. Seine Jungfrauen aus Schatten strichen ihm tröstend über die Schulter.

»Ja, für mich auch.« Sie sagte nicht, dass es immer noch das war, was sie wollte – nicht, dass er mit Ashlyn zusammen war, aber dass er glücklich war. *Sogar jetzt noch.* Trotz allem war es das, was sie wollte. Sie hätte sich nur gewünscht, dass sein Glück nicht ihr Unglück bedeutete.

Ein paar Minuten saßen sie einträchtig schweigend da, bis Donia ihn ansah und sagte: »Mir wäre es lieber, wenn du Bananach Einhalt gebieten würdest, aber wenn es Krieg gibt, wird der Winter dasselbe tun wie früher.«

Niall drehte sich mit der Langsamkeit eines Sterblichen zu ihr hin. »Was bedeutet?«

»Was bedeutet, dass mein Hof sich mit dem Hof der Finsternis verbünden wird.« Sie stand auf, ließ den Schnee, den sie in ihrem Schoß gehalten hatte, auf den Boden fallen und wartete darauf, dass er ihrem Beispiel folgte. »Gleichgültig, ob gegen seinen Hof oder gegen den Hof des Lichts. Ich will Frieden. Ich will … so vieles, aber am Ende muss ich das tun, was das Beste für meinen Hof ist.«

»Wenn ich den Krieg gerade lange genug entfesseln könnte, um ihn leiden zu sehen« – Niall lächelte und sah in diesem Moment so todbringend aus, dass es schwerfiel, sich daran zu erinnern, dass er nicht immer der König der Finsternis gewesen war –, »wäre ich arg in Versuchung, aber gegen Sorcha zu kämpfen … das will niemand von uns, Donia.«

»Ich würde lieber gegen Sorcha kämpfen als gegen Keenan.« Sie legte Niall eine Hand auf die Schulter. »Seth ist unschuldig. Würdest du zulassen, dass sie Seth etwas antut? Wenn du dich auf Keenans Seite stellen müsstest, um Seth zu beschützen, würdest du es tun?«

»Ja, aber ich würde viel lieber gegen ihn kämpfen.«

»Aber wenn es um Seths Wohl geht?«

»Er ist für mich wie ein Bruder«, sagte Niall bloß. »Sorcha wird ihn nicht gegen seinen Willen festhalten.«

Donia spürte, dass sie leicht schwankte. So viel Zeit in dieser Hitze zu verbringen, ermattete sie. »Du musst ins Elfenreich gehen.«

»Und wenn es nicht Sorcha ist, gegen die wir antreten müssen? Würdest du dich gegen Keenan stellen?«, fragte er.

»Ungern, aber ich werde es tun, wenn es nötig ist.« Sie hielt seinem Blick stand. »Egal, gegen wen wir kämpfen – dass Seth im Elfenreich ist, verkompliziert alles.«

»Und genau das ist der Grund dafür, dass Bananach ihn dort hingebracht hat«, murmelte Niall. Dann nahm er ihren Arm und führte sie in einer tröstlichen Vertrautheit vom Platz. Jetzt war nicht die Zeit, der Vergangenheit nachzuhängen, oder den Verlusten, die sie schon vor Jahren hätte akzeptieren sollen. Sie musste sich für die Zukunft rüsten – auch wenn sie vielleicht todbringend war.

Vierundzwanzig

Ashlyn blieb nervös vor der Tür zum offiziellen Speisesaal stehen. In letzter Zeit hatte sie täglich zusammen mit Keenan gegessen. An manchen Abenden leisteten ihnen andere Elfen Gesellschaft, manchmal gesellten sich die Sommermädchen dazu, doch heute waren sie ganz für sich.

Entscheide dich dafür, glücklich zu sein. Das hatte Siobhan gesagt, und Ashlyn wiederholte es seitdem immer wieder wie ein Mantra. Seit Wochen versuchte sie nun schon nicht aufzugeben und nicht in Selbstmitleid zu zerfließen. Es funktionierte nicht.

Sie holte tief Luft und öffnete die Tür.

Keenan wartete auf sie – was nichts Ungewöhnliches war. Sie hatte gewusst, dass er da sein würde. Ungewöhnlich war jedoch, wie verändert der Raum aussah. Überall standen brennende Kerzen. Auch die Wandleuchter waren angezündet und dicke Kerzen brannten in silbernen und bronzenen Bodenleuchtern.

Ashlyn ging zum Tisch und schenkte sich ein Glas Sommerwein ein. Die Karaffe war alt, sie hatte sie vorher noch nie gesehen.

Keenan sagte nichts, während sie an ihrem Wein nippte.

Sie sah nicht ihn an, sondern die Kerzenflammen, die in dem Luftzug flackerten, der durch den Raum ging. Sie wollte keinen Streit mit ihm, vor allem deshalb nicht, weil er in letzter Zeit wie eine Rettungsleine für sie war, doch sie musste wissen, wie viel er vor ihr verborgen hatte. Also stellte sie die Frage, über die sie

schon seit Siobhans Standpauke grübelte: »Wusstest du, dass Seth ein Zauberamulett hatte, das ihn vor Elfenmagie schützt?«
»Ich habe es gesehen.«
»Du hast es gesehen.« Sie ließ diese Worte nachklingen, schwieg extra lange, um ihm Gelegenheit zu geben, noch etwas hinzuzufügen, das ihre Verletztheit darüber, dass er es ihr nicht erzählt hatte, milderte.
Er entschuldigte sich nicht. Stattdessen sagte er: »Ich nehme an, Niall hat es ihm gegeben.«
Ihre Hände krallten sich in das Holz ihres Stuhls, bis erste Splitter unter ihre Haut drangen. »Und du hast es nicht erwähnt, weil …?«
»Ich wollte nichts sagen, was dich noch weiter von mir hätte entfernen können. Und das weißt du auch. Ich wollte dich als meine wahre Königin. Du hast es doch ebenfalls gefühlt.« Keenan stellte sich neben sie und löste ihre Hände vom Stuhl. »Vergibst du mir? Und ihm? … Und dir selbst?«
Wieder liefen Tränen über ihre Wangen. »Ich möchte über all das eigentlich gar nicht reden.«
Keenan wies sie nicht darauf hin, dass sie das Thema selbst angeschnitten hatte oder dass es auch keine Lösung war, nicht zu reden. Er sagte nichts von alldem. Stattdessen erwiderte er: »Alles, was ich in diesem Augenblick möchte, ist, dich zum Lächeln zu bringen.«
»Ich weiß.« Ashlyn nahm eine Serviette vom Tisch und betrachtete die eingestickten, sich in Weinreben hineinwindenden Sonnenstrahlen.
»Es wird leichter werden«, fuhr er fort. So war er immer, seit Seth weg war. Fortwährend beruhigte er sie.
Sie nickte. »Ich weiß, aber im Augenblick ist es noch immer

schrecklich. Ich habe das Gefühl, alles verloren zu haben. Genauso wie du jedes Mal, wenn eins der Sommermädchen den Test verweigert hat ... oder als Wintermädchen die Kälte auf sich geladen hat. Immer wenn sie an diesen Punkt kamen, hattest du sie auf die ein oder andere Art verloren.«

»Bis du kamst«, sagte Keenan vorsichtig.

Sie standen mehrere Sekunden unbehaglich schweigend da, bis Keenan seufzte. »Diese Unterhaltung macht dich nicht glücklicher, Ashlyn.«

»Es ist nicht ... die Romantik, die ich vermisse ... ich meine, ich vermisse sie schon.« Sie verstummte und versuchte herauszufinden, wie sie das einem Elfen erklären konnte, der – über all diese Jahre – keine echten Freunde gehabt zu haben schien. »Seth war mein bester Freund, bevor er mehr für mich wurde. Er war der Einzige, mit dem ich reden konnte, als du und Donia mich ... als ihr mich ausgewählt habt.«

Keenan wartete.

»Beste Freunde verschwinden nicht einfach ohne ein Wort«, sagte Ashlyn. Jetzt sprudelten ihr die Worte geradezu aus dem Mund, und sie sagte Dinge, die sie zuvor in sich verschlossen hatte. »Ich brauche keine Beziehung. Ich brauche keinen Gefährten oder Partner oder so was. Ich brauche meine Freunde. Leslie ist weg. Und mit den anderen Freundinnen kann ich über die Dinge, die in meinem Leben von Bedeutung sind, nicht reden. Donia hat auf mich *eingestochen* ... nicht dass wir uns besonders nah gewesen wären, aber ich dachte, wir wären dabei, uns anzufreunden. Und jetzt hat mich auch noch mein bester Freund verlassen.«

»Und du fühlst dich allein.« Keenan trat zu ihr, ohne ihr zu nahe zu rücken. »Dann lass mich dein Freund sein. Das hast du mir doch angeboten, als du meine Königin geworden bist. Durch das Herannahen des Sommers ist noch etwas anderes dazugekommen, aber das ist … Es ist so wichtig für mich, dass du glücklich bist, Ashlyn.«

Sie nickte, und dann sprach sie die Worte aus, von denen sie sich wünschte, sie nicht sagen zu müssen: »Er ist schon wochenlang weg ohne ein einziges Wort. Ich glaube nicht, dass er zurückkommt, aber ich kann nicht loslassen.«

»Lass mich dein Freund sein, Ashlyn. Das ist alles, was ich dir heute vorschlage. Ob der Rest auch noch passiert oder nicht, damit können wir uns später beschäftigen. Kein Druck, nur eine offene Tür.« Er breitete die Arme für sie aus. »Lass mich für dich da sein. Wir müssen versuchen, einen Schritt nach vorn zu machen, statt hier zu stehen, zu weinen und zu warten.«

Sie ließ sich von ihm in die Arme schließen. Ihr Seufzen rührte sowohl von Vergnügen als auch schlechtem Gewissen her, als er ihr übers Haar strich und so lange Sonnenlicht darübergoss, bis sie müde wurde und im Frieden mit sich war wie selten in letzter Zeit.

»Es wird alles gut. So oder so, am Ende wird alles gut«, versprach er.

Sie war sich nicht sicher, ob das seine Meinung war oder die Wahrheit, aber fürs Erste glaubte sie ihm.

Man kann sich entscheiden, glücklich zu sein.

Fünfundzwanzig

Ein weiterer Monat verging ohne Lebenszeichen. Der Sommer hatte seine volle Intensität erreicht. Die Abschlussfeier der Schule war gekommen und vorübergegangen, aber Ashlyn merkte es erst, als eines Nachmittags ihr Zeugnis ins Haus flatterte.

»Tut mir leid, dass ich es verpasst habe«, sagte Ashlyn zu Grams. »Wenn du hättest gehen wollen ...«

»Ist schon in Ordnung, Kleines.« Grams klopfte neben sich auf das Sofa.

Ashlyn ging zu ihr. Es fühlte sich an, als führte jeder Schritt durch zu dicke Luft. »Ich gebe mir ja Mühe. Aber an manchen Tagen fühlt es sich an, als würde die Sonne mich ersticken. Und Seth ... Ich weiß immer noch nichts.«

»Es wird leichter werden. Es wird leichter werden, das zu sein, was du bist. Ich kann zwar nicht behaupten, dass ich etwas davon verstehe, aber« – Grams nahm Ashlyns Hand – »du bist stärker, als du denkst. Vergiss das nicht.«

Ashlyn hatte ihre Zweifel. Sie hatte das Gefühl, dass sie sich verwandelte. Die Erde streckte sich nach ihrem langen Schlaf unter der Last von Beiras Winter, und nicht nur das: Sie versuchte, Ventile für ihre über Jahrzehnte aufgestaute Energie zu finden, und Ashlyn war die Leitung. Jeder neue Tag brachte sie der anderen Hälfte dieser Hitze näher – ihrem König, ihrem Freund, ihrem Nicht-Liebhaber. Sie wusste, dass es nichts Logisches an sich hatte, wie sie jede seiner Bewegungen verfolgte. Es hatte nicht mal etwas Romantisches. Es war einfach ein Bedürfnis. Und es machte sie verlegen. Lust sollte an Liebe gekoppelt sein; mit Seth war das so gewesen. Ihm hatte sie Freundschaft, Liebe und Vertrauen entgegengebracht. Mit Keenan verbanden sie freundschaftliche Gefühle und eine Art von Vertrauen, doch sie empfand keine echte Liebe für ihn. Irgendetwas fehlte.

Grams saß schweigend neben ihr. Das einzige Geräusch war das stetige Ticken der Kuckucksuhr an der Wand. Es sollte eigentlich beruhigend wirken, doch Ashlyn war nach Weglaufen zu Mute. Überall, wo sie hinging, spürte sie einen Druck in ihrem Innern, dem sie nicht entkommen konnte.

Außer wenn ich bei Keenan bin.

Dann brach Grams das Schweigen. »Wenn Seth nicht damit umgehen kann, was du jetzt bist, dann ist das sein Problem.«

»Ich bin diejenige, die ein Problem hat«, flüsterte Ashlyn. »Ohne ihn fühlt sich alles so falsch an.«

»Aber?«

»Er ist jetzt seit zwei Monaten weg, und Keenan —«

»Ist hinterhältig, Ash.« Grams versuchte, nicht zu scharf zu klingen.

»Manchmal. Nicht immer.«

»Er ist ein hinterhältiger Mistkerl, aber er wird für immer zu deinem Leben gehören.« Grams seufzte. »Sei bloß vorsichtig und überleg dir gut, wie weit du dich ihm gegenüber öffnest. Oder wie schnell. Lass nicht zu, dass dieses Sommer-Ding oder deine Verletztheit dich zu Dummheiten verleiten. Sex ist niemals das Gleiche wie Liebe.«

»Ich bin nicht ...« Ashlyn schaute weg. »Wir haben nicht ... Ich hab nur ... mit Seth.«

»Du wärst nicht die Erste, die aus Einsamkeit und Sehnsucht in ein neues Bett fällt, Kleines. Aber du musst bereit sein, die Konsequenzen zu tragen, wenn du es tust.« Grams erhob sich. »So, und jetzt musst du mal was in den Magen bekommen. Ich kann nicht alles wiedergutmachen, aber ich kann dich noch immer mit deinem Lieblingsessen versorgen.«

»Und mit guten Ratschlägen.«

Grams lächelte und zeigte Richtung Küche. »Schokokuchen oder Eis?«

»Beides.«

Als Ashlyn später an diesem Abend zusammengekauert neben Keenan auf dem Sofa lag und mit ihm einen Film schaute, dachte sie daran, was Grams gesagt hatte. Er war kein Mistkerl, nicht immer, nicht ihr gegenüber. Er war skrupellos, wenn es darum ging, das durchzusetzen, was er für seinen Hof für das Beste hielt, aber er war auch aufmerksam und liebenswürdig. Sie hatte ihn mit den Sommermädchen zusammen gesehen. Er kümmerte sich um sie. Er kümmerte sich um die Eberschenmänner und betrachtete sie nicht nur als seine Untergebenen, sondern auch als Individuen. Er war impulsiv und leichtfertig, der Inbegriff des Sommers.

Er ist auch gut. Vielleicht nicht immer, aber für einen Elfenkönig war er außergewöhnlich gut. Für jemanden, der von Geburt an kämpfen musste, nur um da hinzukommen, wo er eigentlich schon immer hätte sein sollen, war er außergewöhnlich nett. *Und er ist für mich da.*

Sie lehnte ihren Kopf an seine Schulter und versuchte dem Film zu folgen. Das machten sie häufig, spät am Abend einfach noch so beieinanderzusitzen. Sie konnte nicht schlafen, und wenn sie aufwachte, war immer auch Keenan sofort wach. Sie fragte sich, ob er auch wach lag, wenn sie bei Grams war. Sie hatte ihn nie gefragt; sie war lediglich dazu übergegangen, mehr Nächte im Loft zu verbringen.

Grams sah die wachsende Unruhe, die Ashlyn erfüllte, während sie auf die Sonnenwende zusteuerten und Ashlyns Verzweiflung über Seths Abwesenheit immer größer wurde. *Du musst da sein, wo du ruhiger bist und dich wohler fühlst, Kleines,* hatte Grams gesagt, *und das ist im Augenblick nicht hier bei mir. Geh an deinen Hof.*

Wenn sie bei Keenan war, empfand sie eine seltsame Mischung aus Behaglichkeit und Sehnsucht. Er stand zu seinem Versprechen, merklich Abstand zu ihr zu halten, verhielt sich mitfühlend ihr gegenüber und bedrängte sie nicht. Ihre Filmabende waren die einzigen Gelegenheiten, bei denen er sich anhänglich zeigte. Sie hatten sich inzwischen mehr als ein Dutzend Filme zusammen angesehen.

An diesem Abend war der Film weder eine Komödie noch actionreich, sondern eher romantisch: ein Independentfilm über zwei Straßenmusiker, die sich ineinander verliebten, obwohl sie eigentlich beide woanders hingehörten. Die Musik und die Handlung waren perfekt, berührend und herzergreifend. Diese Mischung sprach sie an und mahnte sie, keine Grenzen zu überschreiten und damit irreparable Schäden anzurichten. *Lust ist kein ausreichender Grund.*

Doch als Keenan ihr geistesabwesend über die Haare strich, während sie *Once* schauten, fühlte es sich an, als wäre da noch mehr als nur Lust zwischen ihnen.

Irgendwann während des Films musste sie eingeschlafen sein, denn als sie wieder hochschaute, war der Bildschirm schwarz. Sie hatte ihre Position verändert und lag jetzt mit dem Kopf auf einem Kissen in Keenans Schoß. Keenan strich weiter mit der Hand über ihre Haare, so wie er es während des Films getan hatte.

»Entschuldige.« Sie sah blinzelnd zu ihm hoch.

»Du brauchtest Schlaf. Es ist ein Kompliment, dass du mir so vertraust, dass du hier einschläfst.«

Sie errötete und kam sich dann albern deswegen vor. Es war ja nicht so, dass sie noch nie bei Freunden aufgewacht war. Sie hatte bei Carla übernachtet, bei Rianna und sogar bei Leslie, bevor sich alles verändert hatte. Neben Keenan aufzuwachen – *okay, auf ihm* – war also keine große Sache. Sie schaute aus dem Fenster. Es dämmerte bereits. Er hatte sie stundenlang festgehalten, während sie geschlafen hatte. Bevor sie irgendetwas sagen konnte, stand Keenan auf.

»Geh dich umziehen.« Keenan zog sie auf die Füße, während er das sagte.

»Wozu?«

»Wir frühstücken heute auswärts. Wir treffen uns unten.« Damit ging er hinaus, bevor sie noch etwas fragen oder Worte finden konnte, um ihm für die Geborgenheit zu danken, in der sie endlich Schlaf gefunden hatte. Sie sah wütend auf die Tür, durch die er verschwunden war. Seine Distanziertheit während des Tages erfüllte sie mit Unbehagen. Sie begrüßte es zwar, dass er Wort hielt und sie nicht bedrängte, aber gleichzeitig hatte sie Schuldgefühle deswegen. Er hatte ihr einmal versprochen, ihre Wünsche immer als seine eigenen zu betrachten. Trotz der Momente, in denen er ihr sagte, dass *er* eigentlich etwas anderes wollte, hielt er sich daran. Nicht zum ersten Mal fragte sie sich, ob sie ihn hätte lieben können, wenn sie ihr Herz nicht schon an Seth verschenkt hätte.

Sie war das alles so leid, diese Fragen, diese Zweifel, diese Sorgen. Es half schon, mal gründlich auszuschlafen, aber es ersparte ihr nicht, sich danach wieder mit denselben Fragen herumzuquälen wie schon seit Monaten. Also schob sie diese Gedanken beiseite und ging in ihr Zimmer, um sich fertig zu machen.

Keenan wartete neben dem Thunderbird. Sie war ein wenig überrascht, weil sie den Wagen nur selten benutzten.

Er wirkte nervös. »Keine Fragen.«

»Okay.« Sie stieg ein und beobachtete, wie der Himmel sich aufhellte, während er aus der Stadt und in die Felder hinausfuhr, die sie nur von seltenen Schulausflügen oder noch selteneren Foto-Exkursionen kannte, wenn sie Grams davon überzeugen konnte, dass sie die Regeln bezüglich der Elfen befolgen würde. Früher hatte sie äußerst selten Fahrten in gefährliche, weil eisenfreie Gegenden unternommen. Jetzt konnte ihr das nichts mehr anhaben. Die Elfen auf den Feldern und zwischen den Bäumen stellten keine Gefahr mehr für sie dar.

Keenan hielt auf einem Schotterparkplatz. Auf einem verwitterten Holzschild stand die handgemalte und bereits verblasste Aufschrift PEG & JOHNS OBSTPLANTAGE. Auf der anderen Seite des großen und fast leeren Parkplatzes standen lange Reihen von Apfelbäumen. Ashlyn sah nur Äste und Blätter und Äpfel, so weit ihre Augen reichten.

Sie hatte noch nie so viele gesunde Bäume gesehen. Selbst aus dieser Distanz konnte sie die reifenden Früchte erkennen, die an den starken Ästen hingen.

Als sie aus dem Auto ausstieg, stand er bereits vor ihrer Tür.

»Das ist doch die Obstplantage, wo ...« Sie war sich nicht sicher, ob sie den Satz beenden wollte.

Keenan zögerte jedoch nicht, es auszusprechen. »Hierher habe ich bislang nur eine Person mitgenommen, aber« – er nahm ihre

Hände – »du bist die Einzige, die weiß, was mir dieser Ort bedeutet. Ich dachte mir, wir könnten heute hier frühstücken.«

»Können wir zuerst ein Stück gehen? Damit ich mich umsehen kann?« Sie war verlegen. Was er ihr anbot, war alles andere als belanglos – nicht dass irgendetwas zwischen ihnen jemals belanglos gewesen wäre. Doch das hier war sein privater Rückzugsraum; sie hierherzubringen war ein Geschenk.

Er ließ ihre Hände los und holte eine Kühltasche aus dem Wagen. Dann nahm er wieder ihre Hand und führte sie über den unebenen Parkplatz. Das Knirschen des Schotters unter ihren Füßen wirkte laut in dem leeren Raum zwischen ihnen.

Der Parkplatz grenzte an eine Grasfläche. Ein dunkelhaariges Mädchen mit Sonnenbrille saß hinter einem Tisch voller Körbe auf einem Stuhl. Auf dem Tisch stand eine alte Registrierkasse. Sie schaute Keenan argwöhnisch an. »Sonst kommen Sie nicht so oft.«

»Meine Freundin musste dringend mal was Schönes sehen«, erwiderte er.

Das Mädchen verdrehte die Augen, zeigte aber auf die Körbe. »Na dann, bitte sehr.«

Keenan schenkte ihr ein strahlend schönes Lächeln, doch ihr herablassender Blick veränderte sich nicht. Ashlyn stellte fest, dass ihr das Mädchen wegen seines instinktiven Misstrauens gefiel. Ein hübsches Gesicht bedeutete schließlich noch lange nicht, dass jemand harmlos war, und Keenan konnte bei all seiner Liebenswürdigkeit auch skrupellos sein.

Ashlyn ließ Keenans Hand los und nahm einen Korb vom Tisch.

»Komm.« Er führte sie unter die voller Früchte hängenden Bäume, weg von der Welt. *Jetzt fehlt mir nur noch die rote Kappe.* Einen Moment lang spürte sie, wie Panikgefühle aus ihrer Kindheit sich zurückmeldeten: Sich in die Wälder vorzuwagen, wo Elfen lauerten, war immer gefährlich. Das hatte Grams ihr beigebracht. Rotkäppchen war in Gefahr geraten, weil sie die Sicherheit des Stahls verlassen hatte. *Er ist mein Freund.* Ashlyn schob ihren kurzen Anflug von Misstrauen beiseite und betrachtete die Äpfel über ihrem Kopf.

Beiläufig, so als wäre es nichts Ungewöhnliches, nahm sie wieder seine Hand.

Er sagte nichts. Auch sie schwieg. Sie gingen Hand in Hand, spazierten zwischen den Bäumen hindurch, die er gehegt hatte, schon zu einer Zeit, als der Winter noch die Oberherrschaft über die Erde gehabt hatte.

Schließlich blieben sie auf einer kleinen Lichtung stehen. Er stellte die Kühltasche ab und ließ ihre Hand los. »Hier.«

»Okay.« Sie setzte sich unter einem Baum ins Gras und sah ihn an.

Er ließ sich neben ihr nieder, so nah, dass es sich unnatürlich anfühlte, ihn nicht zu berühren. Sie zitterte, obwohl es warm war. Der Verlust seiner Hand führte dazu, dass die Wärme, die zwischen ihnen hin- und herpulsiert war, nachließ.

»Das hier war jahrelang mein Zufluchtsort, wenn ich ganz für mich sein wollte.« Er sah verloren aus; in seinen Augen flackerten Wolken auf. »Ich weiß noch, wie all diese Bäume hier Setzlinge waren. Die Sterblichen haben alles dafür getan, dass sie gediehen.«

»Also hast du ihnen geholfen.«

Er nickte. »Manchmal brauchen die Dinge nur ein wenig Aufmerksamkeit und Zeit, um sich zu entwickeln.« Als sie nichts erwiderte, fügte er hinzu: »Ich habe nachgedacht letzte Nacht. Über alles. Über etwas, das du vor einer Weile gesagt hast ... als ich dich geküsst habe.«

Ihr Körper spannte sich an.

»Du hast gesagt, dass du hundertprozentige Ehrlichkeit willst. Wenn wir echte Freunde sein wollen, dann müssen wir auch ehrlich zueinander sein.« Er fuhr mit den Fingern durch das Gras zwischen ihnen. Winzige Veilchen sprossen aus dem Boden. »Also los. Du kannst mich alles fragen.«

»Egal was?« Sie zupfte an dem Gras neben ihr und erfreute sich daran, wie kräftig es war. Der Boden war gesund; die Pflanzen waren stark. Sie spürte das Netzwerk der Baumwurzeln unter ihnen. Sie dachte über sein Angebot nach. Es gab nicht viel, was sie ihn hätte fragen können, außer ... »Erzähl mir von Moira. Du und Grams seid die Einzigen, die ich dazu befragen kann.«

»Sie war schön, aber sie mochte mich nicht. Viele von den anderen ... fast *alle* von ihnen« – er grinste – »waren sehr gefügig, mit wenigen Ausnahmen. Sie waren ganz scharf darauf, sich zu verlieben. Sie war es nicht.« Er zuckte die Achseln. »Ich habe mir aus allen etwas gemacht. Und tue es immer noch.«

»Aber?«

»Ich musste zu dem werden, den sie wollten, damit sie mich liebten. Manchmal hieß das, dass ich die neuste Mode mitmachen musste, die neuesten Tänze und Dichter kennen oder Origami können musste ... Ich musste herausfinden, was sie mochten, und etwas darüber lernen.«

»Warum bist du nicht du selbst geblieben?«

»Manchmal habe ich es versucht. Bei Don –« Er unterbrach sich. »Sie war anders, aber wir sprachen über deine Mutter. Moira war klug. Heute weiß ich, dass ihr klar war, was ich bin, aber damals wusste ich es nicht.«

»Hast du ... Ich meine ... Ich weiß, dass du ... Ich meine ...« Sie wurde roter als die Äpfel über ihnen. Ihren Freund, ihren König, ihren Vielleicht-auch-etwas-mehr zu fragen, ob er mit ihrer Mutter geschlafen hatte, war schon ganz besonders seltsam.

»Nein. Ich habe nie mit einem der Sommermädchen geschlafen, solange sie noch sterblich waren.« Er schaute weg; ihm war bei diesem Thema offensichtlich ebenso unbehaglich zu Mute wie ihr. »Ich habe noch nie mit einer Sterblichen geschlafen. Ein paar habe ich geküsst – aber sie nicht, nicht Moira. Sie hat mich fast von Anfang an mit Verachtung gestraft. Kein noch so großer Charme, kein noch so großes Geschenk, keine Worte, nichts, was ich ausprobiert habe, hat gewirkt.«

»Oh.«

»Sie war ein bisschen wie du, Ashlyn. Stark. Klug. Voller Angst vor mir.« Er verzog das Gesicht bei der Erinnerung. »Ich habe es nicht verstanden, aber sie hat mich angesehen, als wäre ich ein Monster. Und als sie weggelaufen ist, konnte ich ihr nicht folgen. Ich wusste, dass sie zurückkommen musste, sobald sie ein Sommermädchen wurde. Ich wusste, dass sie den Test nicht machen würde. Also habe ich sie gehen lassen.«

»Und was hast du dann getan? Gewartet?«

»Wenn ich ein Mädchen einmal ausgesucht hatte, konnte ich meine Wahl nicht wieder rückgängig machen.« Keenan sah traurig aus. »Ich wusste, dass sie etwas Besonderes war. Genau wie du. Als ich begriffen habe, wer du bist, habe ich mich gefragt, ob sie meine Königin geworden wäre, wenn ...«

»Das habe ich mich auch schon gefragt.« Ihr wurde bewusst, dass sie flüsterten, obwohl die Elfen, die sie auf der Plantage gesehen hatte, nicht in der Nähe waren. »Oder ob ich das hier bin, weil sie dabei war, sich zu verwandeln, als sie mich bekommen hat.«

»Wenn ich anders gehandelt hätte – wenn ich sie zurückgebracht hätte –, was wäre dann alles anders gekommen? Wenn ich gewusst hätte, dass sie schwanger war, wärst du an meinem Hof großgezogen worden. Und du hättest dich mir nicht widersetzt, wenn du bei uns aufgewachsen wärst. Denn dann hättest du dich nicht so viel mit Sterblichen abgegeben.«

Sie wusste genau, an welchen Sterblichen er dachte, aber es war für sie undenkbar, dass ihr Leben ohne den sterblichen Teil besser gewesen wäre. Ihre Liebe zu Seth war das Perfekteste, was sie jemals erlebt hatte, und seine Liebe würde die einzige wahre Liebe sein, die sie überhaupt erfuhr. Das war nichts, was man einfach so wegwischte, nicht einmal jetzt, wo sie so litt. Doch es brachte nichts, wenn sie all das demjenigen gegenüber, an den sie bis in alle Ewigkeit gebunden sein würde, wieder und wieder betonte.

»Ich bin froh, dass du es nicht gewusst hast«, sagte sie.

»In dem Jahr, in dem Moira mit dir schwanger war und verschwand, habe ich meine gesamte Zeit darauf verwendet, Donia dazu zu bewegen, dass sie mir vergibt.« Er sah wehmütig aus. »An manchen Abenden ließ sie sich dazu herab, sich neben mich zu setzen. Wir sind zusammen zu einem Fest gegangen ... und ...«

»Wird es irgendwann leichter?«

Er sah sie an. »Wird was leichter?«

»Jemanden zu verlieren, den man liebt.«

»Nein.« Er wandte den Blick ab. »Ich habe die ganze Zeit gedacht, irgendwann würden ihre ewigen Zurückweisungen dafür sorgen, dass der Schmerz nachlässt, aber was mich am meisten schmerzt, ist das eine Mal, als sie mich nicht zurückgewiesen hat. Ich dachte, wir hätten ein paar Jahre für uns, aber jetzt ... Er ist weg, Ash, und ich kann nicht anders, als in deiner Nähe zu sein. Du bist meine Königin. Es ist mir unmöglich, mich nicht zu dir hingezogen zu fühlen. Wenn ich dich irgendwie freigeben und Donia zu meiner Königin machen könnte, würde ich es tun.

Aber ich kann es nicht. Und wenn es eine Chance gibt, dass aus dir und mir vielleicht doch noch etwas wird, werde ich hier bei dir bleiben.«

»Und Donia ist ...«

»Darüber möchte ich jetzt nicht reden. Bitte, ja?« Er sah sie direkt an und sagte: »Ich brauche Zeit, bis ich über sie reden kann.«

»Also versuchen wir herauszufinden, wie wir mit dem glücklich werden können, was wir haben«, fügte sie hinzu.

Es war nicht Liebe, was sie empfand, nicht das, was sie für Seth empfunden hatte, aber sie hatte durchaus freundschaftliche Gefühle. Sie hatte Sehnsucht. Sie könnte sich selbst davon überzeugen, dass das ausreichte. Wenn das hier ihre Zukunft war, könnte sie das tun. Jemanden zu lieben, hieß, verletzbar zu sein; Leidenschaft mit einem Freund war die sicherere Wahl. Das mochte zwar berechnend sein und ihr Herz schützen, aber es war kein reiner Eigennutz: Es würde ihren Hof stärker machen. Es war also vernünftig.

Sie wollte sich in niemand anders verlieben – auch wenn sie ihm das nicht sagen mochte. *Wie sagt man jemandem, dass man ihn nicht lieben will, auch wenn man jahrhundertelang verbunden sein wird?* Keenan hatte etwas Besseres verdient.

Sie saßen da, sprachen über die Höfe, die Elfen, Geschichten aus ihrem Leben – redeten einfach miteinander. Schließlich verstummte er. »Rühr dich nicht von der Stelle«, sagte er. Dann verschwand er.

Sie lehnte sich an den Baum und war zur Abwechslung mal glücklich, im Frieden mit sich und ihrer Welt.

Als er zurückkehrte, trug er mehrere Äpfel im Arm, die er von einem Baum gepflückt hatte. »Sie waren neulich schon fast reif. Ich wusste, dass dies der perfekte Tag sein würde.« Keenan kniete sich neben sie auf den Boden und hielt ihr einen Apfel hin, nicht um ihn ihr zu geben, sondern um sie hineinbeißen zu lassen. »Probier mal.«

Sie zögerte, aber nur einen kurzen Moment. Dann probierte sie. Der Apfel schmeckte süß und saftig. Das hatte er möglich gemacht, hatte diesen Bäumen Kraft gespendet, als die Welt unter einer Eisschicht gefangen gewesen war. Ein paar Tropfen Saft liefen ihr das Kinn hinab, als sie in die Frucht biss, und sie lachte. »Perfekt.«

Er strich mit dem Daumen über ihre Haut und steckte ihn dann in den Mund. »Ja, das könnte es sein.«

Ist es aber nicht. Das hier war nicht real. Es war nicht genug. *Er ist nicht Seth.*

Sie wich zurück und versuchte Keenans verletzten Blick zu ignorieren.

Sechsundzwanzig

Niall stand mit düsterer Miene in Sorchas Wohnzimmer. Er strahlte Schatten aus, dunkle Strahlen, die von einem schwarzen Stern ausgingen. Er bewegte sich nicht von der Stelle, doch seine geballten Fäuste machten deutlich, wie sehr er an sich halten musste, um nicht loszuschlagen. »Das war ein Fehler, Sorcha.«

Langsam, weitaus langsamer, als sie sich jeder anderen Elfe außer Bananach näherte, durchquerte Sorcha den Raum und stellte sich vor ihn. Sie blieb erst stehen, als der Saum ihres Rocks seine Stiefel streifte. »Ich mache keine Fehler. Ich treffe vernünftige Entscheidungen. Und ich habe entschieden, ihn zu einem der Meinen zu machen.«

»Das stand dir nicht zu«, entgegnete er. Die Jungfrauen des Abgrunds wirbelten umher und verblassten zu züngelnden schwarzen Flammen, als Niall Sorchas Arme packte. »Mag ja sein, dass die anderen Höfe untätig mit ansehen, wie du dir alle holst, die die Sehergabe besitzen, aber ich werde für diesen hier kämpfen. Ich lasse nicht zu, dass du einen der Halblinge oder einen Sterblichen mit Sehergabe stiehlst, der unter meinem Schutz steht.«

»Du stehst im Elfenreich und glaubst mir sagen zu können, was sein wird, Niall. Findest du das wirklich klug?« Der Raum um sie herum verschwand allmählich, bis sie allein in einer weiten Ebene standen. »Mein Wille ist das Einzige, was hier zählt.«

»Vielleicht könntest du dich daran erinnern, welcher Hof früher im Elfenreich ebenso mächtig war wie deiner?« Er starrte in den leeren Raum neben ihr und zog die Augenbrauen zusammen, so sehr musste er sich konzentrieren, aber es funktionierte: Der König der Finsternis lächelte, als sich ein Spiegel aus Obsidian – in Materie verwandelte Schatten – aus der trockenen Erde zu ihren Füßen erhob. Es war nicht viel, aber es war *da*.

Der verführerische Klang von Nialls Stimme verriet das Vergnügen, mit welchem er feststellte:»Mag sein, dass ich noch neu bin an *diesem* Hof, aber ich habe dich früher sehr genau beobachtet. Ich kenne mehr von deinen Geheimnissen, als ich je irgendwem erzählt habe.«

»Willst du mir drohen?«

»Wenn ich muss.« Niall zuckte die Achseln.»Ich kann meinen Hof hierher zurückbringen. Als König der Finsternis habe ich das Recht, auch im Elfenreich zu herrschen.«

»Das wäre dumm. Ich« – sie holte kurz Luft und die Welt um sie herum veränderte sich – »würde dich zerquetschen, wenn du dich mir entgegenstellen würdest. Du bist kein Gegner für mich.«

»Es gibt Personen, für die es sich zu kämpfen lohnt.«

»Da sind wir teilweise einer Meinung: Seth ist viel wert. Gegen mich zu kämpfen ist aber nicht die richtige Antwort.« Sorcha deutete in den Raum um sie herum. Sie befanden sich in einem schmucklosen Tempel; Nialls Obsidianspiegel wurde von verschnörkelten Säulen flankiert. Hinter Sorcha stand ein großer Altar mit Verwundeten und Getöteten darauf. Sie brauchte sich nicht umzudrehen, um zu wissen, dass er da war.»Ist es das, was du Bananach anbieten willst? Deine törichte Einwilligung zum Krieg? Du kommst her und legst ein unverschämtes Benehmen an den Tag. Warum, glaubst du, hat sie ihn zu mir gebracht? Als Opfergabe, damit ihr Krieg beginnen kann.«

»Seth ist keine Opfergabe, weder für den Beginn noch für die Verhinderung eines Krieges. Er ist unverzichtbar.«

»Ich weiß«, flüsterte Sorcha, nicht aus Angst, sondern weil sie die Wahrheit ungern mit anderen teilte. »Ich passe auf, dass ihm nichts geschieht, und das würdest du auch begreifen, wenn du klar denken würdest. Sollte Bananach – oder *irgendjemand* sonst – ihm etwas antun, dann tut dieser Jemand mir etwas an.«

Niall stutzte bei dieser Erklärung. Die Wut verschwand aus seinem Gesicht. »Ash ... Ashlyn ... weiß nicht, wo er ist. Noch nicht. Wenn sie erfährt, dass du ihn zu dir genommen hast, wird sie hierherkommen.«

»Ihr König wird es ihr nicht sagen.« Sorcha wusste, dass Keenan und alle übrigen klar denkenden Elfen genau wussten, wo Seth sich aufhielt. »Es liegt weder in meiner Verantwortung noch in meinem Interesse, es ihr zu sagen. Und dir geht es genauso, sonst hättest du es bereits getan.«

Sorcha bot ihm ihre Hand dar.

Niall nahm sie, Gentleman, der er immer noch war, und legte sie in seine Armbeuge. »Was spielst du für ein Spiel, Sorcha?«

»Das gleiche, das ich schon mein ganzes Leben lang spiele, Gancanagh.«

Niall schwieg für einige Sekunden. Schließlich wandte er ihr sein Gesicht zu und sagte: »Ich möchte Seth sehen. Ich muss von ihm selbst hören, dass es ihm gut geht.«

»Wie du willst. Er hat in den letzten Tagen geruht. Wenn ich finde, dass er bereit dafür ist, kannst du ihn treffen, vorher nicht. Er steht unter meinem Schutz.«

»Was hast du getan?«

»Was getan werden musste, Niall. Das tue ich doch immer«, erwiderte sie. Ihre Höfe mochten zwar existieren, um im Widerstreit zueinander zu stehen, doch machte sie das nicht zu echten Feinden. Das Ziel war Balance, wie bei allem. Gelegentlich mochte Sorcha sogar sichergestellt haben, dass der Hof der Finsternis genügend Nahrung erhielt, um gesund zu bleiben – nicht zu gesund natürlich, aber stark genug, um seinen Zweck zu erfüllen. Das war es, was das Elfenreich brauchte, und obwohl sie nicht die Alleinherrscherin der Elfen war, solange sie sich im Reich der Sterblichen aufhielten, war sie doch immer noch die Unveränderliche Königin.

»Hat er seinen Schwur freiwillig geleistet?«

In seiner Stimme schwang so viel Hoffnung mit, dass sie sich fast wünschte, Niall belügen zu können. Doch sie konnte es nicht.

»Ja, das hat er. Ich verführe niemanden, anders als du.«

»Ich habe nie versucht, dich in Versuchung zu führen, Sorcha. Selbst damals nicht, als ich dachte, du wärst die Antwort, die ich suchte.«

»Leider«, murmelte sie im Gehen und ließ ihn den Weg zu seinem Zimmer selbst finden. Er war ein würdiger König, der den Hof der Finsternis wieder zu dem machen würde, was er sein konnte, doch für ihren Hof stellte er keine Bedrohung dar, heute nicht, noch nicht. Irgendwann würde er es sein, doch diesmal war Niall nicht in seiner Funktion als König der Finsternis gekommen. Er war als Seths Freund gekommen, was bedeutete, dass er während seines Aufenthalts weder ihren Hof noch ihren guten Willen missbrauchen würde.

Als Seth erwachte und seine Königin in seinem Zimmer vorfand, empfand er zunächst einmal Dankbarkeit: Sie hatte ihn vor der Sterblichkeit gerettet, ihm ein so großes Geschenk gemacht, dass es keine Worte dafür gab. Das würde er ihr niemals vergelten können. Sie schaute durchs Fenster in den Garten hinaus und reckte sich, als hätte sie schlecht geschlafen. *Was Unsinn ist.* Die Königin des Lichts hatte keinen Grund, in einer unbequemen Position neben ihm zu verharren, aber Seths Blick wanderte trotzdem zu dem grünen Sessel, der in der Nähe des Fensters stand.

Sorcha drehte sich nicht um, um ihn anzusehen. Stattdessen drückte sie das Fenster auf, griff hinaus und drehte ein paar Blütenköpfe von ihren Stängeln. »Du warst sechs Tage lang ohne Bewusstsein«, sagte sie zur Begrüßung. »Dein Körper musste mit einigen Veränderungen fertigwerden. So war es leichter für dich.«

Er streckte sich. Es ging ihm fast so schlecht wie damals, als er im Krankenhaus aufgewacht war, nachdem die letzte Winterkönigin ihn fast umgebracht hatte. Er fühlte sich wund und schwach und konnte kaum glauben, dass er das Schlimmste bereits verschlafen hatte – *oder ohne Bewusstsein gewesen war.*

»Und jetzt bin ich kein einfacher Sterblicher mehr?«

Sorcha lächelte. »Du warst nie bloß ›ein einfacher Sterblicher‹, Seth. Du bist etwas Besonderes.«

Er zog eine Augenbraue hoch, was ihm bewusst machte, dass er unter höllischen Kopfschmerzen litt, die von Sekunde zu Sekunde schlimmer wurden. »Ich war ein Sterblicher.«

»Ja, und du bist aus Gründen wichtig, die du nicht verstehst.«

»Welche da wären?«

Sie kam zu ihm und reichte ihm einen Waschlappen aus einer Schüssel neben dem Bett. Zuerst sah es so aus, als wollte sie ihm über das Gesicht wischen, doch sie hielt ihm den Lappen nur hin. »Die Kälte ist gut gegen den Kopfschmerz.«

Seth legte ihn für einen Moment über seine Augen. Er roch nach Minze. »Werde ich mich den ganzen Monat, in dem ich sterblich bin, so schlecht fühlen?«

»Nein.« Ihr Tonfall war weich. »Dein Körper versucht, sich an die zusätzliche Energie anzupassen, die dir jetzt innewohnt. Als Elf wirst du eine andere Wahrnehmung haben. Du wirst über erstaunliche Gaben verfügen. Das Wissen, mit dem die meisten Elfen geboren werden, wird jetzt in dein Unterbewusstsein hineingewoben. Wenn du auf Dauer hierbleiben würdest, würde es sich nicht so anfühlen. Dann könnte der Prozess langsamer vonstattengehen.«

»Hineingewoben?«

»Mit ein paar Fäden aus Olivias Sternenlicht. So geht es schneller, aber es pikst ein wenig.«

Er hob eine Ecke des Lappens an, der noch über seinen Augen lag, und sah sie an. »Ein wenig?«

Sie war zurück ans Fenster getreten und zerpflückte die abgerissenen Blüten. »Die Elfe, von der du deine Essenz empfangen hast, ist stärker als die anderen. Auch das verkompliziert die Verwandlung etwas ... Ich habe getan, was ich konnte, um deine Schmerzen zu lindern.«

Sie sprach jetzt in einem ganz anderen Ton mit ihm als zuvor. Ihre Miene war zwar unbewegt wie die einer Statue, doch sie war verletzlich. *Zerbrechlich.*

Seth setzte sich auf und starrte seine neue Königin an. »Du hast mir alles gegeben, was ich wollte. Wegen dir kann ich mit Ash zusammen sein. Ich kann für Niall da sein. Ich kann in ihrer Welt überleben.«

Die Königin des Lichts nickte und ihr besorgter Blick verschwand. »Nur wenige Elfen sind stark genug, um eine Bedrohung für dich darzustellen«, sagte sie. »Dafür habe ich gesorgt.«

»Warum?«

»Weil ich es so entschieden habe.«

»Gut … also, dieser Monat, den ich hier verbringe …« Seth hasste es zwar, das Thema anzuschneiden, aber er wollte nichts so sehr, wie Ashlyn wiederzusehen. »Zählen die sechs Tage, in denen ich bewusstlos war, und meine ersten Tage hier mit?«

»Ja.« Sorcha goss dampfendes Wasser über die zerrupften Blüten.

»Dann sind also zwölf der dreißig Tage bereits um?« Er rollte aus dem Bett und war kurz amüsiert, als sie sich wegdrehte und ihm schnell einen Bademantel zuwarf.

»Ja.« Sie goss den Blütentee in eine Tasse und reichte sie ihm. »Trink das.«

Seth zögerte keine Sekunde. Er *konnte* es nicht. Seine Königin hatte ihm einen Befehl erteilt, und er gehorchte. Er trank den scheußlich schmeckenden Tee und verzog das Gesicht. »Das … ich konnte gerade … ich konnte nicht Nein sagen.«

Sie lächelte. »*Du gehörst mir*, Seth Morgan. Du würdest mir dein Herz geben, wenn ich es dir befehlen würde.«

Ich gehöre ihr.

Er hatte Niall, Donia, Keenan und Ashlyn im Umgang mit ihren Elfen beobachtet. Bei ihnen war es anders. Damit hatte er nicht gerechnet, als er ihr Treue schwor. *Ist es anders, weil ich hier im Elfenreich bin? Liegt es an ihr? Oder an mir?* Er sah sie finster an. »Das wusste ich nicht.«

Sie ging wieder zum Fenster, hielt erneut Abstand zu ihm. »Wenn ich es möchte, gehören mir dein Wille, dein Körper und deine Seele. Hättest du anders entschieden, wenn du es gewusst hättest?«

»Nein«, gab er zu.

»Gut.« Sie nickte und trat in den Garten hinaus. »Nimm dir noch eine Tasse Tee mit hinaus.«

Sie bat ihn nicht, ihr zu folgen, aber er wusste trotzdem, dass sie es wünschte. Es wurde von ihm erwartet.

Barfuß, in Schlafanzughosen und Bademantel und mit einer Tasse des widerlichen Tees in der Hand folgte er Sorcha, ohne zu zögern, in den Garten hinaus. Sie war seine Königin: Ihr Wille war alles, was zählte.

Er musste schneller gehen, als ihm lieb war, um sie einzuholen. »Was bin ich denn dann jetzt? Dein Schoßhund? Dein Diener?«

Sorcha sah ihn irritiert an. »Ich halte keine Schoßhunde. Das Elfenreich ist nicht so pervers, wie es von *da draußen* aussieht.« Sie gestikulierte vage in Richtung einer entfernten Steinmauer. »An meinem Hof geht es zivilisiert zu.«

»Aber ich gehöre dir. Es leuchtet mir nicht ein, was daran zivilisiert sein soll.« Er nippte an dem ekligen Tee. »Bei anderen Herrschern ist das nicht so.«

»Nein?« Sie machte ein verwirrtes Gesicht und zuckte dann die Achseln. »Ich bin anders. *Wir* sind anders.«

»Aber wenn ich da draußen bin, dann bin ich ein Elf?« Plötzlich brauchte er ihre Bestätigung. Dass sie ihm seinen Willen rauben konnte, beunruhigte ihn.

»Ein starker Elf. Ein Elf, den nur wenige überwältigen können. Du bist *anders*, aber ja, du bist definitiv ein Elf.« Sie schaute von ihm zu einer Bank, die aus Elfenbein geschnitzt zu sein schien. Winzige Insekten, die wie Glühwürmchen leuchteten, umschwirrten sie. Sie beschrieben im Flug einen flimmernden Bogen und verschwanden.

»Okay. Hier drinnen bin ich also ein Sterblicher. Und was muss ich tun? Liege ich einfach faul herum?« Seth hoffte, dass er nach seiner Verwandlung zum Elfen nicht auch damit anfing, jedes Wort so merkwürdig auf die Goldwaage zu legen. Sich mit einer

Elfe zu unterhalten, konnte ganz schön vertrackt sein. Sorcha bildete da keine Ausnahme.

Sie warf ihm erneut einen nachsichtigen Blick zu – als wäre er derjenige, der kompliziert war. »Du wirst das tun, was Sterbliche schon immer für uns tun: Du wirst kreativ sein.«

»Kreativ sein?«

»Kunst. Musik. Gedichte.« Sie strich gedankenverloren mit der Hand über die Bank. Die Muster darauf ordneten sich unter ihrer Berührung neu. »Du kannst hier alles haben, was du brauchst. Alle erdenklichen Materialien. Die ganze Bandbreite. Lass dich inspirieren und erschaffe etwas Staunenswertes für mich.«

»Der Preis, den ich für meine Unsterblichkeit zahle, ist also, dass ich hier ein paar Wochen mit Dingen verbringe, die mir ohnehin Spaß machen?«

»Du darfst mich allerdings nicht enttäuschen.« Sie sah ihn mit diesem berechnenden Blick an, den er schon von anderen Elfen kannte. »Du wirst deine ganze Leidenschaft in deine Werke legen, sonst darfst du nicht gehen.«

»Nein!« Seth wurde ungehalten. Er machte einen Schritt auf sie zu. »Ein Monat pro Jahr. Das war die Vereinbarung.«

»Ein Monat Treuedienst im Elfenreich war die Vereinbarung. Wenn du mir wahrhaft dienst, wirst du mir wahre Kunst schenken. Nicht nur Oberflächliches. Wahre Kunst. Wahre Leidenschaft.« Ihr Ton wurde sanft. »Ruh dich heute noch aus, Seth. Ich komme morgen wieder.«

Sie klang, als verheimliche sie ihm etwas, doch bevor er nachfragen konnte, öffnete sich sie graue Steinmauer auf der anderen Gartenseite. Dahinter kam Devlin zum Vorschein.

Sorcha lächelte Seth traurig an, was ihn irritierte. »Einem Sterblichen sollte nicht so viel Autonomie und Einfluss zugestanden werden, wie du genossen hast. Drei von vier Höfen sind mit deinen Wünschen befasst. Es muss wieder ein Gleichgewicht hergestellt werden. Du stehst außerhalb der natürlichen Ordnung und musst daher in irgendeiner Weise neutralisiert werden. Das ist im Interesse aller.«

Seth unterdrückte einen Schauder, während sein Blick von der Königin des Lichts zu dem wartenden Elfen wanderte. Seth hatte geglaubt, die schlimmsten Elfen zurzeit gehörten zu Niall, doch als er Devlins gleichgültige Miene sah, war er sich da nicht mehr so sicher.

Monster sehen nicht immer auch aus wie Monster.

Devlin bedeutete Seth, durch die steinerne Öffnung vorauszugehen, weg von Sorcha. Und Seth musste sich fragen, wie weit der Lakai der Königin wohl gehen würde, um etwas zu »neutralisieren«, das sie für außerhalb der Ordnung stehend erklärt hatte.

Siebenundzwanzig

Sorcha kam am nächsten Tag wieder in Seths Zimmer – und auch an den drei folgenden Tagen. Sie blieb den ganzen Tag, unzählige Stunden, während er arbeitete. Sie sprachen über das Leben und über Träume, über Philosophie und Kunst, über Musik, die ihm gefiel, und Theateraufführungen, die er besucht hatte. Sie spazierten durch den Garten. Und manchmal saß sie einfach still da und meditierte, während er malte oder zeichnete. Seth konnte sich nicht vorstellen, ohne sie zu sein. Wäre da nicht diese Sehnsucht nach Ashlyn gewesen, hätte er sich fast gewünscht, im Elfenreich zu bleiben. Außerhalb davon hatte sein Leben keinen rechten Sinn, er hatte weder eine Aufgabe noch Familie. Er lebte nur für Ashlyn. Im Elfenreich existierte er, um Kunstwerke zu erschaffen. Zum ersten Mal, seit er denken konnte, fühlte er sich ganz, eins mit sich und der Welt. Er war auf der Suche nach Unsterblichkeit hergekommen, doch was er gefunden hatte, war noch wertvoller. Glück. Frieden. Ein Zuhause. Vermischt mit einer nie endenden schmerzlichen Sehnsucht nach Ashlyn und neuem Kummer darüber, dass er Sorcha am Ende des Monats würde verlassen müssen. Durch seine Entscheidung, zum Elfen zu werden, hatte er alles bekommen, was er gesucht hatte – und dazu noch Geschenke, die er sich niemals erträumt hatte.

Der Gedanke, das Elfenreich wieder zu verlassen, war beängstigend.

Er verarbeitete diese Gefühle, Wünsche und Ängste in seiner Kunst. Meistens malte er; das Zimmer war bereits voller halb fertiger Leinwände. Er versuchte auch, mit den Metallen zu arbeiten, die plötzlich im Nebenzimmer aufgetaucht waren. Er hatte schon einige ganz annehmbare Sachen fertiggestellt, doch darunter war nichts, was ihrer würdig gewesen wäre – nichts, was seinem Anspruch genügte.

»Seth?« Sorcha war neben ihm. »Kannst du heute mal eine kurze Pause einlegen?«

»Um was zu tun?«

Sie wischte ihm lächelnd einen Farbklecks aus dem Gesicht. »Du hast Besuch, mein Lieber.«

Besuch. Er konnte nicht weggehen, aber er konnte Gäste empfangen, wenn Sorcha es gestattete. Sein Herz schlug wie wild. »Besuch? Ash? Sie ist hier?«

»Nein, nicht sie.« Sorcha klang fast ein wenig traurig, als sie das sagte.

Aus dem Nichts tauchte der König der Finsternis hinter ihr auf. »Wie ich sehe, wurde mein Rat vollkommen ignoriert«, sagte er.

Seth umarmte Niall. Abgesehen von Ashlyn wollte er niemanden so gern sehen wie den König der Finsternis. Er trat einen Schritt zurück und sagte: »Du hattest Unrecht.«

Niall lachte. »Und noch arroganter geworden ... Du verbringst deine Zeit am falschen Hof, kleiner Bruder.«

Die angestrengte Miene der Königin des Lichts entspannte sich ein wenig. »Ich lasse dich mit Niall allein. Wir sehen uns später im Speisesaal.« Zu Niall sagte sie nur: »Komm wieder, wenn du bereit bist, über andere Themen zu reden. Es wäre doch denkbar, über Dinge zu sprechen, die wir bedauern ...«

Seth konnte nicht umhin, sie zu beobachten, während sie den Raum verließ. Er wusste, wie oft sein Herz zwischen ihren Schritten schlug. Er hatte mitgezählt: Es waren immer gleich viele Schläge. Der Rhythmus ihres Gangs war absolut perfekt. Wenn ihre Hand sich hob, um die Tür zu öffnen, beschrieb sie dabei jedes Mal denselben Bogen. Seth wusste, dass die Hand immer präzise dieselbe Strecke zurücklegte; er könnte sie ausmessen. Heute zögerte sie jedoch auf mehreren Stufen. Der Takt ihrer Bewegungen war nicht mehr gleichmäßig.

»Sie ist durcheinander«, sagte Seth.

»Wie bitte?«

Seth erklärte das mit dem Zählen und fügte hinzu: »Das ist wie Musik. Heute klingt ihr Lied nicht so wie sonst.« Er sah Niall an. »Du irritierst sie.«

Nialls Blick wanderte zu der Tür, durch die Sorcha verschwunden war. Die flimmernden Tänzer wogten nach vorn, als wollten sie aus seinem Blickfeld entschwinden und der Königin des Lichts folgen. »Das ist nur natürliche Abneigung.«

»Vielleicht hätte sie gern, dass du ihr gegenüber zuvorkommender wärst. Du könntest vielleicht ...«

»Ich weiß nicht, ob dir das klar ist oder nicht, aber deine plötzliche Unterwürfigkeit ist ganz schön unheimlich.« Niall schüttelte den Kopf.

Seth biss auf seinen Lippenring und legte sich seine Worte genau zurecht, bevor er erwiderte: »Mein bester Freund regiert den Hof der Albträume. Meine Freundin ist die Verkörperung einer Jahreszeit. Ich weiß nicht, ob du das hier wirklich ›unheimlich‹ nennen kannst. Sorcha sorgt dafür, dass ich im Frieden mit mir bin. Das gefällt mir.«

»Aber es wird Folgen haben.«

»Ich habe die richtige Wahl getroffen. Das hier ist genau das, was ich will.«

Niall schüttelte den Kopf. »Dann hoffen wir mal, dass du das später auch noch sagen wirst.«

Seth ging zu dem Fenster, das in den Garten führte, und drückte es auf. »Komm.«

Während Niall ihm in den Garten folgte, nahm Seth das Gespräch wieder auf. »Ich finde an Sorchas Hof eine andere Art von Frieden. Früher hat es mich Jahre der Meditation gekostet, um so eine Ruhe zu erreichen, und jedes Mal, wenn ich gesehen habe, dass Keenans Einfluss schon wieder größer geworden war, fühlte es sich an, als wäre diese Ruhe plötzlich wie weggeblasen ... aber hier hatte ich innerhalb einer Sekunde, nach nur einem Versprechen, vollkommenen Frieden. Ein Monat pro Jahr hier bei ihr, und ich habe alles, was ich brauche. Da draußen werde ich sein, was du früher warst – mit Elfenschwächen und Elfenstärken. Ich kann für immer mit Ash zusammen sein. Ich kann für immer für dich da sein. Verstehst du denn nicht? Es ist perfekt.«

»Wenn man von dem Monat hier absieht. Komm einfach mit mir mit. Ich habe dich unter den Schutz meines Hofes gestellt und ... mein Hof ist der Gegenpart zu ihrem. Wir können dich nach Hause holen.«

»Ich *bin* zu Hause, Niall. Abgesehen davon, dass ich Ash vermisse –« Seth unterbrach sich. »Warum weißt du, dass ich hier bin, aber sie nicht?«

»Seth ...« Niall senkte den Blick.

»Was?«

»Keenan hat es ihr nicht gesagt. Er weiß es. *Alle* wissen es.«

»Außer ihr.« Seth schluckte die Worte des Zorns und der Angst hinunter, die in ihm aufstiegen. Panik war die falsche Reaktion. Er war im Elfenreich; er war mit sich im Frieden; und er hatte die Ewigkeit mit Ashlyn. »Warum?«

»Komm mit mir nach Hause«, wiederholte Niall. »Lass uns zu ihr gehen.«

»Keenan nutzt meine Abwesenheit aus.« Seth sprach die Wahrheit aus, die Niall vermied. »*Jetzt schon?* Ich bin doch erst seit ein paar Tagen hier. Dreißig Tage ohne mich werden doch nicht alles verändern.«

Devlin erschien vor ihnen auf dem Weg. »Geh vorsichtig zu Werke, Niall. Es wird Sorcha nicht gefallen, wenn du aussprichst, was du da preisgeben willst.« Und zu Seth gewandt fügte Devlin hinzu: »Sorcha verlangt, dass du diese Angelegenheit nicht weiterverfolgst.«

Und von einem Moment auf den anderen war Seth nicht mehr dazu in der Lage, das Gespräch fortzusetzen. »Ich glaube, wir müssen über etwas anderes reden.«

»Willst du das wirklich? Auf ein Wort von dir würde ich …« Niall sah Devlin wütend an. »Denk nach, Seth. Wenn du dich dazu entschließt, kannst du dich ihren Wünschen widersetzen. Bei ihr ist es zwar schwerer – im Elfenreich ist es schwerer –, aber ich weiß, dass du es kannst.«

»Sie ist meine Königin, Niall. Ich will, was sie will. Sie hat mir die Welt geschenkt.«

»Hast du eigentlich eine Vorstellung davon, wie verstörend du dich benimmst?« Niall sah ihn entsetzt an. »Du bist mein *Freund*, Seth, und nur noch eine Hülle deiner selbst.«

»Ich bin keine bloße Hülle. Ich bin nur –« Seth zuckte die Achseln – »im Frieden mit mir.«

»Ich glaube, ich sollte jetzt gehen.«

»Das wird wohl das Beste sein. Ich habe noch zu arbeiten, und sie ist seltsam vereinnahmend, was meine Aufmerksamkeit betrifft. Da hinten ist eine Tür, die kannst du nehmen.« Seth zeigte auf einen hinter Dornen versteckten Ausgang in der Ferne, eine der Öffnungen, die von Sorchas Reich in die Welt der Sterblichen führten.

»Pass auf dich auf.«

»Das werde ich. Ich bin glücklich hier. Sie weiß alles. Alles ergibt so viel mehr Sinn, wenn sie es erklärt.« Er ließ seine Gedanken zu den spätabendlichen Gesprächen wandern, die sie in diesem Garten führten. Philosophie, Religion, so vieles wurde klar, wenn er mit seiner Königin redete. Danach ging er jedes Mal – übersprudelnd von Kunst und Leidenschaft und neuen Einsichten – in das Atelier zurück, das sie ihm geschenkt hatte, und schuf Kunstwerke, bis er kaum noch aufrecht stehen konnte.

»Später, wenn du aus Sorchas Reich zurück bist, müssen wir reden. Kommst du mich besuchen, wenn du wieder zu Hause bist? Du *kommst* doch nach Hause, oder?«

»Ich komme zurück. Ashlyn ist auf der anderen Seite des Vorhangs.« Seth umfasste Nialls Unterarm. »Aber ich werde nur über die Themen diskutieren, die Sorcha erlaubt. Auch wenn ich nicht hier bin, werde ich die Versprechen halten, die ich meiner Königin gegeben habe.«

»Wir sehen uns, wenn du nach Hause kommst – und wieder du selbst bist.« Niall wandte sich ab.

Seth ging noch kurz spazieren, dann kehrte er zu seiner Kunst zurück. Etwas mehr als zwei seiner vier Wochen im Elfenreich waren vorüber. Er würde Ashlyn bald sehen können.

Achtundzwanzig

Mehr als vier Monate waren seit Seths Abreise vergangen. Es gab weder Anrufe noch SMS von ihm, und auch Niall hatte keine Nachricht geschickt. Immer häufiger kam es zu Rangeleien zwischen Elfen des Sommer- und des Winterhofs. Dunkelelfen griffen die zunehmend verwundbaren Elfen des Sommerhofs an, die geschwächt waren von Ashlyns Unfähigkeit, nach vorne zu schauen. Sich fürs Glücklichsein zu entscheiden war leichter gesagt als getan. Im Verhältnis zwischen ihr und Keenan war es zu einer Art Stillstand gekommen, und ihr Hof litt darunter. Seite an Seite saßen sie im Büro und hörten sich an, was die Wachen aus Huntsdale und Umgebung zu berichten hatten. Diese Berichte waren nichts Neues, doch die Lage hatte sich wieder einmal verschlimmert.

»Die Ly Ergs verhalten sich von Tag zu Tag unverfrorener«, berichtete eine Glaistig. Sie selbst war davon nicht so enttäuscht, wie die meisten Elfen des Sommerhofs es gewesen wären, denn Glaistigs waren Söldnerinnen. Die mit Hufen ausgestatteten Elfen trieben sich an allen Höfen herum, ließen sich anheuern, wo es Ärger gab, und lebten danach wieder als ungebundene Elfen, wo es ihnen passte.

Keenan nickte.

Ashlyn spürte, wie sie ihre offizielle Hofmiene aufsetzte, eine Maske, hinter der sie ihren Kummer verbarg.

Keenan drückte ihre Hand. Sonnenlicht floss von seiner Handfläche in ihre. *Trost, aber nicht genügend.* Er beruhigte sie, als wäre sie zerbrechlich, während die Wachen von den Unruhen berichteten. *Und ich bin es auch.* An manchen Tagen fühlte sie sich, als wäre sie nichts weiter als gesponnenes Glas, das bei einer falschen Bewegung zerspringen würde.

Dann ergriff Quinn das Wort. »Während Bananach unterwegs war, haben die Wachen ihr Nest durchsucht. Es gibt keine Beweise dafür, dass Seth jemals dort gewesen ist.«

»Was?« Ashlyns mühsam bewahrte Ruhe war sofort dahin. Dass Seths Name so beiläufig im Zusammenhang mit Bananach genannt wurde, brachte sie völlig aus der Fassung.

Keenan hielt ihre Hand fest; er war ein Anker, der es ihr ermöglichte, zumindest einen Anschein von Stabilität zu wahren. »Quinn –«

»Keine Beweise?« Ashlyn versuchte, ruhig zu sprechen, doch es misslang. »Was meinst du damit?«

Quinn rührte sich nicht von der Stelle. Er blieb ganz auf sie konzentriert, obwohl die anderen Wachen ängstlich ihre Position veränderten. »Sie ist die Aaskrähe, meine Königin. Wenn sie ihn getötet hätte, gäbe es Hinweise darauf. Doch wir haben dort weder Blut noch Knochen von ihm –«

»Genug«, knurrte Keenan. Er hielt Ashlyns Hand weiter fest und zog sie enger an sich.

Ashlyn spürte fast mehr, als sie es sah, dass sich im Zimmer ein Nebelschleier ausbreitete. »Nein, ich will es wissen.« Sie sah zu Keenan hin. »Ich *muss* es wissen.«

»Ich kann besser damit umgehen, Ash.« Keenan sprach mit leiser Stimme, um ihr zu suggerieren, sie wären unter sich. »Aber du brauchst dir das nicht anzuhören, wenn es ... unangenehme Dinge sind.«

»Doch, das muss ich«, wiederholte sie.

Er sah sie mehrere Atemzüge lang schweigend an und sagte dann: »Fahr fort.«

Quinn räusperte sich. »Wir haben dort einige merkwürdige Sachen gefunden. Ein Shirt von« – er geriet ins Stottern und sah Keenan an – »von ihr, unserer Königin. Ein Stück abgestoßener Haut von seiner Schlange. Und ein Buch von Seth.«

»Warum sollte sie im Besitz dieser Dinge sein?« Ashlyn hatte gerade angefangen zu akzeptieren, dass Seth sie einfach verlassen hatte. Doch jetzt, wo Sachen von ihm in Bananachs Nest gefunden worden waren, fragte sie sich, ob sie nicht einem großen Irrtum aufgesessen war.

Keenan sah die Wachen an, dann Quinn. Der Sommerkönig war wütend. »Lasst uns allein.«

Die Wachen verschwanden unter gemurmelten Flüchen, die Quinn galten. Keenan wandte den hinausgehenden Wachmännern den Rücken zu, schob den Couchtisch beiseite und kniete sich vor Ashlyn auf den Boden. »Lass mich das regeln. Bitte, ja?«

Ashlyn legte ihren Kopf auf seine Schulter. »Ich muss wissen, warum unsere Sachen bei ihr sind. Er würde doch nicht in freundschaftlicher Absicht zu ihr gehen.«

»Vielleicht ja doch. Er ist schließlich mit Niall befreundet. Und Bananach gehört seinem Hof an.« Keenan strich ihr übers Haar. »Seth hat den Schutz des Hofs der Finsternis bereits akzeptiert. Er war wütend auf mich. Wir haben uns gestritten, bevor er wegging, Ashlyn. Er hat gesagt, er würde all seinen Einfluss geltend machen, um mir zu schaden, falls ich … falls ich dich manipuliere.«

»Seth?« Sie wich zurück und starrte ihren König an. »Seth hat dir *gedroht*? Wann? Warum hast du mir das nicht erzählt?«

Keenan zuckte die Achseln. »Es erschien mir falsch. Du und ich, wir hatten alles beredet. Ich hatte vor … Donia hatte mir vergeben. Ich hielt es für unklug, es dir zu erzählen, und dann ist er gegangen und ich sah keinen Grund, dich zu beunruhigen.«

»Du hättest was sagen müssen. Du hast versprochen, keine Geheimnisse vor mir zu haben.« Ihre Haut dampfte, so wütend pulsierte das Sonnenlicht in ihr. Wäre er ein anderer gewesen, hätte er sie in diesem Moment nicht berühren können.

»Aber ich *erzähle* es dir doch«, sagte er. »Quinn hätte den Mund halten –«

»Nein.« Sie wich erneut zurück. »Es war richtig von Quinn, es mir zu sagen. Ich bin die Sommerkönigin und keine bloße Gemahlin ohne Stimme. Das ist längst geklärt zwischen uns.«

»Du bist aufgebracht.«

»Die Kriegselfe hat Sachen von mir. Sachen von *Seth*. Und du erzählst mir, Seth hätte dich bedroht. Ja, allerdings bin ich aufgebracht!«

»Genau das wollte ich verhindern. Ich brauche dich glücklich, Ashlyn.«

Sie lehnte sich in die Sofakissen zurück, suchte Abstand zu ihm. »Und ich brauche Antworten.«

Der Sommerhof hatte überall gesucht. Es gab keinerlei Hinweise darauf, wohin Seth gegangen sein könnte – bis zu diesem Moment.

»Das ergibt alles keinen Sinn«, sagte sie. »Ich bin ihr doch begegnet. Seth ist nicht … sie ist keine Elfe, zu der er freiwillig gehen würde.«

»Wirklich nicht? Seths bester Freund ist der König der Finsternis. Es gibt Seiten an deinem Sterblichen, die du einfach nicht siehst. Wie war er denn vor dir?« Keenan sah sie an. »Seth ist kein Unschuldslamm, und der Hof der Finsternis ist voll von Versuchungen, die schon so manchen Sterblichen in seine Arme gelockt haben, Ash.«

»Ashlyn. Nicht Ash. Nenn mich nicht so.« Ihr Herz zog sich zusammen. Sie hasste das Gefühl, den falschen Klang, wenn Keenan sie immer noch mit dem Namen einer Sterblichen ansprach. *Ich bin keine Sterbliche. Ich bin nicht mehr dieser Mensch.* Sie war eine Elfenkönigin, deren Hof einen stärkeren Monarchen brauchte. Andere Höfe waren wie Feinde, deren Drohungen sie nicht verstand. Donia war distanziert, Niall reizbar; und alle beide waren sie voller Geheimnisse. Beide Höfe, mit denen der Sommerhof zu tun hatte, waren ihr verschlossen. Und über diesen Spannungen schwebte wie ein Schatten Bananachs Ankündigung, dass ein Krieg bevorstand.

»Wenn du möchtest, dass ich mehr herausfinde, könnte ich um eine Audienz bei Niall bitten«, schlug Keenan vor. »Es sei denn, du möchtest die Kriegselfe zu uns nach Hause einladen …«

»Nein.« Ashlyn konnte noch immer den Rauch riechen, der in der Luft gehangen hatte, als Bananach im Park ihre Illusion entfaltet hatte. »Wenn wir am Rande eines Krieges stehen, möchte ich sie nicht hierhaben. Ich versuche einen Weg zu finden, die Königin zu sein, die unsere Elfen verdienen – und Bananach an ihren Rückzugsort zu bringen, wäre nicht der richtige Weg. Aber ich kann auch nicht einfach hier herumsitzen und nichts tun. Bananach muss einfach etwas wissen.«

»Was willst du denn tun, Ashlyn?« Keenan sah sie argwöhnisch an. »Möchtest du dich wirklich in Gefahr bringen? Meinst du, das hilft? Er war nicht glücklich. Wenn er mit ihr gegangen ist, den Versuchungen erlegen ist, die –«

»Können wir zu Bananach gehen?« Ashlyn hatte geglaubt, keine Tränen mehr übrig zu haben, doch nun spürte sie wieder dieses Brennen in den Augen und gab sich Mühe, nicht zu weinen. »Wenn sie ihm etwas angetan hat –«

»Wir wissen doch gar nicht, ob Seth sie einfach nur besucht hat oder ob er andere Gründe hatte. Lass mich –«

»Wenn sie ihm etwas angetan hat«, setzte Ashlyn erneut an, »dann werde ich nicht darüber hinweggehen. Wenn sie Donia oder mir etwas antäte, würdest du das auch nicht ignorieren.«

Keenan seufzte. »Ich kann unseren Hof nicht wegen eines einzelnen Sterblichen aufs Spiel setzen, Ashlyn.«

»Es ist auch mein Hof«, erinnerte sie ihn.

»Selbst wenn sie ihn mitgenommen hat, kannst du sie nicht angreifen. Sie ist der *Krieg*.«

»Hast du es jemals versucht?«

»Nein.«

»Dann sag mir nicht, dass ich es nicht kann«, erwiderte sie. Wenn Bananach Seth mitgenommen und getötet hatte, würde Ashlyn einen Weg finden, ihr das heimzuzahlen. Sie hatte die Ewigkeit vor sich.

»Du würdest unseren Hof dafür aufs Spiel setzen?«, fragte er.

»Ja. Für jemanden, den ich liebe? Ohne zu zögern.«

Keenan seufzte, aber er widersprach ihr nicht länger. »Dann lass uns in die Höhle des Löwen gehen, meine Königin.«

Begleitet von einem kompletten Wachzug machten der Sommerkönig und die Sommerkönigin sich auf den Weg zu Bananach. Ashlyn fragte sich, ob es ihnen noch nicht reichte, nach allem, was sie in letzter Zeit von Donia und Niall eingesteckt hatten. Den Hof der Finsternis zu betreten, den Hof der Albträume, die Heimat der Gabrielhunde und der Aaskrähe – egal, wie man es nannte, es klang nach einem schlechten Plan.

Aber vielleicht hat Bananach Antworten.

Ashlyn fragte Keenan nicht, woher er den Weg zu Bananach kannte; sie war viel zu verängstigt, um an irgendetwas anderes denken zu können als daran, dass sie den Hof einer Elfe betreten würde, die ihrem Hof absolut feindlich gegenüberstand, dass sie den Inbegriff von Krieg und Blutvergießen aufsuchte.

Keenan führte sie durch Huntsdale, bis sie an eine abbruchreife Ruine mit verdunkelten Fenstern kamen. Das war kein helles, luftiges Loft wie ihr Zuhause und auch kein altes Anwesen wie das von Donia. Selbst die Luft vor dem Gebäude fühlte sich schmutzig an. Sie wand sich vor Unbehagen, so als stünde sie entblößt vor einer Gruppe lüsterner Fremder.

Angst. Pure, reine Angst. Sie waren am richtigen Ort.

Keenan ging mit finsterer Miene auf die Tür zu. Dort angekommen hielt er weder an noch klopfte er; er schob die Tür einfach auf und trat ein. Er sah aus, als wolle er auf jemanden einschlagen.

Zorn.

»Keenan!« Sie packte ihn am Arm. »Wir müssen mit ihnen reden. Erinnerst du dich? Das –«

»Kleine Ash, endlich kommst du mich besuchen.«

Ashlyn schaute hoch. Bananach hockte auf einem Dachsparren wie ein schauerlicher Aasgeier. Sie öffnete ihre mächtigen Schwingen, die sich über zwei Körperlängen gespannt hätten, würde sie sie vollständig ausbreiten. Die Flügel machten ein knisterndes Geräusch, während sie mit ihnen flatterte und sie streckte.

»Du bist so gut zu mir«, krächzte Bananach. Sie ließ sich vor ihnen auf den Boden fallen. »Komm. Der König der Finsternis wird ärgerlich, wenn ich dich ganz für mich behalte.«

»Wir sind hier, um dich zu besuchen. Ich muss wissen –«, begann Ashlyn.

Bananachs Hand schob sich über Ashlyns Mund, bevor sie den Satz beenden konnte. »Schhhh! Verdirb mir nicht den Spaß. Kein Wort mehr von dir, wenn du willst, dass ich rede.«

Ashlyn nickte und Bananach zog ihre Hand weg, wobei sie Kratzer auf ihrer Wange hinterließ.

Sie folgten Bananach in eine Schlucht aus nacktem Beton. Ein ekelhafter Geruch wie nach verbranntem Zucker und nach Moschus riechenden Körpern lag in der Luft. Der Boden unter ihren Füßen war klebrig, so dass jeder ihrer Schritte von einem schmatzenden Geräusch begleitet wurde. Ashlyn verspürte den beinahe überwältigenden Drang wegzulaufen. Um nichts und niemanden zu berühren, presste sie ihre Arme eng an den Körper. Nicht alle Elfen hier waren missgestaltet, doch viele waren hässlich. Andere sahen eher so aus wie die Elfen, die sie gewohnt war, doch auch sie wirkten beängstigend.

Ly Ergs mit roten Handflächen grinsten allzu breit und fröhlich in dieser Begräbnisatmosphäre. Vilas richteten ihre düsteren Blicke auf Ashlyn und Keenan. Jenny Grünzahn und ihre gruselige Sippschaft tuschelten miteinander, wie Nachbarn am Gartentor. Die Gabrielhunde streiften wie Wachposten durch die Menge und verbreiteten eine Wolke aus Angst.

Ashlyn warf einen Blick zurück auf ihre eigenen Wachen. Für einzelne Scharmützel waren sie gut gerüstet, doch ein richtiger Krieg hätte katastrophale Folgen. Der Sommerhof war nicht bereit für den Kampf. Der Hof der Finsternis dagegen war unter anderem aus Gewalt gemacht. Sie war seine Domäne.

»Na, gefällt dir das?«, flüsterte Bananach. »Wie sie danach gieren, dich bei lebendigem Leib zu fressen? Du hast unserem letzten

König seine Sterbliche weggenommen. Und du lässt den neuen König um seine beiden Sterblichen trauern.«
»Seine Sterblichen? Seth ist mein –«, begann Ashlyn.
Doch Bananach krächzte. Die Schattenschwingen auf ihrem Rücken entfalteten sich und sie zog ihre Krallen in einer gespielten Liebkosung über Ashlyns Arm. »Arme kleine Ash. Ich frage mich, ob er dir seine Trauer nur vorspielt. Nur so tut, als würde er dir vorwerfen, dass du ihm den Jungen weggenommen hast.«
Ashlyn sah, wie sich ein Schattentableau vor ihnen entfaltete. Anders als damals im Park, wo das Bild vollkommen echt gewirkt hatte, war das, was jetzt vor ihnen in der Luft hing, offenkundig eine Illusion. Ein Schlachtfeld erstreckte sich vor ihnen. Der Boden war zerwühlt. Elfen lagen zerschmettert und blutend auf der Erde. Schatten von Toten schwebten im Rauch von Scheiterhaufen. Mitten unter die Elfen waren Sterbliche gemischt – außer sich und dem Wahnsinn verfallen, tot und leer.

In der Mitte des Gemetzels stand ein Tisch aus sonnengebleichten Knochen. Aufgestapelte Schädel dienten als Beine; mit Sehnen zusammengebundene Rippen, Arme und Wirbelsäulen bildeten die Tischplatte. Am Kopf des Tisches saß Bananach – und ausgestreckt vor ihr lag Seth.

Die Schatten-Bananach in dem Bild suchte Ashlyns Blick und sagte: »Wenn ich Königin wäre, würde ich seine Innereien verspeisen, nur um dich leiden zu sehen.« Dann schlug sie ihre Krallen in Seths Bauch.

Er schrie auf.

Das ist nicht real. Es ist ganz und gar nicht real. Aber das, was die Kriegselfe bei ihrer letzten Begegnung gesagt hatte, steigerte Ashlyns Angst noch. *Ist das hier ein ›Was-wäre-wenn‹? Wird es passieren, wenn ich die falsche Entscheidung treffe?*

Keenan zog sie an sich. »Das ist nicht echt, Ashlyn. Schau weg. Schau *sofort* weg.«

Das Bild zerstob, als eine der Vilas durch den Raum wirbelte. Ihre zierlichen Schuhe, die mit silbernen Ketten an ihre Füße gebunden waren, klackerten bedrohlich, während sie sich über den Betonboden bewegte.

»Das ist eine Illusion«, sagte Keenan. »Seth ist nicht hier.«

»Bist du sicher, kleiner König? Kannst du dir überhaupt irgendeiner Sache sicher sein?« Bananach streckte den Arm aus und legte ihre Hand auf Ashlyns inzwischen verheilte Stichwunden. »Aufregungen, wunderhübsche Aufregungen, die mir meine Gewalt bringen werden ...«

Ashlyn musste sich in Erinnerung rufen, dass sie keine Sterbliche mehr war und sich nicht so leicht einschüchtern ließ. Sie legte ihre Hand auf die krallenbewehrten Finger der Rabenelfe. »Hast du Seth? Hast du ihn mitgenommen?«

»Was für eine gute Frage«, sagte Niall.

Der König der Finsternis war hinter ihnen in den Raum getreten. Er blieb neben Bananach stehen. »Na?«

»Sie waren in meinem Nest; sie sind in deiner Gegenwart. Der Sterbliche ist nicht hier. Aber *du* weißt das ...« Sie lehnte sich an seine Schulter und klappte ihre Flügel nach vorn, um ihn damit zu umfangen. Ihre Flügel bestanden noch immer vor allem aus Schatten, waren weitgehend immateriell, doch auch keine reine Illusion.

»Schweig.« Niall ging zum Thron, der auf einem erhöhten Podest stand. Anders als der Sommer- und der Winterhof hatte der Hof der Finsternis tatsächlich solch einen erhöhten Platz für den Thron. Der Hof der Finsternis pflegte eine bizarre Mischung aus altmodischen Riten und irritierenden Perversitäten.

Ashlyn machte ein paar Schritte nach vorn. Keenan blieb an ihrer Seite. Einige ihrer Wachen rückten nach; andere verteilten sich im Raum – nicht dass sie in diesem Durcheinander effektiv hätten eingreifen können. Bananach stellte nicht die einzige Bedrohung dar: Überall standen Ly Ergs, Glaistigs und Gabrielhunde, und auch Cath Pulac war da. Ashlyn erschauderte beim Anblick der Katzenelfe. Wie die große Sphinx in der Wüste nahm auch sie typischerweise nur eine Beobachterrolle ein.

Warum hält sie sich bloß am Hof der Finsternis auf?

Ashlyn und Keenan tauschten einen Blick, als sie sahen, welche Elfen sich in Nialls Nähe herumtrieben. Bananachs Kriegsgeflüster war noch weitaus beängstigender, wenn man in einer Höhle stand, die von Angst- und Gewaltversprechen überquoll.

Niall machte es sich auf seinem Thron bequem und beobachtete sie mit einer Mischung aus Belustigung und Spott. »Warum seid ihr hier?«

»Ich muss wissen, was mit Seth passiert ist. Wo er ist. Warum er gegangen ist.« Ashlyn war sich nicht sicher, was sie tun sollte. *Machen Königinnen vor anderen Herrschern einen Knicks, wenn sie sie um einen Gefallen bitten?* Sie würde es tun. Sie würde bitten und betteln, um Seth wiederzufinden. »Ich dachte, Bananach könnte mir vielleicht ein paar Fragen beantworten.«

Darauf erhob sich heiseres Gelächter unter den Elfen.

»Meine Bananach?« Niall grinste. »Schatz? Meinst du, du könntest dem Sommerhof ein paar Fragen beantworten?«

Die Rabenelfe stand plötzlich neben dem König der Finsternis und umklammerte seinen Hals, als wollte sie ihn erwürgen.

Niall zeigte keinerlei Reaktion. »Sie haben Fragen.«

»Hmm?« Sie hatte ihm eine Wunde zugefügt und beobachtete nun, wie das Blut Nialls Hals herunterrann.

»Fragen«, wiederholte er.

Über den Raum senkte sich Stille, während Bananach ihren Blick schweifen ließ und dann verkündete: »Mein Krieg kommt. Und Krieg braucht Lämmer und Zunder.«

Vor aller Augen nahmen ihre Flügel eine feste Form an.

»Wenn du nicht alles ruinierst, sind wir da, wo wir sein müssen.« Bananach küsste Niall und flüsterte: »Wir werden bluten, mein König. Und wenn wir Glück haben, stirbst du vielleicht einen schrecklichen Tod.«

Dann hob sie ab. Ashlyn klammerte sich an Keenans Hand, als sie blitzschnell über sie hinwegflog.

Sobald Bananach verschwunden war, entließ Niall die beiden mit einer kurzen Armbewegung. »Ihr habt alle Antworten, die ihr hier bekommen könnt. Geht.«

Sie würden noch mehr Informationen bekommen. Da war Ashlyn sich sicher. Niall wusste noch etwas. Wenn er Seths Verbleib selbst nicht gekannt hätte, wäre er nicht so abweisend gewesen. Dazu machte er sich zu viel aus ihm. *Wenn Seth tot wäre, wäre er nicht so ruhig.*

Entschlossen ergriff sie das Wort. »Sag mir, was du weißt«, bat sie. »Bitte!«

Niall bedachte sie mit einem Blick, der fast so verächtlich war wie damals, als sie im Crow's Nest aneinandergeraten waren. Die Stille, die Bananachs wahnsinniges Gebrabbel begleitet hatte, hielt noch an. Doch dann brach der König der Finsternis das Schweigen: »Ich weiß, dass du der Grund bist, warum er gegangen ist. Und ich weiß nicht, ob du seine Rückkehr verdienst.«

»Also geht es ihm gut?«

»Er lebt und ist körperlich unversehrt«, bestätigte Niall.

»Aber ...« Ashlyn fühlte sich zugleich besser und schlechter.

Seth ist in Sicherheit. Dann blieb nur der andere Schmerz, der, der so schwer auf ihr lastete. *Seth hat mich verlassen und ist aus freien Stücken nicht bei mir.* »Du weißt, wo er ist. Du hast gewusst ...«

Alle Elfen im Raum starrten sie an, während sie mit sich kämpfte, um nicht vor Traurigkeit zusammenzubrechen oder einen Wutanfall zu bekommen. Sie leckten sich über die Lippen, als könnten sie ihre Gefühle schmecken. Vulgär und gehässig – dies waren die Elfen, vor denen sie sich immer gefürchtet hatte. Sie waren vollkommen anders als ihr eigener Hof.

Keenan spannte sich neben ihr an. Er streckte eine Hand aus und sie nahm sie. »Kannst du ihm sagen, dass ich –«

»Ich bin doch nicht dein Botenjunge.« Nialls Hohn war erstickend. Seine Elfen kicherten und tuschelten.

Sie wollte auf den König der Finsternis losgehen, doch Keenan zog sie zurück.

»Komm näher, Ashlyn«, lockte Niall. »Komm, knie vor mir nieder und bitte mich um die Gnade des Hofs der Finsternis.«

»Ashlyn –«, begann Keenan, doch sie ging bereits auf den König der Finsternis zu.

Als sie bei ihm ankam, sank sie vor seinen Füßen auf die Knie. »Sagst du mir, wo er ist?«

Niall beugte sich vor und flüsterte so laut, dass es alle hören konnten: »Nur, wenn *er* mich darum bittet.«

Und darauf hatte Ashlyn keine Antwort. Sie kniete auf dem schmutzigen Boden, senkte den Blick und starrte die Stiefel des Königs der Finsternis an. Wenn Seth nicht in dieser Welt sein wollte, mit welchem Recht versuchte sie dann, ihn dazu zu zwingen? Wenn man jemanden liebte, ließ man ihn so sein, wie er war, und sperrte ihn nicht ein.

Vielleicht hat er sich deshalb nicht von mir verabschiedet, weil er wusste, dass ich versuchen würde, ihn zum Bleiben zu bewegen. Seine letzte Nachricht besagte, dass er anrufen, nicht, dass er zu ihr kommen würde.

Sie blieb auf den Knien liegen, bis Keenan sie wegführte.

Neunundzwanzig

Sorcha wäre lieber bei ihrem Sterblichen im Garten; doch Devlin hatte darauf bestanden, mit ihr zu sprechen. Sie gingen durch die Flure, wobei er knapp einen halben Schritt hinter ihr blieb. Der Abstand war gerade groß genug, dass sie ihn wahrnahm. Andere Elfen würden ihn, wenn sie flüchtig herüberschauten, gar nicht bemerken. Der Schwung ihrer Röcke und die Größe ihrer Schritte waren so vorhersehbar, dass Devlin seine Bewegungen den ihren leicht anpassen konnte. Nach den Äonen, die sie zusammen verbracht hatten, konnte er jede Bewegung der Unveränderlichen Königin voraussagen. *Und ich hasse es.* Das würde sie in ihrer Welt jedoch nicht laut sagen.

Ihr Bruder existierte schon fast genauso lange wie sie und Bananach. Er war ein Halteseil zwischen seinen Schwestern, beriet die Ordnungsliebende und war der Kriegerischen ein Freund. Von allen drei Positionen empfand er seine als die am wenigsten attraktive, doch Sorcha hätte liebend gern mit ihm getauscht. Er besaß eine Entscheidungsfreiheit, die ihr fehlte. Auch Bananach hatte Freiheiten, doch ihr fehlte die stabile geistige Gesundheit.

»Verzeih, dass ich frage, aber wozu soll es gut sein, dass du ihn gehen lässt? Behalte ihn hier oder töte ihn. Er ist bloß ein Sterblicher. Wenn er geht, verkompliziert das alles. Die anderen Höfe werden in Streit geraten.«

»Seth gehört jetzt mir, Devlin. Er gehört zu meinem Hof, ist mein Untertan, *meiner*.«

»Da könnte ich Abhilfe schaffen. Er bringt große Risiken mit sich. Dass du so viel für ihn übrighast, ist ... gegen die Ordnung, meine Königin.« Devlins Tonfall war ruhig, doch ruhig hieß nicht ungefährlich. Seine hingebungsvolle Liebe zur Ordnung war häufig blutig: Mord war bloß eine andere Form von Ordnung.

»Er gehört mir«, wiederholte sie.

»Er würde auch dir gehören, wenn er in der Erde läge. Lass den Saal sich seiner annehmen. Deine Zuneigung führt nur dazu, dass du dich sonderbar benimmst.« Devlin sah sie an. »Er lässt dich deine Aufgaben vergessen. Du verbringst deine ganze Zeit mit ihm ... und dann wird er in das Reich der anderen verschwinden, wo du nicht hingehst. Sollte er nicht zu dir zurückkehren oder sollte die Kriegerische ihn töten, wirst du irrational reagieren, fürchte ich. Es gibt Lösungen. Du kannst die Situation immer noch im Griff behalten. Töte ihn oder behalte ihn hier, wo er sicher ist.«

»Und wenn es genau das ist, was Bananach will?« Sorcha hielt kurz an, um bei Olivia reinzusehen. Die Sternenlandschaften, die sie malte, waren perfekt gearbeitet – gleich weit voneinander entfernte stecknadelkopfgroße Lichter und hier und da ein Aufblitzen von Zufälligkeit. Ein Hauch von Chaos innerhalb der Ordnung – Kunst verlangte danach. Das war auch der Grund, warum echte Elfen vom Hof des Lichts nicht kreativ sein konnten.

Devlin schwieg, während sie Olivia dabei zusahen, wie sie Sterne auf einen himmlischen Spinnfaden aufzog und damit einen Stoff webte, um kleine Stückchen Ewigkeit für kurze Augenblicke zu verankern. Sorcha hegte den Verdacht, dass sie in solchen Momenten neidisch wäre, wenn Neid nicht so ein unordentliches Gefühl wäre. Devlin dagegen war voller Ehrfurcht. Verzehrende

Leidenschaft faszinierte ihn, und Olivia wurde von ihrer Kunst aufgezehrt. Sie hatte nur eine hauchzarte Verbindung zur Welt und bewegte sich durch sie hindurch wie eine leichte Brise. Sie sprach zwar, doch niemals während der Arbeit, und auch nur selten, wenn sie an die Arbeit dachte.

Sorcha trat zurück in den Flur.

Als Devlin ihr folgte, sagte sie: »Ich möchte, dass Seth da draußen seine Freiheit hat, aber dabei beschützt wird. Ich möchte, dass er observiert wird, wenn ich nicht bei ihm bin. Ich brauche das, Dev. Niemals in all der Ewigkeit habe ich je um so etwas gebeten.«

»Was siehst du?«

Sorcha redete nicht gern über die Bögen, die sie in Lebenswegen sah. Sie waren vergänglich, selten voraussagbar und immer in Bewegung. Jede Entscheidung führte zu einer Verschiebung und Verfeinerung des gesamten Musters. So wie Bananach sah auch Sorcha Was-wäre-Wenns und Vielleichts. Bananach betrachtete nur jene, die sie ihren Zielen näher brachten; Sorchas Blick umfasste mehr.

»Ich sehe, dass sein Lebensfaden mit meinem verwoben ist«, flüsterte sie. »Er hat kein Ende, keine Knoten und keine Schleifen ... und er verändert sich ständig, selbst in diesem Augenblick. Er erscheint und verschwindet wieder. Er umschlingt meinen eigenen; er setzt ihn fort, wo es aussieht, als wäre ich gestorben. Er ist wichtig.«

»Wenn wir ihn ermordet hätten, bevor diese Emotionen deine Logik vernebelten, hätte das die Dinge vereinfacht.«

»Oder sie zerstört.«

Devlin zog die Augenbrauen zusammen. »Du verheimlichst mir etwas.«

Als Sorcha den Mund öffnete, um ihm zu antworten, hob

Devlin eine Hand. »Ich weiß. Du bist die Königin des Lichts. Du hast das Recht dazu. Du hast das Recht zu allem.« Einen seltsamen Moment lang schien er sie fast zärtlich anzusehen, doch dann sagte er: »Ich werde für seine Sicherheit sorgen, wenn er dort ist, aber du musst diese Emotionen verbergen. Sie sind unnatürlich.«

Der Elf, der sie schon länger beriet, als sie sich beide erinnern konnten, schien nur die Bedürfnisse des Hofs im Kopf zu haben.

Und das sollte ich auch tun.

Aber als sie zu ihren Geschäften zurückkehrte, fragte sie sich, ob Seth ihr Privatgarten gefallen würde und welche Kunstwerke er wohl noch für sie erschuf, bevor er ging.

Sorcha kam täglich in Seths Räume und hörte sich an, was er zu sagen hatte. Wenn er nicht gerade arbeitete, verbrachte sie Stunden damit, ihm so viel von der Weite des Elfenreichs zu zeigen, wie es ihre begrenzte Zeit erlaubte. Er würde sie vermissen, wenn er weg war. Ganz ähnlich wie damals, als er erfahren hatte, dass Linda weggehen würde, fühlte er bei dem Gedanken an die bevorstehenden Monate ohne ihre Gesellschaft einen dumpfen Schmerz. Es war zwar sentimental, aber er fürchtete, dass er es ihr trotzdem gestehen würde.

Heute machte die Königin des Lichts ein nachdenkliches Gesicht, als sie hereinkam; ihre Mondlichtaugen versprühten ein kaltes Glimmen, das so ganz anders war als Ashlyns sonnenbeschienenes Antlitz.

Bald werde ich wieder das Sonnenlicht sehen. Er lächelte bei dem Gedanken daran, bei Ashlyn zu sein, ihr zu erzählen, was er gesehen hatte, und ihr zu eröffnen, dass er einen Weg gefunden hatte, die Ewigkeit mit ihr zu teilen. Er wollte sie mit ins Elfenreich bringen. *Vielleicht erlaubt Sorcha ja, dass Ash diesen einen Monat mit mir zusammen verbringt. Oder mich besucht.* Er war sich nicht sicher, ob er sie fragen sollte – eigentlich nicht bevor er mit Ashlyn gesprochen hatte –, doch selbst wenn sie es nicht gestattete, war ein Monat pro Jahr ein niedriger Preis. Er hatte im Austausch für ein paar kurze Monate die Ewigkeit mit Ashlyn erlangt.

Sorcha sagte nichts. Sie trat einfach ans Fenster und stieß es auf, um das Mondlicht und den schweren Jasmingeruch hereinzulassen. Es war Tag, doch im Elfenreich veränderte sich der Himmel nach Sorchas Lust und Laune: Offenbar hatte sie das Gefühl, jetzt müsse Nacht sein.

»Guten Morgen«, murmelte Seth. Er hatte an einem neuen Gemälde gearbeitet. Es war nicht gut, aber irgendwann würde er es schaffen. Er wollte etwas Perfektes, etwas Ideales einfangen und es ihr schenken – ein Geschenk an die eine Königin, um zu der anderen zurückkehren zu können. Was er für Sorcha empfand, glich auf merkwürdige Weise dem, was er für Linda empfunden hatte. Er wollte ihre Anerkennung. Er wollte, dass sie stolz auf ihn war.

Aber genau in diesem Moment streckte Sorcha eine Hand aus, und er bot ihr, wie erwartet, seinen Arm an.

»Manieren, Seth. Frauen mögen es, wenn ein Mann Manieren hat.« Seths Vater stand vor dem Spiegel und befestigte den steifen weißen Kragen an seinem blauen Uniformrock. Die Uniform schien ihn in einen anderen Menschen mit geraderer Haltung und schneidigeren Bewegungen zu verwandeln. Und sie verwandelte auch Linda in einen anderen Menschen. Seths Mutter saß neben ihm und strich ihm übers Haar, während sie bewundernd ihren Ehemann anschaute.

»Manieren«, wiederholte Seth gehorsam, während er sich in ihre Arme schmiegte. Er war zwar inzwischen in der vierten Klasse, aber die seltenen Streicheleinheiten seiner Mutter ließ er sich trotzdem

nicht entgehen. Auch wenn kein Zweifel bestand, dass sie ihn liebte, schenkte sie ihm nur selten ein wenig Zärtlichkeit.

»Lass sie durch kleine Gesten wissen, dass es nichts und niemanden im ganzen Universum gibt, das wichtiger ist als sie, wenn du sie ansiehst«, sagte sein Vater, als er sich vom Spiegel abwandte. Er bot Linda seine Hand an, und sie erhob sich lächelnd. Sie trug noch ihren Hausmantel, war aber bereits frisiert und hatte Make-up für den Ausgeh-Abend aufgelegt.

Seth sah zu, wie sein Vater ihr einen Handkuss gab, als sei sie eine Königin.

Seth hatte die Lektionen, die sein Vater ihm fürs Leben mitgegeben hatte, damals zwar nicht immer ganz verstanden, doch sie waren von unschätzbarem Wert. Seth unterdrückte einen Anfall von Sehnsucht nach seiner Familie.

Sorcha schwieg neben ihm. Sie hatte ihn in einen anderen Saal geführt und näherte sich nun einem der zahlreichen Gobelins, die an den Wänden hingen. Verblasste Fäden ließen die Farben, die sie einst gehabt hatten, nur noch erahnen; doch das Alter konnte nicht von der Schönheit der Szene ablenken. Auf dem Stoff war Sorcha selbst abgebildet, umgeben von Höflingen, die ihr huldigten. Paare tanzten in einer gezierten Art und Weise. Musiker spielten. Doch es war auffallend, dass alle auf dem Bild Sorcha ansahen, die majestätisch dasaß und die Szene überschaute. Die echte Sorcha – die der abgebildeten sehr ähnlich sah – schob den Stoff beiseite. Dahinter befand sich wieder eine neue Tür.

»Das ist ja wie in einem Kaninchenbau. Weißt du, dass das hier« – Seth drückte die alte Holztür auf – »nicht mehr im Geringsten so aussieht, als gehörte es noch zum Hotel?«

Ein Lachen, so hell wie das Bimmeln von Kristallglöckchen,

entwich ihren Lippen. »Das Hotel ist jetzt ein Teil des Elfenreichs. Es unterliegt damit nicht mehr den Regeln, die im Reich der Sterblichen gelten. Es unterliegt meinen Regeln. Und das gesamte Reich der Sterblichen würde es auch tun, wenn ich mich entschließen würde, mich dort aufzuhalten.«

Draußen vor der Tür erstreckte sich ein weiterer Garten, der von Mauern umfriedet war. Ein Pfad wand sich bis in dessen Mitte, wie um sie beide in eine wieder andere Welt einzuladen. Die Gartenmauern sahen aus, als wären ihre Steine durch eine räumliche Übereinkunft zusammengefügt anstatt mit Mörtel. Blühende Weinreben krochen über das zerbröckelnde Mauerwerk; Blüten drängten sich büschelweise aus den Spalten hervor.

»Ein bisschen chaotisch für dich, nicht?«

Sorcha schüttelte den Kopf. »Nein, eigentlich nicht. Das hier ist mein Privatgarten, in dem ich meditiere. Hierher kommt niemand außer mir und meinem Bruder ... und jetzt auch dir.«

Während sie durch den Garten gingen, richteten sich die Steine auf dem Weg von selbst neu aus und die Blüten nahmen ein gleichmäßigeres Muster an. Es war surreal – selbst nach all dem, was er bereits gesehen hatte. »Mir ist, als wären wir nicht mehr in Kansas.«

»Kansas?« Sie runzelte die Stirn. »Wir waren noch nie in Kansas. Dieser Staat ist –«

»Es ist so seltsam hier«, berichtigte er sich, während er sie um eine unebene Steinplatte herumführte.

»In Wahrheit ergibt hier alles einen Sinn.« Sorcha strich mit ihren Fingern über die unscheinbar aussehenden Blüten des Nachtjasmins. »Der Anschein trügt.«

»Das Kunstwerk ist fast vollendet.« Er war besorgt, ob es ihr gefallen würde.

Nur noch wenige Tage.

»Ich freue mich auf die Enthüllung.« Sie sagte es leicht dahin, aber darunter verbarg sich Belustigung. »Enthüllungen sind interessant. Es sind Momente der Klarheit ...«

»Sorcha?« Er sah sie an. »Was ist los?«

»Ich muss dir den Haken an dem Handel erklären, auf den du dich eingelassen hast.«

Noch blieb Seth ruhig, aber er vermutete, dass sich das bald ändern würde. »Ich hatte gehofft, dass ich mich gut schlage.«

Sie drückte seinen Arm. »Ich habe schon Verträge abgeschlossen, als von euch Sterblichen noch gar keine Aufzeichnungen existierten. Du kanntest die Gefahren und bist dennoch hart geblieben.«

»War ich also ein Dummkopf?«

»Nein, du warst das, was Sterbliche häufig sind: blind vor Leidenschaft.« Sie ließ seinen Arm los und beugte sich wieder zu dem Jasmin herab. Er reckte sich raschelnd zu ihr hoch. Mondlicht aus ihrem Inneren erhellte ihre Haut.

»Und was ist der Haken?« Sein Herz raste und er fing an, die Worte in seinem Kopf hin und her zu wenden. Er hatte Ashlyn davor gewarnt, sich auf einen Handel mit einem Elfenkönig einzulassen, und nun hatte er es selbst getan. Seine Angst wurde immer größer, während er auf eine Antwort wartete – und löste sich plötzlich vollkommen auf, als Sorcha sich umdrehte und ihn direkt ansah.

Ein Zauber, der mich trösten soll.

Er wusste es, noch während ihn wieder Ruhe überkam wie eine kühle Brise, die über seine erhitzte Haut strich. Sorcha wandte sich lächelnd wieder dem Jasmin zu.

Und er wartete, während er ihr dabei zusah, wie sie – *meine per-*

fekte Königin – sich an der Einfachheit ihrer Gärten erfreute. »Tu das nicht. Manipuliere meine Gefühle nicht.«

Die beruhigende Brise verschwand.

Sie richtete sich auf und trat auf den Weg zurück. »Ein Monat mit mir im Elfenreich ist es, was du ausgehandelt hast.«

»Ja, das ist richtig.« Er bot ihr wieder seinen Arm an.

Sie hakte sich unter und ging weiter. »Die Zeit vergeht hier anders als im Reich der Sterblichen.«

»Um wie viel anders?«

Der Rhythmus ihrer Schritte war unverändert, als sie erwiderte: »Ein Tag hier sind sechs Tage dort.«

»Ich bin also schon mehr als fünf Monate weg?« Er sprach langsam und versuchte zu begreifen, was Sorcha ihm da enthüllte: Er war schon fast ein halbes Jahr von Ashlyn getrennt, während Keenan an ihrer Seite lebte. Die beiden waren also schon länger miteinander allein, als er und Ashlyn offiziell zusammen gewesen waren – und sie war ohnehin bereits von Keenan bezaubert gewesen.

»Ja, das bist du.«

»Verstehe.«

»Wirklich?« Sorcha blieb stehen. »Ihr wird deine Abwesenheit weitaus länger vorkommen als dir.«

»Ja, verstehe.« Seth zupfte an seinem Lippenring und dachte einen Moment nach. Wieder überkam ihn Furcht. Dachte sie, dass er sie für immer verlassen hatte? Machte sie sich Sorgen? War sie wütend? *Habe ich sie verloren?* Er würde nicht aufgeben, nicht jetzt, wo er so kurz davorstand, alles zu haben.

Sorcha sah ihn zweifelnd an. »Du könntest hierbleiben. Ich sorge für deine Sicherheit. Du bist glücklich hier ...«

»Ich soll hierbleiben, nur weil es *möglich* ist, dass die Dinge sich geändert haben?« Er lächelte sie an. »Ich wäre weder bei dir noch bei ihr so weit gekommen, wenn ich mich beirren ließe in dem, was ich will. Das Glück ist mit den Mutigen, oder?«

»Keenan weiß, dass du hier bist. Niall hat es dir schon gesagt.« Seth war nicht so ruhig, wie er es gern gewesen wäre. Er empfand zwar ein dunkles Vergnügen daran, dass Keenans Täuschung enthüllt werden würde; den Schmerz, den er bei der Vorstellung empfand, Ashlyn könnte sich in ihn verliebt haben, konnte das aber nicht lindern. »Er wird dafür geradestehen müssen, wenn Ash es herausfindet.«

Ihm würde übel bei der Vorstellung, Ashlyn könnte mit Keenan zusammen sein. *Aber uns gehört die Ewigkeit. Er hat seine einzige Chance gehabt.*

»Wenn sie dich verlassen hat, könntest du zurückkommen. Du wirst hier bei mir immer ein Zuhause haben.« Sorcha legte keine besondere Betonung darauf, doch er kannte sie gut genug, um zu merken, wie viel es ihr bedeutete, was sie ihm da anbot. Es war etwas, von dem er nie geglaubt hatte, dass er es mal angeboten bekommen würde, und in diesem Moment war es ein wunderbarer Trost. Die einzige andere Person, von der er gedacht hatte, er könnte auf sie zählen, driftete wahrscheinlich immer weiter von ihm weg. Ashlyns Liebe aufs Spiel zu setzen war kein Preis, den er willentlich gezahlt hätte, aber er hatte auch nicht geglaubt, dass er bei seinem Handel mit Sorcha so viel gewinnen würde. Wenn das Elfenreich eines war, dann voller Überraschungen.

»Ich werde dich vermissen«, sagte er. Er neigte nicht besonders dazu, seine Gefühle zu verbergen, nicht vor ihr. »Auch wenn ich nicht zu dir zurückgelaufen komme, werde ich dich vermissen.«

Mit derselben lässigen Eleganz, die die meisten ihrer Bewegungen hatten, ließ Sorcha seinen Arm los und tat so, als begutachte sie eine blütenbehangene Weinrebe. »Das bleibt abzuwarten.«

»Auch du, meine Königin, wirst mich vermissen.«

Die Blüten beanspruchten ihre Aufmerksamkeit, und sie hob eine Schulter zu einem abschätzigen Zucken. »Vielleicht muss ich nachsehen kommen, wie du dich als Elf in die Welt da draußen einfügst.«

»Das wäre bestimmt klug.« Er wollte ihr Geschenke darbringen, die perfekten Worte finden, irgendetwas, um sie wissenzulassen, dass er ihre Zuneigung wertschätzte, dass es keine Kleinigkeit war, dass er sie vermissen würde. Er trat näher an sie heran. »Sorcha? Meine Königin? Wenn ich sie nicht liebte, würde ich bei dir bleiben ... aber wenn ich sie nicht liebte, wäre ich auch nicht hier.«

»Ich weiß.« Sie strich ihm die Haare aus dem Gesicht.

Sorcha fühlte, dass Devlin den Garten betrat. Ihr Bruder war noch nicht in der Nähe, doch sie konnte seine Schritte auf ihrer Erde spüren. Das hier war nicht irgendein Garten im Elfenreich: Es war ihr privates, gut bewachtes Zuhause. Nur wenige Elfen konnten es überhaupt betreten; und nur einer konnte es nach Belieben tun.

»Ich sollte zurückgehen«, murmelte sie.

»In Ordnung.« Er trat einen Schritt zurück und wirkte aus Gründen verletzt, die sie nicht verstand.

»Bist du wütend auf mich?« Sonderbar, dass sie eine Rolle spielte, die Meinung dieses sterblichen Kindes. Aber sie tat es.

»Nein.« Er sah sie merkwürdig an, so ruhig wie eine ihrer eigenen Elfen. »Darf ich dir eine Frage stellen?«

»Im Tausch?«

Er grinste. »Nein, ich möchte lediglich eine Antwort, die nur du mir geben kannst.«

»Frag.« Sie schaute den Weg entlang, um sich zu vergewissern, dass ihr Bruder sich noch nicht näherte. Plötzlich wollte sie nicht, dass er dieses Gespräch mit Seth mit anhörte.

»Diese Liebenswürdigkeit, die du mir erweist ... Was ist das?«

Sie überlegte kurz. Die Frage war berechtigt. Über die Antwort würde er nachdenken können, während er im Reich der Sterblichen unterwegs war. Vielleicht würde sie ihn sogar dazu bewegen, früher zurückzukommen. »Bist du sicher, dass dies die Frage ist, die du mir stellen wolltest? Es gibt anderes, was du —«

»Ich bin sicher«, murmelte er.

»Ich bin die Königin des Lichts. Ich habe keinen Gemahl« – sie hob eine Hand, als er den Mund öffnete, um etwas zu sagen – »und kein Kind.«

»Kind?«

»Kinder sind ein seltenes Geschenk im Elfenreich. Wir leben zu lange, als dass wir viele Kinder haben könnten. Doch eins zu haben —« Sorcha schüttelte den Kopf. »Beira war dumm. Sie hatte einen Sohn, doch sie ließ sich von der Angst regieren, er könnte wie sein Vater sein. Bis auf seltsame Ausbrüche von Liebenswürdigkeit, die er nicht als solche erkannte, hat sie ihre Zuneigung vor ihm verborgen. Hätte sie sich anders verhalten, wäre Keenan zwar nicht zum Sommerkönig geworden, aber ...«

»Ihr Erbe.«

Sorcha nickte. »Er wurde aus Sonne und Eis geboren. Beiras Ängste haben dafür gesorgt, dass er nicht lange ihr gehörte.«

»Und du?«

»Ich habe keinen Erben, keinen Gemahl, keine Eltern. Aber wenn ich einen Sohn hätte, würde ich ihn besuchen, wenn er wollte, dass ich ... mich einmische.« Sie hatte dies noch nie jemandem erzählt. Er war irrational, dieser Wunsch, eine richtige Familie zu haben. Sie hatte Devlin. Sie hatte ihren Hof.

Und eine verirrte Schwester.
Das reichte nicht. Sie wollte eine Familie. Die Ewigkeit ohne echte Verbindungen zu durchleben ergab zwar Sinn; es half ihr, konzentriert zu bleiben. Die Unveränderliche Königin hatte nicht das Recht, sich Veränderung zu wünschen – doch sie tat es. »Ich wünsche mir einen Sohn.«

»Ich ... fühle mich geehrt.« Seth reagierte nicht entgeistert auf ihre Worte. Er zögerte kurz und fügte dann mit gesenkter Stimme hinzu: »Ich habe eine Mutter, die mich am Hals hatte, weil sie mir mein sterbliches Leben geschenkt hat. Da du mir mein zweites Leben geschenkt hast, bedeutet das wahrscheinlich, dass auch du mich jetzt am Hals hast.«

Sie spürte Wärme in ihren Augen, rührselige Zärtlichkeit, die ihr Tränen entweichen ließ. »Verwandelt zu werden, heißt, dass jemand einem etwas von sich selbst gibt. Damit du durch diese Verwandlung stark genug wurdest, den Gefahren dieser Welt und meiner Zuneigung standzuhalten, musste eine starke Elfe dieses Geschenk darbringen. Ich wollte, dass du stark bist.«

Offen eingestehen, was sie getan hatte, wollte sie nicht – zumindest hatte sie sich das gesagt, als sie die Entscheidung getroffen hatte.

Doch er verstand, was sie ihm sagen wollte. »Hat eine Elfe dafür ihre Unsterblichkeit verloren?«

»Nein.«

»Was war dann der Preis? Was wurde eingetauscht?«

»Ein wenig sterbliche Emotion und ein bisschen Verwundbarkeit.« Sorcha sprach ebenfalls leise. Devlin mochte zwar vertrauenswürdig sein, aber das hieß nicht, dass er ihre Privatsphäre uneingeschränkt respektierte. Ihr Bruder war ebenso überbehütend, wie Bananach zerstörerisch war.

»*Du* hast das getan?«, flüsterte er.

Sie nickte leicht.

In seinem Blick stand so etwas wie Ehrfurcht, als er sie ansah.

»Kommst du mich besuchen?«

»Ich würde gerne kommen, um nach dir zu sehen.«

»In Ordnung.« Er umarmte sie, zwar hastig, aber dennoch war es eine plötzliche, spontane *Umarmung*.

Es war eine Art Himmel, den sie noch nie zuvor erlebt hatte.

Dann fügte Seth hinzu: »Sag mir, mit wem ich darüber sprechen darf, oder verpflichte mich zum Schweigen.«

»Niall. Irial. Sie dürfen es wissen, wenn du dich dazu entschließt, es ihnen zu sagen. Ich nehme ohnehin an, dass Niall es bereits weiß.«

»Ashlyn?«

Sie hatte gewusst, dass diese Frage kommen würde, wenn Seth die Wahrheit erfuhr, aber sie hatte nicht geahnt, dass sie so bald kommen würde. Ihre Worte vorsichtig abwägend erwiderte Sorcha: »Wenn du glaubst, dass es eure Beziehung unwiderruflich beschädigen würde, es ihr nicht zu sagen, oder wenn du so stark verwundet wirst, dass du mich brauchst. Andernfalls ...«

»Aber Irial und Niall dürfen es wissen?«

Sorcha war sich ziemlich sicher, dass sie diese Sache mit der Mutterschaft nicht besonders gut machte. *Schon jetzt nicht.* Aber sie fing ja auch mit einem Kind an, das alles andere war als ein echtes Kind. Sie vertraute ihren Instinkten, nicht der Logik, nicht reiflicher Überlegung. »Irial liebt Niall schon seit Jahrhunderten. Niall hat dich gern und wird dich in der Welt da draußen beschützen, also werde ich es vor ihm nicht verheimlichen. Und wenn er es weiß, erlaube ich auch Irial es zu wissen. Sie haben schon genug Probleme miteinander, da will ich kein neues hinzufügen. Ich möchte, dass sie friedlich miteinander umgehen. Das ist auch der Grund, warum das sterbliche Mädchen, das sie lieben, nicht hier bei den anderen mit Sehergabe ist.«

»Du bist weitaus rücksichtsvoller, als du zugibst.«

»Die Schwäche der Sterblichkeit –«, begann sie, unterbrach sich jedoch selbst bei diesem Versuch zu lügen. »Ich sollte jetzt wirklich nachsehen, was Devlin von mir möchte.«

Ihr Sohn beugte sich vor und drückte ihr einen Kuss auf die Wange. »Du bist erst vor kurzem ›geschwächt‹ worden, und Leslie ist schon seit Monaten frei.«

»Das war ein Geschenk an … jemanden, der einst mein –« Sorcha unterbrach sich. Ihre Wangen brannten geradezu. Sie *errötete* ganz von selbst, ohne dass ihr die Situation entglitt, ohne dass eine Elfe vom Hof der Finsternis in der Nähe war. Das gefiel ihr.

»Das ist nicht gerade etwas, das Mütter mit ihren Söhnen besprechen«, witzelte Seth. »Also möchte ich es lieber nicht hören.«

Es war absolut rührend.

»Niall wird an diesem anderen Ort, an dem du lebst, für deine Sicherheit sorgen«, fügte sie hastig hinzu. »Ich könnte –«

»Du solltest trotzdem kommen und nach mir sehen. Ich werde dich vermissen.« Seth bot ihr seinen Arm an, um sie zum Ende des Weges zu begleiten, wo nun Devlin stand.

»Dann komme ich.« Sie hakte sich unter, und zusammen gingen sie los.

Dreißig

Während der nächsten Monate sprach Ashlyn nicht darüber, was sich am Hof der Finsternis abgespielt hatte. Jedes Mal, wenn Keenan es versuchte, floh sie. Zu erfahren, dass Seth sie aus freien Stücken verlassen hatte, war wie Salz in ihrer Wunde. Und da sie nicht mit diesem Schmerz in Berührung kommen wollte, widmete sie sich mit Hingabe ihrem Hof. Sie gab sich unbeschwert. Sie tanzte mit Tracey auf der Straße. Sie brachte alle Pflanzen der Stadt zum Erstarken. Die Erde und ihre Elfen gediehen prächtig unter ihrer Zuwendung. Nachdem sie einige Wochen der Inbegriff einer aufmerksamen Königin gewesen war, glaubten sogar die skeptischsten ihrer Elfen daran, dass es ihr gut ging.

Außer Keenan.

Doch an diesem Abend fanden die monatlichen Festlichkeiten statt, und danach würde auch er wissen, dass es ihr bald wieder gut gehen würde. Es war Herbsttagundnachtgleiche und sie trauerte nun länger um den Verlust von Seth, als sie überhaupt ein Paar gewesen waren. Sie konnte nicht die gesamte Ewigkeit so verbringen. Er hatte seine Wahl getroffen; er hatte ihre Welt verlassen, sich entschieden, kein Sterblicher mehr zu sein, der versucht eine Elfe zu lieben. Er hatte dem, was sie war und was sie miteinander hatten, den Rücken zugekehrt.

Entscheide dich dafür, glücklich zu sein. Sie hatte fast sechs Monate getrauert. *Lass ihn gehen.*

Ashlyn spazierte über die Straße in den Park. Sie erinnerte sich noch dunkel daran, dass es seltsam war, einen eigenen Park zu haben, doch mit diesem Gedanken war das Bewusstsein verwoben, dass Elfen ihre Gebiete schon abgesteckt hatten, lange bevor Sterbliche über die Erde wandelten. Heute Abend verblasste die Merkwürdigkeit dessen, was sie war, vor der einen Wahrheit, an der sie sich festhalten konnte: *Ich bin die Sommerkönigin.*

Keenan wartete bereits auf sie. Er war ihr König, ihr Partner in dieser seltsamen Welt. Wenn keine Sterblichen zusahen, war er ganz er selbst – zu Materie gewordenes Sonnenlicht, ein greifbar gewordenes Versprechen.

Er kniete vor ihr nieder; er neigte sein Haupt, als wäre er ihr Untertan. Und heute Abend protestierte sie nicht. Heute Abend wollte sie sich mächtig und frei fühlen – nicht so, als läge ihr Herz entblößt da und als fräße der Kummer sie bei lebendigem Leib. Sie war die Sommerkönigin, und dies war ihr Hof. Dies war ihr König.

»Meine Königin.«

»Das bin ich«, sagte sie. »Deine *einzige* Königin.«

Er kniete weiter vor ihr, aber schaute zu ihr hoch. »Wenn du es so willst ...«

Um sie herum warteten die Elfen, genau wie sie es im letzten Herbst getan hatten, als sie noch sterblich gewesen war. Diesmal verstand sie jedoch weitaus besser, um was es ging. Sie stand als Elfenkönigin am Ende des Sommers in ihrem Park, und ihr König kniete vor ihr. Sie wusste, wofür sie sich entscheiden würde – für die Chance, ganz und gar die Seine zu werden.

Keenan bot ihr seine Hand an, eine Einladung, die er bei jedem Elfenfest wiederholte. Jedes Mal ließ er sie entscheiden. Und bei jedem Fest hatte sie zwar seine Hand genommen, war aber auf Abstand zu ihm geblieben.

»Eröffnest du das Fest ... mit mir?«, fragte er. Die Frage war schon zur Routine geworden, ein Ritual, das eine Nacht voller Tanz und Trunkenheit einläutete, doch die fast unmerkliche Pause war keine Routine.

»Ich kann dir nicht die Ewigkeit versprechen.« Sie nahm die Hand ihres Königs.

Keenan stand auf und zog sie in seine Arme. Während sie begannen, sich über die Erde zu bewegen, die warm war unter ihren Füßen, flüsterte er: »Du hast mir bereits die Ewigkeit geschenkt, Ashlyn. Ich bitte dich um eine Chance im Hier und Jetzt.«

Sie erschauerte in den Armen ihres Königs, doch sie wich nicht zurück. Und diesmal begrüßte sie es, als er seine Lippen auf die ihren legte. Anders als beim ersten Mal – bei dem Fest, das alles verändert hatte – und bei den beiden Malen, als er ihr Küsse geraubt hatte, hatte sie diesmal keine Ausrede: Sie war weder betrunken noch wütend, noch überrumpelte er sie. Sie erlaubte sich, das Gefühl seiner offenen Lippen auf ihren zu genießen. Es war nicht die Zärtlichkeit, die sie mit Seth geteilt hatte. Es war auch kein Druck zu spüren, wie bei Keenans vorherigen Küssen. Es war neu und bittersüß.

Sie spürte, dass sich ihre Hoffnung und seine Freude wie ein Sturm durch ihren Hof verbreiteten. Blumen erblühten überall, wo sie die Erde berührten. Dies war, was ihnen gefehlt hatte: das Versprechen des Glücks. *Es kann genügen. Es muss genügen.* Dann drehte sich die Welt um sie, oder vielleicht waren auch sie es, die sich drehten. Sie war sich nicht sicher. Sommermädchen wirbelten vorbei. Ashlyn sah nur verschwommenes Hellgrün vor verschiedenen Kupfertönen und mahagonifarbener Haut, sah blühende Weinreben über spärlich bekleidete Körper gleiten. Und einen Moment lang gefiel es Ashlyn überraschenderweise gar nicht, wie nah sie Keenan dabei kamen.

Dazu habe ich kein Recht.

Er wich nur für einen Atemzug zurück und flüsterte: »Sag mir, wenn ich loslassen soll.«

»Lass mich nicht fallen.« Sie hielt sich an ihm fest. »Rette mich.«

»Du hast niemals Rettung gebraucht, Ashlyn.« Keenan, ihr Freund, ihr König, hielt sie weiter im Arm, während der Sommerhof schwindelerregend um sie herumwirbelte wie Lichtspiralen aus ihrem vereinten Sonnenlicht. »Und du brauchst noch immer keine Rettung.«

»Fühlt sich aber so an.« Sie spürte, dass ihr Tränen über die Wangen liefen, und während sie sich immer schneller drehten, sah sie dort, wo ihre Tränen auf den Boden gefallen waren, Veilchen hervorsprießen. »Ich fühle mich ... ich fühle mich, als ob ein Teil von mir fehlt.«

»Würdest du dich auch so fühlen, wenn ...« Seine Worte verebbten.

»Wenn du es wärst, der mich verlassen hat?« Sie ließ ihre Stimme so sanft klingen, wie sie nur konnte.

»Es war selbstsüchtig, dich das zu fragen. Vergib –«

»Ja, das würde ich«, flüsterte sie. Sie schloss die Augen, um nicht noch mehr zu weinen – oder um die verwirrenden Gefühle in seinem Gesicht nicht sehen zu müssen. Sie passten zu dem Gefühlssturm in ihrem Inneren. Doch selbst mit geschlossenen Augen wusste sie, dass sie in Sicherheit war, während sie sich mit unerreichbarer Geschwindigkeit durch die Menge bewegte. Keenan hielt sie in seinen Armen, und er würde sie nicht fallen lassen.

Wenn ich ihn vor Seth kennengelernt hätte ... Doch das hatte sie nicht.

Ashlyn hielt ihr Gesicht an seine Brust gedrückt und sagte zu ihm: »Ich möchte, dass es mir leidtut, dass du nicht mehr mit Donia zusammen bist – aber das tut es nicht.«

Keenan ließ es unkommentiert, dass sie das Thema ausgerechnet in diesem Moment anschnitt. »Ich habe nur wenige Male richtig geliebt, Ashlyn. Ich möchte versuchen, dich zu lieben.«

»Du solltest mich nicht –« Die Worte erstarben auf ihren Lippen.

»Das wäre eine Lüge, meine Königin.« Seine Stimme war sanft, auch wenn er sie zurechtwies. »Einhundertachtzig Tage, Ashlyn. Seth ist jetzt einhundertachtzig Tage weg, und ich habe beobachtet, wie du versuchst so zu tun, als würde dir nicht jeder einzelne davon wehtun. Kann ich nicht versuchen, dich glücklich zu machen?«

»Für den Hof.«

»Nein«, korrigierte er sie. »Für dich und für mich. Ich vermisse dein Lächeln. Ich habe Jahrhunderte darauf gewartet, dass ich meine Königin finde. Können wir es versuchen? Jetzt, wo er ...«

»... mich verlassen hat«, beendete sie den Satz. Sie sah ihn an, zwang sich zu vergessen, dass viele andere um sie waren, und blieb stehen. Die Elfen wirbelten um sie herum. Plötzlich gab es nur noch sie beide im Zentrum eines Strudels. »Ja. Mach, dass ich alles vergesse bis auf den Augenblick. Das ist es, was den Sommerhof ausmacht – nicht Logik, nicht Sucht, nicht Krieg, nicht Ruhe und Kälte. Wärme mich. Mach, dass ich nicht mehr denke. Mach mich zu irgendwas anderem als dem, was ich jetzt bin.«

Er antwortete nicht; er küsste sie nur erneut. Es war noch immer so, wie Sonnenschein zu schlucken, und sie leistete keinen Widerstand. Ihre Haut begann zu leuchten, bis sogar andere Elfen – außer denen von ihrem Hof – ihre Augen hätten abwenden müssen.

Da war Boden unter ihren Füßen, doch sie spürte ihn nicht. Sie spürte gar nichts außer dem Sonnenlicht, das allen Schmerz aus ihrem Innern vertrieb. Sie bewegten sich durch den Park, Blumen erblühten zu ihren Füßen. Sie konnte das Sonnenlicht wie warmen Honig auf Keenans Lippen schmecken.

Wie bei jeder anderen Feier fühlte sie sich trunken vom Tanz und von der Nacht. Doch diesmal berührten ihre Füße, als der Morgen kam, den Boden nicht. Sie lag in Keenans Armen. Er hatte sie aus dem Park und von ihrem Hof weggebracht und zum Flussufer getragen, wo sie auch nach dem ersten Fest gelegen hatten. Doch diesmal gab es kein Picknick, keine geplante Verführung. Sie waren ganz allein.

Wenn sie ihre monatlichen Festlichkeiten begingen, waren sie nicht vernünftig, aber sie waren auch nicht verwundbar. Nicht einmal die Kriegselfe selbst konnte sie heute Nacht ärgern.

Ashlyn lag in seinem Arm, als er sich ans Flussufer setzte. Das kühle Wasser rann über ihre Füße und Waden und fühlte sich an wie winzige elektrische Impulse auf ihrer Haut. Es bildete ein Gegengewicht zu der warmen Erde, in die sie einsanken, als ihr vereintes Sonnenlicht den Boden aufweichte. Und sie erschauerte – ebenso sehr von der Berührung des Flusses wie von Keenans.

Irgendein verirrter Gedanke flüsterte, dass sie in einem festlichen Kleid auf dem schmutzigen Boden lag, aber sie war der Sommer – Leichtfertigkeit, Spontaneität, Wärme. *Das ist es, was ich bin. Jetzt zusammen mit ihm.*

»Sag mir, wenn ich dich loslassen soll«, erinnerte Keenan sie erneut.

»Lass mich nicht los«, beharrte Ashlyn. »Rede mit mir. Sag mir, was du fühlst. Sag mir alles, was du nicht zugeben willst.«

Er grinste. »Nein.«

»Dann behandle mich wie eine Elfenkönigin.«

»Wie das?«

Sie richtete sich auf und kniete sich neben ihn.

Er blieb auf der matschigen Erde sitzen und beobachtete sie.

Ashlyn dachte an den Tag, an dem sie auf der Straße gestanden hatten und er Sonnenlicht wie Regentropfen auf sie hatte herabfallen lassen. Wie bei so vielen anderen Dingen wusste sie, seit sie Sommerkönigin war, wie das funktionierte, doch bis jetzt war sie nicht dazu in der Lage gewesen, damit zu experimentieren. »Zum Beispiel so.«

Die Sonnenlichttropfen, die von ihrer Haut auf seine fielen, bargen alle Vergnügungen unter der Sonne. Sie wollte ihre Elfenmagie mit ihm teilen. Es war das, was sie jetzt war, und sie musste sich keine Sorgen darüber machen, dass sie ihm wehtat, wie sie einem Sterblichen wehgetan hätte.

Wenn Seth kein Mensch wäre ...

Aber wenn er kein Mensch wäre, hätte sie nie seine Freundschaft und Liebe erfahren. Und wenn sie ein Mensch geblieben wäre, hätte sie beides nicht verloren. Doch Keenan war kein Mensch, genauso wenig wie sie.

Weder jetzt noch jemals wieder.

Sie schaute Keenan an und wiederholte die Worte, die er zu ihr gesagt hatte: »Ich möchte versuchen dich zu lieben. *Mach*, dass ich dich liebe, Keenan. Du hast schon so viele andere überzeugt. Überzeuge auch mich. Verführe mich, damit ich keine Schmerzen mehr leiden muss.«

Sie schmiegte sich an ihn, doch Keenan stoppte sie. Er schüttelte den Kopf.

»Das hier« – er wedelte mit der Hand zwischen ihnen hin und her – »ist keine Liebe. Das ist etwas anderes.«

»Also …«

»Langsamer. Miteinander ins Bett zu fallen … oder ans Flussufer … wird nicht dazu führen, dass du mich liebst.« Keenan stand auf und reichte ihr seine Hand. »Du bist meine Königin. Ich habe neun Jahrhunderte darauf gewartet, dass ich dich finde, und dann noch fast ein ganzes Jahr, um an diesen Punkt zu kommen. Auf den Rest kann ich auch noch ein bisschen länger warten.«

»Aber …«

Er beugte sich vor und küsste sie sanft. »Wenn du endlich versuchen willst, mich zu lieben, dann werden wir ab jetzt miteinander ausgehen. Lass mich dir unsere Welt zeigen. Lass mich dich zum Abendessen ausführen und dir verführerische Dinge ins Ohr flüstern. Lass mich dich zu lächerlichen Karussellfahrten auf dem Jahrmarkt einladen, zu Sinfonien und Tänzen im Regen. Ich möchte, dass du lachst und mir vertraust. Ich möchte, dass es echte Liebe ist, wenn du in meinem Bett bist.«

Sie schwieg. Sex erschien ihr weitaus einfacher als dieses gemeinsame Ausgehen. Sie waren Freunde; zwischen ihnen stimmte die Chemie. *Aber Sex ist etwas anderes als Liebe.* Keenan wollte eine echte Chance. Das bedeutete mehr, als ihren Körper zu besitzen.

»Meine Lösung war einfacher«, murmelte sie, »und schneller.«

Er lachte. »Nach neunhundert Jahren war ich bereit, alle Bedingungen zu akzeptieren, die du mir stellst, aber wenn du versuchen willst, mit mir zusammen zu sein, möchte ich keine Zweifel mehr. Wenn du mich danach nicht liebst, aber immer noch mit mir …

zusammen sein willst, dann werde ich mich damit zufriedengeben. Aber ich möchte eine Chance, alles zu bekommen.«

»Und wenn Seth ...«

»Nach Hause kommt?« Keenan zog sie näher zu sich hin und küsste sie, bis das ihren Körpern entströmende Sonnenlicht so hell leuchtete, dass es blendete.

Dann versprach er: »Das ist deine Entscheidung. Das war es doch immer, oder nicht?«

Einunddreißig

Sorcha weinte nicht, als sie ihn an diesem letzten Morgen noch einmal besuchen kam. Sie betrachtete die Bilder, die er für sie gemalt hatte, und sah ihn an.

»Sie sind nicht gut genug«, sagte Seth. »Keins von ihnen.«

»Ich wünschte, ich könnte dich belügen«, murmelte sie. »Aber sie sind aus Leidenschaft gemacht. Es wäre selbstsüchtig von mir, wenn ich dich nicht gehen lassen würde.«

Sie ging im Raum umher und begutachtete Leinwände, die sie bereits gesehen hatte.

»*Sie* sind nicht gut genug, das hier schon.« Er öffnete seine Faust, und auf seiner Handfläche lag eine Brosche aus perfekten silbernen Jasminblüten. Sie war weitaus zarter als all seine anderen Metallarbeiten.

Sorchas Augen füllten sich mit Tränen. Sie strich mit einer Fingerspitze über die silbernen Blütenblätter. »Ja, das ist sie. Sie ist von ausgesuchter Schönheit.«

»Ich wollte dir nichts schenken, was du bereits erwartest« – er steckte ihr die Brosche mit zitternden Händen ans Kleid –, »also habe ich daran gearbeitet, wenn du nicht hier warst.«

Sie lachte, und da es keine Zeugen für ihre Albernheit gab, beugte sie sich vor und küsste ihn auf die Wange. Das hatte sie schon so viele Mütter tun sehen, doch diese simple Geste hatte für sie nie einen Sinn ergeben. Objektiv gesehen hatte sie sie zwar verstanden – mütterliche Zuneigung war etwas, was man nicht unterdrücken konnte. Sie führte dazu, dass die Mutter zärtliche Gefühle für ihren Nachkommen empfand und das kleine, kostbare Wesen beschützen wollte. Das war alles sehr vernünftig, aber als sie ihre Lippen auf die Wangen ihres Sohnes drückte, fühlte es sich ganz und gar nicht logisch an. Es fühlte sich nicht vernünftig an. Es geschah aus einem Impuls heraus. Das war etwas, das sie ihm sagen wollte, wofür sie aber, wie sie dann feststellte, keine Worte hatte.

»Sie ist perfekt.« Sie schaute auf die Brosche herab, und da sie ohnehin gerade ihren spontanen Gefühlen folgte, platzte sie heraus: »Ich möchte nicht, dass du gehst. Was, wenn sie dir etwas tun? Was, wenn du mich brauchst? Was, wenn –«

»Mutter.« Sein Lächeln war friedlich und wunderschön. »Ich werde ein Elf sein. Beschützt vom Hof der Finsternis, geliebt von der Sommerkönigin und gestärkt durch deine Gabe. Mir kann nichts passieren.«

»Aber Bananach ... und der Winter ... und ...« Sie fühlte tatsächlich, dass ihr Herz unangenehm schnell schlug. Sie hatte gewusst, dass sie etwas fühlen würde, wenn er ging, aber diese Sorge und Traurigkeit hatte sie nicht erwartet. »Du könntest bleiben. Wir schicken Devlin aus, damit er deine Sommerkönigin holt, und ...«

»Nein. Ich werde sie nicht bitten, für mich ihren Hof zu verlassen.« Er führte sie zu dem Sessel, von dem aus man den Garten überschauen konnte, in dem sie zusammen spazieren gegangen waren. Sie ließ sich darauf nieder, und er setzte sich zu ihren Füßen auf den Boden.

»Ich muss gehen. Ich möchte gehen. Es wird dir vorkommen wie ein Atemzug, und schon bin ich wieder zurück ... *zu Hause*«, versicherte er ihr.

»Ich glaube, ich hasse deine andere Königin schon jetzt.« Sie machte ein betrübtes Gesicht.

In ihren Augen sammelten sich echte Tränen. Es war eine einfache physiologische Reaktion; die Logik konnte es wegerklären. Die Tränen fielen dennoch.

»Und ich habe Angst. Wenn meine Schwester dir etwas tut, werde ich ...« Sie holte tief Luft, um sich zu beruhigen. »Bananach kann man nicht trauen, Seth. Niemals. Geh niemals mehr irgendwo mit ihr hin. Versprich mir, dass du dich von ihr fernhältst. Sie hat nur ein Ziel: Gewalt.«

»Warum hat sie mich dann zu dir gebracht?«

Sorcha schüttelte den Kopf. »Um jemanden zu provozieren. Um mich dazu zu bringen, eine Entscheidung zu treffen, die es ihr gestattet, mich mit Vorwürfen zu überziehen. Ich weiß es ehrlich gesagt nicht. Ich versuche schon seit einer Ewigkeit zu erraten, was sie als Nächstes tun wird. Und immer sind es Machenschaften, die einen neuen Krieg herbeiführen sollen. Es ist an mir zu versuchen, die richtigen Entscheidungen zu treffen.«

»Und? Hast du diesmal die richtige Entscheidung getroffen?«

»Ja.« Sie streichelte sein Gesicht. »Was auch immer als Nächstes passiert, das war die richtige Entscheidung.«

»Sogar wenn ein Krieg ausbricht ...«

»Die Alternative war dein Tod.« Sie unterdrückte ein Schluchzen bei diesem Gedanken. »Als du mit ihr gegangen bist, konnte das für dich auf zwei Arten enden – so oder damit, dass deine Sommerkönigin dich tot vorfindet. Dafür wäre Nialls Hof oder meiner verantwortlich gemacht worden. Vielleicht auch der Winter. Und die Kriegselfe hätte das bekommen, was sie sich wünscht.«

Es fühlte sich seltsam an, mit einer anderen Person als Devlin über solche Dinge zu sprechen, aber ihr Sohn würde eine Stimme an ihrem Hof haben, wenn er so weit war. Er konnte vollkommen zum Elfen werden, wenn sie es wollte, doch das würde ihm die Freiheit geben, sie zu verlassen. Ihr Handel sorgte dafür, dass er bei ihr bleiben musste. *Wenn er vollkommen zum Elfen würde, würde er dann dort draußen bleiben?* Das war nichts, worüber sie reden mussten. Er würde niemals der König des Lichts werden: Sie war ewig, die Unveränderliche Königin. Dennoch würde er Einfluss haben, eine Stimme, Macht. Er würde mit Devlin auf einer Stufe stehen. Sorcha fragte sich, wie ihr Sohn und ihr Bruder damit umgehen würden.

Seth sagte nichts; er wartete geduldig, wie es sich für ihren Sohn geziemte.

»Wenn ich dich hierbehalte, ist die Wahrscheinlichkeit eines Krieges immer noch hoch. Früher oder später würde Keenan nicht mehr verheimlichen können, wo du bist. Ashlyn würde versuchen, meinen Willen ihren Wünschen zu beugen. Sie ist nicht stark genug, um das zu tun, und ich würde nicht« – Sorcha hielt inne, wägte ihre Worte vorsichtig ab – »sehr geduldig reagieren. Wenn deine Geliebte herkäme, um Vergeltung zu fordern, würde ich die Bedrohung neutralisieren.«

»Du würdest sie töten.«

»Wenn die Diskussion zu nichts führen würde, ja. Ich werde jeden eliminieren, der bedroht, was ich liebe. Oder wen ich liebe. Wenn Ashlyn meinen Hof angreifen würde, müsste ich sie stoppen ... obwohl ich es bedauern würde, dass du dann trauerst.« Sie fragte sich kurz, ob diese Veränderung zum Sterblichen hin, die sich in ihr vollzogen hatte, ihren Hof besser machte oder nicht. Sie spürte, dass Emotionen ihr Handeln bestimmten; sie empfand Zärtlichkeit für ihren Sohn, in die sich Verlustgefühle und Angst mischten. Solche Unordentlichkeit passte nicht zum Hof des Lichts. *Wird es meinen Hof verändern?* Es war egal. Es mochte sein, dass sie sich verändert hatte, aber ... der Gedanke hatte kein Ende. *Was bedeutet es, wenn die Unveränderliche Königin sich verändert?* Sorcha schüttelte den Kopf. Solche Überlegungen anzustellen war unlogisch. Was war, das *war* einfach. Sie und ihr Hof würden sich darauf einstellen. *Das* war logisch.

Sie sprach ihre nächsten Worte mit einer solchen Entschiedenheit aus, dass sie sich anfühlten wie ein Schwur: »Ich werde weder Ashlyn noch Bananach noch irgendjemandem sonst erlauben, dich mir wegzunehmen. Ich werde ihnen nicht gestatten, meinen Hof oder meinen Sohn in Gefahr zu bringen.«

Und sie wusste, als sie das sagte, dass ihr Hof an zweiter Stelle nach ihrem Sohn käme, wenn sie eine Entscheidung treffen müsste. Irgendwo in ihrem Innern fragte sie sich, ob Bananach genau das im Sinn gehabt hatte, aber auch das war nebensächlich. Nach Jahrhunderten kleiner Siege, die mal an die eine und mal an die andere gefallen waren, wusste Sorcha, dass jede Entscheidung einen Nachhall im Gewebe der Zeit fand. Ihre Entscheidungen würden die Kriegshetze ihrer Schwester verändern; und Bananachs Handeln würde sich ändern, um diesen kleinen Wellen entgegenzuwirken; so war es seit Jahrhunderten.

»Darf ich sagen, dass ich mir auch Sorgen mache?« Er sah jung aus, als er sie das fragte. »Ich will nicht, dass das, was du mir geschenkt hast, dich verwundbar macht. Ich hätte nicht gedacht ... Ich möchte, dass du in Sicherheit bist. Wenn Bananach so eine Bedrohung darstellt, sollte man sie stoppen. Ich habe Freunde an anderen Höfen. Wenn ich für deine Sicherheit sorgen kann –«

»Kinder sollten sich keine Sorgen um ihre Eltern machen, Seth. Mir geht es gut.« Sorcha setzte ihr Hoflächeln auf und beschwichtigte ihn, so gut sie konnte. »Ich kämpfe schon gegen sie, seit ich existiere. Das einzig Neue ist, dass ich jetzt ein Kind habe, das ich beschützen muss. Du bist ein Geschenk. Das hat sie nur nicht begriffen, als sie dich herbrachte.«

Er nickte, doch in seinen Augen stand weiterhin große Sorge.

»Komm«, sagte sie. »Lass uns nachsehen, was du noch einpacken musst.«

Ashlyn saß in Keenans Arme geschmiegt im Büro und verspürte ein Unbehagen, das sich einfach nicht abstellen ließ. Tavish hatte ihnen begeisterte Blicke zugeworfen, als er die Sommermädchen verscheucht hatte. Es war friedlich im Loft, und sie wusste, dass ihre Entschlossenheit dafür verantwortlich war. Sie riskierte einen Blick auf ihn. Das war sie: ihre Zukunft. Auf die ein oder andere Art waren sie aneinandergekettet.

»… nach dem Lunch?«

»Was?« Sie errötete.

Er lachte. »Hast du Lust, nach dem Lunch irgendetwas zu unternehmen? Spazieren gehen, ins Kino oder shoppen?«

»Ja?«

Die Art, wie er sie ansah, war neu, oder vielleicht war auch nur seine Offenheit neu. »Möchtest du festlich tafeln? Zu Hause essen? Picknicken? Oder zum Pizzaessen nach New York?«

Sie machte ein finsteres Gesicht. »Jetzt werd nicht albern.«

»Wieso?« Er drehte sich, damit er sie anschauen konnte. »Du bist eine Elfenkönigin, Ashlyn. Die Welt gehört dir. Ein paar Sekunden und wir wären da. Ich bin kein Sterblicher. Und du bist es auch nicht.«

Sie stockte. Die Worte, die sie sagen wollte, existierten nicht. Es gab keinen Grund, Nein zu sagen. *Ich bin keine Sterbliche.* Sie holte tief Luft. »Übernimmst du diese Sache mit dem Dating? Ich bin bislang nur mit einem Menschen ausgegangen und …«

Er drückte ihr einen sanften Kuss auf die Lippen. »Sei in einer Stunde fertig, ja?«

Sie nickte und Keenan ging.

Ich kann es schaffen. Es ist kein so großer Schritt von Freundschaft zu Liebe. Mit Seth war es auch so. Sie zwang sich, den Gedanken an ihn beiseitezuschieben. Er war gegangen, und sie lebte ihr Leben weiter.

Zweiunddreißig

Als Seth durch den Mondlichtschleier trat, veränderte sich die Welt um ihn herum. Es war nicht einfach so, dass er aus dem Frieden und der Perfektion auf der Seite seiner Mutter in die unwirtliche, misstönende Welt der Sterblichen übertrat. In diesem einen Schritt wurde er verwandelt. Der Handel, den er geschlossen hatte, zeigte Wirkung. Auf dieser Seite des Schleiers war er kein Sterblicher: Er war ein Elf.

Die Welt bewegte sich unter seinen Füßen. Er spürte es, das Getöse des Lebens, das sich in die Erde eingrub und dort nistete. Die Flügel eines weit entfernten Reihers sandten Luftstöße herbei, die sich in die Strömungen am Himmel mischten.

Sorcha nahm seine Hand. »Zuerst ist es seltsam. Ich habe beobachtet, wie sich die Sterblichen am Sommerhof verwandelt haben. Lass das Neue seinen Platz in dir finden.«

Er konnte nicht sprechen. Seine Sinne – und nicht nur die fünf, die er vorher auch schon gehabt hatte – wurden überflutet. Als er noch sterblich gewesen war, war sein Verständnis der Welt auf ein elementares Begreifen beschränkt gewesen. Jetzt hatte er ein Wissen, das von keiner realen, durch die üblichen Sinnesorgane erfassbaren Quelle herrührte. Er konnte spüren, was in Ordnung war. Er konnte die *Richtigkeit* dessen, was war, und dessen, was sein sollte, spüren.

»Empfinden sie – *wir* – alle so?« Seine Worte fühlten sich zu melodisch an, als würde seine Stimme durch irgendeinen Filter dringen.

Sie dachte kurz nach, während sie weiter seine Hand hielt. »Nein, nicht in dem Ausmaß. Aber sie sind auch nicht meine Kinder. Da bist du der Einzige.«

Als er sie anschaute, sah er sie erstmals mit seinem verwandelten Blick. Winzige vom Mondlicht beleuchtete Ketten, die wie silberner Filigranschmuck aussahen und für ihn im Elfenreich noch nicht sichtbar gewesen waren, erstreckten sich netzartig zwischen ihm und ihr. Er griff danach. »Was ist das?«

Er konnte es berühren; obwohl er merkte, dass es nicht gegenständlich war, fühlte es sich doch schwerer an als es aussah.

»Niemand anders wird es sehen.« Sie nahm auch seine andere Hand. »Das sind *wir*. Du bist aus demselben Stoff wie ich, als hätte ich dich selbst geboren. Du und ich haben dasselbe Blut. Das bedeutet, dass du Dinge sehen wirst, Dinge wissen wirst … Ich wusste nicht, wie ich es dir sagen sollte.«

»Dinge sehen?« Er schaute an ihr vorbei auf den weiten Sandstrand, auf dem sie standen. Er glaubte nicht, dass das *Sehen* war. Er spürte Dinge: Krebse, die durch den Sand krochen, Möwen und Seeschwalben, deren Füße die Erde berührten. In Gedanken versunken ging er auf das Wasser zu. Als es über seine Füße schwappte, spürte er all das Leben, von dem es darin wimmelte – Tiere und Elfen. Selchies, die sich irgendwo im Osten paarten. Eine Meerjungfrau, die mit ihrem Vater stritt.

Seth konzentrierte sich darauf, es nicht zu spüren, es nicht zu wissen.

»Das ist nicht wie sehen«, sagte er zu Sorcha. »Ich fühle die Welt. Es ist so, als wäre ich die ganze Zeit, in der ich zu leben glaubte, in Wirklichkeit kaum bei Bewusstsein gewesen.«

»So ist das bei Elfen. Und bei dir umso mehr, da du mir gehörst. Die Hunde bringen Furcht hervor. Gancanaghs Lust. Das ist das, was sie fühlen.« Sie führte Seth vom Wasser fort zu einem ausgewaschenen Felsen. »All das und noch mehr wirst du fühlen. Einige von uns können alles fühlen, doch bei dir werden manche Dinge stärker hervortreten als andere. Niall fühlt Lust und Angst deutlicher. Du wirst alles fühlen, was richtig ist, logische Entscheidungen, reine Vernunft.«

Seth setzte sich neben sie auf die Felsnase und wartete.

»Und wir sehen auch anders.« Ihr Blick war unsicher, doch ihre Stimme felsenfest. »Meine Schwester und ich können vorausschauen. Sie sieht bewusst nur die Stränge, die sie heraussuchen muss, um Chaos zu stiften. Ich dagegen konzentriere mich auf das Gegenteil. Aber sie sind ohnehin alle nur Möglichkeiten und Verknüpfungen. Vergiss das nie.«

»Weil ich dir gehöre.« Als er seinen Handel mit ihr angestrebt hatte, hatte er über nichts anderes als Langlebigkeit und Stärke nachgedacht. »Das hier ist jetzt alles anders, weil ich dein Sohn bin.«

»Ja. Du wirst einige ... Unterschiede zu anderen Elfen bemerken.« Sie drückte seine Hand. »Aber wenn dir das Sehen zu viel wird, wirst du im Elfenreich Zeit haben, dich davon zu erholen. Du kannst jederzeit zurückkommen und dich daran erfreuen, ein Sterblicher zu sein; du kannst dem Elfendasein, der Tatsache, dass mein Blut durch deine Adern fließt, entfliehen.«

»Was werde ich alles ... Ich meine, welche anderen Veränderungen ...« Er versuchte, seine neue Gabe – den *Fluch* – zu begreifen, und bemühte sich, die Flut von Informationen zu verstehen, die aus der Welt um ihn herum auf ihn einströmte. »Ich sehe Möglichkeiten.«

Sie hielt seine Hand fest, als er sie wegziehen wollte. »Deine eigenen Lebensfäden sind weniger deutlich zu sehen. Du siehst nur die Fäden der anderen. Vielleicht siehst du sie aber auch nur gelegentlich. Ich weiß nicht, wie viel von mir du in dir trägst.«

Er senkte den Kopf, schloss die Augen und versuchte alles bis auf Sorchas Worte auszublenden. Die neuen Sinneseindrücke wurden zu einem fernen Rauschen, doch silberne Fäden des Wissens erstreckten sich wie Straßen vor ihm, denen er in seinem Kopf folgen konnte. Er könnte so vieles *wissen*, wenn er es selbst zuließ – aber er wollte es gar nicht. Etwas nur zu wissen, ohne die Macht, Dinge verändern zu können, vermittelte ihm ein Gefühl der Hilflosigkeit. Er wollte den Streit zwischen den beiden Meereselfen schlichten. Er sah ihre Lebensfäden. Das Mädchen würde ihren Vater wütend verlassen. Und er würde trauern, weil sie wahrscheinlich sterben würde, wenn sie ging.

»Wie hältst du das aus?«, flüsterte er.

»Ich ändere, was ich kann, aber ich akzeptiere, dass ich nicht allmächtig bin.« Sie stand vor ihm und sah ihn aufmerksam an. »Wenn du das hier nicht sein könntest, hätte ich dich nicht ausgewählt. Ich kann nicht sehen, was du jetzt tun wirst; dazu hast du zu viel von meinem Wesen in dir. Aber ich weiß, dass du alles sein kannst, was du willst. Du bist einer, der Drachen töten wird und Heldentaten vollbringen, die es wert sind, in Balladen besungen zu werden.«

Seth begriff, dass die Gabe, die Sorcha ihm geschenkt hatte, sehr viel umfassender war, als er gedacht hatte. Er hatte eine Aufgabe, eine richtige Aufgabe, sowohl hier draußen als auch im Elfenreich. Im Elfenreich schuf er Kunstwerke für seine Mutter; in der Welt der Sterblichen wusste er, welche Dinge in Ordnung gebracht werden mussten. Er konnte ihre ordnende Hand in dieser

Welt sein, wenn er die Fähigkeiten dazu besaß. »Ich weiß nicht, wie man kämpft oder Politik macht oder *irgendwas* ...«

»Wer sind denn deine Freunde?«, fragte sie ihn provozierend.

»Ash, Niall ...« Er lächelte, als ihm dämmerte, was sie sagen wollte. »Niall weiß, wie man kämpft. Gabriel und Chela interessieren sich für nichts anderes. Donia weiß alles über Politik. Und Niall auch. Und Ash. Und die Wachen des Sommerhofs ... Ich kann von allen drei Höfen einen Teil dessen lernen, was ich brauche.«

»Allen *vier* Höfen«, korrigierte Sorcha. »Aber du musst all diese Dinge nicht tun. Du brauchst kein Held zu werden, Seth. Du könntest im Elfenreich bleiben, Kunstwerke erschaffen, mit mir spazieren gehen und reden. Ich werde uns Dichter und Musiker an den Hof holen, Philosophen und –«

»Das werde ich. Ich werde jedes Jahr zu dir nach Hause kommen ... aber dies hier« – er küsste sie auf die Wange – »ist auch meine Welt. Ich kann sie besser machen für die, die ich liebe. Für dich. Für Ash. Für Niall. Ich kann beide Welten sicherer machen.«

Sie saßen eine Weile schweigend nebeneinander. Seth dachte über die Meereselfen nach, die sich unter Wasser stritten.

»Wenn die Äste des Seetangs sich verknoten würden wie bei einem Sturm, so dass die Tochter nicht wegschwimmen könnte –« Er verstummte, als genau das passierte. Die Meerjungfrau war frustriert, aber sie kehrte nach Hause zurück.

Bevor er etwas dazu sagen konnte, zog Sorcha ihn rasch in seine Arme und sagte: »Ich muss jetzt gehen. Geh zu deiner Ashlyn. Finde deinen Platz, und wenn du mich brauchst ...«

»Ich brauche dich«, versicherte er ihr.

»Ruf mich, und ich werde da sein.« Sie bedachte ihn mit einem Blick, den er häufig bei seinem Vater gesehen hatte, als er noch jünger war – einem Blick voller Sorge und Hoffnung. »Oder du kommst zu mir. Wann immer du willst. Devlin wird ebenfalls für deine Sicherheit sorgen … und Niall … und …«

»Ich weiß.« Er drückte ihr einen Kuss auf die Wange. »Ich erinnere mich an alle Instruktionen, die du mir gegeben hast.«

Sie seufzte. »Wir können es nicht länger hinauszögern, nicht wahr?«

Mit einer kleinen Geste krümmte sie den Raum, um einen Durchgang zu dem Park gegenüber von Ashlyns Loft zu öffnen. Sorcha beobachtete schweigend, wie Seth durch den Schleier in den Park trat.

Da er auch vorher schon die Sehergabe besessen hatte, war er nicht erstaunt, all die Elfen im Park zu erblicken. Aobheall schimmerte in ihrem Springbrunnen und stutzte, als sie Seth plötzlich vor sich sah. Die Ebereschenmänner starrten ihn an. Sommermädchen unterbrachen ihren Tanz.

»Das nenne ich mal eine Überraschung«, murmelte Aobheall. Das Wasser um sie herum erstarrte, einzelne Tropfen hingen wie winzige Kristallkügelchen in der Luft.

Seth stand einfach nur sprachlos da, während die neuen Eindrücke auf ihn einstürmten. Aobhealls Stimme klang unverändert, doch der Drang, sie zu berühren, war verschwunden – ohne dass er ein Zauberamulett in der Hand hielt. Die Realität war anders. *Er* war anders. Die Erde um ihn herum atmete, und er konnte es spüren. Das Säuseln der Bäume war eine Musik, die sich in das scheinbare Schweigen der anderen flocht.

»Du bist wie wir«, flüsterte Tracey. »Nicht sterblich.«

Sie kam mit einer traurigen Miene auf ihn zu, die normal für sie war, und soweit Seth sehen konnte, nicht den Umständen geschuldet. Tränen füllten ihre Augen. Sie umarmte ihn. »Was hast du getan?«

Zum ersten Mal, seit er mit Sommermädchen zu tun hatte, übte ihre Berührung keinerlei Wirkung auf ihn aus. Er fühlte sich nicht versucht, sie länger im Arm zu halten, und auch die Angst, dass sie ihn in ihrer Vergesslichkeit verletzen könnte, war verschwunden.

Er ließ sie los. »Ich habe mich verändert.«

Skelley nahm Tracey in die Arme und hielt sie fest, als sie zu schluchzen begann. Andere Sommermädchen weinten still.

»Das ist doch *gut*!« Seth fühlte sich stärker, lebendiger und war sich seiner Entscheidung sicher. »Es ist das, was ich will.«

»Sie haben es auch gewollt«, sagte Skelley. »Deshalb weinen sie. Sie erinnern sich daran, dass sie dasselbe törichte Opfer gebracht haben.«

Aobheall verzog keine Miene und weinte auch nicht. Sie warf ihm einen wässrigen Kuss zu. »Geh zu deiner Königin, Seth, aber sei gewarnt, dass das Leben als Elfe nicht so schön ist, wie du dachtest. Sie hat das tun müssen, was das Beste für ihren Hof war.«

Der Druck in Seths Brust, die Angst davor, was sich noch verändert haben mochte, wuchs. Bei Sorcha im Elfenreich hatte er dieses Unbehagen nicht so stark empfunden. Dort war er ruhig. Dort hatte er Gewissheit. Jetzt war er im Begriff, das Haus seiner Geliebten zu betreten in der Hoffnung, dass das, was er mit ihr aufgebaut hatte, immer noch stark genug war, um gerettet werden zu können.

Er sprach nicht mit den Wachen, an denen er vorbeikam; er klopfte nicht an. Er öffnete die Tür und trat ins Loft. Sie war da. Ihre Wangenknochen standen deutlicher hervor als sonst, als hätte sie etwas zu viel Gewicht verloren, und sie saß viel näher bei Keenan als früher. Aber sie lächelte, während sie Keenan anschaute, der gerade mitten im Satz war.

Alles stand still, als Seth den Raum betrat. Keenan rückte nicht von Ashlyn weg, doch seine Worte und Gesten erstarrten. Ashlyns Lächeln verschwand und wurde durch einen Blick ersetzt, der irgendwo zwischen Erstaunen und Verunsicherung lag. »Seth?«

»Hallo.« Er war seit Monaten nicht mehr so nervös gewesen. »Ich bin wieder da.«

Die Gefühle in ihrem Gesicht wechselten so schnell, dass er Angst hatte, sich zu bewegen, doch dann schoss sie durch den Raum in seine Arme, und in dem Moment war alles gut auf der Welt. Sie klammerte sich weinend an ihn.

Keenan stand auf, ging aber nicht zu ihm. Er sah zornig aus. Kleine Wirbelwinde rasten durchs Zimmer. Sand peitschte gegen Seths Haut. »Du bist nicht mehr sterblich«, sagte Keenan.

»Nein«, bestätigte Seth.

Ashlyn löste sich aus der Umarmung und schaute ihn an. Sie trat einen Schritt zurück, ließ seinen Arm dabei aber nicht los. »Was hast du getan?«

»Ich habe eine Antwort gefunden.« Seth zog sie an sich und flüsterte: »Ich habe dich vermisst.«

Keenan sagte kein Wort mehr; mit fast mechanischen Bewegungen ging er an ihnen vorbei und aus der Tür.

Ashlyn verkrampfte sich, als er vorbeikam, und einen Moment lang war Seth sich nicht sicher, ob sie Keenan nachlaufen oder bei ihm bleiben würde. »Keenan? Warte!«

Doch der Sommerkönig war bereits fort.

****

Donia wusste, dass er es war, als es an der Tür klopfte. Ihre Spione hatten ihr berichtet, dass Seth als Elf in die Welt der Sterblichen zurückgekehrt war. Keenans Besuch war nur eine Frage der Zeit.

»Du wusstest, wo er war.« Sie musste es hören. Sie hatten zu viel Zeit mit Halbwahrheiten verbracht. Die Zeit, in der sie das toleriert hatte, war vorbei. »Du wusstest, dass Seth im Elfenreich war.«

»Ja, ich wusste es«, gestand er. Er war an der Tür stehen geblieben, sah sie mit denselben sommerperfekten Augen an, von denen sie den größten Teil ihres Lebens geträumt hatte, und bat sie stumm um Vergebung, darum, ihm irgendetwas zu sagen, das alles wiedergutmachte.

Sie konnte es nicht. »Ash wird es herausfinden.«

»Ich habe alles ruiniert, stimmt's?«

»Mit ihr?« Donia blieb auf Distanz, berührte ihn nicht und kam nicht näher. Das musste sie tun. Er hatte ihr seine Liebe geschworen und sie dann verlassen, um Ashlyn zu umwerben. Das war nicht unerwartet gekommen, aber weh tat es trotzdem. Und jetzt suchte er Trost bei ihr. »Ja.«

»Und mit dir?«, fragte er.

Sie schaute weg. Manchmal war Liebe nicht genug. »Ich denke schon.«

»Also bin ich allein –« Er brach ab. »Ich habe alles ruiniert, Don. Meine Königin wird ... Ich habe keine Ahnung, was nun aus meinem Hof wird. Ich habe dich verloren. Niall hasst mich ... und Sorcha ist Seth zugetan, dem Sterblichen – dem *Elfen*, den ich ...« Er sah sie an. Das Sonnenlicht, das sonst so hell leuchtete, wenn er aufgeregt war, war verblasst. »Was mache ich denn jetzt?«

Er sank zu Boden.

»Hoffen, dass einige von uns netter zu dir sind, als du zu ihnen warst«, flüsterte sie. Dann ging sie, bevor sie wieder weich werden konnte, und ließ den Sommerkönig kniend in ihrem Foyer zurück.

Dreiunddreißig

Während ihre Elfen in den Raum strömten, um einen Blick auf Seth zu erhaschen, und Dinge flüsterten, die sie nicht hören wollte, führte Ashlyn Seth in ihr Zimmer und schloss die Tür. Es war der einzige Raum im Loft, der nur ihr vorbehalten war, und somit der einzige Ort, an dem sie nachdenken konnte, ohne das Gefühl zu haben, in der Sphäre der Sommerelfen zu sein. Das Loft war inzwischen zu ihrem Zuhause geworden. Es hatte sich verändert. Sie hatte sich verändert.

Seth setzte sich aufs Bett und beobachtete sie so geduldig, wie er immer gewesen war. Aber auch er war anders geworden; nicht nur das, was er war, sondern auch, *wer* er war, hatte sich verändert.

Die Worte wollten einfach nicht kommen. Sie hatte sie gedacht, sie in Szenarien, die sie in ihrem Kopf durchgespielt hatte, zu ihm gesagt, sie im Dunkeln geflüstert, als könnte er sie hören. Doch jetzt waren sie nicht da. Sie wollte ihm sagen, wie sehr es sie getroffen hatte, dass er sie verlassen hatte; dass sie am Boden zerstört gewesen war, weil Niall seinen Aufenthaltsort kannte, sie aber nicht; dass sie geglaubt hatte, sich nie wieder ganz fühlen zu können; dass sie nie einen anderen so lieben würde, wie sie ihn liebte; dass sogar das Atmen wehgetan hatte, als er weg war. Sie wusste nicht, wie sie irgendetwas davon sagen sollte, nicht in diesem Moment, doch es gab etwas, was sie ihm sagen musste. »Keenan und ich gehen ... sind zusammen ausgegangen.«

Seth verschränkte die Arme vor der Brust. »Das heißt?«

»Es heißt, dass ich ihm gesagt habe, er könne versuchen, mich davon zu überzeugen, ihn zu ... lieben. Dass ich bereit war, uns eine Chance zu geben ...« Sie hasste es, dass er sie ansah, als sei sie diejenige, die alles durcheinandergebracht hatte. Er hatte sie verlassen. Er war nicht zurückgekommen. Er hatte nicht mal angerufen. Sie ließ sich aufs Bett fallen. »Was hätte ich denn tun sollen?«

»Vertrauen in uns haben?«

»Du bist ohne Erklärung *verschwunden* und warst *sechs* Monate weg ...« Sie schob die Füße unter ihren Po. »Ich habe gedacht, du kommst nicht mehr wieder. Du hast mich ohne ein Wort verlassen ... nachdem du dich geweigert hattest, mit mir zu reden.« Sie war nicht sicher, ob es Wut oder Traurigkeit war, was da in ihr aufkam. »Du bist einfach verschwunden.«

»Wie lange?«

»Was?«

»Bis du mit ihm zusammengekommen bist. Wie lange hat er gewartet, Ash?«

Sie war nie ernsthaft sauer auf ihn gewesen, nicht ein einziges Mal, aber in diesem Moment hätte sie ihn gern geschlagen. Nach sechs Monaten des Kummers, des Schmerzes und der Angst fühlte sie endlich die Wut, die sie sich vorher nicht zugestanden hatte.

»Du hast mich verlassen.« Die Worte waren beißend.

»Ich hatte eine Chance, zu der Elfe zu gelangen, die mir die Ewigkeit mit dir schenken konnte. Der Zeitpunkt war mies, aber –« Seth stockte. »Ich wusste nicht, dass ich so lange weg sein würde. Es tut mir leid, dass es so gelaufen ist. Ich habe eine Chance gesehen. Und sie ergriffen.«

»Und ich habe gewartet. Wir haben Elfen auf die Suche nach dir geschickt. Ich habe versucht mit Niall zu reden … und mit Bananach. Ich habe sechs Monate gewartet.« Sie krallte die Hände ineinander, um nicht wild herumzugestikulieren.

Sie hatten sich nie gestritten; sie hatten nie einen Grund dazu gehabt.

Sie schaute ihre Hände an, bis ihre Wut nachließ. »Ich dachte, du hättest mich fallengelassen. Niall hat gesagt –«

»Der König der Finsternis, der stinksauer auf dich ist, erzählt dir etwas, das dich an mir zweifeln lässt, und du glaubst ihm auch noch.« Seth zog seine Augenbraue hoch.

»Da war ein Mädchen im Hintergrund … auf der Mailbox …«

»Bananach. Die Kriegselfe. Sie hat mich zu –«

»Du bist mit *Bananach* weggegangen? Was hast du dir denn dabei gedacht?«

»Ich habe mir gedacht, dass es das Risiko wert ist, wenn ich dafür die Ewigkeit mit meiner Elfenfreundin bekommen kann.« Er sprach sehr leise. »Ich habe gedacht, wenn ich dafür mit dir zusammen sein kann, dann lohnt es sich, das Risiko einzugehen. Sie hat mich zu Sorcha gebracht, und ich habe eine Abmachung mit ihr getroffen, um ganz in deiner Welt sein zu können; um stark genug zu sein, dass ich keine Wachen und Babysitter mehr brauche; um für immer mit dir zusammen sein zu können.«

»Und was ist der Preis dafür?« Sie bekam Angst. Sie war eine Elfe – und er offenbar jetzt auch –, doch Abmachungen mit Elfen waren nicht für ihre Fairness bekannt.

»Ich verbringe jedes Jahr einen Monat bei Sorcha.«

»Du warst *sechs* Monate weg.«

»Ich habe einen Monat bei ihr verbracht. Im Elfenreich.« Er sah sie flehentlich an. Er wollte, dass sie verstand, dass sie ihm sagte, dass es kein Fehler gewesen war. »Niall hat mir gesagt, sie könne mich verwandeln. Niemand sonst wollte mir helfen. Für mich waren es nur dreißig Tage. Ich wusste nicht, dass es für dich länger war.«

»Also wirst du jedes Jahr ...«, begann sie.

»Ich werde für eine Zeitspanne weg sein, die sich für mich wie ein Monat anfühlt, für dich aber wie sechs Monate.«

»Für den Rest deines Lebens.«

Er nickte.

Sie versuchte, das alles zu verstehen; warum er weg gewesen war und dass er nun ewig um sie sein würde. Noch ergab es keinen Sinn für sie. Er gehörte ihr, doch zu welchem Preis? Ihr Herz raste, während sie darüber nachdachte, was er geopfert hatte. »Und ist es schrecklich, wenn du dort bist?«

»Nein. Es ist fast perfekt. Dass du nicht bei mir warst, ist das Einzige, was nicht perfekt war.« In seinem Blick stand Begeisterung. »Das Elfenreich ist unglaublich, und meine einzige Aufgabe ist es, kreativ zu sein ... das ist alles. Ich gehe in den Gärten spazieren. Ich denke nach. Ich erschaffe Kunst. Es ist einfach unglaublich dort.«

»Und ... Sorcha?«

Aus seiner Miene sprach Zärtlichkeit und Sehnsucht. »Sie ist ebenfalls perfekt. Sie ist liebenswürdig und sanft und klug und lustig, obwohl sie es nicht zugibt ...«

»Oh.« Ihr Magen zog sich zusammen. Er hatte die Ewigkeit gefunden, aber dazu auch eine Königin. Ashlyn wollte nicht eifersüchtig sein, aber sie hatte sich monatelang Sorgen gemacht, während er weg war und sich in eine andere Elfenkönigin verliebt hatte. »Wenn du dort bist, bist du also mit ihr ...«

»Nein. Es ist ganz anders.« Er sah sie böse an. »Sie ist meine Königin, meine Mäzenin, eine Muse. Es ist so, als hätte ich eine

Familie, Ash. Sie ist die Mutter, die ich nie … nicht, dass Linda mich nicht lieben würde … aber Sorcha ist … sie ist perfekt.«

Sie saßen eine Weile schweigend beieinander, bis sie es nicht mehr aushielt. »Und was tun wir jetzt?«

Er schüttelte den Kopf. »Keine Ahnung. Einen Weg finden, wie alles wieder in Ordnung kommt?«

Aber es war ganz und gar nicht in Ordnung. Er hatte alles riskiert, um die Ewigkeit mit ihr zu finden, und sie hatte so wenig Vertrauen in das gehabt, was sie miteinander geteilt hatten, dass sie in Keenans Arme gesunken war.

Sie war schon auf dem besten Weg dahin gewesen.

Er schaute sie an und gestand sich ein, dass es vielleicht doch nicht seine Sterblichkeit gewesen war, die ihnen im Weg gestanden hatte, sondern eine andere Person. Solange sie die Sommerkönigin war, würde sie mit Keenan zusammen sein. Sie würden ihre Feste feiern und ihre Meetings und spätabendlichen Diskussionsrunden haben.

Und ich habe mich gerade dazu verdammt, ihnen für Jahrzehnte, für Jahrhunderte dabei zuzusehen.

»Hast du mit ihm geschlafen?« Er wartete, musste es von ihr hören, musste es wissen.

»Ich dachte, du wärst weg, und ich wollte niemand anderen lieben … und er ist mein Freund … und ich mag ihn und …«

»Ist das ein Ja?« Sein Herzschlag klang wie Donner in seinen Ohren.

»Nein … Er hat mich abgewiesen.« Sie sah aus, als würde sie jeden Moment anfangen zu weinen. »Ich wollte bloß, dass es aufhört so wehzutun. Ich habe mich so leer gefühlt, und der Hof war geschwächt von meinem … Kummer.«

»Ich liebe dich.« Er zog sie an sich und küsste sie so, wie er es sich während ihrer Trennung erträumt hatte. Und sie sträubte sich nicht im Geringsten. Es war fast so wie vorher, aber das war jetzt nicht mehr gut genug. Er war geduldig gewesen. Er war bereit gewesen, nicht eifersüchtig auf Keenan zu sein, weil er gewollt hatte, dass Keenan nach seinem Tod da war, um sie zu lieben.

Er zwang sich, sich von ihr zu lösen. »Ich will dich nicht mit ihm teilen. Nicht mehr. Ich werde nicht sterben. Mich kann jetzt niemand mehr so leicht vernichten. Und ich werde nicht mehr mit ansehen, wie er dich mit den Augen verschlingt.«

»Ich kann meinen Hof nicht im Stich lassen.«

»Oder ihn.« Seth konnte an den Fäden sehen, was alles möglich war. Da waren Wege, die sich wanden und Schleifen beschrieben. Es gab auch Möglichkeiten, die er nicht sehen konnte, weil sie ihn selbst betrafen. Auf anderen Wegen jedoch sah er sie mit Keenan.

»Er ist mein König«, flüsterte sie.

»Das weiß ich, aber ... ›König‹ ist nicht dasselbe wie Geliebter oder Liebhaber. Das kann es sein, muss es aber nicht.« Seth erzählte ihr nicht, was er vor sich sah. Jetzt war nicht der richtige Zeitpunkt dafür. »Ich muss wissen, dass er nicht der ist, den du willst.«

»Ich liebe *dich*«, sagte sie.

»Sag mir, dass du bei ihm nicht dasselbe fühlst.« Er streifte ihre Lippen mit seinen. »Sag mir, dass du in seiner Nähe sein kannst, ohne dabei romantische Gefühle zu haben. Wenn er dein Freund ist, ist das okay, aber das ist nicht alles. Da ist schon seit Monaten mehr zwischen euch ... schon lange, bevor ich gegangen bin.«

Sie starrte ihn an, doch es kamen keine Worte.

»Ich bin auch ein Elf. Ich kann nicht lügen. Aber ich kann dir sagen, dass es niemanden gibt – weder Elfe noch Sterbliche –, mit der ich mein Bett geteilt habe, seit ich mich in dich verliebt habe. Ich habe nicht mal darüber nachgedacht. Es gibt in meinem Leben niemanden außer dir. Und ich will auch niemand anderen. Kein bisschen. Nur dich. Für immer.«

»Was soll ich tun?«, flüsterte sie.

»Du könntest damit anfangen, ihn so zu sehen, wie er wirklich ist.«

»Und zwar?«, fragte sie. Ihre Stimme hob sich und sie spannte sich an.

»Er wusste, wo ich war, Ash.« Seth behielt seinen sanften Ton bei. Er wollte sie nicht verletzen, aber er würde Keenan nicht dabei helfen, seine Täuschungsmanöver vor ihr zu verheimlichen. »Niall wusste, wo er mich suchen musste. Also wusste Keenan es auch. Er ist lange genug auf der Welt, um auf die Idee zu kommen, im Elfenreich nachzusehen.«

»Aber er konnte es nicht wissen. Vielleicht hat er –«

»Frag ihn.« Seth zuckte die Achseln. »Er wusste, wo ich war. Donia wusste es. Niall wusste es. Bananach hat mich dort hingebracht. Alle wussten es. Frag deine Wachen. Frag die Sommermädchen. Sie sagen es dir vielleicht nicht freiwillig, aber wenn du sie direkt fragst, werden sie dir antworten.«

»Du glaubst also, *alle* haben es gewusst« – sie schlang ihre Arme um sich – »und *niemand* hat es mir gesagt? Wie konnten sie das tun?«

»Was hättest du denn gemacht, wenn du gewusst hättest, wo ich war?«

»Ich wäre ins Elfenreich gekommen und hätte dich gerettet.«

»Dein Hof ist nicht stark genug für einen Krieg, und du warst in Sommerlaune, impulsiv und leidenschaftlich. Wenn du gekommen wärst, hätte es in einer Katastrophe geendet – deshalb hat

Niall es dir nicht erzählt. Und Donia ... Ich nehme an, sie hat aus Liebe zu Keenan geschwiegen. Obwohl er ihr wehgetan hat, wollte sie nicht mit ansehen, wie sein – *euer* – Hof zerbricht.« Er schaute Ashlyn an. »Und euer Hof? Ist das der Grund, warum Keenan es dir nicht gesagt hat? Oder hatte er noch andere Gründe?«

»Er hat doch gesehen, dass ich am Boden zerstört war. Mein gesamter Hof hat es gesehen. Sie *wussten*, wie schlecht es mir ging.« Ashlyn weinte. »Er wusste es und ... Warum?«

Seth fand es furchtbar, dass er ihr noch mehr wehtun musste, aber dies war eines der Themen, denen sie sich nie gestellt hatte. »Sag mir, dass du ihm nicht verzeihen wirst. Sag mir, dass du dir nicht *schon jetzt* einzureden versuchst, dass es gar nicht so schrecklich war, wie es klingt.«

Ashlyn sah ihn schweigend an. Ihr Gesicht war tränenüberströmt.

»Du hast ihm die Manipulationen verziehen, mit denen er dich zu seiner Königin gemacht hat. Du hast ihm die Manipulationen verziehen, die deinen Hof Nialls Unterstützung und Leslie fast das Leben gekostet haben. Und jetzt versuchst du so zu tun, als hätte er dich nicht schon wieder manipuliert.« Seth wollte, dass sie ihn unterbrach, dass sie ihm sagte, dass das nicht stimmte.

Sie tat es nicht.

»Du vertraust ihm. Ich weiß nicht, ob es daher rührt, dass du seine Königin bist und er dein König, oder ob du versuchst, immer das Gute in ihm zu sehen. Er ist aber nicht gut. Er hätte mich umbringen lassen, wenn er geglaubt hätte, dass es seinen Zielen dient. Ich weiß es. Und Niall auch. Du musst ihn so sehen, wie er wirklich ist. Für mich, für deinen Hof und für dich selbst.«

»Er ist für alle Ewigkeit mein *Partner*.«

»Nein, er ist dein Kollege. Ich bin für alle Ewigkeit dein Partner« – er küsste sie auf die Stirn –, »wenn du mich willst. Wenn er dein König ist, dein Freund, dein Kollege, dann ist alles gut. Ich will dich nicht ganz für mich, ohne dass andere Menschen – oder Elfen – in deinem Leben eine Rolle spielen. Aber dein Herz möchte ich mit niemandem teilen, vor allem nicht mit jemandem, der dir immer wieder wehtut. Wenn du mit ihm zusammen sein willst, dann sag es mir. Wenn du mit mir zusammen sein willst, dann sag mir das. Du musst herausfinden, was du wirklich willst, Ash. Komm zu mir, wenn du bereit bist mir zu sagen, dass ich der Einzige für dich bin.«

Damit ging er. Es zerriss ihn fast, aber er würde nicht hier warten und hoffen, dass Keenan ein paar Krumen für ihn vom Tisch fallen ließ.

Vierunddreißig

Nachdem Seth sie verlassen hatte, blieb Sorcha allein in seinen Zimmern. Sie war noch nicht bereit, sich Devlin oder den Hofangelegenheiten oder überhaupt irgendetwas zuzuwenden. Um die Wahrheit zu sagen, hatte sie nur einen Wunsch, nämlich Seth zu folgen und jeden Konflikt zu glätten, den er am Sommerhof vorfinden könnte. Ashlyn mochte früher zwar sterblich gewesen sein, aber jetzt war sie das Epizentrum des Sommers, einer Jahreszeit der Hitze und Leichtfertigkeit. Sorcha kannte Keenan gut genug, um zu wissen, dass die früher sterbliche Königin seinem Charme erlegen sein würde.

»Wie unglaublich sentimental du doch bist, Schwester.« Bananach trat durch die Tür. Ihre Schattenflügel hatten sich materialisiert. »Verzehrst du dich nach deinem sterblichen Liebling?«

»Er steht unter dem Schutz *deines* Königs. Da draußen ist er weder mein Liebling noch sterblich.« Sorcha wagte es nicht, ihre Schwester anzusehen. Die Königin des Lichts musste nun mehr denn je unveränderlich erscheinen – doch sie fühlte sich verändert. Trotz der Gegenwart der Kriegselfe hatte Sorcha zum ersten Mal seit einer Ewigkeit das Gefühl, Herrin über ihre Emotionen zu sein.

»Großartig! Umso mehr Zugriff habe ich auf ihn, um ihm allerhand einzureden.« Bananach nahm einen von Seths Farbpinseln und schnüffelte daran. »Soll ich sagen, was er bei seiner Rückkehr vorfinden wird? Soll ich dir vom Heulen und Wehklagen der Ash-Königin flüstern?«

Sorcha legte ihren Kopf schief und lächelte Bananach freundlich an, aber ihr Herz schmerzte. Die Sommerkönigin war wahrscheinlich nicht besser als jede andere Elfe des Sommerhofs – so ein stürmischer, launenhafter Haufen.

»Warum sollte das für mich von Bedeutung sein?«, fragte sie.

»Weil sie dir die Schuld geben wird. Weil Seth Morgans Verwandlung und Rückkehr noch mehr Zwietracht zwischen dem Winter und dem Sommer gesät hat. Weil die Finsternis mit den Zähnen knirscht wegen der Konsequenzen deines Handelns, meine liebe Schwester.« Bananach krähte diese Worte heraus und unterstrich jede Aussage mit Miniaturschwerthieben durch die Luft, wobei sie Seths Pinsel wie eine Waffe schwang.

»Niall wusste, wo Seth war und warum. Ich war ehrlich zu ihm – wie auch schon zum letzten König der Finsternis.« Sorcha stand auf und ging um Bananach herum. Sie wollte versuchen, ihre widerwärtige Schwester aus Seths engen Räumen zu locken.

Als Sorcha an ihr vorbeiging, ließ Bananach ihren Kiefer auf- und zuschnappen wie das Tier, das sie war – brutal und primitiv.

»Ich kann deine Spielchen nicht gebrauchen, Bananach.« Die Luft im Garten war erfrischend und Sorcha atmete tief durch. Ihre Schwester sollte ruhig glauben, sie brauchte Abstand von ihr, also täuschte Sorcha das Unwohlsein vor, das sie sonst immer befiel, wenn die Kriegselfe bei ihr war. Zum ersten Mal berührten Sorcha die Misstöne nicht. Sie wusste zwar, dass sie da waren, aber sie war unempfindlich dagegen.

Weil ich Seth zu meinem Sohn gemacht habe. Der Anflug seiner Sterblichkeit, den sie jetzt in sich trug, machte sie zu etwas Neuem, und sie war jetzt nicht mehr im Gleichgewicht mit

Bananach. *Nach all den Jahrhunderten habe ich mich noch verändert.*

Der Rabenelfe gefiel das gar nicht. Sie packte Sorchas Arm. »Glaubst du ernsthaft, ich hätte nicht noch andere Karten im Spiel?«

»Ich bin sicher, dass deine Machenschaften sehr umfassend sind.« Sorcha strich mit ihren Händen über einen Strauß von Jasminblüten und beugte sich hinunter, um die Blätter eines kleinen Weißdornbusches zu begutachten.

Bananach warf ihren Kopf in den Nacken und stieß einen leisen, zufriedenen Ton aus, dann sagte sie: »Jetzt mag ich noch blockiert sein, aber irgendwann macht die Vernunft immer einen Fehler, und ich warte. Und wenn du ins Stolpern gerätst, wenn die Regenten da draußen nicht sehr klug sind, werde ich mein Blut bekommen.«

»Vielleicht.«

Bananach stieß ein hässliches Krächzen aus. »Immer. Am Ende bekomme ich immer mein Blut. Eines Tages wird es deins sein, das ich als Rouge trage.«

Sorcha brach einen Ast von einem Busch ab, um Bananach glauben zu lassen, sie sei so unruhig geworden, dass ihr Temperament mit ihr durchging. »Selbst in deinem schlimmsten Wahn wirst du nicht vergessen, dass wir miteinander verbunden sind. Du weißt genauso wenig wie ich, was mein Tod für dich bedeuten würde.«

»Er wird bedeuten, dass ich endlich deine langweilige Logik los bin.« Bananachs Flügel flatterten in einem ungleichmäßigen Takt.

»Wenn du es für so einfach hieltest, wäre ich schon lange tot.« Sorcha drückte den Ast gegen ihre Hand, bis er in ihre Handfläche schnitt. Dann ließ sie das gesplitterte Holz fallen und hielt ihre

Hand hoch. »Dein Blut und mein Blut sind eins, seit wir existieren. Unveränderlich. Wenn wir eins sind und du mich tötest, wirst du dann auch sterben?«

Bananach klappte ihren Schnabel auf und zu und sah sie wütend an. »Vielleicht sollte ich es ausprobieren«, zischte sie, kam aber nicht näher. Sie stand nur da und schaute Sorcha an.

Der Garten lag still da. Mehrere Sekunden lang fiel kein Wort.

»Der Krieg ist geduldig, meine Schwester. Versteck dich nur hier mit deinen staubigen Folianten und deiner leeren Kunst. Die Unveränderliche Königin. Langweilig. Berechenbar. Ich werde meine nächsten Züge machen … und du wirst nichtige Entscheidungen treffen, die das Unvermeidliche nicht aufhalten können.« Bananachs Kriegsgetrommel schwoll zu einer ohrenbetäubenden Lautstärke an, die durch das ganze Elfenreich hallte und in die Welt der Sterblichen hinein. »Sie beäugen einander misstrauisch. Der Kampf wird bald beginnen. Ich *spüre* es. Ich werde warten … und du wirst ebenso hilflos danebenstehen wie immer, wenn ich da draußen Unruhe stifte.«

»Diesmal wirst du deinen Krieg nicht bekommen«, sagte Sorcha zu ihr. Es war keine Wahrheit, sondern ihre Meinung.

»Warum? Willst du mir folgen, Schwester? Willst du das Elfenreich in die sterbliche Welt tragen, um mich zu jagen?« Bananach krächzte. Raben, die nicht in Sorchas Garten gehörten, scharten sich um die Kriegselfe; Legionen von Ungeziefer krochen wie ein sich windender grauer Teppich aus der Erde und Bananach stand mit ausgebreiteten Flügeln in ihrer Mitte. Ihr Krieg würde kommen, es sei denn, etwas Bedeutendes änderte sich.

Sorcha schwieg weiterhin.«

»Folge mir nur. Bring Chaos in ihre Welt«, höhnte Bananach. »Komm und beschütze deinen Liebling.«

»Du wirst ihn nicht anrühren.« Sorcha trat näher an ihre Schwester heran. »Der Sommer und die Finsternis werden dich vernichten. Mag sein, dass ich selbst nicht dazu in der Lage bin, mich gegen dich zur Wehr zu setzen, aber ich werde jede einzelne meiner Elfen aussenden, um dich zu bekämpfen. Wenn du dich an ihm vergreifst, werde ich dafür sorgen, dass du stirbst.«

»Und wenn das auch deinen Tod bedeutet?« Bananach legte neugierig den Kopf schief.

»Dann sei es so.« Sorcha küsste die Kriegselfe auf die Stirn. »Diesen Kampf hast du verloren, meine Schwester. Es wird keinen Krieg geben.«

Bananach schwieg. Sie starrte in die Ferne, ließ Sorcha aber nicht an ihren Zerstörungsvisionen teilhaben. Dann verzog sich ihr Gesicht zu einem entsetzlichen Grinsen. »Nein, ich habe noch nicht verloren.«

Damit stolzierte sie mit ihrem Gefolge durch den Garten davon und hinterließ nichts als verkohlte Fußstapfen und blutende Blumen.

Epilog

Seth betrat Nialls Haus. Niall hatte ihn dort nie haben wollen, aber das war früher gewesen. *Als ich noch sterblich war.* Die Dinge hatten sich geändert.

Niemand hielt Seth auf. Er war ein erklärter Freund des Hofs der Finsternis, immer willkommen, und würde von seinen Elfen bis zum letzten Atemzug beschützt werden, wenn es sein musste.

»Bruder«, sagte Niall, als Seth sich dem Podest näherte, auf dem der Thron stand.

Die in Scharen herumstehenden Dunkelelfen beobachteten sie unverhohlen. Seth sah sich kreuzende Lebensfäden von Ly Ergs und Glaistigs. Dann verschwamm das Bild vor seinen Augen. *Bananach. Meine Tante.* Seth konnte ihre Fäden nicht sehen, doch er spürte sie irgendwo da draußen in der Welt.

»Ich brauche deine Hilfe.« Seth verbeugte sich nicht, senkte aber respektvoll den Blick. Er war jetzt ein Elf, und Wahlbruder hin oder her, Niall war immer noch ein König.

»Sag, was du brauchst. Wenn es nicht gegen das Wohl meines Hofs verstößt« – Niall setzte sich aufrechter hin –, »werde ich dir immer helfen.«

Seth hob den Blick und schaute Niall direkt an. »Ich gehöre der Königin des Lichts. Für alle Ewigkeit werde ich einen Teil meines Lebens mit ihr im Elfenreich verbringen. Und ich bin der Geliebte der Sommerkönigin. Aber jetzt brauche ich *deine* Hilfe. Sorcha hat mich zum Elfen gemacht und mir viele Gaben geschenkt. Ich möchte jetzt tun, was für sie das Beste ist.«

»Den Hof des Lichts zu unterstützen, ist aber nicht zum Besten des Hofs der Finsternis«, rief Ani irgendwo zu seiner Linken. Das Mädchen, das halb Gabrielhund und halb sterblich war, träumte von Chaos, Träume, deren Erfüllung ihr König und ihr Hof ihr untersagten.

»Und den Liebling des Sommerhofs zu beschützen, auch nicht«, grummelte eine der Distelelfen.

Chela stellte sich schützend näher zu Seth.

Einen langen Moment sah Seth nur Niall an – dessen Lebensfäden so zahllos waren, dass sie genauso gut auch unsichtbar hätten sein können. Der König der Finsternis wartete, auf eine Art hoffnungsvoll, die ihm selbst gar nicht bewusst war. Wenn Seth nicht die Wahrheit sehen könnte, hätte er geglaubt, dass es eine lässige Geste war, als Niall seine Hand hob. Doch sie war nicht lässig. Sie hatte sowohl etwas Besorgtes als auch etwas Erregtes. »Sag mir, was du willst.«

»Mit den Gabrielhunden trainieren. Manchmal muss man Blut vergießen, um die Dinge in Ordnung zu bringen.« Seth ließ seinen Blick über den versammelten Hof der Finsternis und zurück zum König schweifen. »Ich muss wissen, wie ich mich selbst verteidigen und andere verwunden kann. Ich muss lernen, wie man jagt. Hilfst du mir dabei?«

»Es wäre mir eine Ehre«, sagte Niall. »Wenn die Hunde einverstanden sind?«

Gabriel lachte. Chela lächelte. Die Elfen nickten grinsend.

Da verbeugte Seth sich. Er sah die Verknüpfungen von Möglichkeiten um ihn herum. Solange er ihnen nicht sagte, dass es

Bananach war, auf die er Jagd machen wollte, würde er hier viel Hilfe bekommen.

»Willkommen zu Hause, Bruder.« Niall trat vor und umarmte ihn. »Diese Verwandlung steht dir gut.«

Und so war es. Seth hatte nun eine Aufgabe. *Und eine Chance auf die Ewigkeit mit Ash.*

Dank

Dieses Buch wäre ohne die Klugheit und Leidenschaft von Anne Hoppe nicht entstanden. Danke dafür, dass du an meine Figuren geglaubt hast und mit mir auf die Reise gegangen bist. Diese Bücher sind ebenso deine, wie sie meine sind.

Alles, was ich in meinem Leben habe – einschließlich des Schreibens –, ist möglich, weil ich das Glück hatte, einen Partner zu finden, der mich perfekt ergänzt. Loch, du gibst mir den Mut und den Glauben, immer mehr zu versuchen, als ich zu können glaubte. Danke, dass du hier bei mir bist während der Reisen, der seltsamen Stunden, der merkwürdigen Fragen und dieser ganzen Achterbahnfahrt der Gefühle.

Es gehört zum Schreiben dazu, dass man den Brunnen, aus dem man schöpft, auch wieder auffüllt. Mein stets geduldiger Sohn hat mich dazu überredet, in entlegene Gebiete zu reisen und meine Zeit mit Papageitauchern zu verbringen. Meine kluge Tochter hat mich daran erinnert, mir ganze Abende für *Buffy*-Marathons freizunehmen. Aus diesen und vielen anderen Gründen bleibt ihr zwei der Mittelpunkt meines Universums.

Meine Eltern bieten mir weiterhin auf jedem Schritt der Reise ihre Unterstützung an. Ohne die Weisheit und Liebe, die ihr mir über die Jahre geschenkt habt, würde ich nichts von alldem tun können.

Einige der üblichen Verdächtigen waren während des letzten

Jahres ebenfalls von unschätzbarem Wert für mich. Jeaniene Frost ist weiter standhaft in ihrer Rolle als Kritikerin und liebe Freundin. Melissa Dittmar hat mich vor dem Wahnsinn gerettet und mein Universum organisiert. Alison Donalty und Mark Tucker haben mich mal wieder mit einem fabelhaften Cover verwöhnt. Patrice Michelle machte aufschlussreiche Anmerkungen zum Text. Mark Del Franco, Kelly Kincy, Vicki Pettersson, Rachael Morgan, Jason Falivene, Kerri Falivene und Dean Lorey versorgten mich mit Bodenhaftung und klugen Ratschlägen. Freunde wie ihr sind eine echte Kostbarkeit. Danke an euch alle.

Mein Dank richtet sich auch an meine wunderbaren Leser und Leserinnen. Ein besonderes Dankeschön geht an diejenigen von euch, die sich die Zeit genommen haben, mich zu treffen, sowie an die Leser auf www.wickedlovely.com und meinem eigenen Web-Forum (vor allem an Maria, Jennifer, Meg, Tiger, Pheona, Michaela und Raven) dafür, dass ich mit ihnen meinem Bedürfnis zu plaudern nachkommen kann.

Ihr alle habt mich dazu inspiriert, unermüdlich zu versuchen, es besser zu machen. Danke.

Ebenfalls von Melissa Marr bei CARLSEN:
Gegen das Sommerlicht
Gegen die Finsternis

CARLSEN-Newsletter
Tolle Lesetipps kostenlos per E-Mail!
www.carlsen.de

1 2 3   12 11 10
Alle deutschen Rechte bei CARLSEN Verlag GmbH, Hamburg 2010
Originalcopyright © 2009 by Melissa Marr
Published by arrangement with HarperCollins Children's Books,
a division of HarperCollins Publishers, New York
Originaltitel: Fragile Eternity
Dieses Werk wurde vermittelt durch die Literarische Agentur Thomas Schlück GmbH, Garbsen
Umschlagbild und Umschlaggestaltung © Sonya Pletes
Umschlagtypografie: Melissa Fraser
Aus dem Englischen von Birgit Schmitz
Lektorat: Franziska Leuchtenberger
Layout und Herstellung: Steffen Meier
Satz: Dörlemann Satz, Lemförde
Gesetzt aus der Minion, Palace Script und Linotype Aperto
Lithografie: Zieneke Preprint, Hamburg
Druck und Bindung: Bercker Graphischer Betrieb, Kevelaer
ISBN 978-3-551-58170-9
Printed in Germany

Alle Bücher im Internet unter www.carlsen.de